부모님의 노래

예부터 전해오는 하나님의 뜻이 있어
아침의 나라에 부모님이 나셨네
숨죽었던 강산에서 어둠을 불사르고
찬란히 솟는 해가 온세상을 비추듯
인류를 사랑하사 구원하여 주시네

가시밭길 걸어오신 하나님의 섭리대로
피어린 험산준령 혈혈단신 걸으셨네
고난의 승리자는 영원한 왕자라고
지옥의 밑창 뚫어 신천지를 이루시니
산천도 초목도 만세를 부르네

설한풍의 청보리가 푸른 들을 이루듯이
댄버리 고난속에 세계승리 거두셨네
상사리 빛보라가 천주까지 뻗쳤으니
새하늘 새땅으로 오대양 육대주로
만국기 휘날리며 금의환양 하셨네

주님의 사랑꿈이 꽃피게 되면
우리들 가슴에도 사랑꽃이 피어요
부모님 모셔다가 천년만년 살아가는
행복의 자유천지 그 세계가 오면
인류는 한 식구되어 웃음꽃을 피우리

송축

黃松文 선생 귀하

가르친다는 일이 얼마나 어려운 일인가를 이해할만 합니다. 저에게도 조금은 경험 있으니까요.

이제 정년 맞으셨으니 오랜 강단생활에서 한발 물러나 여유를 가지시게 됐습니다. 이제부터는 시를. 그렇지요. 시를 더욱 많이 쓰십시오. 빛나는 시업에 행운 가득하시기를 기원합니다.

병술년 봄

김규동

김규동 - 송축

황송봉 박사님의 정년을 기려

사랑으로 가르치신

아름다운 스승의 삶

이천一육년 삼월

이상보

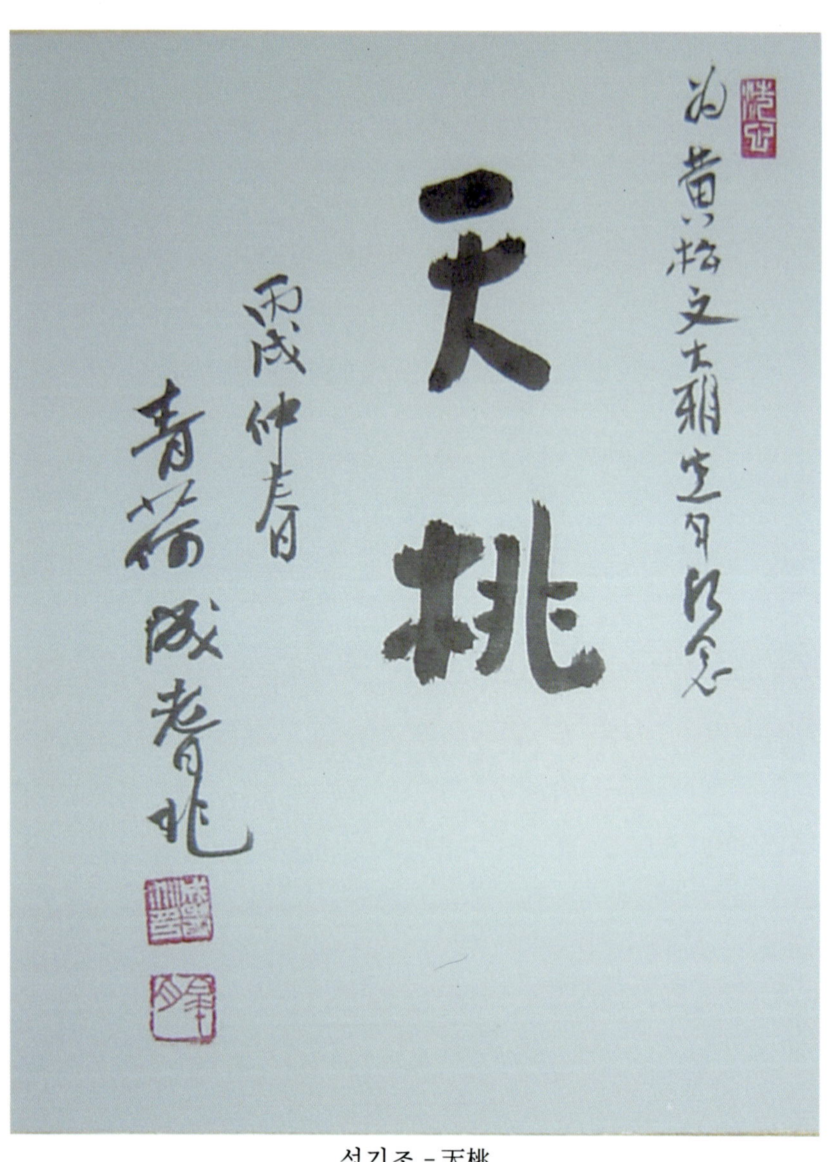

성기조 - 天桃

선 달

황 송 문

素服의 달아래
다듬이질 소리 한창이다.

姑婦의 방망이 딱뚝 똑딱
학울음도 한밤에 천리를 난다.

참기름 불은 紗窓가에 졸고
梧桐꽃 그늘엔 鳳凰이 난다.

다듬잇돌 명주올에 선을 그리며
설움을 두들기는 오롯한 그림자.

떼지어 날아가는 철새 울음
은대야 하늘에 産月이 떴다.

—황송문 교수의 정년퇴직을 기리며
그의 시를 쓰고 그리다.
임신년 선달 김종원

김종원 - 선달

古 香 - 松下聽聲

2006.
MOK
어떤 下山의 길
황송문교수 정년퇴임에 부쳐
오를때는 山이 몇개나 더 있는지 몰랐다
하산길에 접어들어서야 알았다
내가 품었던 山이 오직하나인 것을.
학문과 詩와 삶과 고뇌를
구겨진 배낭에 넣고
나 이제 가노라
당신이 기다리는 저쓸쓸한 들판과
삶의 탯줄 같은 낡은시집처럼 편안한
고요의 강물들이 사는 마을로
나처럼 지친 山 하나 데리고
내려서는 또다른 下山 길을。
詩.글. 이광석

이광석 - 어떤 下山의 길

장윤우 작 행복

장윤우 작 축복

진의하 – 春來動雉

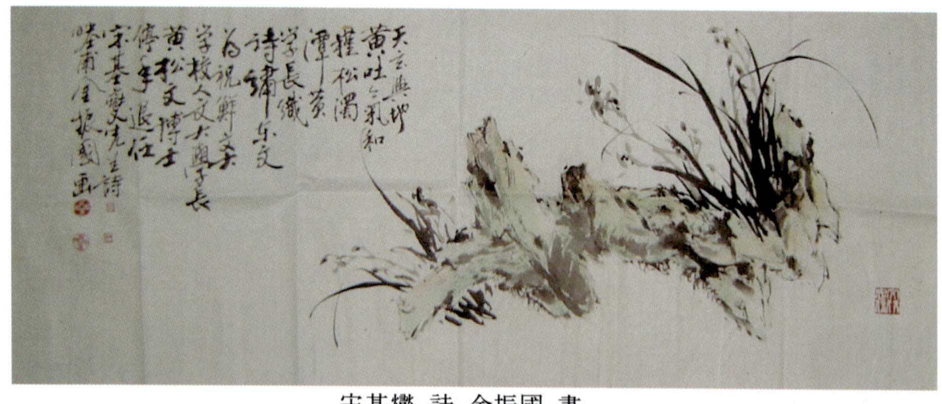

宋基燮 詩 金振國 畫

宋基燮詩 金振國書

홍주연 / 鳥語花香

황송문 박사께서 어언 정년을 맞이하시어 문집을 내게 되시다니 세월이 덧없음을 알겠구려. 오직 학문과 문학에만 매진하신 鶴같은 박사님의 일생에 머리 숙여 경의를 표합니다. 특히 저는 박사님의 저서로 서울혜원여고에서 강의를 하도록 허락해 주신 그 은혜 두고두고 잊지 않겠습니다. 정년 후에도 문학에 또는 학문에 더욱 매진하리라 믿고 건강하시고 건필하시길 빕니다.

개띠해에 (2006. 3. 3.)

소설가 윤형복 쓰다

윤형복/鶴같은 박사님

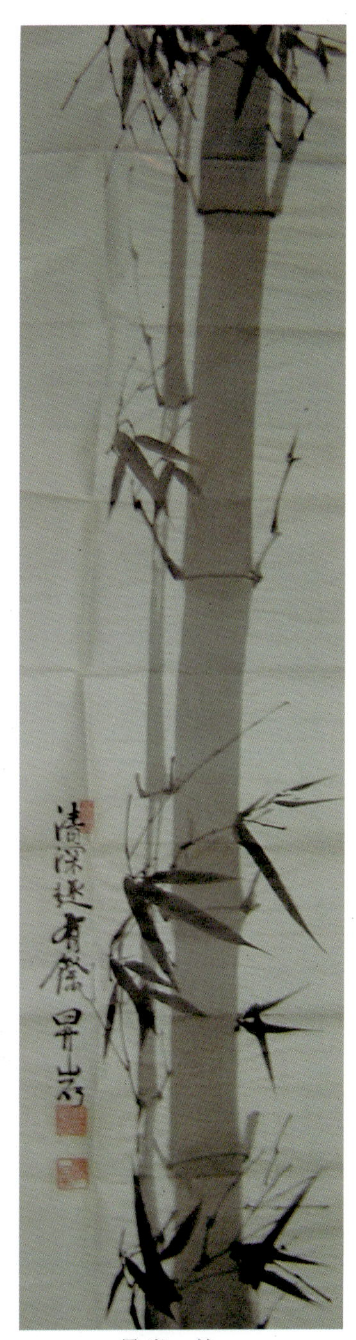

昇岩 - 竹

그리움

고향이 그리운 날 밤엔
호롱에 불이라도 켜보자.
말 못하는 호롱인들
그리움에 얼마나 속울음 울까.
빈 가슴에 석유를 가득 채우고
성냥불을 붙여 주자.

황송문 교수 정년퇴임을 축하하여 그의 詩를 단기四三三九년 十二월 十二일
동창생 백하 김완영 쓰다.

김완영/그리움

澗潭草堂
己卯年 新春
鴨江 明錫海

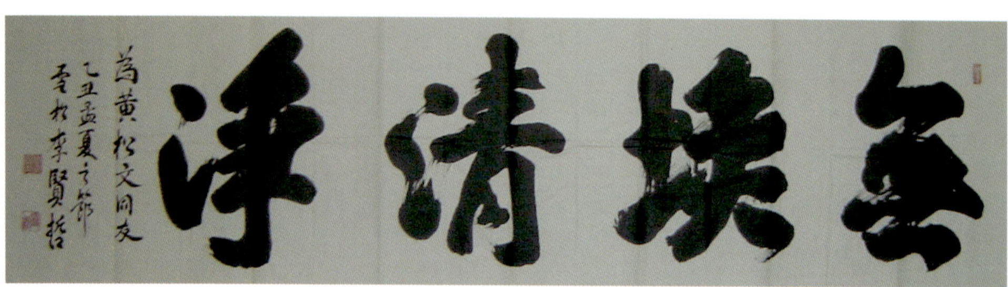
為黃松文同友

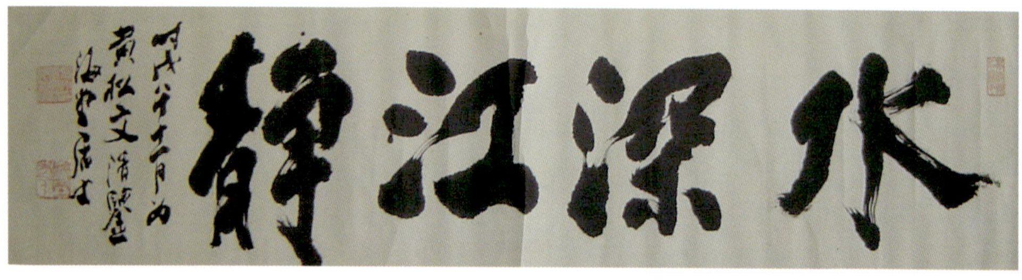
水深江靜
黃松文

민두식/心靜興長

민두식/桐千年老恒藏曲 梅一生寒不賣香

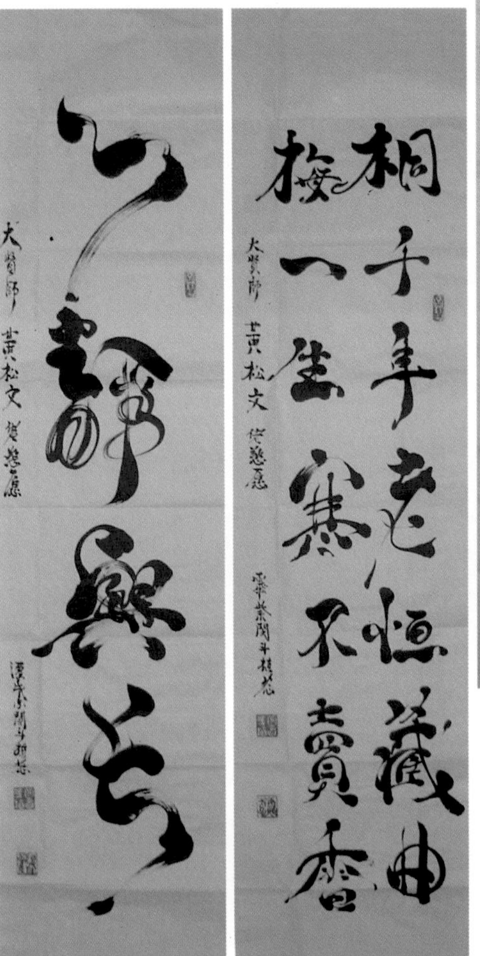

김원근/歲寒松柏

김원근/文情清若林間竹 人品峻於天外山

지승원 - 달밤에

김호근 - 달밤에

湖水

詩 黃松文
畫 吳承雨

始原의 子宮 속을
木船이 간다

초록의 하늘로
밀리는 물살
거슬러
구름 가르면
山莊은 등불
여기
저기
石榴가 터지고

물빛
시오리
호반새 소리

그리움

그리움은
해묵은 동동주
속눈섭 가늘게 뜬 노을이다

세월이 가면
괴이는 술
꽃답게 썩어가는
눈물어림 이다

뜬구름 같은 가슴에
삭아 괴는 恨
떠도는 동동주다.

詩·黃松文
畵·李重熙

가을 演奏

달빛이 풀잎을 연주하다
달빛이 활을 쥐고
바이올린을 켜는
풀 푸른 소리
銀河 이슬이 흐른다

풀잎은 풀잎끼리
별빛은 별빛끼리
몸을 부벼대는
애무의 밤
나도 하나의 활이 되다

詩·黃松文
畵·李重熙

그리움은 해묵은 동동주 속 눈썹 가늘게 뜬 노을이다
뜬구름 같은 가슴에 삭이괴는 한 떠도는 동동주다
詩 그리움 黃松文
畵 華潭 鄭世煥

정세환

그리움

고향이 그리운 날 밤엔
호롱에 불이라도 켜 보자

말 못하는 호롱인들
그리움에 얼마나 속으로 울까

빈 가슴에 석유를 가득 채우고
성냥불을 붙여 주자

詩, 黃松文
書, 丁永水

그리움

畵論

詩·黃松文
畵·宣學均

내가 좋아하는 그림은
붓 한번 쓰윽 그신
하늘 한 자락

보면 볼수록
어쩐지 넓어지고
속이 시원한
공간……

빈 마음에
푸른 바람이 한 차례
스치는 순간

고였다가 흐르는
영원……

선학균

강대운 作 그리움

竹의 꽃은 고결하여 색채가 간결하고
竹의 뿌리는 청결하여 마디를 비우나니
詩香 仙人 한 평생도 고결 청결 살겠노라.
二00六년 봄
황종문 사백 은퇴 기념에
정곡 이양우

이양우 - 竹의 꽃

사랑의 샘이 솟는 진리의 전당
인격의 완성 위해 갈고 닦는다
지상의 천국이룰 크신 뜻 앞에
젊음의 정열 쏟아 꿈을 펼치리
애천과 애인애국 가르침 따라
새역사 창조하는 선문대학교

생명의 샘이 솟는 심정의 전당
개성의 완성으로 뜻있게 살자
성심을 다하여서 깨친 깨달음
인류의 평화위해 뜻을 펼치리
애천과 애인애국 가르침 따라
새역사 창조하는 선문대학교

심정의 인연으로 모여든 전당
세계로 뻗는 발길 향기 넘쳐라
하나님 창조목적 이룰 때까지
보무도 당당하게 펼쳐나가리
애천과 애인애국 가르침 따라
새역사 창조하는 선문대학교

사도(師道)와 시도(詩道)

황송문교수정년기념문집간행위원회

차 례

■ 정년기념문집 시서화

■ 서문

■ 자서(自序)

■ 정년기념문집 교수들의 글

■ 정년기념문집 시작품

■ **정년기념문집 수필작품**

■ 정년기념문집 산문작품

■ **정년퇴임 고별 강연문**

서문

의리를 지키며 공경과 사랑으로 대하는 사람

김 영 휘

영국 회장 / 전 선문대 이사장

黃松文 教授와의 만남이 있은 것은 40여 년 전 黃教授가 20대의 문학지망생이었던 총각시절이었습니다. 黃教授는 青年期에 우여곡절(迂餘曲折)과 파란만장(波瀾萬丈)의 어려운 고빗길을 초지(初志)를 굽히지 않고 꿋꿋이 싸워 승리하여서 당당히 文學博士가 되고, 사람들이 우러러보는 詩仙이 되었습니다.

그동안에 많은 제자들과 후배들을 教育하고, 지도육성(指導育成)하여 文學界에 多大한 공헌(貢獻)을 하였고, 이제는 정년(停年)으로 명예롭게 大學에서 가르치던 자리를 물러나게 되었습니다.

나는 黃教授를 통하여 40여 년 歲月의 偉大한 創造와 發展과 그리고 오묘(奧妙)한 結實의 힘을 보았습니다. 黃教授는 不幸을 幸福으로, 어려움을 勝利로 일구어낸 투사(鬪士)이며, 그 모든 것을 훌륭한 열매로 結果지은 행운아(幸運兒)입니다.

나 자신은 공학도(工學徒)로 出發하였지만, 일찌감치 그 길을 접고 다른 길을 가게 되었지만 黃教授는 文學徒로 出發하여 한 번도 그 길을 변함이 없이 한 길을 걸어 왔습니다. 그러면서도 하나님의 뜻을 위하는 일에서는 누구에게도 뒤지지 않고 수고하며 큰 공헌(貢獻)을 하였습니다. 어려운 환경 가운데서 자기가 所願하고 사랑하던 本來의 길을 놓치지 않고 끝까지 지켜가면서 크게 成功한다는 것은 결코 쉬운 일이 아닙니다.

黃教授는 解放前 우리 民族의 가장 암담(暗澹)하였던 時節에 태어나 解放後의 소용돌이치는 左右對立鬪爭의 혼란기(混亂期)를 거쳐 6·25전쟁을 겪었고, 戰後 폐허(廢墟) 속에서 다시 일어나는 再建期를 젊음으로 함께 하였습니다.

民族의 苦難期는 하나님의 새로운 攝理歷史의 胎動期이기도 하였습니다. 黃青年은 모든 사람이 아니라고 부인(否認)하고 배척(排斥)하고 핍박(逼迫)하는 새로운 하나님의 섭리역사(攝理役事) 속에 모든 것을 버리고 알몸으로 뛰어들었습니다. 그 혁명역사(革命役事)의 대열(隊列)에서 자기를 희생시키면서 슬픔을 기쁨으로, 苦生을 希望으로 變化시키는 苦難의 길을 열심히 걸었습니다. 時代가 바뀌고 상황이 변하여도 처음에 품었던 그 뜻을 결코 버리지 않았습니다.

黃教授는 風波 많은 世上에 살면서도 일반인과는 다른 모습의 생활을 하였습니다. 이 세상에서 義理있는 사람을 찾아보기가 힘들고 權力이나 名譽, 地位, 財物 등을 탐하며 그 目的을 위하여서는 어떠한 일도 마다하지 않는 風潮 가운데서 黃教授는 義理와 우의(友誼)를 지키고 義人의 바른 姿勢를 잃지 않았으며, 本心이 志向하는 소리에 귀를 기울이고 善의 길을 가기를 서슴치 않는 原理의 사람이었습니다.

나는 黃教授가 모든 일에 忠實하고 끝까지 변치 않고 자기 맡은 일을 成功으로 이끌었던 原動力이 무엇인가를 생각하여 보았습니다. 그것은 아마도 사람에 대하여서 義理를 지키고 모든 사람을 사람으로서 공경(恭敬)하고 사랑한 그 性品이 사람에게 뿐만 아니라 하는 일에도 적용(適用)되어서 일에 대하여서도 의리를 지키고 그것을 공경하고 사랑하였기 때문이라고 생각합니다.

黃教授를 통하여 人生에서 成功하는 비결(秘訣)이 바로 人間과 일에 대하여 의리를 지키며 모든 것을 공경과 사랑으로 대하는 데 있다는 것을 깨닫게 됩니다.

黃教授는 겉으로 보기엔 華麗하지 않지만 속으로부터는 구수한 人品이 풍겨 나오는 人格을 가진 분입니다. 그것을 식품으로 비유한다면 우리 祖上들이 傳統的으로 취하여 온 된장에다가 現代的인 技術을 가미하여 만든, 營養價 많고 냄새 없는 청국장 가루에 요구르트를 타서 먹는 健康食品이라고나 할까, 한 번 먹어보면 잊지 못하고 다시 찾게 되는 그 맛, 아직도 많은 사람에게는 알려지지 않은 그런 맛을 가지고 있는 사람이 바로 黃敎授라고 생각합니다.

健康食品이 사람의 健康을 지켜주듯이 健全한 文學作品과 그 속에 담겨있는 바른 人生觀과 人生哲學이 사람의 사람다운 精神生活과 人生을 引導하는 데 큰 역할(役割)을 할 수 있다고 생각합니다. 黃敎授를 비롯한 많은 文人들이 作品活動을 통하여서 우리나라를 밝고 幸福한 나라로 만드는 데 많은 도움을 주실 것을 기대합니다.

黃敎授는 정년(停年)으로 大學을 떠나지만 文學界를 떠나는 것은 아닌 만큼 앞으로도 더욱 健康하여서 後進들이 본받아야 할 人格과 實力으로 많은 硏究와 作品活動과 敎育活動을 계속하여서 앞날에 보다 큰 榮光이 있기를 祈願하면서 또 하나의 새로운 出發인 停年退任을 眞心으로 祝賀하여 마지않습니다.

황송문 교수 정년기념문집 발간에 즈음하여

김 봉 태
선문대학교 총장

황송문 박사님의 '정년기념문집' 발간을 진심으로 축하드립니다. 평소에 존경해 마지않던 황송문 교수님의 명예로운 정년퇴임에 즈음하여, 우리 대학의 발전에 크게 기여해오신 황송문 교수님께 그 동안의 업적과 노고에 대하여 깊은 경의를 표하는 동시에 전도를 축복하고자 합니다.

황송문 교수님은 선문대학교의 산 역사이자 증인으로서 한 평생을 오로지 교육과 문학 그리고 신앙 활동을 위해서 바쳐오신 분입니다. 일찌기 1960년 꿈 많던 청년시절에 통일교회에 입교한 이후 지금까지 전북 임실의 청운교회를 설립하였고, 국제승공연합과 협회에 근무하면서 예술과 문학을 통한 믿음과 순종의 길을 걸어 오셨으며, 세계평화통일가정연합에서 430가정 축복을 받았습니다.

특히, 황교수님은 문학과 예술 분야에 조예가 깊어서 협회본부 문화부에서 통일문화진흥을 위한 업무를 하였고 국제승공연합 편집국에서 국제승공보를 창간하였습니다. 그 이후 일본 유학을 통하여 학문을 성숙시켰고 1986년 선문대학교에 부임하였습니다.

황교수님은 특별히 교육에 대한 남다른 관심과 문학에 대한 애착을 가지고 국어국문학을 전공하고 있는 학생들과 사회교육원에서 문학을 배우는 많은 학생들을 문단에 데뷔시키기도 하였습니다. 뿐만 아니라 1991년부터 동아일보 문화센터에서 16년간이나 시, 소설, 수필, 평론에 대한 강의를 해옴으로써 많은 후학들을 양성하여 이미 각 분야의 문단에 등단하여 시인, 소설가, 수필가로서 왕성한 작품 활동을 하고 있는 것으로 알고 있습니다.

국제펜클럽 한국본부 감사 및 이사를 역임하신 황송문 교수님은 사단법인 한국현대시인협회 부이사장, 한국문인협회 이사, 종합문학지 『문학사계』 발행인 겸 편집인 등 왕성한 활동으로 한국의 문학계에서도 많은 기여를 해오신 분으로 알려져 있습니다. 특히 통일그룹의 문학계를 이끌고 있는 분 중의 한 분이기도 합니다.

선문대학교에서는 선문대신문사 주간, 인문대학 학장을 역임하기도 했습니다. 특히 설립자이신 문선명 선생님께서 "문인만을 위한 시를 쓰지 말고 대중도 좋아하는 시를 길게 쓰라"고 하실 정도로 설립자 선생님으로부터 인정을 받고 있는 문인입니다.

황교수님의 학교에 대한 사랑과 제자에 대한 애착은 정년을 하시면서도 그동안 애지중지 모아오신 책 9,000권을 선문대학교 도서관에 기증해 주시는 것으로 충분히 이해하고도 남음이 있습니다. 이제 교수님은 정년을 하시고 다시금 문학의 세계로 돌아가시겠지만, 교수님의 문학에 대한 열정, 제자에 대한 애정, 학교에 대한 사랑만은 그동안 교수님께서 남기신 70여권의 저서와 함께 영원히 대학에 깃들 것입니다.

끝으로, 학교 발전을 위해 수고해 오신 황송문 교수님과 지금까지 내조를 아끼지 않으신 김인숙 여사님, 그리고 가족의 앞날에 하나님과 천지인 참부모님의 축복이 영원하시길 기원합니다.

감사합니다.

서

문 덕 수

시인 / 대한민국예술원 회원

황송문(黃松文) 교수가 어느새 정년을 맞아, 그의 글벗과 후생들이 기념문집을 상재한다. 평생, 보시(布施)하면서 살아온 그의 좌우명에 이 문집이 얼마만큼의 보답이 될지는 알 수 없으나, 그와는 귀하고도 조그마한 인연을 가진 나로서는 그저 반갑고 기쁘기 그지없다.

황송문의 인품에 대해 내가 이러니 저러니 말한다는 것은 오히려 옥에 티가 될지도 모른다. 사실 부질없는 용훼(容喙)일 것이다. 그는 의로운 고장 전북 임실군 오수에서 태어났다. '황'(黃)이라는 성씨가 시사하는 대로 조선조의 청백리 정승 황희(黃喜)의 후손이 아닌가 생각된다. 이름의 가운데 글자인 소나무 '송'(松)은 추운 겨울에 더욱 푸른 상록의 대표적 상징이요, 끝글자인 글월 '문'(文)은 그의 시(詩)와 문명(文名)의 높이를 암시한다.

황송문은 대학에서 인문학부장, 인문대학장을 맡아, 교수로서 시와 학문을 양역했다. 첫시집 『조선소(造船所)』(1972) 이후 『바위 속에 피는 꽃』(2001)에 이르기까지 14권의 시집을 내어 우리 시단을 튼튼하게 한 중진 시인이다. 그의 시의 세부를 언급하는 것은 서문이라는 이 글의 성격에서 벗어나겠지만, 여기서는 그의 삶과 시론을 잘 드러낸 한 대목을 인용한다.

겨울엔 춥고 여름엔 머리 벗겨지는
빨강 페인트의 슬레이트 지붕은 말고,
나일론 끝에 목을 맨 플라스틱 바가지는 말고,
뚝배기의 숭늉 내음 안개로 피는

정겨운 시, 푸짐한 시, 편안한 시,
더운 김이 모락모락 피어오르는
고구마 한 소쿠리씩의 시를 쓰고 싶다.

-「시론 3」

이 시는 황송문이 시로 쓴 「시론」이다. 그의 인생과 시의 방향, 성격, 지표 다른 말로 하면 그의 시의 철학이라고도 할 수 있다.

황송문은 '슬레이트', '나일론 끈', '플라스틱 바가지' 등을 서양의 박래품, 즉 유럽 과학 문명의 제유로 보고, 이와 대조되는 한국의 토속품 즉 전통을 내세우고 있다. 그리고 그는 유럽의 근대주의보다는 한국 민족문화의 순수주의를 고수한다. "김이 모락모락 피어오르는 고구마 한 소쿠리"로 저 은하계나 화성까지의 우주여행을 잘 견딜 수 있을지는 모르겠으나, 이것은 어디까지나 우리 토속적 순수주의 대유(代喩)임을 이해한다면 이러한 작자의 사상, 즉 그의 참뜻을 잘 받아들일 수 있을 것이다.

황송문의 장정(長征), 장수(長壽)를 빈다.

자서(自序)

하나님께서는 저로 하여금 安貧樂道를 깨우치게 하셨습니다. 저를 가난한 환경에 처하게 하심으로써 겸손의 옷을 입게 하셨습니다. 제가 정년퇴임 때까지 무사히 항해할 수 있었던 것은 가난한 자가 갖기 쉬운 겸손의 미덕이라고 생각합니다.

하나님께서는 저로 하여금 신앙의 길을 걷게 하셨습니다. 신앙을 통해서 원망하는 삶을 감사하는 삶으로 바꿀 수 있게 하셨습니다. 그리하여 범사에 감사하는 삶을 통해서 고집이 센 저의 앞길이 막하지 않게 하셨습니다.

하나님께서는 기쁠 때나 슬플 때나 시로 노래하게 하셔서 文士의 길을 걷게 하셨습니다. 제가 절망할 때마다 시는 저를 일으켜 세우는 구원의 등대였습니다.

저는 하나님께 감사할 게 많습니다. 근대화 이전, 한국에서의 가내수공업 시절에는 농경문화를 경험하게 하셨고, 첨단과학 시절에는 서울에서 컴퓨터 워드프로세서로 글을 쓰게 하셨습니다. 그리하여 인류역사상 가장 변화가 빠른 시대에 다양한 경험을 하게 하셨습니다.

제가 이번에 펴내는 정년퇴임기념문집은 67권 째의 저서가 됩니다. 주옥같은 명문이 답지하여 그렇게 기쁠 수가 없습니다. 분에 넘치는 칭찬도 있고, 기억에서 사라진 이야기가 새록새록 떠오르게 하는 글도 있습니다. 참으로 감개가 무량합니다.

제가 정년퇴임을 하면 좋은 글을 쓰고자 합니다. 지난날의 떫은 글이 아니라 까치밥처럼 잘 익은 글을 쓰고 싶습니다. 이번에 서문으로 책을 빛내주신 김영휘 회장님과 김봉태 총장님, 문덕수 시백님께 심사하옵고, 글로 그림으로 글씨로 책을 빛내주신 여러 선생님들께 마음 깊이 감사합니다.

단기 4340년(서기 2007년) 1월 1일 용마산방에서
황 송 문

정년기념문집 교수들의 글

섬기는 리더, 황송문 선생님

구 명 숙
숙명여대 교수
리더십개발원 원장

황송문 선생님을 떠올리면 겨울을 이겨낸 청보리의 풋풋함과 얼큰한 뚝배기 시래기국의 구수한 향기가 피어오르고, 늦가을 빈들의 황량함에 남은 이삭과 감나무 가지에 달린 까치밥이 연상된다. 이러한 이미지는 모두 선생님의 시와 삶을 통해 지울래야 지울 수 없이 각인되어 아무리 세월이 흘러도 바뀌지 않는다.

그런데, 황송문 선생님께서 벌써 정년퇴임을 하시게 되었다고 한다. 그 분을 아끼고 존경하는 분들, 그 분을 사랑하며 늘 그리워하는 사람들의 글이 쌓이고 쌓여 그 사연이 남산의 키 높이를 웃돌아 한강에 넘쳐흐르고 있을 정도라고 들었다. 주옥같은 글들이 황 선생님의 소나무 같은 문학과 인생 길을 펼쳐 보이고 있으리라.

나는 과분하게도 원고청탁을 받은 지 오랜 시간이 지났건만 차일피일 미루어 오다가 막상 필을 들면, 거기에 한 글자도 보태기 어렵다는 생각이 앞서 이내 중단하곤 했다. "글을 일찍 보내주신 분들은 벌써 몇 개월을 기다리고 계실 텐데 제 글을 빼고 어서 책을 내시면 좋겠는데요. 선생님!" 그러나 그러한 청은 선생님에 대한 예의를 벗어난 공허한 메아리일 뿐이었다.

"기다리지요."

선생님의 그 한 말씀으로 또 몇 달이 흘렀다. 왜 아직도 책이 안 나오느냐고 궁금해 하실 터인데 이제 그 원인이 모두 여기에 있음을 고백하며 사죄드리고 싶다.

1985년 독일 유학에서 8년 반 만에 고국에 돌아왔을 때, 간절히 하고 싶었던 일이 글쓰기였다. 초등학교 5학년 담임선생님께서 시인이 되라고 하신 말씀대로 나는 늘 마음에 시인을 담아두고 있었으나 대학원에 진학하고 유학의 길에 오르면서 속으로만 시를 쓰고 싶어 했을 뿐이었다. 그리고 귀국 당시에는 우선 우리말을 유려하게 부려 써 그 동안 다른 나라 문화 속에서 체증처럼 갇혀 있던 생각들을 풀어내보고 싶은 충동을 강하게 느꼈다.

그러나 독일어에 갇혀 있는 상태여서인지 글은 생각대로 나와주지 않았고, 내 글에 대한 이야기를 나눌 대상도 없어 매우 답답한 심정일 때, 어느 문학공부 하는 교실에서 황선생님을 처음 만나뵙게 되었다. 평론을 가르치셨고, 단지 그 자리에 몇 번 참석하였던 것뿐인데 선생님께서는 그 때부터 나에게 시를 쓰도록 이끌어주셨다. 바쁘신 데도 졸작을 읽어주시고 조언해 주시는 고집스러운 지도 덕분에 나는 시를 한 편 한 편 쓰게 되었다.

그리고 참으로 긴 시간 만에 마침내 시문학에 등단을 하게 되었다. 역사가 가장 깊고, 순수 시전문지로는 유일한 『詩文學』지에 등단하는 것이 좋을 것이라고 황선생님께서 추천해 주셨기에 가능한 일이었다. 늘 감사한 마음이 앞서지만 아직까지도 시를 열심히 쓰지 않는 게으름에 부끄러움 가득하다.

황송문 선생님께서 시인, 또는 교수의 직분을 감당하시면서 평소 실천해 가시는 모습을 보면 진정한 섬기는 리더라고 생각된다. 자기 자신에 대한 엄격한 관리와 부드러운 대인관계 능력, 그리고 언제나 남을 배려하고 섬기면서 그들이 가진 잠재능력을 최대한 키워주시는 대단한 능력을 발휘하신다.

문덕수 선생님께서 이미 詩로 말씀해 주신 것처럼, 몰래 키우고 있는 바위에 꽃을 피우는 부드럽지만 강한 리더십을 가지신 분이다. 황선생님께서 뜻하시는 일이면 반드시 이루어지며, 누구에게서든지 싹을 발견하시면 곧 물을 주고 햇볕을 쪼여 아름다운 꽃을 피우게 하시는 조용하지만 열정적이고 에너지가 넘치는 분이시다.

정년을 맞이하신다고 그 열정이 어디로 가겠는가. 한결같이 우리

시단을 살찌우고 후진 양성에 심혈을 기울이시며, 시 쓰는 재미에 늙지도 않으실 미래가 기다리고 있다. 사람들과의 인연에서 의미 있는 무엇을 남겨 주시는 황송문 선생님은 많은 사람들의 가슴 속에 깊이 남아 있을 것이다. 선생님의 맑고 순수하고 진실한 시적인 삶, 남의 일을 자신의 일보다 더 정성스럽게 최선을 다해서 돕는 봉사와 섬김의 삶이 더욱 빛나는 제2의 인생이 펼쳐지시리라 믿는다. 그래서 청보리 같고 간장 같은 삶 속에서 더욱 행복하시리라는 기대에 차서 선생님의 정년을 진심으로 축하드린다. 내내 건강하시기를 빈다.

알바트로스

구 사 회
선문대 국어국문학과 교수

세상에서 하늘을 나는 가장 큰 새는 '알바트로스'이다. '신천옹(信天翁)'으로도 불리는 이 새가 한 번 날기 시작하면 날개가 거의 4미터에 이른다. 지중해의 어부들은 하늘을 나는 이 새의 아름답고 웅장한 모습에 모두들 경탄하며 입을 다물지 못한다. 하지만 이 새가 먹이를 위해 어쩌다 갑판으로 내려오면 너무 긴 자신의 날개를 감당하지 못해 기우뚱거리며 제대로 걷지를 못한다. 이 때 짓궂은 어부들은 이 새를 괴롭히며 발로 차기도 하고 심한 경우에는 죽이기까지 한다.

프랑스 상징주의 시인 보들레르는 시인을 '알바트로스'에 비유한 적이 있다. 우리들은 좋은 시를 읽다가 전율을 느끼며 그런 시를 쓰는 시인은 도대체 얼마나 아름답고 고상할까 하고 머릿속에 그려본다. 하지만 그런 시인이 어쩌다 우리 곁에 다가왔을 때 우리들은 물정에 어두운 시인의 모습에 실소하곤 한다.

나는 시인들 중에서 세상 물정에 어두운 이를 꼽으라면 천상병 시인과 황송문 시인을 꼽는다. 천상병 시인은 이미 하늘나라로 갔으니까 말할 필요가 없겠지만 황송문 시인은 천상병 시인보다 한 수 더 떠서, 아예 굶고 말지 사람들에게 아쉬운 소리하는 비위도 없다. 황송문 교수는 호주머니에 5만원만 있어도 얼굴이 밝아지고, 국밥 한 그릇에도 고마워한다. 선생은 부동산의 '부'자나 주식의 '주'자도 모른다. 어쩌다 늦게 알게 된 마이너스 통장에서 부인 몰래 인출해 쓴 수백 만원 때문에 쩔쩔 매며 한숨을 쉬는 선생의 딱한 모습을 본 적이 있다.

나는 어떤 인연으로 황송문 교수와 십여 년 이상을 같은 선문대학교 국어국문학과에서 근무하며 호흡해 왔다. 우리는 5년 이상을 함께 숙식한 적도 있었다. 나는 선생을 아주 가까운 거리에서 모시고 함께 생활해 온 셈이다. 나는 이 자리를 빌어서 감히 밝히거니와, 내가 선문대학교 교수가 된 것도 사람 좋은 황송문 교수의 절대적인 도움이 있었고, 선생이 있었기에 편안한 마음으로 지금까지 교수 생활을 해 올 수 있었다.

황송문 교수는 무엇보다도 선한 사람이다. 말이 없고 무뚝뚝하다. 가끔 비유를 들기도 하지만 누구나 알아들을 수 있고 이치에 딱 맞는다. 그의 심성을 들여다보면, 맑고 천진하기 그지없다. 나는 선생이 뒤에서 남의 험담을 하는 것을 들어본 적이 없고, 책략을 쓰는 것을 본 적도 없다.

황송문 교수는 선비다. 고집이 세고, 정도가 아니면 그 길을 가지 않는다. 아니, 세상사에 적당히 흥정하거나 옳지 않은 것을 적당히 얼버무리는 것을 보지 못했다. 하지만 당신이 옳다고 믿거나 생각하는 것은 절대로 굽히지 않는다. 요즘 대학들이 시장경제와 경쟁력을 앞세워 인문학을 구조조정 대상으로 삼고 있는 마당에 대학국어가 퇴출된 지 이미 오래되었다. 10여 년 전 내가 이 대학에 처음 부임할 때에도 그런 조짐이 보였는데, 도중에 국어과목이 교과과정에서 사라졌다.

선생은 내가 우리 학교에 처음 부임할 때부터 퇴직을 목전에 둔 지금까지 줄기차게 목청을 높이며 때와 장소를 가리지 않고 국어와 언어의 중요성을 강조하고 있다. 이제 와서 생각하면 웃음밖에 나오지 않지만 선생은 국어과목을 없앤 전임 총장과 불편한 관계가 지속되었다. 당시에 교과 과정 개편을 맡았던 교무처장에게는 아예 장본인으로 지목하여 인사도 받지 않는다.

황송문 교수는 성실한 시인이다. 재능을 앞세운 토끼가 아니라 끈덕지게 나아가는 거북이 시인이다. 옆도 돌아보지 않고 시세에 영합하지도 않으며 묵묵히 전진하는 시인이다. 가장 늦게 자고 가장 일찍 일어나는 시인이며, 시를 위해 언제나 필기도구와 녹음기를 갖고 다니는 시인이다. 시도 가식이 없고 진솔하다. 언제나 선생은 학생들이 제출한 습작품을 하나도 놓치지 않고 첨삭해 준다.

아마 선생은 전생에 농부가 아니었으면 황소였을 것이다. 아니, 나는 황송문 교수와 함께 근무하면서 보다 확신하는 선생의 전생 모습을 본 적이 있다. 그것은 바로 그 언젠가 사회 변혁을 꿈꾸며 자신이 옳다고 믿는 신념을 위해 목숨까지 바쳤던 동학농민의 모습, 그 자체였다.

지금까지 황송문 교수는 삶을 까치밥처럼 살아왔다. 황교수의 대표작으로 꼽을 수 있는 「까치밥」에서처럼 선생은 서리맞아 떨어지지 않고 죽은 듯이 지내다가 새 소식을 가지고 오는 까치에게 온몸을 내주는 까치밥 인생이다. 또한 선생은 토속 항아리 속에 가득히 고여서 삭아 내린 뒤에 깊은 장맛으로 다시 살아나는 인생이다. 더 나아가 선생은 앞만 보고 달리는 오늘날 세상에서 누가 알아주든 말든 모진 비바람을 이겨내며 고향 선산을 지키는 지조 높은 소나무의 인생이다.

코디악의 연어

丘 仁 煥
서울대 명예교수 · 소설가
문학과문학교육연구소 소장

코디악의 연어! 그것은 꿈에서나 볼 수 있는 신기한 일이요, 평생 잊지 못할 자랑거리다.

우리 부페의 신선도를 가늠하는 연어를 그 넓은 태평양 바다에서 직접 낚아 올리어 맛의 향연을 벌이던 그 멋은 세상을 살아가면서 생기를 돋게 하는 추억거리이다. 세계에서 가장 살기 좋다는 노루웨이의 베르겐의 야시장의 연어 맛이 기가 막힌다고 하는데 알류샨열도의 끝자락에 호푸 소형선을 타고 태평양의 파도를 갈라 낚시를 하고 직접 낚아 올린 그 맛은 비교가 될 수가 없어 그 묘미는 그 누구도 쉽게 경험할 수 없는 복된 경험이다.

김포공항을 출발하여 8시간 걸려 알래스카 공항에 도착, 바로 마크 에어라인을 타고 40분, 연어와 광어의 전진 기지이며 알래스카 대학교 사회개발대학원이 있고, 인구 1만 명의 알류샨열도가 시작되는 동북태평양의 코디악에 도착, 짐도 풀 사이 없이 떠밀리다 시피 큰배를 타고 가다가 소형보트 호푸로 갈아타고 2시간 알류샨열도 남쪽 태평양 바다 위해서 낚시를 하는 행운을 잡았다. PWPA의 해외 연수 강행의 첫 일정, 장병길 장기근 윤세원 등 내노라한 학자들과 공덕룡 이현복 황송문 양승평 등 소장학자들이 쉽지 않은 연수의 출발이 코디악에서 시작된 것이다.

코디악은 알래스카 반도의 거의 끝자락의 알류샨열도의 동북태평양의 맨 위에 있는 어업의 전진기지이면서 대학원이 있을 정도로 전진화된 작은 섬이다. 사실 앵커리지를 거쳐 파리를 가는 시절이고 보면 코디악을 간다는 것은 생각도 못할 일이다. 코디악의 관광지로 어업전진기지로 군사기지로 중요한 섬인데도 일반인의 발길은 거의 없을 때이다. 재단에서의 연어와 광어의 어업 전지 기지로 개발하여 미 전역에 연어를 주로 한 회초밥 먹기 운동을 전개하여 큰 호응을 얻고 있는 터의 방문객이 된 것이다.

북구의 빙하가 녹아 알류샨열도를 감돌아 앨래스카 반도 연안에 흘러 연어의 어장이 형성되고 있으며, 폭이 40km 길이가 60km의 방대한 어군을 이루어 멕시코 난류로 흘러가 연안에는 광어와 비슷한 할로밧이 영하 10도가 넘는 바다 속에서 밀월을 즐긴다. 작은 것은 1m 큰 것은 2m가 넘는 것을 잡으면 주정부에서 상을 줄 정도로 인기가 있다.

숙소에 들려 짐도 풀지 못하고 아침도 뜨는 등 마는 등하고 7-8 인승인 쾌속보트 희망호를 타고 서쪽 태평양을 향해 파도를 넘으며 할로밧을 낚을 꿈에 부풀어 있었다. 난 『예술계』에 원고를 넘기기로 약속이 되어 있어서 단편 「灰色浦口」를 밤새 쓰고 한숨도 못자고 비행기에 올라 9시간을 탔기 때문에 코디악에 내릴 때는 얼굴이 부석부석할 정도로 피로에 쌓여있었다. 그래도 알류샨열도의 해풍에 연어를 쫓고 할로밧을 잡을 꿈에 힘이 넘치듯 환호 속에 두 시간 물길을 갈라 알류샨열도의 남단에 돛을 내리고 낚시를 드리웠다.

여행은 좀 여유 있는 기분으로 보고 듣고 먹는 즐거움을 같이 하면서 새로운 견문에 젖어 가는 맛으로 하는 건데 이번은 그런 여유 있는 여행과는 좀 성질이 달랐다. 직접 경험을 통해 현실을 인식하여 그 바탕 위에 상상의 꿈을 피워 새로운 그 무엇을 창조하는 과정으로서의 성격을 띄고 있으니 여행을 즐기는 것은 뒷전으로 밀리고 있다.

알류샨열도 남단의 섬과 섬 사이의 선경! 지상에 이런 선경이 있고 그 안에 낚시를 드리우고 강태공이 되어 있다니 이건 꿈인지 생시인지 알 수 없었다. 할로밧의 낚시는 말보다는 쉽지 않았다. 할로밧은 광어의 한 종류로 바다 밑에서 움직인다. 보통 낚시와 달리 할로밧 낚시는 입감이 없다. 새우나 지렁이 작은 고기와 같은 것을 낚시에 끼어서 유인하여 입질하는 순간에 낚아채어 올리어야 하는데 할로밧 낚시는 낚시 대신에 둥근 방울을 달아 바다에 붙어 있는 할로밧의 등허리를 때려 움직이게 하여 낚아 올리는 것이다. 물론 뭉치 옆에 낚시가 걸려 있어서 할로밧이 등허리를 맞고 움직이면 낚는데 그게 쉽지가 않다.

"구교수님! 잘 잡혀요. 아니 할로밧이 바다 밑에 깔려 있다더니 왜 이리 안 잡히는 거요."

국문학자이며 시문단의 중진인 황송문 교수가 낚시를 드리우면서 파도 소리에 섞여 말했다. 그 말에 대꾸할 새도 없이 낚싯대가 묵직하니 휘어져 온힘을 다해 잡아 올리는데 혼자의 힘으로는 어려울 것 같아서 구원을 청했다.

"걸렸어요. 혼자 힘으로 안돼요. 어서 이걸 잡아주어요."

고함을 지르듯 말하여 원군이 와 같이 휘어진 낚싯대를 잡고 끌어 올렸다.

"야 구교수, 한 건 했는데! 이건 일등상 감이야."

손끝이 짜릿하게 울리는 촉감을 넘어 같이 힘을 합치어 끌어올리니 이건 1m20c의 커다란 할로밧이었다.

"야 이건 대단한데. 아니 무슨 재주로 이 대어를 낚아요."

"이건 밤새 원고를 쓰고 온 것에 대한 축복된 보상이야. 아무에게나 돌아오는 것이 아니라구."

모두 한 마디씩 하면서 우리 호푸 쾌속정에서 일등상은 맡아 놓았다고 자축의 목소리가 알류샨열도의 북태평양 바닷가에 번져갔다.

돌아오는 길은 두 시간이 잠깐이었다. 일등상을 받을 것이 분명하니 이건 거듭된 축복이 아닐 수 없다. 멀리 흩어져 있던 쾌속정이 하나 둘씩 모선에 다가왔다. 모두 화기가 넘쳐 모두 자신 있게 보였다.

"일등은 여기에요."

황교수가 자신 있게 모두 들으란 듯이 말했다.

"길고 짧은 것은 대봐야 알지요"

누군가가 또 자신이 깔린 소리로 말했다.

모두 자신 있게 잡아 온 할로밧을 선상에 진열을 했다. 신판은 복수로 긴장 속에 잣대로 대는 것을 멀리서 바라보고 있었다. 긴장이 선상에 감돌았다.

"걱정할 것 없어요. 1m가 넘는 게 어딨어요."

황교수의 자신이 넘치는 말이다.

-자 심사 결과를 발표하겠습니다. 가장 긴 일등은……

하고 말을 멈추다가 심사위원이 크게 발표했다.

- 1등 2m10c, 2등 1m70c. 3등 1m20c 로 2m10c의 경북대교수가 1등입니다.

아니 할로밧이 2m가 넘는다니 이건 그저 놀라운 일이 아니다. 그도 그럴 것이 새끼 한 마리로 그날 저녁 전원이 회를 먹고도 남을 정도이니 짐작도 못할 일이다.

"3등이면 어디에요. 구교수! 알지요. 한턱을 내야 돼요. 암요, 내 고말고요."

그날 선상에서의 회는 이건 꿀맛이라는 말로 표현할 수가 없다. 포도주 한 잔에 회를 곁들인 코디악의 밤은 요강같이 큰 별들의 축복 속에 바다바람과 같이 신선의 경지에서 노닐었다.

이 코디악의 밤은 이 세상에서 맛본 가장 축복된 시간이요, 신선의 경지로 하늘을 비상할 듯했다.

우리들의 좋은 것

권 중 성

자연과학대학 학장 역임

현 선문대 교무처장

우리 것이 좋은 것이라는 말이 있습니다. 황송문 교수님은 내가 15년전 천안캠퍼스에서 처음 만난 이래 줄곳 그 얼굴 모습에 그대로인 뭔가 우리 말과 우리 글의 유희를 쏟아낼 것만 같은, 우리 것을 그렇게 아끼고 사랑하시는 분이십니다. 우리 것의 가장 기본을 가르치고 연구하시고 또한 즐기시는 부러운 교수이십니다.

사실 학위를 막 마치고 이공학부 교수로 대학생활을 시작한 나로서는 웬 국문학과 교수가 자기 과목인 국어를 뭐 그리 중요하다고 하나 싶어 그 양반 되게 지 밥그릇 꽤나 챙기는구나 싶었었습니다. 이공학부에서 적을 둔 나로서는 통 이해가 안 되었을 뿐더러 이상한 사람인가보다 생각했었는데, 그동안 10여 년을 지나면서 대학의 패러다임의 변화와 이에 따른 대학교육을 위기의 관점에서 논하면서 또, 함께 학장을 하면서 또 요즘의 우리 학생들의 의사소통과 과제물의 수준을 보고 아하 이 분이 선지자구나 하는 생각을 여지없이 하고 있습니다.

어떤 모임에서든지 무엇으로 시작하시든지 우리말의 중요성을 일깨우시고 우리 것을 강조하시고 그렇게 되도록 노력하시던 황송문 교수님, 시간은 흘려 이제 정년이라는 이름으로 대학을 떠나가실 때가 되었지마는 일촉즉발의 분위기에서도 구수한 만담으로 분위기를 휘어잡으시던 교무회의에서의 추억과 인문학의 발전 없이는 대학다운 발전은 기대할 수 없다던 이야기들…항상 웃음을 머금은 황교수님에 대한 인상이 뇌리에 선합니다. 황교수님처럼 무엇보다도 우리네는 내가 연구하는 분야가 이 세상에서 가장 중요하다는 자부심과 긍지를 가지고 끝까지 밀고 나갈 때에 그런 한 과목 한 영역이 모여서 학문의 세계가 이룩되고 큰 진리의 진면목을 맛보리라 생각이 됩니다.

깊어 가는 이 한 가을과 함께 우리 황 교수님의 시상에서도 보다 완숙한 알갱이들이 영글어 가시기를 기원합니다. 아울러 『문학사계』를 통한 아름다운 우리말로 멀리 떨어져 있는 우리 중국 동포들과의 우리 글을 통한 통일을 이루어 먼 훗날 꼭 이룩되고야 말 우리나라의 통일에 중요한 터전을 다지시기를 기원합니다.

황송문 시인·교수의 정년을 기리면서

길 병 문
선문대 수학과 교수
전 선문대 교무처장

나는 황송문 시인의 시 중에서 「까치밥」이라는 시를 제일 좋아한다. 사람마다 그 느낌이 같지 않을 터이겠지만, 「까치밥」을 읽노라면 가을 들녘 고즈넉한 풍경의 고향 마을에서 저녁 짓는 연기가 모락모락 피어오르는 그런 광경을 보고 있을 때의 평온함과 함께 찾아오는 뭔가 아련한 그리움, 까닭 모를 애잔함 그런 것을 느끼곤 한다. 그런 잔잔한 애수를 느끼고 싶을 때이면 나는 황송문 시인의 「까치밥」을 읽는다. 사노라면 아옹다옹 마음에 앙금이 앉을 때에는 「까치밥」을 읽으면서 인생을 지혜롭게 살아갈 마음의 다짐이랄까, 한걸음 뒤로 물러나는 여유를 배우면서 괜스레 입가에 한 입 미소를 베어 물게 되니, 나에게는 기막힌 영약이 아닐 수 없다.

....

"우리 죽은 듯이 죽어 살아요.
메주가 썩어서 장맛이 들고
떫은감도 서리맞은 뒤에 맛들 듯이
우리 고난 받은 뒤에 단맛을 익혀요.
정겹고 꽃답게 인생을 익혀요."

....

읽을수록 삶의 교과서를 대하는 느낌을 받는 것은 나뿐만은 아니지 않을까 생각된다. 끝이 없는 욕심으로 인해 스스로를 괴롭히고 볶으며 사는 일상 가운데에서 아름다운 시어로 나에게 다시 원점으로 돌아가게 해 주는 황 시인의 시는 그냥 한 편의 시가 아니라 깨달음을 주는 스승의 가르침이다.

늘 그대로 있는 듯 없는 듯 계시면서, 달관한 듯한 시어를 토해내어 감동을 나눠주시는 황 시인에게서는 청국장과 같은 깊은 우리의 맛이 난다. 그 분은 조용한 듯 하면서 불같은 심성이 심연에서 활활 타고 있는 분이다. 매우 겸손하지만, 엄격한 잣대를 품고 계신 분이다. 그 끈기와 은근함은 우리 민족을 대표할 만한 그런 분이 아닐까? 때로는 천진난만 순진무구해서 내가 버릇없이 결례를 하는 때가 있어도, 짐짓 아무것도 모르는 체 그저 부드러운 모습으로 기다리시는 분이다.

길을 걸을 때, 황 교수님은 늘 한 걸음 뒤에 쳐져 걸으시며, 겸손을 때와 장소와 상대를 가리지 않고 보이시기 때문에 내가 그걸 잊고 그냥 가다가는 어디까지고 그렇게 길을 가게 된다. 가다가 어느 곳의 문을 열고 안으로 들어가든지 밖으로 나가게 될 때에는 작은 실랑이를 종종 벌이기도 한다. 나에게 먼저 가라고 옆으로 길을 비켜 주시는 그 어른 때문에 빚어지는 풍경이다.

나는 그 분에게서 겸손함과 자신에게 엄격함과 변함없는 그런 모습과 불같은 열정을 배운다. 그런 중에도 외람되지만 한 가지 가르쳐드리고 싶은 것도 있다. 아마 이것도 자신에게 엄격한 그만의 표현이라고 보이기는 한 그런 일이리라. 그리고 사모님께서도 의례 그러려니 하고 웃어넘기시곤 하는 일이고, 내가 말하지 않아도 될 일이언만. 사모님도 밖에서는 자기 자신과 동일시하시기 때문이라고 나는 이해하는 데, 때로는 그 옛날 어른들이 그랬다고 하는 것처럼 툭툭 퉁명스레 쏴대시는 것은 고치셔야겠다고 하는 말인데, 널리 양해해 주시리라.

얼마 전에 황송문 시인의 시비가 충청남도 보령의 육필시공원에 세워졌다는 이야기를 들었다. 나 같은 필부로서는 그게 얼마나 대단한 일인가가 실감되지 않아서 사실은 지금까지도 변변한 축하의 말도 하지 못했다. 오는 4월 꽃이 흐드러질 때에 시비공원을 찾아 축하의 뜻을 전해 드려야겠다고 마음먹고 있다. 이제부터는 더 자유롭게 유유자적하며 「까치밥」과 같은 기가 막힌 작품들을 쏟아내 주시기를 소망하고 기대한다.

소박함의 매력

김 관 웅
중국 연변대 교수

지난 10년 동안 산행을 하면서 우리 연변의 소박한 자연산수에 마음이 끌려서인지, 아니면 중한시가문학의 비교연구를 하면서 도연명의 시에 푹 빠져 버려서인지, 아니면 나도 이제는 육십 고개를 바라보게 되어 다소 철이 들기 시작해서인지 소박함의 매력에 점점 마음이 끌려가는 것을 어쩔 수가 없다.

10년 전만 해도 나는 돈과 시간을 팔아가면서 하늘을 치솟고 오른 아름다운 금강산이나 황산, 숭엄한 백두산 같은 명산들을 찾아다니는 데 열중했지만 요즈음에는 내가 살고 있는 연길시 교외의 이름 없는 밋밋한 야산이나 언덕을 오르는 것이 더욱 좋아졌다.

젊어서는 요염하게 짙은 화장을 한 여인들에게 마음이 끌렸으나 요즈음은 옅은 화장에 소박한 옷차림으로 거리를 다소곳하게 지나가는 여인들이 더 내 마음에 다가온다.

젊어서는 “하늘이 낸 내 재주 꼭 쓰일 때 있을 것이요, 천금을 뿌려도 다시 돌아오는 법(天生我材必有用, 千金散盡還復來)”이라고 하면서 천상천하유아독존(天上天下唯我獨尊)의 고고한 기백을 뿜어내는 이태백의 시가 좋았지만, 지금은 “동쪽 울타리 아래에서 국화를 꺾노라니 유연히 남산이 보이는구나(采菊東籬下, 悠然見南山)”라고 읊은 그 물처럼 담백하고 흙처럼 소박한 도연명의 전원시가 더 마음에 든다.

소박함은 웅장하거나 화려함에 비해 남의 눈을 별로 끌지 못할 수도 있지만 그 매력은 화려하거나 웅장한 것보다 더 깊고 긴 여운을 끌면서 사람의 마음을 사로잡는다.

황송문 교수님은 바로 이러한 소박함에서 우러나오는 매력을 가지신 분이다.

내가 황송문 교수님을 처음 만나게 된 것은 2001년 상반년 황송문 교수님이 안식연구년에 우리 연변대학에 와 계시게 되면서부터였다. 그 때 황교수님께서는 『중국조선족시문학의 변화양상연구』를 집필하시는 한편 연변대학교와 연변민족문학원 작가양성반의 교단에서 시창작론과 수필창작론 강의도 맡으셨다. 강단에 서서 말씀하시는 황교수님의 어조는 아주 담담하셨고 별로 멋진 손시늉이나 제스처도 없으셨지만 조리 정연한 논리와 명석한 견해, 적절하고도 생동한 실례들은 언제나 듣는 이들을 매료시키기에 충분했다.

연변에 계시는 동안 황교수님은 또 내가 다니는 연변 백두산문인산악회에 가담하시어 거의 반년동안 나와 같이 등산을 다니게 되었다. 이 반년동안 황교수님을 통해 문학이론이나 문예창작에 관한 참 지식을 전수받을 수 있었을 뿐만 아니라 황교수님을 통해 인간이 반드시 갖추어야 할 아름다운 미덕도 보고 느끼게 되었다.

황교수님은 저작등신(著作等身)의 명교수이자 시인, 소설가, 수필가, 문학이론가를 한 몸에 겸하신 대문인(大文人)이셨지만, 나 같은 문학의 대문에 방금 들어선 초립동(草笠童)이들 앞에서 조금도 대가연(大家然)하시지 않으셨고 추호도 틀을 차리시지 않으셨다. 언제 보아도 흙처럼 수더분하셨고 바위처럼 과묵하셨다. 언제나 우리들의 일거일동을 말없이 웃으시면서 지켜보시고 우리들이 지껄이는 씨 먹지 않은 말들도 주의 깊게 들어주셨다. 어쩌다가 몇 마디 씩 자신의 생각을 입밖에 내놓으셨는데 그럴 때마다 우리들이 갑론을박, 콩팔칠팔 의론하던 아리송한 문제들은 마치도 자욱하던 안개가 활짝 걷힌 듯 명료해지군 했다. 대언희성(大言稀聲)이란 성구의 참뜻을 나는 황교수님을 통해 깨닫게 되었다.

나는 황교수님께서 단 한번도 자기 자랑을 늘어놓거나 누구를 꼬집거나 뒷공론을 하시는 것을 들은 적이 없다. 황교수님은 또 언제나 남을 배려하시는 자상한 성품을 지니셨다. 연세가 제일 높으셨지만 언제나 약한 여성들의 배낭을 대신 메시고 정상까지 땀을 흘리시면서 톺아 오르시곤 하셨다. 그리고 정상에 올라 다들 도시락을 진설하고 식사를 하게 되면 황교수님께서는 대학구내 식당에서 싸주는 대로 가져온 조촐한 밥과 반찬을 아무런 군소리도 없이 맛있게 드시곤 하셨다. 조금도 꾸밈없어 너무나 자연스럽고 시골 농부 같은 그 소박함은 마치도 황교수님의 천성인상 싶었다.

황교수님은 우리들에게 자신이 쓴 책들도 적잖게 선물로 주시기도 했다. 나는 황교수님의 시집이나 수필집들을 읽으면서 황교수님의 문학세계에 깊숙이 빠져들게 되었고, 황교수님의 인격(人格)과 문격(文格)의 일치성을 깊이 느끼게 되었다. 황송문 교수님의 시 「까치밥」, 「간장」, 「돌」, 「청보리」나 수필 「호박꽃」, 「흙의 침묵」, 「측백나무」, 「시래기국」 등은 바로 황송문 교수님의 인격, 그 진솔함과 소박함을 그대로 닮은 글들임을 잘 알 수 있게 되었다. 연변에 계시던 그 반년 동안 황송문 교수님께서는 그 흙처럼 소박한 인격적 매력으로 하여 나를 비롯한 수많은 연변의 문학인들로부터 존경을 받으셨다.

2004년 3월부터 2005년 7월 말까지 나는 한국 대전에 있는 배재대학교에서 1년 반 동안 객원교수로 강의를 맡게 되었다. 이 1년 반 동안 나는 황교수님으로부터 많은 신세를 졌고 많은 사랑과 가르침을 받았다. 내가 왔다고 천안에서 차를 몰고 배재대학교 숙소까지 방문하여 많은 선물과 용돈을 주셨을 뿐만 아니라 한반도 지도와 충청남도 지도 각각 한 장을 사 가지고 오셨다. 말씀은 안 하셨지만 모국에 체류하는 동안에 모국을 많이 익히고 좋은 구경도 많이 하라는 뜻이었을 것이다.

2005년 구정 전야에 나의 집사람과 작은 딸이 한국에 오자 황교수님께서는 서울로 우리 일가를 초청하여 맛있는 음식을 사주고 남산타워, 63빌딩, 경복궁, 현충원 등 서울의 관광명소들을 손수 차를 몰고 일일이 모든 비용을 다 대시면서 구경시켜주었을 뿐만 아니라 북경 중앙민족대학에서 한국어석사공부를 하고 있는 작은 딸에게 용돈도 주시며 공부를 잘하라고 격려해 주셨다.

나는 사실 연변에 있을 때 황교수님께서 홀로 외롭게 계셔도 근사하게 밥 한 끼 사서 대접한 적도 없었고 어디 볼만한데 구경 한번 시켜드리지도 못했었는데, 이런 융숭한 대접을 받고 보니 황송하기 그지없었다. 나는 속으로 황교수님의 그 의리와 그 침착함, 온중(穩重)함과 더불어 그 천성과 같은 소박함에 깊이깊이 감동되었다. 나는 황교수님을 통해 모국의 따뜻한 정을 느꼈다.

나는 황교수님 같은 문학과 학문의 대선배를 스승으로 모시게 된 것을 크나큰 행운으로 생각한다. 나는 지금도, 앞으로도 황교수님을 귀감으로 삼아 언제나 자신을 비추어 보면서 문학이나 학문만이 아니라 인격적으로도 완성된 인간이 되기 위해 열심히 노력할 것이다.

금년에 황교수님께서는 65세 정년이 되는 해를 맞으셨다. 인자무적(仁者無敵)이니 황교수님처럼 이렇게 소박하고 어지신 분에게는 병마도 감히 범접을 못하고, 또 인자수(仁者壽)이니 꼭 장수를 하실 것이라고 나는 굳게 믿는다. 황교수님께는 아직도 정력이 충족하시니 정년이 된 후에도 문학을 위해, 사회를 위해 많은 좋은 일들을 하시리라고 굳게 믿는다.

늙은 말은 구유에 머리를 숙이고 있어도
그 뜻은 천리밖에 두고 있고
용사는 만년이 되어도
장한 마음은 해이해지지 않네.
(老驥伏, 志在千里. 烈士暮年, 壯心不已.)

시재가 없으니 남의 시구를 빌어 나의 마음을 전하면서 황교수님께서 정년 후에도 계속 건강하시고 건필하시기를 진심으로 기원한다.

2006년 3월 9일 연길에서

내가 본 黃松文 詩人

김 관 해

전 선문대 사회대학 학장

현 명예교수

나는 황송문 교수를 박사나 학장보다 시인으로 부르고 싶다. 이 세상에서 신비를 아는 자는 넷이라고 한다. 여자와 어린아이, 시인과 미친 사람이라고 한다. 시인은 누구나 되고 싶다고 되는 게 아니고 하늘이 점지한 사람이 아니고는 시인이 되기는 어려운 것이다. 시 한 수 짓는 게 얼마나 어려운가. 그런데 황송문 시인은 시집만도 무려 12권이고 시선집 두 권까지 합치면 14권이 된다. 그리고 그가 저술한 책은 단행본으로 66권이나 된다.

시 12수만 써도 고향으로 갈 수 있다고 한다. 언제나 황교수의 시집을 대하면 놀라움을 금할 수 없다. 어떻게 저토록 방대하고 감동을 주는 시를 마치 거미가 실을 뽑아내듯 지어낼 수 있는 것인가. 풀리지 않는 수수께끼다.

내가 황송문 시인과 인연이 된 것은 젊은 20대 시절 함께 신앙을 같이 했고, 수택리 통일신학교, 성화대학, 선문대학교에서 오랫동안 교수로 함께 있었기 때문이며, 동료 교수 이전 선후배, 더 나아가 절친한 형제같이 격이 없는 관계였다. 황송문 문학박사 정년기념문집 원고 청탁을 받고 나서 벌써 황교수께서 정년이 되었다는 것을 알고, 참으로 세월이 빠르게 갔다는 것을 새삼 느끼게 되었다.

황교수가 태어난 고향은 전북 임실 오수(獒樹)이다. 충견(忠犬)이 주인을 구한 설화로 이름난 고장이다. 오수는 충견을 기념하기 위해 충견비가 있는 원동산을 성역화했다. 사람은 어디서 태어나느냐 하는 것도 중요하다. 황박사가 어린 시절 느티나무 아래서 뛰어 놀며 자랐고, 꿈을 키워왔던 고향산천이다. 그의 시심, 그의 선천적인 천품은 그로 하여금 시인이 되고, 박사가 되고, 교수가 되게 하였다.

언제나 부지런하고 열심히 사는 모습에서 꿀벌 같은 분이라고 생각했다. 지금도 쉬지 않고 시작 활동을 계속하고 있는데 이는 아무나 쉽게 할 수 있는 일이 아니다. 대학에서 방학이면 학생들과 함께 조국순례의 길을 떠났다. 언젠가는 지리산 천왕봉을 향해 가고 있었다. 노고단을 지나고 세석평전을 지날 때는 매우 힘이 드는 코스였다. 나는 황교수의 뒤에서 그의 빠르지도 느리지도 않는 걸음걸이를 보고 있었다. 그의 보폭은 일정했다. 그는 천왕봉 정상까지 그렇게 올랐다. 그래서 나는 그의 걸음걸이를 황우보(黃牛步)라 명명하였다. 중용지도의 수행에서 오는 행보가 아닌가 싶다.

황송문 시인이 세상에 태어난 뜻은 의미 있는 시를 많이 지어서 사람들을 기쁘고 행복하게 하라는 사명을 가지고 태어났다고 생각한다. 나는 황송문 시인의 문학세계를 평가할 능력은 없다. 그러나 느끼는 바로는 너무도 순수하다. 신비를 품고 있다.

그의 대표작 중의 하나인 「까치밥」이라는 시를 보면 "우리 죽어 살아요. 떨어지진 말고 죽은 듯이 살아요. 꽃샘바람에도 떨어지지 않는 꽃잎처럼 어지러운 세상에서 떨어지지 말아요." 이렇게 시작되는 시를 읽게 되면 순애(殉愛)하고 부활하는 시정신에 의해서 영혼이 맑아지는 듯한 느낌을 갖게 된다. 내 마음이 답답하거나 침울할 때는 그의 시 「돌」을 읽는다.

불 속에서 한 천년 달구어지다가
산적이 되어 한 천년 숨어살다가
칼날 같은 소슬바람에 염주를 집어 들고

물 속에서 한 천년 원없이 구르다가
영겁의 돌이 되어 돌돌돌 구르다가
매촐한 목소리 가다듬고 일어나

神仙峰 花潭 先生 바둑알이 되어서
한 천년 운무(雲霧) 속에 잠겨 살다가
잡놈들 들끓는 속계(俗界)에 내려와
좋은 詩 한 편만 남기고 죽으리.

이 시 「돌」이 한국육필문예보존회의 주선으로 충남 보령의 육필시공원에 시비(詩碑)로 남게 된 것은 매우 기쁜 일이다. 인생은 짧고 예술은 길다는 말에 실감이 난다.

나는 지금도 기억하고 있다. 내가 박사학위 취득을 했을 때였다. 황교수께서 축시로 낭송한 「청보리頌」에 대하여 다시 감사하고 싶다. 그 시는 지금도 서재에 걸려있다. 아마 내가 살아있는 한 함께 할 것이다. 무덤까지도 함께 동반할 것이다. 나의 인생 길, 어려울 때 읽고 또 읽는다. 나는 앞으로도 읽고 읽으며 침묵과 명상, 사색하면서 살아갈 것이다.

황송문 시인의 문학세계에 대해서는 전문 문인들이 진솔하게 평할 것이다. 다만 文德守 詩人의 「黃松文 詩人」이라는 시는 그 분에 대한 것을 그대로 표현하고 있기에 옮겨 보기로한다.

그는 몰래 바위를 키우고 있나 보다
그 바위 속에
꽃을 가꾸고 있나 보다
그가 정치나 문단을 열심히 이야기할 때
어쩌다 그 바위 한 끝이
슬쩍 비치곤 한다
(물론 그를 사랑하는 사람에게만 보인다)

이 가뭄 속에
꽃을 보고 며칠만 더 일찍 피라고 한들
좀더 오므리고 그대로 있으라고 한들
산을 보고 방향을 조금 틀고
한쪽 줄기를 남쪽으로 더 열어

그 맑은 근원을 흘려보내라고 한들
남들은 고집이나 편견이라고 하지만
나는 그렇게만 보지는 않는다
그는 몰래 바위를 가꾸고 있나 보다

- 문덕수 시집 『만남을 위한 알레그로』 중에서 -

이 한 편의 시에 황송문 시인의 자화상(自畵像)이 그대로 그려져 있기에 높이 평가하고 싶다. 천년을 침묵하고 있는 장좌불와(長坐不臥)의 바위 같은 분이라 하겠다. 무한한 세월 속에 비바람 눈보라를 맞으면서도 끄떡하지 않는 바위였기에 언제나 땅속 깊은 곳에서 솟아나는 샘물 같은 시가 장강처럼 흐르고 있다.

시인 辛夕汀 先生은 황송문 시인의 첫 시집 『조선소(造船所)』의 서문에 "바이마르에 침공해온 나폴레옹에게 달려가 송시(頌詩)를 봉정(奉呈)한 괴테가 되지 말고, 나폴레옹이 황제가 되었다는 말을 듣고 그에게 봉정하려던 악보를 찢어 버린 베토벤적 시정신을 끝내 가슴에 지니고 나아가 우리 시단에 새로운 등불이 되어 주기를" 바란다는 글을 남겼다.

나의 첫 번째 저서로 『오늘을 어떻게 살 것인가』를 펴낼 때 그가 정성을 다해서 도와준 덕분에 출판이 가능할 수 있었고, 그 이후에도 변함 없는 우정이 시종여일하게 이어지고 있다.

내가 저술할 때마다 그는 언제나 자신의 일같이 편집, 교정, 구성에 이르기까지 모든 과정의 조언을 아끼지 않았다. 그의 고마운 조력이 동기가 되어 나의 적지 않은 저서가 세상 빛을 볼 수 있게 되었다. 오늘 이 지면을 통해서 다시금 '사·감·고·미'(사—사랑, 감—감사, 고—고마움, 미—미안)의 인사를 하고 싶다.

특별히 기억되는 책으로, 나의 『大河의 抗辯』을 비롯하여 나의 정년기념문집 『교직 그 고난과 보람의 길』은 황교수께서 직접 워드프로세서를 손수 쳐서 만든 책이다. 대학에서는 인문학부장, 인문대학 학장 보직까지 맡아 바쁜 때도 강의와 연구 시간 외에 틈틈이 자투리 시간을 활용하여 발행인으로 있는 계간종합문예지

『문학사계』지를 손색없이 펴내고 있다.

인생은 60부터 시작되고 80청춘, 99팔팔이라고 한다. 황교수는 정년 후부터 본격적인 인생설계를 해야 하지 않을까. 아마도 정년 후에 더욱 바빠질 것이다. 『문학사계』지 발간에 더욱 진일보하고, 좋은 글을 쓰기 위해 더욱 진력하며, 다양한 활동에 동분서주할 것이다. 원고 하나하나 꼼꼼히 챙기고 편집에 교정에 정성을 다하면서도 어려운 재정으로 꾸려가면서도 고통의 내색 없이 재미있게 하고 있다는 편한 말로 웃음꽃은 계속해서 피울 것이다.

한번 시작하여 손을 댄 일에 대해서는 초지일관(初志一貫)하는 모습은 젊은 시절 뜻길을 걸어나온 신앙심에서 나오는 저력일 것이다. 여러 일이 많겠지만, 그 중에서도 『문학사계』지의 발간은 그가 하고자 하는 일이기에 정년 후에 더욱 박차를 가하게 될 것이다.

황송문 시인의 생애를 세 분류로 나누어 본다. 그는 첫째 하나님의 소명을 받은 독실한 신앙인이며 선지자다. 선문대학교 설립자이신 문선명 선생의 원리 말씀을 깨닫고 신앙의 심화와 함께 새로운 세계로 인도되었기 때문이다. 통일교회는 당시 신령과 진리로 예배하는 신흥종교로 출발하였는데, 기성교단이 비난과 핍박을 일삼으며 이단시했다. 그는 설교와 원리에 심취했고 인격혁명이 일어나게 되었다.

나는 관악산을 오르는 등산길에 황송문 시인이 들려주던 말을 지금도 기억하고 있다. 그는 "내가 죽으면 무덤의 비문에 '그는 뜻을 위해 살다가 뜻을 위해 죽었노라'는 말 한마디"만 남겨놓기 바란다고 했다. 황송문 교수의 책 『달무리 해무리』에는 「내가 쓰러지거든」이라는 시도 보인다.

내가 쓰러지거든/ 나의 마지막 말을 전해주시오./ 그는, 뜻을 위해 살다가/ 뜻을 위해 갔다고./ 마지막 판가리 싸움터에서 내가 쓰러지거든/ 아이들 걱정은 안 해줘도 좋고/ 아내의 생활을 묻지 않아도 좋소./ 아이들에게 남겨줄/ 재산목록은 없어도/ 유산으로 남겨주고 싶은/ 한 마디의 말이 있소./ 아비는 뜻을 위해 살다가/ 뜻을 위해 갔다고./ 나에게는/ 훈장 같은 건 마련 안 해도 좋고/ 비석을 세워야 할 필요도 없소./ 다만/ 내가 보고 싶은 하늘을/ 언제나 볼 수 있도록/ 무덤 가 빈 터에/ 해바라기나 심어 주시오./ 노란 꽃잎 키대로 서서/ 하늘 우러러 사모하는/ 해바라기가 되고 싶소./ 내가 쓰러지거든/ 아무 것도 말고/ 나의 젊은 무덤 가에/ 해바라기나 심어 주시오.

이 얼마나 순수하고 순박한 시인가. 이 시를 대하고 있으면 어린 아이의 동심으로 돌아간다.

황교수는 이 시에 대해 "이처럼 비장한 시는 원리적 견해에 입각하여 뜻을 중심한 생활 가운데서 자연스럽게 표현된 것이었다. 이러한 성격의 시는 정신이 티미하지 않고 투철해서 좋고, 어떠한 가식이나 엄살이 없어서 좋다"고 기록하고 있다. 한 마디로 얼마나 뜻에 투철하고자 하는지 더 설명할 필요가 없다.

마지막에는 "선생님께서 가르쳐주신 탕감노정이라는 고난의 길을 통하여 나는 나를 빨래하여 왔다. 대학의 강단에서 강의하는 시간, 교회에서 기도하는 시간, 서재에서 글을 쓰는 시간, 깊은 밤 잠자지 않고 사색하는 시간은 결국 나의 영혼, 나의 인생을 빨래하는 시간이다."라고 했다.

황박사의 가장 의미 있는 생애 가운데 내 인생을 빨래하고 다림질하며 곱게 펴나갈 수 있도록 성숙시켜주신 문선명 선생님께 감사하며, 내 생전에 「메시아」라는 세계명작을 남기고 싶다고도 했다.

"저 태양 아래에서 사랑과 생명의 꽃이 피듯이 나는 하나님의 원리 말씀을 터득해서 꽃피게 되었다. 한 번 뿐인 내 생애를 무엇에 바칠 것이냐 하는 진지한 물음 앞에서 나는 세계 인류가 거듭날 수 있는 「메시아대연주회」의 그 우렁찬 하모니를 꿈꾸며 죽는 날까지 이 걸음으로 살아갈 것이다."

이러한 황교수의 글은 그가 뜻을 알게된 후 생애를 바쳐 믿고 따라나온 신앙인이었음을 감지하게 한다.

둘째, 열과 성을 다해 교육하고 연구하고 봉사해 온 대학교수의 생애는 영원히 잊을 수 없는 보람찬 길이었을 것이다. '선생의 똥은 개도 먹지 않는다'고 한다. 얼마나 어려운 길이면 이렇게 까지 말하겠는가. 땀과 눈물과 피의 정성을 통해 후학들을 길러내기 위한 참스승의 길이었다.

황박사가 강단에서는 엄사(嚴師)로 평판이 나있다. 학생들이 잡담을 하거나 딴 생각을 하는 게 눈빛에 보이면 호통을 치고 바른 눈(正眼)으로 돌려놓고서야 강의를 시작한다고 들었다. 그가 훈민정음 총살하는 사회 현실을 개탄하는 소리도 들었다. 그는 인문대학 학장으로서 인문학의 문·사·철(文·史·哲), 특히 철학이 소외되고 푸대접받는 것을 가슴아파하면서 탄식하기도 했다.

황교수는 학생들 지도에 완벽하였다. 학생들이 쓴 원고지 문장이 제대로 되어있지 않으면 제대로 될 때까지 첨삭지도를 반복했다. 그의 족집게 문장지도에 모두들 혀를 내둘렀다. 초창기 천안캠퍼스 시절에는 연구실(4층) 천장까지 쌓여있는 원고지를 보고 놀라움을 금할 수가 없었다. 연구실 벽 한쪽이 담처럼 쌓여있었는데, 그는 그게 버리기 아까워서 원고지만으로 방을 한 칸 만들어 볼 생각이라고 했다. 그러나 아산 캠퍼스로 옮겨갈 때 하는 수 없이 버린 모양이었다.

무엇보다 염려가 되는 것은 그의 시력이 나빠지는 것이었다. 혹사당한 그의 눈은 충혈되어 있을 때가 많았다. 걱정이 되어 아무쪼록 눈을 아끼라고 당부하였으나 그는 "죽으면 썩을 몸 살아있을 때 열심히 살아야 한다"고 하면서 여전히 눈을 혹사했다. 원래 바위 같은 고집과 자존심이 강한 황교수는 나의 말을 지금까지도 받아들이지 않고 있다.

셋째, 그는 영혼의 시인이다. 그의 시에는 혼이 있다. 그의 시에는 신념이 있다. 그의 시 「씨나락 까먹는 소리」는 간담이 서늘하게 한다. 잔잔한 호수에서 갑자기 파도가 일어나고 광풍이 불어닥치는 듯하다. 그중 일부만을 소개하면 다음과 같은 구절도 있다.

'국어를 말살하고 영어를 국어로 가르치고/ 국사를 말살하고 사대를 정사로 가르치고/ 진서에 가나에 알파벳에 길들여져/ 훈민정음을 총살하고 세종대왕 목 졸라 죽인/ 혀 꼬부라진 놈들의 씨종자 까먹는 소리/ 가식과 엄살로 꽈베기 트는 소리/ 無指紋들 아부에 살오르는 소리/ 한 입으로 두 말하는 뱀의 두 혓바닥/ 소돔과 고모라 불심판하듯/ 바슐라르의 불의 詩語로 불지르고/ 시의 못자리 판에 씨나락을 심으리.'

그러나 황송문 시인의 시는 측상(厠上)의 시(배설의 시)가 아니고 우상(牛上)의 시(관조의 시)나 침상(枕上)의 시(사색의 시)에 해당한다.

"황송문, 너 시를 써라. 문인들만 좋아하는 시를 쓰지 말고, 대중도 좋아하는 시를 길게 써라."고 하신 문선명 선생님의 말씀의 축복은 잔이 넘치고 있었다. 미국의 모닝 가든에서의 이 말씀은 최대의 축복이 아닐 수 없다. 선생님께서 어떻게 그렇게까지 아시는지 황시인도 깜짝 놀랐다고 했다.

청평수련소에서 40일간 수련 때는 뜻만을 중심으로 한 시 100편을 써서 『사랑나무 아래서』라는 시집을 발행하기도 했는데, 누가 보아도 놀라운 기적이 아닐 수 없다. 나는 시를 쓰는 게 소원이지만, 쓰지 못하고 있다. 언젠가 시 한편 쓰는 날이 온다면 얼마나 감격스럽고 행복한 날이 될 수 있겠는가를 생각해 본다. 이런 면에서 황송문 시인은 존경스럽고 자랑스러운 우리 선문대학교의 정교수다.

나는 황송문 시인의 얼굴에서 하나님을 본다.('25시' 의 작가 게오르규는 밀짚모자를 쓴 농부의 얼굴에서 하나님을 보았다고 하였다) 황송문 시인은 이제부터 더욱 좋은 시를 길게 쓸 것이다. 인간의 영혼을 일깨우고 춤추게 할 시를 쓸 것이다. 하나님을 사랑하는 시도 쓸 것이다.

나는 황송문 교수의 설교집 『영원히 목마르지 않으리』를 읽었다. 뜻을 알고 나서 목자로서의 사명을 다하는 데 부족함이 없었다. 한 순간도 인간의 생명에 대한 존엄성을 잊지 않고 구도의 성직자로 자기 희생의 신앙을 가지고 살아온 생애를 설교에서 읽을 수가 있었다. 어떠한 어려움도 신앙으로 극복해 오신 心松 黃松文 詩人은 위대한 승리자다.

황교수께서 나의 정년기념문집 '간행사'에서 "인생은 60부터라고 했지만, 진정한 인생은 정년부터라고 말하고 싶다"고 했다. 나는 여기에 한술 더 떠서 "인생의 정년은 없다"고 말하고 싶다.

황교수가 모성을 그리며 지은 시 「望鄕歌 2」는 가슴을 찡하게 한다. 그의 시는 손끝과 발끝까지 어머니의 사랑이 흐르게 한다. 이 세상에서 가장 아름다운 것은 어머니이기 때문이리라.

어매여, 시골 울엄매여!/ 어매 솜씨에 장맛이 달아/ 시래기국 잘도 끓여주던 어매여!

어매 청춘 품앗이로 보낸 들녘/ 가르마 트인 논두렁길을/ 내 늘그막엔 밟아 볼라요!

동지(冬至)ㅅ날 팥죽을 먹다가/ 문득 걸리던 어매여!

새알심이 걸려 넘기지를 못하고/ 그리버 그리버, 울엄매 그리버서/ 빌딩 달 하염없이 바라보며/속울음 꺼익꺼익 울었지러!

앵두나무 우물가로 시집오던 울엄매!/ 새벽마다 맑은 물 길어 와서는/ 정화수 축수축수 치성을 드리더니/ 동백기름에 윤기 자르르한 머리카락은/ 뜬그름 세월에 파뿌리 되었지러!

아들이 유학을 간다고/ 송편을 쪄가지고 달려오던 어매여!/ 九萬里 長天에 월매나 시장허꼬!/ 비행기 속에서 먹어라, 잉!/ 점드락 갈라먼 월매나 시장허꼬/ 아이구 내 새끼, 내 새끼야!/ 돌아서며 눈물을 감추시던 울엄매!/ 어매 뜨거운 심정이 살아/ 母性의 피되어 가슴 절절 흐르네!

어매여, 시골 울엄매여!/ 어매 잠든 고향 땅을/ 내 늘그막엔 밟아 볼라요!/ 지나는 기러기도 부르던 어매처럼/ 나도 워리워리 목청껏 불러들여/ 인정이 넘치게 살아 볼라요!/ 자운영(紫雲英) 환장할 노을 진 들녘을/ 미친 듯이 미친 듯이 밟아 볼라요!

이 시는 황교수가 일본 남산대학으로 유학을 떠날 때 '어머니'를 그리며 쓴 시가 아닌가 싶다. 두고두고 가슴에 간직하고 싶다. 2001년은 황송문 교수가 안식연구년을 맞아 연변대학 객원교수로 떠나 있던 해다. 나는 그때 가깝게 지내던 친지의 부부들과 동반해서 중국 여행길에 황송문 교수를 찾았다. 황교수 부인께서도 우리 일행과 함께 갔으므로 합류해서 백두산으로, 만리장성으로 함께 여행을 하게 되었다.

황교수는 그때 오랜 해외 생활에서 건강이 좋지 않아 보였다. 식생활이 문제였다. 그러한 상태에서도 황교수는 아픈 내색 없이 부인의 곁에서 떠나지 않고 외조(外助)하는 모습은 매우 아름답고 행복하게 보였다. 편하고 좋을 때가 아니고, 어렵고 힘들 때 내색 없이 위하고 베푸는 희생의 아름다움과 사랑과 진실과 신뢰가 돋보이고 보기 좋은 것임을 황교수 부부의 모습에서 느낄 수 있었다.

북경에서 두 내외는 작별을 해야 했다. 황교수는 기차로 24시간이나 걸리는 연길로 떠나야 했고, 황교수 부인은 한국행 비행기로 귀국하게 되었다. 황교수만 우리 일행에서 외톨이로 떨어져야 했다. 황교수가 호텔에서 밥을 먹지 못하니까 그 부인께서 시장할테니 먹으라고 삶은 달걀 네 알을 싸주었다.

나중에 들어 안 일이지만, 황교수는 그 계란 네 알 중에서 두 알은 북경역에서 여덟 시간이나 열차를 기다리는 동안에 먹었고, 나머지 두 알은 연길로 가는 열차 속에서 먹었다고 했다. 그는 밤낮으로 24시간이나 열차를 타는 동안에 계란 두 알을 먹다가 목이 메이자 눈시울이 뜨거워진 모양이었다. 아내에게 미안하기도 쓸쓸하기도 하고, 야속하기도 하고, 슬프기도 한 마음들이 싸잡혀서 그 팍팍한 계란을 제대로 넘기지 못한 모양이다.

그는 연길에 가자마자 약속한대로 연자산장(燕子山莊)으로 향했고, 그곳에서 4일간에 6편의 노랫말을 지었다고 한다. 황송문 작사, 최연숙 작곡, 이철혁 노래로, 중국 인민방송의 매주일가(매일 3회, 일주일간 방송되므로 21회 방송) 프로그램에 방송된 바 있는 「달걀생각」은 그때 지은 노랫말 중의 하나인데 여기에 소개하면 다음과 같다.

아내가 싸주고 간 달걀 네 알을
북경에서 연길 가는 열차 속에서
무심코 까먹다가 울음 쏟았네

아내는 비행기로 서울 가는데
나는 왜 열차로 연길에 가나
달걀을 먹다가 목이 메어서
쏟아지는 눈물을 막지 못했네
막지 못했네

미운 정 고운 정 다 들었는데
우리는 어찌하여 헤어지는가
마음에 없는 말로 아픔 주다가
안쓰러운 생각에 달래어주고
돌아서며 눈물을 감추었지만
아내가 싸주고 간 달걀 생각에
쏟아지는 눈물을 막지 못했네
막지 못했네

시인 황송문 교수는 어디에 있어도 모든 생각과 삶이 시가 되고 노래가 되었다. 그는 시집 『연변 백양나무』(시문학사, 2002), 논저 『중국조선족 시문학의 변화양상연구』(국학자료원, 2003) 등 소중한 학예(學藝)를 남기는 데 크게 기여하였다.

황송문 시선집 『바위 속에 피는 꽃』(국학자료원, 2002)은 컬러 시화(詩畵)와 함께 회갑기념이 되는 시선집이었다. 문덕수 시인은 "먼저 인간 황송문에 대하여 몇 마디 언급하고 싶다. 그는 사실 사람 좋기로 소문나 있지만, 알고 보면 그 속에는 바위나 돌 같은 '고집 덩어리'가 완강하게 버티고 있음을 알게 된다. 처음 감촉했을 때는 약간 섬뜩한 느낌도 들었다. 인간관계란 각자가 갖고 있는 물살의 교차라고 할 수 있지만, 황송문의 물살은 따스하고 부드러워서 그의 감정의 균열 속으로 깊숙이 들어가 보지 않고서는 좀처럼 느낄 수 없다. 그의 고집이 갖는 强度나 중량 그리고 엄격성은 함부로 얕보거나 건드릴 수 있는 것이 아니어서, 내 나름대로 일단 黃喜 정승으로부터의 오랜 유전성 고집, 또는 결백성(潔白性) 고집으로 명명해 두기로 한다."고 쓰고 있다.

나는 이 글을 읽으면서 시인 문덕수 선생이 한 인간 황송문 시인을 지대한 관심을 가지고 지켜보고 있다는 것을 발견할 수 있었다. 열 길 물 속은 알 수 있어도 한 길 인간의 마음은 모른다고 한다. 오랫동안 가까이에서 바라본 문덕수 선생의 생각과 나의 생각이 같다는 공감에서 말씀의 일부를 옮겨 보았다.

2006년 3월 15일자 『종교신문』의 '종교춘추' 란에 「머리에 집을 짓는 새」라는 제목으로 발표한 황송문 교수의 칼럼을 소개하고 펜을 놓으려 한다.

"새가 우리들의 머리위로 나는 것을 막을 수는 없다. 그러나 그 새가 우리들의 머리에 내려와서 집을 지으려고 할 때 쫓을 수는 있다."고 하면서, 이 나라 지도자들의 낮은 도덕성을 개탄했다. 윤리적 브레이크는 도처에 고장이 나서 제 멋대로 굴러가기도 하고, 벼랑으로 굴러 떨어지기도 한다. 윗물이 맑지 않으니 아랫물이 맑을 리 없다. 나사가 빠진 셈이다. 이래가지고 나라꼴이 되겠는지 걱정이 태산 같다고 황송문 시인은 호통을 친다.

높은 도덕성을 갖지 않고는 결코 선진국이 될 수 없다는 점을 명심해야 한다고 하면서 머리에 집을 지으려는 새는 쫓아야 한다는 글이 너무도 스마트하고 신선한 충격을 주었다.

황송문 학장님, 이제부터가 인생의 시작임을 잊지 마십시오. 그동안 걸어온 길을 경험으로 거울삼아 다시 도전해야 할 시간이 되었습니다.

소로는 『월든(walden)』에서 "물에 빠진 사람을 살리고 나서 다시 신발 끈을 매라"고 합니다. 세상은 넓고 할 일은 많습니다. 우리가 행복하게 살아야 할 천국은 인간의 능력으로 만들어야 하는 창조적 공작이라고 생각합니다. 뜻길 따라 걸어온 길, 아직도 갈 길은 멀고, 짐은 무겁습니다. 쉴만한 곳이 없는 이 삭막하고도 잔혹한 이 시대는 우리에게 주어진 십자가입니다. 그러나 문제는 풀려질 것입니다. 풀리지 않는 문제는 문제가 아닙니다. 폭우는 그치고 해가 나올 것입니다.

나는 오늘도 강의(대학과 인성) 시간에 "넘어가 봄"과 "돌아옴"(Passing over Coming back)에 대하여 그 의미를 말하고 이해를 구했습니다. '봄'과 '옴'의 철학을 황교수께서 종교와 문학의 차원에서 이해하기 바랍니다. 더 많은 시간이 흘러가면 그때는 '인간적인 너무나 인간적인' 꽃보다 아름다운 사람이 살만한 인간의 낙원은 수립될 것입니다.

그 세계는 詩人共和國 또는 文化共和國이라 부른다 해도 무슨 문제는 없을 것입니다. 높은 德化力 競爭의 시대, 情緖와 文化의 시대, '사랑과 진실'이 먹혀드는 시대가 오고 있습니다.

황송문 박사님, 사람을 감동케 하는 啓示的인 詩, 靈感을 주는 恩惠의 詩를 더 많이 쓰시기 바랍니다. 사랑의 시, 생명의 시를 많은 사람들이 애송하는 그 날을 기대합니다. 오늘 기도하는 심정으로 쓴 이 글이 정년 퇴임을 기념할 뿐 아니라 황송문 시인의 문학과 인생을 연구하거나 탐구하는 데 있어서 도움이 될 수 있다면 그 이상의 영광이 없겠습니다.

전주문학상과 황송문 시인

김 동 수
시인 · 백제예술대학 교수

황송문 시인은 나의 선배가 되신 분이다. 문단도 그렇고 대학도 그렇다. 농도(農道) 전북에서 농부의 아들로 태어나 앞서 강단에서 현대시를 강의하며 한 생(生)을 보내고 있는 것도 그렇다. 이 분의 고향은 내 고향 춘향골(南原)과 이웃한 전북 임실군 오수면(獒樹面)으로 의견비(義犬碑)로 널리 알려진 고장으로 봄이면 야트막한 산등성이에 진달래가 흐드러지게 피고, 자운영 꽃이 온 들녘을 덮어 벌떼가 잉잉거리는 물 맑고 산 좋은 농촌이다. 이런 순박한 고장에서 태어나 자라서인지 그의 시에선 인간의 순정과 향토색 짙은 한국적 서정이 정감 어리게 그려져 있다.

어매여, 시골 울엄매여!
어매 솜씨에 장맛이 달아
시래기국 잘도 끓여주던 어매여!

어매 청춘 품앗이로 보낸 들녘
가르마 트인 논두렁길을
내 늘그막엔 밟아 볼라요!

동짓날 팥죽을 먹다가
문득, 걸리던 어매여!

새알심이 걸려 넘기지를 못하고
그리버 그리버, 울엄매 그리버서

빌딩 달 하염없이 바라보며
속울음 꺼익꺼익 울었지러!

앵두나무 우물가로 시집오던 울엄매!
새벽마다 맑은 물 길어와서는
정화수 축수축수 치성을 드리더니
동백기름에 윤기 자르르한 머리카락은
뜬구름 세월에 파뿌리 되었지러!

아들이 유학을 간다고
송편을 쪄가지고 달려오던 어매여!
九萬里長天에 월매나 시장허꼬
비행기 속에서 먹어라, 잉!

점드락 갈라먼 월매나 시장허꼬
아이구 내 새끼, 내 새끼야!
돌아서며 눈물을 감추시던 울엄매!
어매 뜨거운 心情이 살아
母性의 피되어 가슴 절절 흐르네!

어매여, 시골 울엄매여!
어매 잠든 고향 땅을
내 늘그막엔 밟아 볼라요!

지나는 기러기도 부르던 어매처럼
나도 워리워리 목청껏 불러들여
人情이 넘치게 살아 볼라요!

紫雲英 환장할 노을진 들녘을
미친 듯이 미친 듯이 밟아 볼라요!

- 황송문의 시 「망향가 2」 전문

이 작품은 2002년 '(사)한국미래문학연구원'에서 시상한 제1회 〈전주문학상〉 대상작으로 뽑혔던 작품 중의 하나이다. 아마도 어렵사리 고향에서 대학을 마치고 일본으로 유학 갈 무렵에 쓴 작품이 아닌가 한다. 그의 시는 자운영 들녘과 앵두나무 우물가를 배경으로 시래기국과 동지팥죽을 맛있게 끓여 주시던 어머니(고향의 상징적 이미지)와 함께 등장하고 있다.

당시 심사위원들의 심사평을 보면 왜 이 작품이 향토색 짙은 전라도 애향시로 뽑혔는지 짐작케 된다.

「서동요」와 「정읍사」 그리고 「춘향전」을 배태시킨 호남문학의 중심 도시 전주에서 제1회 〈전주문학상〉에 많은 후보 문인들이 추천되었다. 하지만 그 중에서도 '누구의 작품이 더 아름다운 향토어로 전라도 정신과 한국적 정신을 널리 떨치고 있는지, 그리고 이 문학상이 도내 거주자의 범위를 넘어 더욱 많은 이들의 관심을 불러 일으켜 고향 사랑 정신을 고취시켜 주고 있는지에 중점을 두어 선정하였다.

황송문 시인은 전북 오수 출신으로 19171년 『문학』지에 시 「피뢰침」이 당선된 이래 12권의 시집과 『현대시창작법』, 『소설창작법』, 『수필창작법』, 『글쓰기의 이론과 실제』등 66권에 달하는 역저를 냈을 뿐 아니라, 현재 선문대학교 국어국문학과 교수로서, 그리고 동아일보문화센터 문예창작 강사로도 이름이 높은 분이다. 특히 그의 애향심 짙은 향토 서정시 「망향가」, 「까치밥」, 「시래기국」등은 아직도 오염되지 않은 심심산골의 도라지처럼 향토색 짙은 한국적 서정을 수더분하고 정감어린 전라도 방언으로, 때로는 수채화처럼 맑고 향기롭게 구사하여 모국어를 빛낸 자랑스런 전라도 시인이라는 점에서 황송문 시인을 선정하기에 이르렀다.

- '제1회 전주문학상 심사평'에서, 『전주문학 13집』, P.333, 2002

위에서 밝힌 바와 같이 그의 시는 우선 '오염되지 않은 심심산골의 도라지처럼 향토색 짙은 한국적 서정을 수더분하고 정감어린 전라도 방언으로, 때로는 수채화처럼 맑고 향기로운 언어 구사로 모국어를 빛내고 있다. 황송문 시인도 이에 대해 '수상 소감'에서 자신의 시가 '향토 정서'와 '애향심'이 그 바탕에 깔려 있음을 부인하지 않고 있다.

제 시가 고향을 그리워하는 향토정서가 바탕이 되어 있거나 애향심이 짙게 깔려 있기는 해도 일찍이 고향을 떠나온 후 외지로 떠돌다보니 고향의 문우들에게 보탬이 된 일을 한 게 별로 없는데, 뜻밖에도 상을 준다고 하니 분수에 넘치는가 해서 망설이지 않을 수 없었습니다. 그래서 사양했는데, 한국미래문학연구원장인 김동수 교수의 통지가 단호하여 감사히 받기로 하였습니다. 향토의 문우들이 어려운 여건 가운데에서 정성을 모아 주시는 상이라서 깨끗하고 뜻이 있는 상이므로, 앞으로 이 고장 출신으로서 '전주문학'의 일원답게 소임을 다하라는 채찍으로 알고 감사히 받겠습니다.

…돈이나 권세 같이 실속 있는 비광을 바닥에 떨어버린 채 아무도 거들떠보지 않는 흑싸리 홍싸리 껍질 같은 문학의 길을 걸어온 지 35년, 저는 35년 만에 고향에서 인정받았으므로 가장 값진 팔싸리를 하게 된 셈입니다.

-'전주문학상 수상 소감'에서, 『전주문학』13집, (사)한국미래문학연구원, 2002, P. 325

황송문 시인은 그간 여러 문학단체에서 많은 문학상을 수상한 시인으로 알고 있다. 그러면서도 그 어느 문학상보다 고향에서 챙겨주는 문학상을 기쁜 마음으로 수락하고 있다. 그리고 그 이유로서 첫째, 문학상 제정 이유가 본인의 문학적 지향과 일치되고 둘째, 수상자 선정 과정이 투명하며 셋째, 백면서생인 자신을 고향문단에서 기억하여 상을 마련하여 준데 대한 감사를 겸손하게 표명하고 있다. 그러면서도 내심 기뻐하는 소박한 성품을 은근히 내비치고도 있다. 그럼 그가 지향하는 시의 세계는 어떤 것일까?

마음 편한 식물성 바가지 같은 시
檀紀를 쓰던 달밤 교교한 陰曆의 시

사랑방 천장에선 메주가 뜨던
그 퀘퀘한 土俗의 시를 쓰고 싶다.

人情이 많은 이웃들의 모닥불 같은 시
해질녘 초가지붕의 박꽃 같은 시
마당의 멍석 가에 모깃불 피던
그 포르스름한 실연기 같은 시를 쓰고 싶다.

겨울엔 춥고 여름엔 머리 벗겨지는
빨강 페인트의 슬레이트 지붕은 말고,
나일론 끈에 목을 맨 플라스틱 바가지는 말고,
뚝배기의 숭늉 내음 안개로 피는
정겨운 시, 푸짐한 시, 편안한 시,
더운 김이 모락모락 피어오르는
고구마 한 소쿠리씩의 시를 쓰고 싶다.

고추잠자리 노을 속으로 빨려드는 시,
저녁 연기 얕게 깔리는 꿈속의 시,
어스름 토담 고샅길 돌아갈 때의
멸치 넣고 끓임직한 은근한 시,
그 시래기국 냄새나는 시를 쓰고 싶다.

- 황송문의 시 「시론 3」 전문

황송문 시인은 현재 서울에 살고 있다. 선문대학교 인문대학 학장으로 있으면서도 계간 순수 문예지 『문학사계』를 발행하고, 또 한국문인협회 이사와 한국현대시인협회 부이사장직을 맡아 한국문단에 누구보다 앞장서 기여하고 있다. 그러나 그의 시세계는 속도와 편이성으로 점철된 현대 서구 문명과는 거리가 먼 토속적이고 향토적인 한국적 탈속의 세계를 지향하고 있다.

그는 위의 시에서 보인 바처럼 우선 '페인트'나 '플라스틱', '나일론' 같은 화학적 인공의 문명세계를 싫어하고 있다. 반면 어둑한 시골 사랑방 천장에서 퀘퀘하게 뜨고 있는 메주 내음이거나 풋고추 얼큰한 시래기국 맛 같은 시, 그것도 아니면 초가지붕에 하얗게 핀 박꽃 같고, 한 여름밤 푸르스름하고 매캐하게 피어오르던 마당가 모깃불 같은 한국적 정감의 시를 쓰고 싶어한다. 영 촌티를 못 벗어나는, 아니 벗어나고 싶지 아니하는 어쩌면 '영원한 오수 촌사람'을 지향하고 있는지도 모른다.

고향 생각이 나면
시래기국집을 찾는다.

해묵은 뚝배기에
듬성 듬성 떠 있는
붉은 고추 푸른 고추
보기만 해도 눈시울이 뜨겁다.

노을같이 얼근한
시래기국물 훌훌 마시면,
뚝배기에 서린 김은 恨이 되어
鄕愁 젖은 눈에 방울방울 맺힌다.

시래기국을 잘 끓여 주시던
할머니는 저승에서도
시래기국을 끓이고 계실까.

새가 되어 날아간
내 딸아이는
할머니의 시래기국 맛을 보고 있을까.

고향 생각을 하다가
할머니와 딸아이가 보고 싶으면

시래기국집을 찾는다.

내가 마시는 시래기국물은
失鄕의 눈물인가.
내 얼근한 눈물이 되어
한 서린 가슴, 氷壁을 타고
뚝배기 언저리에 방울방울 맺힌다.

-「시래기국」 전문

황송문 시인은 지금도 고향 전주에서 선후배문인들로부터 마음씨 맑고 인정 많은 출향 문인으로, 그러면서도 고향을 사랑하는 전라도 선비 시인으로 기억되고 있다. 언제 만나 뵙고 얼큰한 시래기국에 걸죽한 막걸리라도 한 사발 대접하고 싶다. 부디 더욱 건강하시어 아름다운 선후배로 우리의 정이 오래도록 이어져 갔으면 하는 바람이다.

내가 만난 황송문 교수님

김 린
선문대학교 교수
전 국제교류협력처장

1972년 한국에 왔을 때 처음 알게 된 사람 중 한 분이 황송문 교수님이다. 국제 팀의 일원으로서 나는 한국과 일본을 방문하여 공산주의를 극복하자는 요지로 승공(勝共) 강의를 했다. 함께 활동했던 멤버 중 여섯 명의 일행이 서울 낙원동에 있는 낙원아파트에 정착하게 되었다. 우리가 기거하는 아파트는 국제승공연합 사무실 바로 옆에 있었다. 그때 황교수님은 국제승공연합에서 일하고 계셨다. 이 세상을 더 나은 곳으로 변화시키기 위하여 적극적으로 투신하는 젊은 분이셨다. 나는 한국말을 할 줄 몰랐고 교수님은 영어를 잘 하지 못하셨지만 그 분이 단순히 정치적인 면에만 관심을 두는 것이 아니라 시인으로서 깊은 사고를 하시는 분인 것만은 확실히 알 수 있었다.

그 후 우리는 각자의 길을 갔다. 교수님은 한국어를 더욱 갈고 닦으셨으며 나는 제2외국어로서 영어를 가르치는 일에 전념했다. 선문대학교에서 교수님과 내가 다시 만나게 되었을 때 놀랍기도 했고 매우 반갑기도 했다. 학술제 기간 중에 나는 인문관 로비에 전시된 아름다운 시화에 눈길이 이끌렸다. 멈추어 서서 그 시를 읽고 나서, 전시된 시집을 집어 들었다. 세상에! 황송문 교수님의 시집이었다. 나는 뛸 듯이 기뻤다. 그때 일을 교수님께 이야기했더니 다른 시집 한 권과 더불어 녹음띠(카세트 테이프)도 주셨는데 거기에는 시낭송과 더불어 교수님의 시에 중국 교포들이 곡을 붙여 부른 노래가 실려 있었다. 그 녹음띠를 아마 천 번은 들었을 것이다. 지금도 차 안에 비치해 두고 있다. 급기야 남편과 함께 그 노래들을 배워서 모임 때 노래 요청을 받으면 때때로 그 노래들을 함께 부르기도 한다. 교수님의 시를 통하여 한국의 일상에서 만나는 작은 것들에 대한 깊은 사랑을 느낄 수 있었다. 살구나무 가지 위로 기어오르는 달, 밤하늘의 반딧불, 붉은 고추 푸른 고추가 듬성듬성 떠 있는 시래기국…. 교수님의 시를 읽거나 듣다 보면 미소가 떠오르기도 하고 때로는 눈물이 흐르기도 한다. 나 또한 비슷한 느낌을 받은 적이 많기 때문이다. 내가 보기에 교수님의 시는 국경을 초월해 있다.

교수님과 나는 모든 학생들에게 작문을 가르치는 것이 중요하다는 내용의 이야기를 나누기도 하고 우리 학교의 모든 학생들이 수강하도록 작문 시간을 필수 과목으로 마련하기 위해 노력하기도 했다. 아직은 성사되지 않았지만 그 문제에 대해 우리는 같은 생각을 가지고 있으며, 우리의 노력으로 학내에서도 이 문제에 대한 인식이 높아졌다고 느끼고 있다. 교수님을 알고 지낸 것이 나에게는 기쁨이었고, 앞으로도 오래 우정을 나누고 싶다. 교수님의 앞날에 커다란 기쁨과 문운이 함께하길 빈다.

For Professor Hwang Song Moon

From Lynne Kim

When I came to Korea in 1972, Professor Hwang Song Moon was one of the first people I came to know. As part of an international group, I toured around Korea and Japan giving lectures on Victory over Communism. Then in Korea six of us settled down in the Nakwon Apartments in Nakwon-dong in Seoul. Our apartment was right next to the International Federation for Victory over Communism offices. At that time Professor Hwang was working with that Federation. He was a vibrant young man, dedicated to making the world a better place. I did not speak Korean, nor was he fluent in

English, but it was clear that he was not just interested in political matters but was also a poet and a deep thinker.

We went separate ways. He developed his great knowledge of Korean language, and I pursued teaching English as a second language. It was a surprise and delight to meet again at Sun Moon University. During one of our Academic Festivals, I stopped to read the beautifully painted poetry displayed in the lobby of our Humanities Building, and I picked up a book of poetry that was displayed. It was written by Professor Hwang! How it delighted me! When I mentioned it to him, he gave me another book of poetry and even a tape of some poems that Korean residents in China had put to music. I must have listened to that tape a thousand times. It is still in the tape section of my car. My husband and I even learned the songs and sometimes sing them together at public gatherings when we are asked to sing. Through his poetry, I could feel such a love for the simple things of daily life in Korea··· the moon going up the branch of an apricot tree··· fireflies in the night, bean paste soup with red and green peppers floating on top···. I smiled and sometimes had to wipe away tears as I read or listened to his poems because I have felt many similar things. His poetry crossed national lines for me.

We sometimes talked about the importance of writing classes for all our students, and together we tried to have writing classes be required of all students in our university. It has not happened yet, but we were kindred spirits on that point and feel that we raised the consciousness of people in the university on that issue. It has been a joy to know him so far, and I look forward to many more years of friendship in the future. I wish him great joy and creativity in the future.

일공선사

김 병 균

선문대 국어국문학과 교수

전 학생처장

사람의 인연이 어느 것 하나 각별하고 소중하지 않은 것이 있겠는가마는 황송문 교수와 나와의 인연은 길고도 참 유별나서 전생부터 어떤 단단한 끈으로 묶이지 않았나 하고 생각할 때가 많다.

황교수와의 첫 인연은 대략 20년 전쯤으로 거슬러 올라간다. 대학 선배인 황교수와 내가 모교에 출강하면서부터 만남은 시작되었고, 모교가 대학 이전으로 인해 빚더미에 올라앉아 정권의 힘에 의해 다른 재단으로 넘어가서 신재단의 불합리한 경영으로 인해 위기에 봉착했을 때 동창으로서 신재단 퇴진운동을 벌이는 싸움에 나서면서 가까워지기 시작했다. 그 무렵 나는 늦은 나이에 대학강사 생활을 하고 있어서 불안과 침제의 늪에 빠져 있었다. 이를 본 황교수께서는 언제든 나를 자기 학교에 초빙하도록 노력하겠다고 위로해 주었고, 또한 그러려고 무척 노력해 나에게 큰 용기와 희망을 갖게 했다.

사실 그 당시 황교수는 나에게는 칠흑 같은 어둠 속에 홀로 빛나는 등불과 같은 존재였었다. 그러던 중 나는 전주우석대학에 초빙되었고, 이듬해 선문대학에도 국어학 교수 초빙공고가 나게 되었는데 이 또한 황교수의 나를 위한 배려였었다. 이 초빙공고에 응시해 엄청난 경쟁을 뚫고 내가 채용되었을 때 나는 기쁨보다 걱정이 앞서게 되었다. 과연 내 고향에서 편안하게 지낼 수 있는 대학을 버리고 가족과도 떨어진 먼 타향에 가야할 것인가? 그러나 나는 황교수가 거기에 있었기에 타향행을 택하기로 했다.

황교수와 나는 가족을 제외하곤 이 세상에서 가장 많은 밥을 먹었고, 가장 오랜 세월 같은 방에서 잠을 잤다. 천안캠퍼스 시절 2년을 여관에서 같이 생활을 했고, 아산캠퍼스 시절엔 1년여를 기숙사의 같은 방에서, 5년여를 아파트의 한 방에서 지내, 어찌 보면 부부와 같은 정이 들었고, 숨소리 하나에도 서로의 감정을 느낄 수 있었다.

또한 황교수 사모님과도 퍽 돈독한 관계를 유지했으니 부부끼리 같이 자주 만났고, 호주와 뉴질랜드도 여행했으며, 선유도에서 낭만을 즐기기도 했었다. 특히 선운사를 자주 찾아 숲속에서 듀엣으로 '청산에 살리라'를 부르기도 했는데, 황교수는 못마땅해서 가재눈을 뜨고 흘겨보기도 했지만 우리는 화음이 잘 맞았었다. 특히 남에게 자기 음식솜씨를 보이지 않는 경상도 분의 밥상을 받아 본 것은 황교수 주위 사람 중 아마 내가 유일한 인물일 것이다.

황교수에게서 제일 먼저 떠오르는 이미지는 '황소고집'이다. 한 번 의견을 세우면 절대 변하거나 고집을 꺾는 일이 없어 때론 답답함을 느끼는 경우가 한 두 번이 아니었다. 머리칼이 밤송이 머리이기 때문에 이발소에서만 감는다거나, 학생들의 작품을 지도할 때 그들의 사기를 생각해 칭찬도 필요하련만 여간해서 칭찬하지 않는 점, 학교에 부임한 이래 시종일관 교양국어와 작문을 강조해 총장과 끊임없이 싸우고, 교수들도 이젠 지쳐 그만두자 권하지만 정년을 몇 개월 남긴 지금도 그 주장은 굽힐 줄 모른다.

이런 작은 일로도 그의 '황소고집'은 변하지 않을진대 더 큰일에 있어서는 말해 무엇하겠는가? 또한 황교수님은 소탈한 성품과 식성을 지니고 있다. 황교수님이 가장 좋아하는 음식은 아마 시래기국과 콩나물국밥일 것이다. 전주대학에 강의하러 내려오실 때에도 언제나 식사메뉴는 콩나물 국밥 한 가지이다. 그러니 식사 때 그에게 메뉴를 들이대는 일은 아무 의미가 없는 것이다. 서울에서도 콩나물 국밥집을 기회만 있으면 찾는 듯한데, 한 번은 경상도 출신인 처가 식구들에게 가장 맛있는 음식이라고 콩나물 국밥을 대접했더니 모두 먹지 않고 남기며 꿀꿀이죽이 아니냐는 것을 보고, 속상해 하는 걸 보기도 했었다.

그리고 구교수와 황교수, 나 셋이서 자취할 때, 음식은 내가 담당하고, 황교수는 설거지, 구교수는 청소를 담당했었는데, 내가 해주는 음식을 어찌나 맛있게 드시는지 음식을 만드는 내가 더 신바람이 날 지경이었다. 사실 내 음식을 얻어먹다 방학에 집으로 돌아가 2·3개월 동안 기거하다 오면 체중이 많이 줄고 얼굴도 까칠해 속상했던 일이 한 두 번이 아니었다. 어처구니없게도 난 남편을 봉양하는 아내와 같은 생각이 들어 속으로 쓴웃음을 짓곤 했던 기억이 난다.

황교수님이 나에게 가장 고마워해야 할 일은 아마 많은 문학작품의 소재를 제공한 일일 것이다. 그의 유일한 연애소설 「사랑은 달빛을 타고」는 같은 방에서 잠 안 오는 밤을 지샐 때 나의 경험을 들려 준 얘기이며, 그 소설의 현장감을 살리기 위해 소설의 배경 중 하나인 울릉도까지 같이 답사하기도 했었다. 그 외에 콩트나 수필 중에도 내가 들려 준 이야기가 소재로 차용되고 있다. 한참 이야기에 열을 올릴 때 꼭 녹음기를 챙기느라 얘기를 끊어 놓아 내가 신경질을 낼 때도 황교수는 나를 구슬려 그 얘기를 꼭 하도록 하곤 했다. 나중에는 내 경험 중 지적재산권 보호를 위해 들려주지 않게 되었는데, 그것은 앞으로 내가 쓸 글의 소재를 남겨두기 위함이었다.

내가 지금도 황교수에게서 가장 궁금하고 신비스럽게 느끼는 점은 왜 시인이 되었을까 하는 점이다. 사실 오랜 세월 곁에서 지켜볼 때 황교수는 특출난 점이 없는 사람이다. 손재주도 없고, 글씨는 지상최대의 악필이다. 그런 분이 어떻게 불멸의 시인이 되었을까? 냉정히 생각할 때 황교수에게 가장 적합한 직업은 아마 농부 아니면 스님일 것이다. 그는 정말 근면하고 끈기 있고, 남을 속이지 않는 참으로 훌륭한 농군이 되었을 것이다. 만약 그가 출가를 했다면 아마 면벽 10년쯤은 너끈히 해내 기어이 성불하고야 말았을 것이다. 그의 인내심은 정말 대단하니까.

그의 인내심을 알 수 있는 유명한 일화가 있다. 몇 년 전 연변대학에 교환교수로 갔을 때 물갈이로 인해 설사를 계속했는데 누군가 조죽을 먹으면 좋다고 해 조 한 봉지(아홉 근)와 간장 한 병을 샀는데, 조와 간장이 모두 떨어질 때까지 죽을 3개월 동안 끓여먹어 영양실조에 걸렸다니……. 설사가 나았으면 죽도 그만 먹는다는 것은 초등학생도 알 일 아닌가? 누가 과제를 내거나 안 먹으면 죽이는 것도 아닌데 황교수는 그런 사람이다.

신은 그런 그에게 시인이 되게 하셨다. 정말 오묘한 조화다. 아마 신은 그가 가진 천부적 재능에 끊임없는 노력을 더하리라는 것을 이미 짐작하고 있었을 것이다. 이제 신의 뜻도 거의 이루었으니 세상을 변화 있게 살기를 권하고 싶다. 고스톱 칠 때도 꼭 쌍피만 고집하지 말고 광도 먹고, 일공선사만 고집하지 말고 다공선사의 길을 한 번쯤은 걸어보는 것이 진정한 시인의 길이 아닐는지.

황송문 교수님의 정년퇴임을 아쉬워하며

김 수 민
선문대 북한학과 교수

황송문 교수님이 정년퇴임을 하신다. 캠퍼스에서 종종 뵐 때 워낙 젊은 모습이셔서 정년퇴임은 먼 훗날의 일이려니 생각했는데, 벌써 퇴임이라니 세월의 흐름은 어쩔 수 없나 보다.

제 기억 속의 황 교수님은 항상 젊고 활기 있는 분이셨다. 처음 뵌 것이 1970년대 후반 언저리이니까 30여 년 전의 황 교수님은 젊을 수밖에 없었다. 그렇다고 그 것이 젊다고 느끼는 전부는 아니다. 시인은 시대의 징후를 남보다 먼저 알고 시대의 아픔을 누구보다 앞서 느낀다고 하지 않던가. 황 교수님은 바로 그런 이미지의 시인이셨다. 일이 지나고 나서야 세상의 이치를 깨닫는 저와는 전혀 다른, 어떤 특별한 감각과 심성을 지닌 분이셨다.

그 당시 서울 종로구 낙원동에 황 교수님의 일터가 있었고, 저 또한 근처에 볼 일이 많아 오며 가며 뵐 수 있었다. 한참이나 선배이신 황 교수님께 쉽게 다가가 인사드릴 계제가 아니어서 주로 먼 발치에서 뵙곤 했다. 우리가 잃어버렸던 토속의 정서를 간직하고 계신데다 자유롭고 유연한 사고를 하신 것이 퍽 인상적이었다. 질서나 원칙 같은 것에 익숙했던 제 사고의 범주로 볼 때 황 교수님의 세계는 따라가기 어려운 아득한 곳이었다. 그런 기억을 간직한 채 1980년대 초 한국을 떠났다가 15년이 지나서야 황 교수님을 다시 뵐 수 있는 기회를 갖게 됐다. 황 교수님은 옛날 자세 그대로 살고 계셨다. 한번은 연구실로 뵈러 갔더니 굽은 소나무가 선산을 지킨다며 겸손해 하셨지만 곰삭고 완숙한 지혜가 그 곳에 있었다. 삶의 역경을 이겨낸 관조와 탈속이 함께 있었다.

퇴임 자체를 축하할 일인지 알 수 없으나 피할 수 없는 일임에 분명하다. 퇴임하시는 분은 지나온 삶을 돌아보고 새로운 삶을 출발한다는 점에서 다행일지도 모른다. 그러나 완숙한 지혜를 잃는다는 것은 학교나 학생을 위해 결코 바람직한 일은 아니다. 정년이 없는 미국의 일부 대학을 보면서 지혜를 사장시키지 않고 활용하는 그들의 제도가 부러웠다. 80이 넘은 노교수가 연구 결과를 놓고 밤늦은 시간까지 젊은 학생들과 토론을 벌이는 모습은 아름답기까지 했다. 그 노교수는 건강을 염려한 사모님의 성화가 몇 차례 있지 않고서는 저녁에도 연구실을 비우는 법이 없었다. 이것이 미국의 저력이 아니겠는가. 우리도 그런 교수를 가질 수는 없는 것일까? 황 교수님의 퇴임에 즈음해 그저 한번 해 보는 생각이다.

황 교수님이 퇴임을 하신다니 여러 가지 아쉬움이 남는다. 무엇보다도 우리말을 사랑하시고 국어교육의 필요성을 역설하시던 그 열정을 잊을 수 없다. 기회 있을 때마다 국어교육을 강조하셨으며 황 교수님의 지론에 공감을 표시하기라도 하면 열정어린 말씀이 한동안 이어지곤 하던 일이 새삼스럽게 떠오른다. 황 교수님은 교수회의를 비롯한 공식 자리뿐만 아니라 공사석을 가리지 않고 국어교육의 중요성을 역설하시며 학교 당국의 각성을 촉구하셨다. 현대 사회의 변화에 발맞추어 대학도 현실을 따라야 한다고 모두가 말할 때 우직스럽게 대학의 의미를 역설하시던 모습을 퇴임 후에는 뵐 수 없을 것 같아 아쉽기만 하다.

둘째로 제자를 사랑하시고 그들을 엄격히 가르치고자 하셨던 모습을 잊을 수 없다. 요즘 학교에 스승과 제자는 없고 선생과 학생만 있다는 자조 섞인 얘기가 나오고 있지만 황 교수님은 참 스승의 모습을 끝까지 보이셨다. 학생들이 수업에 집중하지 않을 때는 아무 말 없이 호랑이 같은 눈으로 학생을 쏘아보아 소란을 잠재우시기도 하신단다.

직접 쓰신 시 「씨가 있는 말」을 한 번 보자.

학생들에게
말의 씨가 먹히지 않을 때는
씨가 먹히는 씨 있는 말을 하고 싶다.

말로 해서 듣지 않을 때는
출석만 부른 다음,
아무리 말을 해도 듣지 않는 이에게
진정으로 말다운 말을 할 터이니
귀 있는 자는 들을 지어다.

나의 말다운 말을
듣고 보고 행하라고
씨가 있는 말을 하고자 한다.

수업 시간에
사람다운 사람이 되라는 말,
그 한 마디를 아끼면서
가부좌(跏趺坐)를 한 자세 그대로
온몸에 신나를 들어부은 다음
라이터 불을 확 붙여서는
내 몸이 활활 타들어 갈 때
대불처럼 미동도 하지 않으리라.

내가 불탈 때
기겁을 하고 놀라는 그 순간,
경악을 금치 못하고 자성하게 되면
내 불의 말은 씨알이 영글어
자자손손 씨가 있는 참말이 꽃피리.

김동리의 소설 「등신불」이 연상되는 이 시는 제자의 교육을 놓고 고뇌하는 참스승의 심경을 고스란히 담고 있다. 교실이 무너지고 학교가 지식의 거래처가 됐다는 안타까운 지적에도 불구하고 참교육을 위해 노심초사하는 스승의 모습을 여기서 발견하게 된다. 황 교수님이 강단에서 쏟으신 「씨가 있는 말」들이 자자손손 꽃이 피고 열매를 맺어서 이 세상에 가득할 날이 올 것으로 믿는다.

셋째로 황 교수님은 시류에 영합하지 않고 옳은 것을 옳다고 하신 진정한 선비이셨다. 순간의 이익을 위해 힘의 편에 서기보다는 불 보듯 뻔한 손해를 감수하면서도 진실과 의리의 편에 서는 강직함을 보이셨다. 대다수의 사람들이 힘있는 쪽으로 몰려갈 때도 힘없는 사람들의 곁을 지킨 것은 알만한 사람은 알고 있다. 퇴임 후에는 선비의 그 모습을 가까이서 뵐 수 없을 것 같아 더욱 아쉽다.

저는 가끔 중간고사나 기말고사 시험지 끝에다 황 교수님의 시귀를 적어 놓곤 했다. 학생들이 시험의 긴장을 풀라는 뜻 외에 시어가 주는 감동을 맛보기를 바라는 소박한 생각에서다. 세속의 흙탕물을 가라앉힌 해맑은 시어들이 무기교로 엮인 황 교수님의 시는 독자를 새로운 세상으로 끌고 가는 매력이 있기 때문이다. 학생들이 얼마나 공감했는지는 알 수 없으나 그 「씨 있는 말」이 언젠가는 백배 천배의 감동으로 나타날 것을 기대한다. 퇴임하신 황송문 교수님의 앞날에 건강과 축복이 함께 하기를 진심으로 빈다.

「까치밥」의 詩人 황송문 교수님

김 옥 희 수녀

전 선문대 인문대학 학장

현 명예교수

몇 해 전의 일이었다. 같은 대학교수였던 나(선문대 역사학과)와 황송문 교수(국어국문학과 교수)님은 종종 모임을 많이 가졌다.

그 날도 나는 서울 갔다가 마침 출근하는 길에 황교수님 차를 동승하고 천안까지 출근하는 길이었다. 천안 톨게이트까지 와서 표를 교환하려고 차를 세우고 차례를 기다리고 있는데, 갑자기 뒤에서 차 한 대가 우리가 탄 차를 꽝— 하고 부딪쳐버렸다. 물론 우리들 차 뒤에는 다른 차가 없었고 그리 번잡하지도 않았다.

우리는 놀라서 차를 길옆에 가 세우고 서로 시비가 벌어졌다. 결국 교통순경을 불렀다. 그러나 교통순경은 처음 일이 아닌 듯이 으레히 우리 차인 앞차의 과실로 돌려버렸다. 한통속이라고 생각되었다.

나는 너무도 억울해서 발을 동동 구르면서 나의 신분을 잊어 버리고 소리도 지르면서 따졌다. 이런 불의를 견딜 수가 없었다.

그러는 동안 황교수님은 몇 번 따지다가 그만 잠자코 침묵하면서 묵묵히 상대 쪽에서 요구하는 대로 순순히 다 내주고 아무 일 없는 듯이 우리는 학교로 들어갔다.

나는 지금도 그때 일을 생각하면 억울함을 금치 못하고 있다. 그런데 그 일이 있은 지 며칠 후 옆방의 황교수님이 詩를 하나 썼다 하며 나에게 보여주었다. 그 시가 바로 「까치밥」이라는 시였다. 그 시를 읽고 나는 몹시 놀랐다.

황교수님의 그 날 일의 그 억울한 마음의 다스림이 고스란히 이 「까치밥」의 詩句에 다 승화되어 있었기 때문이다. 詩에 대하여 문외한인 나는 이 「까치밥」이라는 시에 대하여 그 당시뿐만 아니라 지금도 자주 가만히 사색해 본다. 왜냐하면 황교수님의 미사여구의 많은 시가 있지만 그 가운데서도 이 「까치밥」이라는 시는 대단히 특출한 의미를 가졌다고 보았기 때문이다.

즉 첫 절부터 보면 "우리 죽어 살아요/ 떨어지진 말고 죽은 듯이 살아요/ 꽃샘바람에도 떨어지지 않는 꽃잎처럼/ 어지러운 세상에서 떨어지지 말아요"

죽어 산다는 이 의미를 생각해 보면 이 「죽음」은 무엇을 뜻하는가? 물론 한 차원 승화된 「삶」을 전제로 하는 죽음이 아닌가? 먼저 우리가 聖化된 삶을 위해서는 현실 생활에 부딪치는 삶의 여정에서 인간 자기 자신의 끝없는 헛된 욕망에서 죽어야 한다.

뿐만 아니라 오늘날 우리 현 세계에서 펼쳐지는 폭력성 즉 전쟁의 폭력, 세상 것을 다 가지고도 모자란다고 생각하는 소유욕의 폭력. 권력의 폭력과 부당성. 명예에 대한 지나친 집착과 폭력적 쟁탈. 인간이나 자연이나 생명에 대한 잔인한 파괴와 폭력 등등…

위와 같은 폭력성에 대하여 죽어야 하고 잠재워야 하며, 침묵시켜야 참된 행복과 평화를 누릴 수 있을 것이다. 이러한 폭력에 맞서서 떨어지지 말고 죽은 듯이 비폭력과 무저항, 무소유(가난함, 소박함)의 삶인 온유와 겸손함과 나눔의 메시지가 아닌가 한다.

다시 강조하여 말한다면, 꽃잎처럼 약한 듯이 보이면서도 강한 꽃샘바람에도 떨어지지 않는 온유와 겸손함과 소박한 무소유의 행복한 나눔으로 폭력으로 어지러워진 세상에 대하여 꽃잎처럼 아름답게 살아야 함을 뜻하는 것이 아닌가 한다.

저자는 다시 "우리 곱게 곱게 익기로 해요/ 여름날의 모진 비바람을 견디어내고/ 금싸라기 가을볕에 단맛이 스미는/ 그런 성숙의 연륜대로 익기로 해요"

이 절에서 시인은 차원 높은 인간 성숙의 필수적인 과정을 말하고 있다. 여름날의 모진 비바람과 쨍쨍 내려 쪼이는 따가운 가을볕을 견디는 연륜이 없이는 인간은 절대로 성숙하지 못하는 과정을 말하고 있다.

오늘날 사회의 외면치레의 하수도 성격을 띈 문화 발달은 절대로 인간 사회와 국가 발전에 기여하지 못함을 말하는 것이다. 표피적인 쾌락을 위한 넘쳐흐르는 富와 외면적인 것만을 강조하는 文化는 발전이나 성숙과는 거리가 멀다.

지금은 세계 모든 문화에 개개인의 인간 성숙이 절실히 필요한 시대다. 모진 비바람과 따가운 가을볕을 직면하여 내적인 힘으로 극복하지 않고서는 인간이나 사회의 문화 성숙이 있을 수 없다.

그래서 우리가 성숙하고 인간이 바람직한 방향으로 변화하기 위해서는 숙성의 과정, 즉 서서히 익어야 할 것이다. 그래서 우리가 성숙하고 한 차원 높은 경지로 변하기 위해서 詩人은 다음과 같이 읊고 있다.

"우리 죽은 듯이 죽어 살아요/ 메주가 썩어서 장맛이 들고/ 떫은감도 서리맞은 뒤에 맛들 듯이/ 우리 고난받은 뒤에 단맛을 익혀요./ 정겹고 꽃답게 인생을 익혀요."

우리 인간이 참된 인간으로 변화하기 위해서 메주처럼 잘 썩어서 맛이 들고, 떫은감도 서리를 맞아 단맛이 드는 것처럼, 많은 고난과 인내의 풍상을 겪은 후에 眞人으로 변하는 眞理를 읊고 있다. 그리고 그러한 변화는 인간이 그냥 죽음으로 끝나는 것이 아니라 반드시 다시 살아난다는 재생과 부활의 기쁨과 희망을 다음절에서 말하고 있다.

목이 시린 하늘 드높이
홍시로 익어 지내다가
새소식 가지고 오시는 까치에게
쭈구렁 바가지로 쪼아 먹히고
이듬해 새봄에 속잎이 필 때
흙속에 묻혔다가 싹이 나는 섭리
그렇게 물 흐르듯 殉愛하며 살아요

"목이 시린 하늘 드높이…" 한국의 가을 하늘, 비워있는 푸른 하늘, 구름 한 점 없는 우리나라 하늘의 표현이다. 그 하늘아래 새롭게 변화된 우리 인간은 '까치밥'이라는 양식인 홍시로, 쭈구렁바가지로 새소식의 전령인 까치에게 온전히 쪼아 먹혀서 無我의 형태로 땅속에 묻혀서 형태도 없는 無形의 세계로 들어간다. 그리고 다음 해 새로운 세계에 다시 나는 부활의 신비를 노래하고 있다.

우리나라 巫歌의 핵심안 바리데기 공주의 죽음을 통과하는 용서와 효심의 모티브, 심청의 효심이 죽음을 통과하여 연꽃 속에서 다시 살아나는 지극한 효심의 모티브, 춘향이가 캄캄한 옥방에서 님과 재회하는 사랑의 모티브, 예수그리스도가 十字架의 죽음을 통과하여 부활하는 대우주적인 모티브의 노래라 할 수 있다.

"흙 속에 묻혔다가 다시 재생하는 섭리…"

극한의 인내와 殉愛와 지극한 효심과 사랑이 흙 속에 '無'를 통과하는 우주적인 섭리인 것이다. 이렇게 승화된 차원에서야 만이 우리 인간은 인간다운 가치와 참된 삶과 인간이 누릴 수 있는 절정의 경지에 도달할 수 있다고 보겠다. 즉 인간이 참된 자유세계에 도달할 수 있을 것이다.

詩人 黃松文 敎授님은 이러한 자유로운 인간의 삶과 그 과정과 죽음의 의미를 「까치밥」이라는 한편의 시로서 선명하게 표현하고 있다고 詩에 대하여 문외한인 내가 감히 말하고 싶다.

그리하여 나는 이 '詩'를 보고 가히 세계적이고 우주적인 내용을 포괄하고 있다고 생각해서 '노벨 문학상'에 내놓자는 제안을 한 적이 있었다. 물론 황교수 님도 원하는 바였다. 그래서 이 일에 착수하여 이 시를 영어로 먼저 번역하기로 했다.

그래서 서울에 있는 S대학에 재직하고 있는 영국인 교수에게 희망을 걸고 찾아간 적이 있었다. 들은바가 있는 이 영국인 교수는 벌써 수많은 한국 文人들의 작품을 주문 받아 쌓아놓고 있었다.

그런데 그는 배를 있는 대로 내밀고, 마치 자기 손을 통해야만 한국 문인들의 작품이 세계문학 덤에 올라가는 것이 가능한 것처럼 자만하고 있었다. 그는 이렇게 원고를 자기 앞에 산더미처럼 쌓아놓고 번역 비용을 챙기고 있었다.

오랜 시간을 기다린 끝에 우리의 면담을 허용했다. 나와 황교수님은 저자세로 작품의 성격을 말하고 번역을 부탁했다. 그러나 그는 거만하고 날카로운 태도와 대수롭지 않는 태도로 예의로 가지고 간 선물만 챙기면서 작품을 놓고 가라고 했다.

그 당시 마음이 내키지 않았지만 이왕에 일을 벌였기 때문에 혹시나 하고 작품과 선물을 놓고 왔다. 그러나 그 후 지금까지도 전화 한 번 받지 못한 것 같다. 물론 나에게도 오지 않았다. 결국 그 값비싼 '茶器'만 그 영국인 교수에게 접수시키고 만 셈이다. 황교수 님의 까치밥은 또 한번 부조리의 고초만 겪은 셈이다.

하지만 나는 생각한다. 때가 되면 황송문 교수님의 詩, 이 「까치밥」은 분명 노벨상 수상작품의 덤에 오르리라고 나는 확신하고 있다.

어느덧 황교수님이 정년을 맞이하게 되었다. 옆방에 계셨던 황교수님과의 추억을 회상하면서 황교수님의 소박하고 가난한 꿈이 이루어지기를 바라면서 만년의 평화와 행복을 기원한다.

말없이 고이 보내드릴 수 없어

김 종 희

선문대 행정학부 교수

사회복지대학원장

봄이 오는 길목에서 연구실 밖의 나뭇가지 사이로 황송문 교수님의 연구실을 바라본다. 양지 밭에서 냉이를 캐고 파릇파릇 새 생명이 시작하는 이때, 황 교수님의 정년을 생각하자니 감회가 착잡하다. 자연은 스스로 물러설 때를 알고, 또 다가올 때를 안다고 하는데, 정년에도 분명히 축하와 희망이 있으리라.

황송문 교수님을 처음 만난 것은 내가 1989년 성화신학교에 강의를 나가면서부터다. 그 동안 가까이 지내면서 수없이 만나 밥 먹고 이야기를 나누었지만 한 번도 거친 말이나 남을 헐뜯는 말을 들어보지 못하였다. 발걸음을 힘차게 내딛으며 걸어가는 모습, 멀리에서 보아도 황 교수님을 알아볼 수 있다. 그때나 지금이나 변함이 없이 만나면 그저 반가운 분이시다.

평생을 교단에서 후학을 가르치시면서 수많은 시집을 출판하셨고 지금도 계간 문예지(文學四季)를 발행하고 계신다. 자기 PR시대에 과장이나 허세도 모르고, 한 눈 팔지 않고 올곧게 살아오셨다. 겉으로 보면 부드러우나 자신의 내면은 고집스러우리만치 강직하다.

황 교수님의 시는 누구나 읽으면 한적한 시골의 전원 풍경이 파노라마처럼 눈앞을 스쳐가게 만드는 매력이 있다. 특히 「가시나무새」, 「까치밥」, 「청보리」, 「보리를 밟으면서」, 「보리누름에」, 「시래기국」, 「물레」, 「선달」, 「항아리」 등은 읽는 사람으로 하여금 향수에 젖어들게 한다. 황 교수님은 보리밥을 생각나게 하고, 떡값보다는 떡을 생각나게 하는 분이다. 이름(松文)도 그의 시문학의 세계와 일치한다.

떡이 오가는 세상이 좋아, 떡을 좋아하는 사람을 생각하며 떡을 생각한다. 우리 민족만큼 떡을 좋아하고 다양하게 떡을 만들어 먹는 민족이 또 있을까. 다른 나라에서도 떡을 만들어 먹지만 우리나라만큼 떡의 종류가 다양하고 그 각각에 의미를 부여하고 있는 나라는 없다.

성경에도 떡 이야기(떡을 달라는데 돌을 주겠느냐)가 많이 나온다. 일본에서는 흰떡을 모치라 하는데, 그것은 본래 미치쓰키(滿月) 모치쓰키(望月) 모치(望) 모치(餠)로 변천되었다. 우리나라의 달떡과 그 뿌리가 같다. 연변지방에서는 지금도 여럿이 둘러앉아 먹는 밥상 복판에 김이 무럭무럭 나는 흰떡(달떡)을 놓고 그것을 떼어 떡고물에 묻혀 먹는다.

떡은 우리의 전통음식 중에서 최고의 음식이다. 떡은 명절을 명절답게 하는 음식이었다. 아무리 어려워도 아이들에 돌떡을 해 먹이는 것이 우리의 풍속이었다. 조상들은 제 철에 나오는 재료로 철마다, 또는 좋은 일이 있거나 슬픈 일이 있을 때마다 떡을 하여 나눠 먹었다. 지금도 이사한 다음 붉은 팥 시루떡을 이웃에 돌리는 풍습이 남아있다.

삼시 세끼 밥 외에는 먹고 마실게 별로 없던 옛날, 며칠 묵어갈 귀한 손님이 오면 안에서는 심부름꾼을 시켜 주막에 가서 술을 받아오게 하고는 떡쌀부터 담근다. 지금도 잔치나 제사음식으로는 떡이 빠지지 않는다. 귀한 곳에 예물 선물로도 떡을 보내는 풍습은 여전하다.

푸근한 우리네 인심이 고스란히 담긴 떡의 역사는 오래 전으로 거슬러 올라간다. 청동기시대의 유적인 나진 초도패총이나 삼국시대의 고분 등에서 시루가 출토되고 있으니 까마득한 옛날부터 우리 조상들은 떡을 만들어 즐겨왔음을 알 수 있다.

통일신라시대에 이르면 쌀을 중심으로 한 농경이 발달하게 되어 떡이 더욱 일반화되었다. 고려시대에서는 육식을 멀리하고 차를 즐기는 음차풍속(飮茶風俗)이 유행하면서 떡이 더욱 발전하였다. 조선시대는 농업기술과 조리가공법의 발달로 다양한 떡의 종류가 나타났고, 관혼상제의 풍습이 일반화되어 각종 의례와 잔치 및 무의(巫儀) 등에 떡이 필수적으로 사용되었다.

19세기 말 이후 서양에서 들어온 빵에 의하여 점차 식단에서 밀려났지만 아직도 떡은 중요한 행사나 제사 등에서 빠지지 않고 오르는 필수적인 음식이기도 하다. 즉 설날 아침 떡국(흰 떡가래는 長壽縷라고 함)은 그저 먹으면 한 살 더 먹는 것이 아니라 이화력(異化力)을 동화력(同化力)으로, 이질감(異質感)을 동질감(同質感)으로 수렴하는 성숙을 요구하는 정신음식이다. 흰떡을 끌어다 잘라먹는다 하여 인절미(引切米)라 했음도 떡이 공식음식(共食飮食)임을 입증하는 것이다. 시집간 딸이 친정에 왔다 돌아갈 때는 이바지로 인절미를 만들어 보내는 것도 인절미가 동질화를 가져다주는 상징음식이기 때문이다.

우리 민족은 태어나서 죽을 때까지 떡과 깊은 관계를 맺으면서 살아간다. 태어난 지 21일째 되는 삼칠일에는 대문에 달았던 금줄을 떼어 외부인의 출입을 허용하고 가족과 친지들로 하여금 찾아와서 아기의 탄생을 축하하고 산모의 노고를 치하하기 위하여 백설기를 준비하였다. 백일상에는 백설기, 붉은 팥고물 찰수수경단, 오색송편이 오른다. 백일떡은 백 집과 나누어 먹어야 장수하고 큰 복을 받게 된다고 하여 여러 집으로 돌려 나누어 먹는다. 백일떡을 받은 집에서는 빈 그릇을 그대로 보내지 않고 흰 무명실이나 흰쌀을 담아 보낸다.

돌상에도 집안에 따라서는 대추와 밤 등을 섞은 설기떡을 만들기도 한다. 돌에는 수수경단을 꼭 해 먹이는 데, 그래야 낙상하지 않고 건강하게 자란다고 한다.

생일에는 생일떡을 만드는데, 열살 이전까지는 붉은 팥고물 찰수수 경단을 빠뜨리지 않는다. 아이가 서당에 다니면서 책을 한 권씩 뗄 때마다 행하던 책례에서도 다른 음식과 함께 떡(오색송편)을 만들어 선생님과 친지들이 함께 나누어 먹었다.

혼례를 위한 납폐의식에서는 혼서(婚書)와 채단(綵緞)이 담긴 함을 받기 위하여 신부집에서 만드는 봉채떡(봉치떡)이 사용되었고, 혼례식에서는 달떡과 색떡이 사용되었다. 첫날밤에 신랑신부가 한잔 술에 입을 같이 대고 합근주(合根酒)를 마시고 인절미를 갈라먹는다.

회갑연을 위한 상차림(큰상)에서는 지방 가문 계절에 따라 약간 차이가 있지만 가장 중요한 음식이 직사각형으로 만든 갖은 편(백편 꿀편 승검초편)이다.

제례상에 진설하는 떡으로 강원도에서는 시루떡이나 절편을 사용하고, 충청도에서는 밑에서부터 시루떡 흰떡 인절미 증편 화전 주악의 순으로 쌓아올린다. 제주도에서는 시루떡 솔변 은절미 중박괴 약괴 절편의 순으로 괴어 올리며, 평안도에서는 백설기, 함경도에서는 조찰떡 시루떡 자바귀 등을 올린다.

정월달에서 선달까지의 명절 떡이 각각 다르다. 설날에는 흰떡, 정월대보름에는 藥食(=약밥), 삼짇날에는 진달래화전, 한식에는 쑥떡, 곡우에는 개피떡 장미화전 환경 산병, 초파일에는 느티떡, 단오에는 수리취절편 쑥인절미, 유두에는 흰떡수단 유두편 상화병 밀전병, 칠석에는 증편, 추석에는 송편 인절미, 仲陽(=仲春)에는 국화전 밤떡, 시월상달에는 시루떡 애단자 밀단자, 臘月(음력선달)에는 골무떡, 선달그믐에는 온시루떡을 만들어 먹었다.

떡과 빗대어 사용되는 속담도 유난히 많다. "떡 줄 사람은 아무 말도 없는데 김칫국부터 마신다" "떡 해 먹을 집안" "떡 삶은 물에 중의 데치기" "떡도 떡같이 못해 먹고 찹쌀 한 섬만 다 없어졌다" "그림의 떡(畵中之餠)" "굿이나 보고 떡이나 먹어라" "떡이 생기나 밥이 생기나" 등 부정적으로 사용되었다. 횡재 또는 실속을 의미하는 말로도 자주 사용되었다. "밥 위에 떡"이라는 말은 마음에 흡족하게 가졌는데 더 주어서 그 이상 바랄 것이 없을만한 상태를 말한다. 밥보다 떡을 더욱 맛있게 생각하는 별식임을 의미한다. "어른 말을 들으면 자다가도 떡을 얻어먹는다" "떡 본 김에 제사지낸다"는 말은 떡을 얻어먹는 것이 큰 횡재였고 귀하게 여겼기 때문이다.

그런데 최근 떡값이라는 묘한 말이 생겨났다. 떡값이라고 하면 떡 가게에서 파는 떡의 가격일 터인데, 명절 때 직원들에게 나누어 주는 특별수당으로 사용되더니, 입찰과정에서 물러나 주는 대가로 받은 돈으로 사용되었고, 이제는 촌지(寸志)나 뇌물(賂物)과 함께 우리 사회에서 부패의 상징으로 사용되고 있다. 직원이나 아랫사람에게 베푸는 따스한 정인 떡값과는 다르다. 寸志는 작은 정성 또는 마음의 표시를 의미하는데 그 자체는 다정한 인사이지만 정도를 넘어서면 문제가 된다. 촌지는 본래 일본식 한자어로서 없어져야 할 단어이기도 하다.

우리민족의 상징음식인 떡에다 누가 뇌물성 거래를 의미하는 떡값이라는 말로 와전시키고 있는가. 떡값이라고 하면 처벌하지 않은 사정당국의 관행 때문인가. 어떤 때는 떳떳하지 못한 거래관계로 오가는 돈이라고 하고, 다른 때는 서로 부담 없이 주고받는 돈이라고 해석하기 때문이다. 개념이 애매한 말을 그대로 두면 소수의 사람에게는 적당히 얼버무릴 수 있는 더없이 좋은 자료가 될 것이다. 떡값의 크기에 따라 뇌물이 된다는 것인가.

황 교수님, 떡 이야기만 늘어놓았습니다. 말없이 고이 보내드릴 수 없어 정년을 기념하는 글을 쓰면서 저도 모르게 떡을 연상하게 되었습니다. 이제 보리밭을 밟다가 출출하시거든 떡을 드시고, 그래도 시간이 나시거든 저자거리를 둘러보며 저와 함께 꽁보리 비빔밥을 먹으러 가시지요.

기상 높은 소나무에 깃들던 백로가 솔을 차고 훨훨훨 힘차게 솟아오르듯(황송문의 시 「새 천년의 새해가 오른다」중에서), 이제부터는 속세의 떡고물을 모두 털어버리시고, 그 좋아하는 시상(詩想)의 세계에서 세월을 낚으소서.

소나무 같은 연륜으로 다시 세월을 늘리시고, 학 같은 말씀으로 세상의 흐름과 변화를 기록하소서(松齡長歲月 鶴語記春秋).

황송문 교수님께 드리는 감사의 글

미즈노 마리
일어일본학과 교수

황송문 교수님, 정년퇴임을 축하드립니다. 선문대학교의 역사와 같이 후진들의 교육에 힘을 써 오신 모습이 참 열성적이셨습니다.

제가 교수님을 처음으로 뵌 것은 1989년 3월, 당시 아직 신학교였던 선문대학교의 부설한국어교육원이 개원했을 때이었습니다. 일본인들로 구성된 반 학생들에게 한국어작문을 가르쳐 주셨습니다. 저는 그 때 교수님께 한국어를 배우는 학생들 중의 하나이었습니다.

교수님께서 항상 저희들에게 작문을 하라고 주제를 주셨고, 저희가 써 온 작문을 일일이 고쳐 주셨습니다. 고쳐 주신 것을 다시 써 가면 또 다시 고쳐 주시고, 한 작문에 대해 보통 3~4번 써서 갔던 기억이 납니다. 그것이 참 좋은 훈련이 되었습니다만, 몇 번이나 고쳐 주신 교수님의 수고와 열성이 얼마나 많으셨는지 지금 생각해도 절로 머리가 숙여집니다.

나중에 한국인 학생들의 일본어 작문을 고쳐 주는 입장에 서게 되니 교수님의 대단함을 실감하게 되었습니다. 그리고 수업 현장에 그치지 않고 저희들에게 작품이 완성되어 가는 기쁨을 느끼게 해 주시려고 몇 편의 원고를 『통일세계』지 등에 실리게 해 주셨습니다. 덕분에 그 당시 추억이 작품이 되어서 저의 책꽂이에 남아 있습니다.

또 교수님 수업시간은 친구들의 한국어 작문 발표를 들으면서 교수님의 독특한 해석도 듣고 참 재미있는 시간이었습니다. 짜장면을 와리바시(나무 젓가락)로 먹으면 한국과 중국과 일본이 만나는 것이라고 하시는 교수님의 해석을 들으면서 태생적인 교수님의 시인으로서의 감성을 느꼈습니다. '시' 하고는 거리가 먼 저로서는 잠시 '시'의 세계를 맛보는 시간이기도 했었습니다. 일본에 유학하셨을 때 한국이 그리워서 「가고파」를 부르셨던 이야기를 듣고 저도 「가고파」가 실린 노래책을 서점에서 사기도 했었습니다.

창작의욕이 많으신 교수님께서는 교수님 저서와 교수님 원고가 실린 잡지 등을 지금까지 많이 주셨는데, 한국어로 돼 있다보니 읽지 못하고 책꽂이에 들어갈 경우가 많아서 죄송했습니다. 교수님께서 그래도 한국어를 배웠던 제자라고 생각해서 주셨으니 감사할 뿐입니다.

교수님으로부터 그 당시 한국어를 배웠던 친구들이 이제 20년 가까이 되어서 한국 여기저기서 잘 생활하고 있습니다. 대학이나 기업, 학원 등에서 일본어를 가르치고 있는 친구들도 많은데 한국어교육원 추억이라면 교수님 작문시간을 빼놓을 수 없을 것입니다. 한국어를 거의 몰랐던 시절이 그리운 과거의 추억이 되었습니다만, 한국어와 한국문화에 처음 익숙하기 시작할 때 교수님과 같이 할 수 있었던 것을 감사하는 마음으로 간직하고 있습니다.

교수님, 앞으로도 건강하시고 더 많은 활약을 하시기를 기원합니다.

제자 미즈노마리 올림

언덕 위의 저 소나무를 보라

손 종 업
선문대 국어국문학과 교수

전주에서 남원 쪽으로 가다보면 충견으로 유명한 고장 오수가 나오는데 그 어름에는 언제나 내 시선을 끄는 야트막한 언덕 하나가 자리잡고 있다. 푸른 소나무들이 몇 그루 서있는 양지 바른 언덕엔 옛 무덤이 두어 개 평화롭게 누워있다. 곧잘 아마 이쯤이 선생의 고향이려니 생각하며 지나다 보니 어느새 꼭 그렇게 믿게 되어버렸다. 가까이서 선생을 모시면서도 정작 직접 여쭈어보지도 않았으니 퍽 어리석지 않은가. 하지만 그 언덕, 내가 아는 선생을 꼭 빼어 닮았다.

가난한 신혼 시절에 헌책방에서 나는 시인 황송문을 우연히 만났다. 물론 낡은 시집으로. 그때 나는 그 시집을 사지 않았다. 젊었던 나는 불꽃처럼 타오르는 언어들, 눈앞의 시대에 무기가 되는 언어들을 원했고 그런 내 눈에 선생의 시들은 그저 고향집 문간처럼 고즈넉하고 평화로울 뿐이었다. 대개 젊은이들은 멀리 킬리만자로의 설산을 꿈꿀 뿐, 작은 언덕이 지닌 참 맛을 알 리 없는 존재들이니까. 어느 책에서 고려 말에 둔촌(遁村) 이집(李集, 1314~1387)이 일본에 통신사로 가는 사람에게 – 아마 정몽주이리라 – 주었다는 시를 읽었는데, 그 시의 내용은 다음과 같았다.

철들며 천하사방에 뜻을 두었으니 (結髮四方志)
작은 언덕 하나만을 지키고 있으랴 (何曾守一丘)

아마 이 시를 쓰던 무렵의 이 사람 또한 혈기방장한 젊은이였으리라. 젊기에 그는 천하를 주유하던 영웅도 언젠가는 고향 언덕을 향해 머리를 두게 마련이라는 사실을 미처 모르는 것이리라. 뒤에 선생이 쓰신 몇 권의 책을 공부할 기회가 있었으나, 나는 여전히 조금 싱겁지 않은가 하는 생각을 했던 것 같다. 삶이 감춘 풍경들은 그야말로 구절양장이다. 어떤 인연이 선생과 나를 한 직장에서 만나게 한 것인지를 나는 알지 못한다.

누구나 그렇게 말하겠지만, 선생의 첫인상은 차가웠다. 말을 붙이기조차 어려워 보였다. 하지만 우리네 고향 마을의 언덕이 배타적일 리 없는 것처럼 어느 순간부터 선생께서는 슬며시 당신의 품을 열어놓으셨고 거기서 나는 자운영 꽃 가득한 들판을, 홍시가 무겁게 익어 가는 감나무를, 오후의 햇빛 속에 저 혼자 깊어져 가는 간장단지들을 보고 또 느낄 수 있었다.

내가 아는 선생은 결코 시류를 따르는 분이 아니다. 고향 언덕이 언제나 그렇게 서 있듯이 선생의 삶과 문학은 신기를 추구하기보다는 우리네 삶의 보편적인 정서를 담아내고자 한다. 선생의 문학은 도시화와 세계화의 맹점들에 대항하여 인공의 현대문명이 앗아간 인간의 따뜻한 숨결을 찾으려는 노력이다. 그 문학적 풍경에는 그리운 달이 뜨고 은근한 바람이 불고 술이 익는다. 그렇다고 해서 선생의 시에 그저 모성에의 한없는 그리움만 가녀리게 담겨있다고 생각해선 안 된다. 경박한 물질주의로만 흐르는 세속에 맞서 삶의 진정성을 지키려는 선생의 단호함은 가히 놀라운 바가 있다. 일찍이 선생은 이를 '청보리 정신'이라고 명명하신 바 있거니와, 이는 "겨우내 얼어죽지 않고, 밟히면 밟힐수록 농부의 뚝심으로 일어나는 그 푸른 선비 정신"에 다름 아니다.

아마도 그런 생명력과 의지가 없었다면, 계간지 『문학사계』는 도무지 불가능한 것이었으리라. 돈이 되지 않는, 번거롭기 이를 데 없는 그 모든 작업을 선생은 그 누구에게 맡기는 적도 없이 홀로 기꺼이 해내고 있는 것이다. 그 모습은 실로 불타는 사막을 묵묵히 가로질러 가는 낙타와 흡사한 것이리라. 그런 선생의 존재 앞에서 솔직히 나는 내 문학의 영악스러움이 많이 부끄러웠음을 고백한다. 나는 아직 젊으나 정신적으로는 선생보다 훨씬 더 늙어버린 게 아닌가.

눈앞의 우리네 세상은 참 눈부신 속도로 변화를 거듭한다. 한국병 '빨리빨리'는 어느새 인터넷 왕국 대한민국의 기적을 이끌어낸 원동력으로 칭송 받는다. 전국토는 거대한 공사장이며 이 모든 운동들은 그저 걸신들린 듯이 돈만을 추구할 뿐이다. 책 한 권 변변히 읽지 않은 속 빈 인간들이 인터넷이라는 첨단 병이 들어 앓고 있다. 이런 세상에서 선생은 의연하고 고집 센 문학의 파수꾼이다. 모쪼록 『문학사계』가 그 이름에 담긴 뜻이 그러하듯이 늘 푸른 소나무처럼 오래 선생의 꿈과 정성 속에 풍요로운 연혁들을 보태 가기를 빌어 본다.

언젠가 함께 떠난 여행길에서 이른 새벽에 홀로 일어나서 정좌하고 앉아서 글을 읽고 계시던 선생의 모습을 뵌 적이 있다. 젊은 날에 나를 매혹했던 혁명의 시인들이 다 사라진 곳에서 선생은 여전히 푸르른 모습 그대로 옛 언덕을 지키고 있지 않은가. 달밤에 취기를 빙자해 선생과 함께 길 위에서 덩실덩실 춤을 추며 함께 노래를 부르던 추억이 얼큰하게 떠오른다. 내 비록 대단한 음치이긴 하나, 선생의 시에 곡을 붙인 노래 하나를 사랑한다. 가수 뺨칠 만큼 노래 잘 하시는 선생 곁에서 되는 대로 따라 불러도 흉이 되지 않는 것은 흥이 함께 하기 때문이리라.

살구나무 가지로 기어오른 달이
너무도 밝아서 달빛 밟고 나서니
툇마루에 앉아서 농주 마시던 노인이
달빛을 안주 삼아 취해 보자네
바람은 산들 산들 불어오고
잠이 없는 별들은 반짝이는데
노인은 잠이 들고 나만 남았네
얼근한 보름달과 나만 남았네

- 황송문 작사, 최연숙 작곡, 안용수 노래 「달밤에」-

곱게곱게 썩기로 하자는 황송문 교수시인을 말한다

신 동 춘
시인 · 한양대 명예교수

우리 곱게 곱게 썩기로 해요.
우리 깊이 깊이 익기로 해요.
-「간장」 초두의 2행

황송문 교수의 정년을 기리는 모처럼의 영광스러운 글마당의 첫 장을 이 두 줄의 시행으로 꼭지를 따는 데는 나름대로의 근거가 있다. 봄에 접수한 원고청탁을 봄에서 여름, 여름에서 가을까지 끼고 뱅뱅이를 돌다가 이제 가을도 한창 무르익은 계절에 탈고하게 된 연유부터 털어놓아야 할 것 같다. 나는 정말이지 계속 써왔다. 그래서 마지막 손질을 해서 곧 보내마고 말해왔다. 그런데 문제는 마지막 손질을 하려는 순간에 다시 새 글을 시작하는 데 있었다. 이 번거롭고 구차한 방황은 결국 이 두 줄의 시행을 만나기 위한 시학도로서의 또 하나의 순례 내지는 탐색의 행보였던 것이다. 이쯤으로 늦어진 원고의 면죄부를 받을 수 있을는지. 요컨대 이 글을 쓰면서 황시인의 참 모습을 비로소 보게 된 것이다.

길을 잃을 때마다 조금씩, 여러 가지 방법으로 다가섰다. 말하자면 촌사람들의 질박함을 닮은 듯한 겉보기 아래 숨은 녹녹치 않은 멋스러움을 발견하게 된 것이다. 그리고 그것이 성숙을 향해 가는 부단한 노력과 타고난 재질의 각고(刻苦)의 탁마(琢磨)로 숙성(熟成)된 고도의 세련됨이라는 사실을 포착하게 된 것이다.

우리는 80년대 중반 어느 해 설날 사당동 고 미당 자택에서 신년하례객으로 만났다. 후에 들쳐보니 그가 1986년 『사랑은 먼 내일』이라는 장편소설을 낸 직후였던 모양이다. 미당의 장황한 치하를 가미한 소개로 수인사를 나누자 말수가 많은 편이 아닌 그가 내 졸작 「물 끓는 소리」를 그의 소설에 인용했노라고 뒤를 이었다. 그리고 어리둥절해 있는 내게 원하면 그 소설을 보내주마고 했으며 나는 고맙다고 응답했다. 꼬리를 무는 세배꾼에게 밀려 그날 우리는 누가 먼저랄 것도 없이 함께 문을 나섰다. 버스정거장까지 걸으면서 말을 주고받는 동안 나는 내도록 나를 알고 있었다는 그 초면의 시인 앞에서 그를 전혀 몰랐다는 것이 어쩐지 죄스러워 조금은 기가 꺾여있었다. 그래서인지 그가 양해도 구하지 않고 시를 인용해서 어쩌구…하고 나왔을 때 나는 허겁지겁 영광이라고 응수하며 얼버무렸다.

그 후 꼭 10년 만에 우리는 선문대학교에서 다시 만났다. 그는 당당한 중견 교수로 널찍한 연구실을 가졌고 나는 퇴물 교수들 일색인 지혜함양부(교양학부 같은 것)의 초빙강사로 주마다 두 번 1박 2일 꼴로 서울에서 출강했다. 낮에는 강사 대기실에서 개개다가 밤에는 더러 아산온천에 가기도 했지만 대개는 타고장 강사들을 위해 마련된 천안 캠퍼스 5층 기숙사의 침대에서 잠을 청했다.

우리가 진작 가까워진 것은 내가 아산캠퍼스와 천안 캠퍼스 중간지점에 작은 아파트를 구해 상주하게 되면서부터였다. 모스크바에 가려고 5년여의 강의직을 막설하고서도 충남땅에 눌러앉게 되어 생판 타관에서 선문대학교의 아성을 떠났다는 사실을 새삼 실감하던 무렵 나는 황 교수에게서 『문학사계』의 원고청탁을 심심찮게 받고 있었다. 모스크바로 떠날 때는 나의 「시와 사랑과 인생」의 강의초록을 연재하고 있어서 4회분 원고 교정을 모스크바에서 마쳤던 기억이 되살아난다.

그러는 동안에 나는 황 시인의 질박함과 넉넉함에 빨려들었다. 추어탕이다, 설렁탕이다, 하며 생소한 먹거리 명소를 찾아 앞장서는 그의 훈훈한 손길이 얼마든지 고마웠다. 무엇보다도 그는 말하기 좋아하는 내게는 안성맞춤의 말벗이었다. 그 와중에 그는 일본에도 가있다 오고, 연변에도 다녀와서 화제가 더욱 풍성해졌다. 그만큼 관심이 쏠렸고 호기심이 더욱 촉발되었다. 그런 맥락에서 그의 제12시집 『연변 백양나무』에는 인상적인 작품이 적지 않았다.

나라를 떠나면 애국자가 된다더니 이 시집에는 애국애족의 혼이 밴 시편들이 현저하게 눈에 띄었다. 보기를 들자면 「연변 백양나무」, 「풍악송(風岳松) 외다리로 서다」, 「단군성조전상서(檀君聖祖前上書)」 등등이다.

방향을 좀 틀어서 「막달라 마리아」 같은 시는 황 시인의 사랑관을 꿰뚫을 수 있는 일품(逸品)으로 짚혔다. 그 핵심이라 할 둘째 연은 "온갖/ 고통으로/ 상처받은 나의/ 분신을 자신의 분신처럼/ 망가지고 긁힌 자국을 어루만지며/ 반질반질 윤기가 나게 닦고 있었느니라." 고 하면서 헌신적인 사랑의 극치를 묘사하더니 건너뛰어 종련에서는 "썰물 때/ 빠져나가는 아픔/ 주체할 수 없는 상처를/ 그녀는 눈물 뿌리며 만나고/ 머리카락 치렁치렁 십자가를 그렸느니라."로 종결짓고 있다.

여기 고통과 아픔을 치유하는 사랑의 종교적 차원이 대두한다. 이런 흐름은 황송문 시의 괄목할 만한 작품의식의 하나라 하겠다. 말하자면 아픔을 극복하는 그의 사랑관이 형이상학과 종교 사이의 간극(間隙), 또는 서로 다른 종교간의 벽을 훌쩍 넘어서 보다 광활한 시야를 펼친다.

한마디로 기독교의 사랑과 불교의 자비가 맞아떨어진다고나 할까. 이렇게 황시인의 시세계를 섭렵하다 보면 의외로 짙은 불교적 공사상(空思想)의 진한 냄새를 맡을 수 있다. 이런 점이 황시인의 시에 더욱 친근감을 느끼게 하는지도 모른다.

지난날 기독교 울타리 안을 오래 배회하다가 불혹의 나이에 비로소 불가와의 인연을 맺게 된 나에게는 부처님을 간판처럼 내건 불교전문가들의 시보다 부처님의 옆얼굴이 은연중에 배어있는 그의 시들이 훨씬 신선하고 무리 없이 다가왔다. 선풍(禪風) 연작시편이 그 정상을 달리고 있다. 아무 말도 덧붙일 필요 없다. 묵묵히 그 시편들을 함께 읽어보자.

禪風-1

노을이 물드는 山寺에서 / 스님과 나는 法談을 한다.
꽃잎을 걸러 마신 僧房에서 / 法酒는 나를 꽃피운다.

스님의 모시옷은 구름으로 떠 있고 / 나의 넥타이는 번뇌로 꼬여있다.

"子女를 몇이나 두셨습니까?" / "舍利를 몇이나 두셨습니까?"

"더운데 넥타이를 풀으시죠." / "더워도 풀어서는 안됩니다."

목을 감아 맨 십자가(十字架) / 책임을 풀어 던질 수는 없다.

내 가정과 국가와 세계 / 앓고 있는 꽃들을 버릴 수는 없다.

禪風-2

안개로 허리 두른 산허리 / 교교한 암자(庵子)에서 / 스님과 나는 바둑을 둔다.

해탈(解脫)한 스님은 白을 거느리고 / 범속(凡俗)한 나는 黑을 거느리고……

스님의 장삼(長衫)은 구름으로 떠 있고 / 나의 흑발(黑髮)은 번뇌로 얼켜 있다.

"패(覇)를 받으시렵니까?" / "나무아미타불(南無阿彌陀佛)……"

"받지 않으시렵니까?" / "관세음보살(觀世音菩薩)……"

古眞한 白은 古眞해서 좋고 / 天眞한 黑은 天眞해서 좋고

長生의 老松에 걸려 흐르는 / 李白의 하늘은 대류무성(大流無聲)……

법열(法悅)의 구름은 발아래 떠있고 / 변상(變相)의 바둑은 구름으로 떠있다.

禪風-3

산그늘 내리는 원두막에서 / 할머니와 나는 염불(念佛)을 한다.

내가 선창(先唱)하면 / 할머니는 복창(復唱)을 하고…….

할머니가 되물으면 / 나는 또 되풀이하고……

총기(聰氣) 밝은 할머니와 / 눈이 밝은 손자의

인과(因果)와 / 응보(應報)와 / 끝없는 문답의 윤회는 / 색즉시공(色卽是空)……

무주공산(無主空山)에 달이 밝아 / 공즉시색(空卽是色)……

새삼 부연할 말은 없으나 「禪風-3」이 시인 자신의 소년시절의 체험담에서 나왔다는 각주는 달아야 할 것 같다. 하여 황 시인 특유의 선문답 같은 사랑의 시가 탄생한다. 「포장마차에서」는 적나라하게 벗어부친 주모와 끝내 마스크를 벗지 못하는 자신과의 해학적인 대결을 하드 보일(hard-boil) 스타일로 그려 나간다. 자그마치 「바다와 노인」의 기법을 방불케 하는 선적 시각이 살아있다.

그녀는 시를 쓰고 나는 잡문을 끄적였다.
잔잔한 눈으로 말하는 그녀의 시는 꿈이었다.
그녀가 호수 같은 눈으로 꿈꾸듯 속삭일 때
나는 허튼 소리를 하고 있었다.
그녀의 옥합(玉盒) 속 깊은
수심(水深)을 알지 못한 나는
참새처럼 짹짹거리고 있었다.
그녀가 내 입을 막을 때
내 의식하기 싫은 의식의 세포들이
굴러 떨어지고 있었다

여기에서 짚고 넘어가야 할 게 있다. '그녀'는 주모일 수도 있고 동행한 여자친구일수도 있고 우연히 마주친 나그네일 수도 있다. 어쩌면 시인이 만들어낸 가상의 인물일 수도 있는데 그런 건 아무래도 좋다. 요컨대 속기(俗氣)에 물들어 시가 써지지 않는 자신의 처참한 현실을 비추어 볼 거울의 역할을 해줄 대역이 필요했던 것이다. 이런 맥락에서 포장마차에서 시를 쓰는 사람은 시인이 아니고 '그녀'였던 것이다. 그리고 그녀의 시는 꿈이기 때문에 쓰는 게 아니라 무위(無爲) 무설(無說)의 행으로 드러낸다. 그런데 세속의 업(業)으로 무장한 시인은 '허튼 소리'만 늘어놓는다. 업이라 함은 직업의 업과 불가에서 일컫는 업을 두루뭉수리로 지칭하는 것이다.

문제는 그의 "의식하기 싫은 의식"이다. 그의 의식이 그토록 기피하는 건 무엇인가. 그 '세포들'이 알알이 떨어져 나가 그의 의도와는 무관하게 심층에 숨어있는 자신의 실체와 마주친다. 일종의 개안(開眼)이다. 이 시가 내뿜는 이런 선적 발상법은 이른바 엘리엇의 몰개성론과 일맥상통하는 시적 객관성의 도출(導出)로 보아도 될는지. 황 시인이 직접 자선한 '5편의 사랑의 시 묶음'에 이 시가 포함되지 않았던들 그렇고 그런 시로 스쳐갔을 법도 했던 이 작품을 이토록 문제삼는 근거는 이것만이 아니다. 6, 7, 8연을 계속해서 "차라리 변명하지 말았어야 했다."로 마무리고 있다. 이어서 자신의 정신적 장례를 치르는 마당에서는 '검정 넥타이'를, 그리고 자신의 제사상 앞에서는 '영혼을 쓰다듬'으면서 여인이 따르는 술을 받아 마신다. 그런데 시인은 그 술을 '부끄러운 잔'이라고 못을 박았다. 그를 그토록 부끄럽게 한 것은 '그녀'이다. 그런데 무엇이 그를 그토록 부끄럽게 하는가. 여운을 끄는 작품이다. 드라마가 있어서 재미나게 끌려가게 된다. 전 11연 44행이 되는 길다면 길다고 할 「포장마차에서」의 나머지 후반부를 감상하자.

군참새를 씹으면서 짹짹거릴 때 그녀는 몸서리를 쳤다.
내 입에 들어가는 생활의 모래주머니
내 입에서 나오는 허튼 소리를 변명하지 말았어야 했다.
교감(交感)의 불은 꺼지고 싸늘하게 식어버린 멍든 가슴
씽씽 아파 우는 찬바람 야멸차도 차라리 변명하지 말았어야 했다.
생활의 거름자리 후비던 발톱을
차라리 변명하지 말았어야 했다.

짹짹거리면 시가 되지 않는 공복에
술을 마시다가 검정 넥타이를 쓰다듬는다.
내 목을 감아 맨 내 상장(喪章)을 펴들고
내 제사(祭祀)를 지내는 내 영혼을 쓰다듬는다.
시의 불감증으로 죽어지내는 나의 제전(祭典)에
그녀는 술을 따르고 나는 부끄러운 잔을 받아 마셨다.

황 시인은 이렇게 자신의 마비된 '의식'을 흔들어 깨운 자가 선

승도, 이렇다할 스승도 아닌 포장마차의 여인이었음을 명증하게 밝히고 있다. 기왕 사랑의 시 마당으로 들어섰으니 내친걸음으로 「길을 가다가」, 「찔레꽃」, 「그리움」등 사랑의 역정(歷程)을 밟아가면서 육성에 가까운 그의 진솔한 사랑의 호소에 귀를 세우자.

길을 가다가, 왈칵 당신 손을 잡으면 내 안에 느껴지는 체온.
징그러운 임진강보다도 더 아픈 내 손바닥 속에서 파들거리는 당신의 손은,
오직 사랑을 위해 자명고(自鳴鼓)를 찢은 당신의 손은
내 하나밖에 없는 갑(匣)속의 진주(眞珠).

-「길을 가다가」의 첫 부분

그녀의 '손을 잡'기만 하면 그녀의 '체온'이 시인의 몸 안에 번진다. 그 손은 "내 손바닥 속에서" 몹시 떨렸고 "오직 사랑을 위해/자명고(自鳴鼓)를 찢은" 그 손이다. 결론적으로 그것은 "내 하나밖에 없는/갑(匣)속의 진주(眞珠)"이다. 그 진주 같은 사랑을 향한 사무치는 그리움은 끝내 한 마리의 새로 변용(變容)한다. 시쓰기에 편승한 사랑의 승화(昇華)이다. 부연하자면 "그 입시울 웃음꽃 속에/불붙어 사는/한 마리의 새"가 되고 "가슴속 어딘 듯 양지쪽에/온종일 지저귀며 사는/한 마리의 뜨거운 새"가 되는 것이다. 작중화자는 구구절절 그녀가 지펴주는 불길로 그의 사랑이 타고 있음을 호소한다. 그녀의 손, 그녀의 미소의 오묘한 은유를 음미해야 한다.

사랑의 불을 지피는 또 하나의 시 「찔레꽃」이 사랑의 영원회귀("고향에서 만나/불을 지피리")를 설파한다. 이 시에서도 새의 이미저리가 아름답게 꽃피는데 "새가 되어/저승길 벗어나/구만리장천 떠도는 새가 되어"라고 했으니 그 차원이 한층 격상된다. 이승과 저승을 자재로 넘나드는 사랑의 절대적인 자유를 구가한다. 고향산천을 벌겋게 물들인 찔레꽃 골짜기를 시인은 한 마리 새가 되어 남몰래 원효의 로맨스를 환원시킨다. "아무도 몰래/공주 만나러 가는 원효같이/그대 혼곤한 골짜기/꿈꾸듯 홀연히 불을 지피리."

시인이야 누구나 낭만적이라고 하지만 황시인의 낭만성의 빼어남은 이 글을 쓰는 험난한 작업에서 주은 값진 낙수초이다. 이제 황시인의 사랑의 시 편력의 마지막 밥상을 받는다.

「그리움」은 토속적 향수를 물씬 풍기는 정통의 정도의 중심을 관통하는 시인에 걸맞은 사랑의 시다.

그리움은 해묵은 동동주,
속눈썹 가늘게 뜬 노을이다.
세월이 가면 괴는 술,
꽃답게 썩어 가는 눈물어림이다.
눈물을 틀어막는 쐐기의 아픔이다.
뜬구름 같은 가슴에 삭아 괴는 恨,
떠도는 동동주다.

-「그리움」 全文

소월이나 만해의 시를 대할 때처럼 독자의 정서는 묵묵히 '그리움'에 흠뻑 젖게 된다. 이 사랑의 시의 정석을 밟고 나면 우리는 당연히 이러한 작품을 만들어낸 시인의 삶의 현장으로 눈을 돌려야 할 것이다. 바둑에서는 "무욕이 대욕"이라고 한다던가. 황 시인이야말로 비운 척 하면서 기실 엄청난 욕심쟁이다. 문학이라는 명제를 전제로 하는 한 이 경우에는 욕망보다는 욕심이라는 표현이 제격이다. 시와 소설, 수필과 평론 등 문학의 전 분야를 종횡무진으로 달려왔다. 대학교재를 저술하고 방송으로 문학을 강의하며 학구적 교수의 면목을 갖추는 데도 빈틈이 없다. 한 마디로 66권의 저서가 있다고 하지 않는가.

그렇지만 그의 구심점은 항상 시에 붙박혀 있다. 시에 대한 그의 태도를 그는 아래와 같이 피력한바 있다.

나의 시와의 결혼생활은 내가 나를 빨래하는 시간의 연속이다. 나의 시와 나의 생활이 나를 치대며 빨래하여 옥상의 하늘 높이 휘날리게 한다. 내가 고난을 통해서 탄생시키는 한 편의 시는 내 영혼을 빨래하여 인생을 아름답게 하는 세탁비누요 숯불 다리미다. 나는 나의 시를 통해서 때묻은 나를 빨래하고 구겨진 나를 다림질하여 곱게 펴 나간다.

-「나의 詩 나의 삶」

그래서 잡스러운 생각으로 시를 쓰거나 저만 잘난 줄 알고 공중에 둥 떠있는 부박한 무리는 그의 시와 품위를 제대로 알 때 낯을 붉히게 될 것이다. 성실한 노력과 타고 난 재질의 각고(刻苦)의 탁마(琢磨), 그리고 동양적 법도와 서구적 행동성을 고루 갖춘 그를 따라갈 사람은 흔치 않을 것이다. 그런데 이 시점에서 필히 짚고 넘어가야 할 황시인의 좌우명을 밝힌다. 그의 스승 신석정(辛夕汀)이 써준 황 시인의 첫 시집 『조선소(造船所)』 서문 말미를 좀 길지만 그대로 옮기자면 이렇다.

황군은 그의 住所를 靑春의 午前에 두고 있는 믿음직한 시학도(詩學徒)다. 만리 전정(万里前程)에 한눈 파는 일 없이 詩道에 精進하기를 바라되 바이마르에 침공(侵攻)해 온 나폴레옹에게 달려가 頌詩를 奉呈한 괴테가 되기 전에 나폴레옹이 皇帝가 되었다는 말을 듣고 그에게 봉정하려던 樂譜를 찢어버린 베토벤的 詩精神을 끝내 가슴에 지니고 나아가 우리 詩壇에 새로운 등불이 되어 주기를 바라면서 두서없는 말로 序에 얹는다. 一九七二年 八月 비사벌초사(比斯伐艸舍)에서 辛夕汀識

마감하는 마당에서 이야기의 물꼬를 첫머리의 시행으로 되돌린다. '우리'라는 낱말이 시사하는 교육적 의미를 지나칠 수 없어서다. 그것은 학생 하나 하나의 눈을 쏘아보며 강의에 몰두해온 교수 황송문이 터득한 인생 황금률을 표상하는 소중한 낱말이다. 광복 후 한때 이 나라 평론계의 유행은 '우리'를 밀어내고 '나'를 앞세운 때가 있었다. 새 역사를 창조하려면 개인의식이 있어야한다는 생각에서였던 것 같다. 그러나 우리는 공동체의식의 기반으로서의 '우리'를 서서히 되살리고 있다. 그의 시가 서정에서 철학으로 철학에서 종교로 심화되는 과정의 전모를 이 황금률(黃金律)이 이끌어 온 걸로 믿고 있다.

그의 '우리의식'은 상구보리(上求菩提)하고 하화중생(下化衆生)하라는 불가의 대승사상에 맥이 닿는다. 지열(地熱)처럼 식을 줄 모르는 은근한 사랑이 시창작의 걸림돌이라 할 형이상학의 관념화를 철저히 제어한 것으로 본다. 교직과 시창작 기타 여러 가지 문예활동은 하화중생을 일삼는 보살도의 구현이라고 할만하다. 그런 의미에서 그의 예술은 철두철미 '삶을 위한 예술(Art for life's sake, Matthew Arnold)'에 속한다. 이제 그는 교직을 떠나서도 몸에 밴 중생교화의 정신으로 자신의 시를 살찌우고 독자를 살찌우게 할 것이다. 이제 마지막으로 이 글의 제목의 전거(典據)이자 그의 시와 사랑과 구원의 가없는 내면의식의 오지를 드러낸 시 「간장」의 전문을 함께 읽으면서 인생과 시의 두 날개를 활짝 편 그의 올곧은 웅지에 성원의 박수갈채를 보내기로 한다.

우리 조용히 썩기로 해요.
우리 기꺼이 죽기로 해요.

토속(土俗)의 항아리 가득히 고여
삭아 내린 뒤에
맛으로 살아나는 삶,
우리 익어서 살기로 해요.

안으로 달여지는 삶,
뿌리깊은 맛으로
은근한 사랑을 맛들게 해요.

정겹게 익어 가자면
꽃답게 썩어 가자면
속맛이 우러날 때까지는
속 삭는 아픔도 크겠지요.

잦아드는 짠맛이
일어나는 단맛으로
우러날 때까지,
우리 곱게 곱게 썩기로 해요.
우리 깊이깊이 익기로 해요.

죽음보다 깊이 잠들었다가
다시 깨어나는
부활의 윤회,

사랑 위해 기꺼이 죽는
人生이게 해요.
사랑 위해 다시 사는
再生이게 해요.

-「간장」全文

말미에 몇 마디 적어서 마음의 짐을 덜고자 한다. 교수-시인 황송문의 시와 인생을 말한다는 것이 고작 그의 시 몇 편에 기대어 횡설수설한 꼴이 되어버렸다. 이도 저도 황 시인을 돋보이게 하고 박수갈채를 띠우는 몸짓으로 보아 넘겨주었으면 하는 바람 간절하다. 황 시인과 황 시인을 아끼는 독자 제위에게 감히 아뢰는 말씀이다. 그리고 교수-시인에서 순수 시인으로 격상한 황송문 시인에 대한 앞으로의 기대가 이만저만이 아님을 첨언한다.

엄마가 올 때까지

안 병 국
선문대학교 교수 · 수필가

서울 39라 2545 그랜져 승용차는 황송문 학장님 가족 다음으로 내가 더 자주 이용하는 차량이다. 방학중이나 휴일 등 학교에 같이 갈 일이 있으면 학장님은 꼭 나를 편승시키기 위해 내 집 앞까지 차를 운전해 오신다. 미안한 일이 여간 아니다. 또 학과나 학교 모임이 있어 같이 퇴근하는 길에는 황학장님의 차를 편승하는데 나는 그냥 타는 것이 송구하여 고속도로 주행세나 지불하려 해도 이 어른은 극구 사양한다. 짐짓 해보는 것이 아니라 결단코 거부의 뜻이다. 하여 아직 한 번도 도로교통비를 물은 적이 없다.

내가 황교수님과 직장 동료가 된 것은 그리 오래되지 않았다. 전임 교수가 몇 분 계셨지만 아무리 그래도 지금의 이 직장에서 가장 오래 봉직하셨고 학과를 만드신 황송문 교수가 학과 교수 인사에 가장 많은 영향을 가질 것이라 나는 생각하였다. 그러나 고전문학을 하는 나는 시를 쓰는 황송문 교수님과는 일면식이 없는 터였다. 물론 한 두 사람의 손을 거치면 연결이 되겠지만 그렇게 하긴 싫었다. 이 어른과 통할 길이 막연한 나는 대학 은사 구상 선생님께 세배를 갔다가 빈말처럼 사정을 말씀드렸었다. 이렇게 구상 선생님의 추천이랄까 소개로 황교수님을 뵙게 되었다.

댁으로 한 번 찾아뵙겠다고 했더니 이 어른은 그것을 거절하셨다. 밖에서 만나면 된다고 하였다. 구상 선생님이 나를 황교수님께 소개하며 아마 구직 관계를 암시하신 모양이었다. 그러나 황교수님은 "오얏나무 아래에서는 모자를 바로 하지 않는다"는 격언이 있는 것처럼 불필요한 오해를 사기 싫어하신 모양이었다.

우리의 첫 만남은 다방이나 음식점도 아닌 4호선 총신대 역 개

찰구 안에서 이루어졌다. 구상 선생님의 부탁이긴 했지만 황시인은 화를 낸 듯 불만에 찬 표정이었다. 마지 못하는 듯하였고 '누구로부터 소개 말씀 잘 들었다'는 등의 의례적 수사도 없었다. 이력서를 한 통 학교로 보내달라는 것과 아직 교수 채용 계획이 있는 것도 아니라면서 그냥 그 역사(驛舍) 안에서 지극히 사무적인 말만하고 헤어졌었다. 나는 속으로 천하의 구상 같은 불세(不世)의 선비 소개도 별 효과가 없구나 하고 생각하였다. 그 날 본인도 유쾌하지 않았겠지만 나도 벌레라도 씹은 기분이었다. 황교수의 인상은 대단히 고집스럽고 다가가기가 쉽지 않은, 마음 트기가 대단히 조심스러운 분 같았다.

그 뒤 나는 수년 동안 동료로, 학과장과 학장이라는 상하관계로 함께 생활하여 왔다. 모시면서 느낀 것은, 어떤 결정을 내리기까지는 굉장히 장고(長考)하고 심사숙고하지만 한 번 결정한 사항은 결코 수정하거나 번복하지는 않는다는 점이었다. 이 분의 성격은 성명 첫 글자를 따 명명(命名)한 '황소고집'이 적절하다는 생각이다.

그 다음으로 눈빛이다. 눈빛이 여간 사나운 것이 아니다. 그 눈을 보면 그 사람의 심상(心狀)을 알 수 있다고 했는데 황교수님의 눈은 평화나 안정 보다 대단히 무섭고 사나워 보인다는 점이다. 나는 그 후 승용차 속에서 눈빛을 두고 이야기하기도 하였다. 순임금이 중동(重瞳)이었고, 조선조 중엽 내 고향에 '내암(來庵)'이란 호를 가진 '정인홍(鄭仁弘)'이란 분이 계셨는데 눈빛으로 뱀을 죽였다든지 하는 민담(民譚)을 나눈 적도 있다. 황교수님의 겉 표정은 특이한 안광에서 느껴지는 것처럼 근엄하여 접근이 쉽지 않지만 그러나 그 속은 잔정이 많고 대단히 여리다는 것이다. 즉, '엄숙하면서도 온화'하며, '사납지만 남들을 편안'하게 해주는 그런 어른이라는 생각을 하게 되었다.

나는 지금의 직장으로 올 때 황교수님의 은혜를 크게 입었다. 그러면 그는 그것만으로 내게 모양(폼)을 잡을 수도 있고, 으쓱거릴 수도 있다. 그러나 황교수님은 그것으로 내게 치사(致謝)듣고 싶어한 일은 없었다. 당연히 '당신은 되어야 할 사람'이었고, 그 결정은 '위에서 한 일'이니 내게 '고마워할 필요가 없다'고 하셨다. 황 교수님은 당신에게 고마워할 것이 있으면 '학생 잘 가르치고 좋은 저서 많이 남기면 그것이 자기에게 갚는 은혜'라고 하였다. 그리고 그는 『사기』의 주가(朱家)같은 사람을 가끔 생각한다 하셨다.

주가는 『사기』 「유협열전」 속에 등장하는 노(魯) 나라의 유협의 무리로서 이름을 날렸는데 그가 몰래 생명을 구해준 호걸들은 백을 헤아렸으며, 그밖에 그가 구해 준 보통 사람들의 경우는 셀 수 없을 정도였다. 그런데 결코 자신의 능력을 자만한다든가 은혜 베푼 일을 자기 공으로 여긴다든지 하지 않았다 한다.

기록을 보면 주가는 "은혜를 베푼 사람들과는 두 번 다시 만나려 하지 않았고 곤궁에 처한 사람들을 구원하는 경우에는 가난하고 착한 사람들을 우선시하였다. 주가의 집안에는 여분의 재산이 없고, 의복에는 장식물이 붙어 있지 않았으며, 먹는 것은 맛있는 것이 아니고, 탈 것은 작은 소달구지에 지나지 않았다. 남의 위급한 처지에 달려가 구원하는 일을 자기의 일보다 중요하게 여겼다. 일찍이 몰래 계포(季布) 장군의 위기를 구해주었으나, 계포가 존귀한 신분이 되자 일생 그와 만나려고 하지 않았다. 함곡관(函谷關) 동쪽 지방 사람들은 모두 목을 길게 뽑아 그와 교제하기를 원하였다"고 『사기』에 적혀있다.

주가는 자기가 은혜를 베푼 사람들에게 결코 은의(恩誼)를 팔려고 하지 않았다. 주가에게서 인과 의라는 유교의 마음이, 겸양이라는 유교의 미덕이 체현되고 있음을 알 수 있는데 아마 황학장님은 그것을 귀감으로 삼으신 모양이었다.

선비는 죽일 수는 있지만 욕보일 수는 없다고 한다. 지금의 대학가에서 그런 어줍잖은 인연으로 욕 당하는 선비가 얼마나 많은가. 베푼 은혜는 잊어라. 보은(報恩) 여부는 입은 자의 몫이다.

가끔 황학장님은 차 속에서 옛날 사귀던 친구들 이야기를 하는데, 이 어른은 한 번 맺은 인연은 오래오래 지켜나가는구나 하고 느꼈다. 새로움의 추구를 위해 온축(蘊蓄)되어 온 것을 가볍게 여기지 않으셨다. 이것은 인간관계에도 적용할 수 있다고 본다. 새로운 친구를 사귀기 위해서 오래 전에 알던 친구를 소홀히 하는 이들이 더러 있지 않은가. 공자는 안평중(晏平仲)이 남과 사귀기를 잘하는 것을 두고 칭찬한 일이 있다. 즉 '오래되어도 공경[久而敬之]' 하는 것 말이다. 정자(程子)의 말을 빌릴 것도 없이 사람은 사귀기를 오래하면 공경이 쇠해져서 무람없이 대하기가 쉬운 데 황 학장님은 나이가 한참 어린 내게도 예의를 잃은 적이 없으시다.

나는 시에 대해서 별로 아는 바가 없다. 그래서 그 평가에 대해서는 조심스러울 수밖에 없지만 우리 학교에 출강하던 평론가 모 씨는 황시인이 쓴 장시 '호남평야'는 우리 시사(詩史)에서 주목해야 할 작품이며, 조포석의 「낙동강」이나 신동엽의 「금강」과 같은 작품의 반열에 올려두고 평하여야 한다고 이야기하였다. 나는 그 평가를 수용한다.

황 시인의 시 가운데 내가 특히 좋아하는 작품은 '능선'이다. 이 시는 나에게 성적(性的)인 충동을 느끼게 한다. 능선에다 여체의 굴곡미를 오버랩 시켰는데 불과 7연 28행의 길지 않는 분량 속에 에로티시즘이 참 잘 용해되었다는 생각이 든다. 소설 같은 산문 작품에야 성적인 담론이 반드시 필요한 요소이지만, 시작품 속에는 그 요소를 원용하는 것은 쉽지 않고 성공하기도 어려운 터인데 이 작품만은 예외라 할 작품이라는 생각이 든다.

프로이트의 '리비도' 같은 용어에도 우리는 킥킥거리며 흥미를 느끼지 않는가. 공초 오상순의 시 「첫날밤」이 있는데, 이 시는 종교 세계에 대한 개안의 '첫 대면' 같은 것이지만 어느 정도 육감적인 시로 읽혀지고 있다. 성경 「아가(雅歌)」를 쉽게 해석하면 연애시 아닌가. 너무 의미 부여를 어렵지 않게 하면 관능적인 시로 보는 것이 옳다. 그러나 공초의 「첫날밤」이나 성경의 「아가」도 육욕을 자극하지는 않는다. 그러나 황시인의 시 「능선」만은 대단히 성욕을 일깨우는, 육감적이고 관능적인 시라는 생각을 한다. 황송문 시인은 슬하에 자녀가 세 분이 있는데 아드님과 따님을 잘 길러, 며느님과 사위도 참 잘 보았다는 생각이 든다. 보기에 하도 덤덤한 것 같아 언제 사모님과 합작하여 자녀를 생산했는지 궁금할 정도인데, 어떻게 저런 육감적인 시 「능선」을 썼는지 궁금하다.

이야기 첫머리로 돌아가자. "아기는 엄마 올 때까지 보아주어야 한다…"는.

황학장님의 댁은 중랑구 면목동이고 나의 집은 서초구 방배동이다. 학장님은 내가 사는 방배동까지 나를 데려다 주려면 남부 순환도로를 거쳐서 사당역과 이수역을 지나 아마 1시간 이상을 우회(迂廻)한다. 내가 미안해하며 지하철이나 버스 연결 지점에만 하차시켜 주어도 고마운 일이니 우회할 필요 없다고 말씀드리면 이 어른은 꼭 내 집 앞에 하차시켜 준다. 그러면서 하는 말씀이 "아기는 엄마 올 때까지 보아주어야지 중간에 버려 둘 수는 없지 않느냐"는 것이다.

익어가는 감(柿)

오 재 환
선문대 인문대학 학장

가을은 수확의 계절이며 풍요의 계절이라고 하지만 나는 가을보다도 여름이 풍요의 계절로서 적절하다고 여긴다. 가을은 곡식과 열매들이 익어 가는 때이기에 수확의 계절이라고 일컬어질 수는 있겠으나, 나는 풍요의 계절이라는 말에는 이의를 들고 싶다.

생각해보면 가을은 결실의 계절이기는 하되 무엇인가 이미 정해진 시간표에 따라 갈무리하고 저장하고 겨울을 준비해야만 하는 계절의 의미를 생각지 않을 수 없다. 그렇게 본다면 가을은 오히려 자나간 여름을 되돌아보는 의미가 더욱 가슴에 와 닿는 계절이다. 그래서 나로 말할 것 같으면 가을보다도 여름을 더 사랑하는 사람 중의 하나이다.

여름은 풍요로운 계절이다. 시간이 풍부하고 삼라만상의 모든 것이 풍부하다는 느낌이 들기 때문이다. 그런데 가을이 되면 민가의 담장 너머로 씨알이 그리 크지는 않지만 주황색으로 익어 가는 감을 볼 때, 초등학교 시절에 동네에서 보던 정겨운 모습이 떠올라 마치 고향집 담장을 거니는 정감이 묻어나는 것을 느끼곤 한다. 그런데 한번은 황송문 교수님을 뵈면서 담장 너머에서 익어가는 감을 볼 때에나 느끼던 감회를 가진 적이 있어 이 자리에서 그 감동을 같이 해보고자 한다.

사람이 살면서 만나게 되는 인물들을 때로는 유형화해 볼 수도 있을 것이다. 그런데 가끔씩, 자신에게는 엄격하면서도 타인에게는 그 엄격한 도리를 강요하지 않는다는 느낌을 주는 분들이 있다. 그런 분들은, 타인에게 피해를 준다는 것은 상상할 수도 없으려니와 어떤 경우에는 자신이 타인에게 피해를 입고도 별로 큰 내색도 하지 않는다. 참으로 이 세상에서는 만나기 어려운 道人들이다.

황 교수님이 바로 그런 분이다. 그 분이 계시는 국문과는 다른 것은 고하간에 동료 교수님들끼리의 우의는 매우 좋은 편이다. 이러한 학과의 모습은 한국의 대학가에서 쉽게 찾아보기 힘들다.

한번은 국문학과의 교수님들끼리 잘 어울려 다니시고 사이가 좋아 보인다는 치하를 드렸다. 그랬더니 황 교수님은 이렇게 말씀하셨다.

"거 왜 가실에 울타리 옆에 노랗게 익은 감을 보면 말이여! 먼발치서 볼 적에는 그저 곱고 예쁘게만 열려있지만, 가까이서 보면 한 여름 내내 바람에 부딪치고 긁힌 자욱이 상처로 남아 굳어있지 않아요? 인간관계도 그런 것이라고 봐요."

국문과라고 해서 왜 크고 작은 갈등이나 그로 인한 상흔들이 없겠느냐는 것이다. 그렇지만 그것을 멀리서 보게 되면 그저 아름답게만 보일 수 있다는 것이다. 게다가 그 분은 국문과를 창설하신 분이고, 현재 함께 근무하는 분들은 모두가 그 분이 재임 중에 영입해 오신 분들이다. 다 같은 인간사는 세상인데 그 학과라고 해서 왜 서로 쓰리고 아픈 상흔들이 없을 것인가. 듣고 보니 역시 도인의 관찰이요, 시인의 표현이었다.

돌아보면 황송문 학장(그 분은 인문대학 학장을 하셨다)께서는 우리 후학들에게 살아가는 지혜를 큰 가르침으로 많이 남기셨다. 앞으로도 선문대학교를 위하여 노익장의 정력을 남김없이 쏟아 놓으시기를 바라는 마음으로, 인접학과 후학의 한 사람으로서 그 분의 고결함을 본받고자 이 글을 바친다.

나와 황송문 선생님

윤 윤 진

중국 길림대학교 교수

세월이 유수(流水)라더니 황송문 교수님과 사귀기 시작한 지 벌써 10년이 다 되어 온다. 무던하면서도 인정이 깊은 황선생님, 말은 적지만 흉금이 깊은 황선생님, 평범하면서도 시재가 넘치는 황선생님과의 인연은 나에게 있어서 인생을 배우는 시간이었고 학문을 배우는 시간이기도 하였고 문학을 배우는 시간이기도 하였다.

나와 황교수님의 인연은 1999년으로 거슬러 올라간다. 당시 일본 유학을 갓 마치고 돌아온 나는 연변대학교 조문학과에서 교수 노릇을 하고 있었는데 한국국제교류재단의 후원으로, 연변대학교의 일원으로 서울대학교와 연변대학교 학자들 간의 학문교류를 추진하기 위한 한국학 세미나에 참석하게 되었다. 세미나는 서울대학교에서 열렸는데 테마는 '한중 상호인식과 이해'였다.

서울대학교에서 세미나를 끝내고 나는 며칠 뒤에 열리는 또 다른 회의에 참석하기 위해 귀국하지 않고 그냥 서울에 눌러 앉아있었는데 그때 황선생님께서 호텔로 찾아오셨다. 황교수님을 소개해 준 것은 연변의 저명한 시인인 이상각 선생님이었다. 내가 출국하기 전 이 선생님은 저를 찾아서 황교수님을 소개해 주었고 서울에 가면 만날 수 있게 주선해 준 것이었다. 황교수님을 만나는 순간, 나는 그의 수수한 모습과 평범한 인격에 매료되었다. 다른 한국인 학자들에게서 풍기는 도고함과, 안하무인격인 우월감도 없었고 사람을 불안하게 만드는 시인으로서 그런 낭만도, 기질도 없었다. 그저 만주 어디에서나 찾아 볼 수 있는 수수한 그 모습이었다. 거기에서 우리는 이야기를 많이 나누지 못했지만 그의 평범한 그 모습은 나에게 깊은 인상을 남겨주셨다.

그때 황선생님은 10여년 전 연변에 갔었지만 몽골 가는 길에 백두산을 거쳐갔었고, 제대로 체류해서 살펴본 일이 없었기 때문에 아쉽다고 하시면서 기회가 주어지면 연변에 가서 얼마간 체류하고 싶다는 심경을 나에게 털어놓았다.

그 후 나는 수요에 의해 연변대학교 동방문화연구원으로 갔고 거기에서 연구 활동을 시작하였는데, 그때 황교수님을 연변대학교의 초빙연구교수로 우리 문화원에 모시고 1년간을 함께 지냈다. 연변대학교에 체류하는 1년간 황교수님은 우리 문화원의 발전을 위해 많은 일을 하셨고, 또 거기에서 연변조선족의 시작품들을 읽으시면서 많은 시작품들을 써내기도 했다. 그 기간 그는 새로운 시가 작품이나 기행문들을 쓸 때마다 나에게 보여주면서 수정의견을 들으셨는데 저의 학문적 수준이나 문학수양이 깊어서가 아니라 나에 대한 일종의 존경이었을 것이다. 이처럼 그는 겸손하고 솔직한 사람이었다. 후에 그의 시작들은 연변의 한 작곡가에 의해 작곡으로 되면서 값을 더해 갔고 일부 작품들은 애창곡으로 되어 널리 유행되고 있다.

연변에 계시는 동안 황교수님은 또 조문학과 교수들 및 학생들과 널리 사귀면서 우애를 돈독히 하였다. 교수이지만 시인으로서 시인의 기질을 다분히 띠고 있는 그는 누구와도 스스럼없이 사귀면서 술도 잘 마셨고 기분이 좋으면 좀 과할 정도로 마시기도 했다. 그러나 그렇다 할지라도 그는 절대 남에게 피해주는 일이 없었고 언제나 깨끗하게 자기의 신조를 지켜나갔다.

사모님이 연변을 찾았을 때, 선생님은 건강이 좋지 않아서 공항에 마중을 나가지 못했었다. 우리는 모두 가슴을 졸였고 선생님도 나중에 퍽이나 후회를 많이 하셨다. 그런데 사모님을 바래고 북경에서 돌아온 이튿날, 저에게 그간 사모님에 대한 미안한 감정을 털어놓으면서 북경에서 사모님을 바래주던 정경을 이야기해 주었는데 그 미안함과 그 자책감은 나를 크게 감동시켰다. 그것으로 하여 그는 또 좋은 시를 한 수 쓰게 되었고 거기에서 인간으로서의 솔직한 감정을 털어 놓으셨다. 황선생님의 솔직한 감정이나 한 번도 만나보지 못한 사모님의 넓은 흉금은 오늘 다시 생각해보아도 나에게는 좋은 추억으로 남아 있다.

황교수님께서 떠나가신 뒤, 나는 또 길림대학교로 전근하게 되었다. 길림대학교로 전근한 후 나는 황선생님을 한 번도 만나보지 못했다. 그러나 그간 쌓아온 우정은 나의 가슴 깊이에 여전히 하나의 추억으로 되어 여울져 흐르고 있다. 그 때문인지 우리는 지금도 이메일이나 전화로 서로 안부를 나누고 있고 선생님께서 보내주시는 『문학사계』에서 선생님의 체온을 느껴보곤 한다. 나는 이러한 우정이 해를 거듭하여 가면서 갈무리되어 영원히 지속되어 가기를 진심으로 기대하며 황교수님께서도 정년을 새로운 지평으로 삼고 문학의 신기루를 더 아름답게 꾸며 가시기를 진심으로 기원한다.

황교수님, 새 청춘을 얻으신 기쁨으로 더 보람차게 인생을 즐기시기를 빌고 가시는 길마다에 행운과 만복이 있기를 두 손 모아 빕니다.

- 2006년 3월 22일 장춘에서

黃松文 先生님을 回顧하며

李 炳 哲
新羅大學校 教授

太初의 創造도 말씀으로 잉태된 것처럼 글은 글쓴이의 언어를 통해 내면의 저 깊은 울림까지 퍼 올리지 않으면 안 된다. 글 속에서 가슴의 뜨거운 울림이나 벅차 오르는 유열(愉悅)과 끝을 모르는 그리움, 그리고 그렇게 정화(淨化)되는 인생까지, 글은 이처럼 그 사람의 마음에서 우러나와 읽는 이의 마음까지 젖어 든다.

좋은 글 훌륭한 문인은 무엇보다 청탁(淸濁)을 가리지 않는 올곧음에 있다. 늘 한결같은 마음으로 글을 써야만 그 마음이 한지에 먹물이 배이듯, 글 속에 마음이 녹아 글도 글쓴이도 그리고 글쓴이의 마음도 함께 흐르게 된다. 그래서 글은 곧 그 사람이라는 말이 있는 것 같다.

선생님의 반세기에 걸친 창작 활동은 문인으로서의 괄목(刮目)한 작품과 한우충동(汗牛充棟)에 비할 수 있는 실로 막대한 문학적 업적을 남겼다. 하지만 내게 있어 선생님은 시인으로, 소설가로, 교수로, 문단을 대표하는 문인으로서만이 아닌, 삶을 담아 내고 인생을 깨우치게 하는, 이 시대의 스승으로서 세상과 인생을 문학이란 그릇에 담아낸 분으로 남아 있다.

한 끼니 조차도 해결하기 어렵던 시절, 삶이 아니라 生存을 걱정하던 그때 욕심 많은 친구들이나, 세상의 눈에는 한없이 작아 보이던 창작의 길, 그런 모습에 벗들도 이제 이 껍질 내던져 버리라고 서투른 충고도 선생께 던졌던 그 시절, 그러나 선생님은 「팔싸리」라는 글에서 창작에 대한 심경(心境)을 망설임 없이 토로해 내셨다.

"승산 없는, 가장 초라하게 보이고, 가장 값없어 보이던 시를 내가 붙들고 살아 온 건, 세상에서 귀하고 값진 것 다 내어 주면서 내가 걸어왔던 길이고, 앞으로도 걸어야 할 인생이며, 후회 없는 가장 값진 삶으로 믿어왔기 때문이라고 …….”

이처럼 문인으로서의 선생님의 신념은 정년(停年)을 맞이하는 오늘날까지도 흔들리지 않으시고 땀땀이 굳세게 걸어 오셨다.

선생님의 글 속엔 지순(至純)하고 따뜻한 그리움으로, 어머니와 고향(故鄕)의 자취를 흙내음 가득한 향토적 정서로 담아 내셨고, 적당주의와 상업주의에 병들어 안주(安住)해 가는 젊은이들과 기성 작가들에게 정신적 각성(覺醒)을 제공해 주기도 하였다. 그리고 따끔하리 만큼의 문명비판 의식은 현대인에게 새로운 경각심으로, 나 아닌 우리를 돌아보게 했다.

선생님의 창작 과정이 그러했듯, 부러움 반 의구심 반인 투로 제자나 동료 문인들은 시 하나 쓰기도 어려운데 소설까지 왜 쓰느냐고 질문하면 선생님은 언제나 이렇게 말씀하신다.

“농부가 논밭을 경작하는 외에 가축도 기르고 싶어서 기른다는데 누가 옳고 그름을 따지겠는가.”하시며 환하게 웃으신다.

늘 다양한 장르를 넘나들면서 표현의 자유를 추구하신 것처럼, 선생님은 많은 제자들과 문인들에게 무한한 표현의 자유를 누려 어떤 형식에도 구애됨 없이 좀더 좋은 글로 독자와 함께 나누며 기뻐하는 일, 이것이 진정 값진 것이며 글 쓰는 이의 자세라고 조언(助言)해 주신다.(이러한 선생님의 견해는 「깍두기論(小說作法)」이라는 시를 통해서도 언급된 바 있다)

어느덧 선생님과의 만남도 굽어보니 江山이 두 번 변한다는 세월이 흐르고 있다. 언제나 바쁘신 와중에도 정성스레 제자를 챙겨 주시며 요모조모 자세히 가르쳐 주시던 선생님, 이제 그런 선생님의 모습을 대학 강단(講壇)에서 뵐 수 없다는 것이 더욱 아쉬워진다.

그러나 긴 시간 동안, 동아문화센터를 통해 문학과 창작을 지도해 오시고 시와 소설, 수필, 평론 등 어느 하나에 구애됨 없이 다양한 장르 형태로 예술적 자유를 펼쳐 오신 것처럼, 이제 앞으로 더욱더 새롭고 힘찬 비약(飛躍)을 통해 여러 다양한 글로써 우리와 늘 함께 할 것을 믿어 의심치 않는다.

그리고 아울러 늘 푸르른 소나무(松)처럼 변함 없는 문장가(文)로, 우리의 스승으로, 건강(健康)과 만수(萬壽)의 복(福)을 누리시길 빕니다.

황송문 교수의 글씨에는 바람이 들어 있어서

이 승 복
시인 · 홍익대 교수

황송문 교수를 처음 뵌 것은 가을이었다. 지금 생각건대 그 분을 처음 만나기에는 어지간히 적당한 계절이 아니었나 싶다. 황송문 선생이야말로 누구보다도 가을이라는 계절과 어울리는 분이니 말이다. 가을이라는 계절만큼의 너비와 여유를 가지고 있는 데다 가을에서나 만날 수 있는 선명한 시야를 지닌 분이어서 말이다. 물론 지금 이 순간에도 나는 가을 하늘의 넉넉함을 배경으로 해서야 황송문 선생의 얼굴을 떠올리고 있다. 그러는 편이 오히려 황송문 선생의 진면목을 더욱 분명히 볼 수 있을 것 같아서이다.

그 분은 그런 분이다. 언제나 그렇듯 배경을 가지고 있는 분이며 넉넉함과 분명함을 함께 지닌 몇 안 되는 선비정신의 실천자이기도 하다.

그러니까 그 날 처음 뵌 것은 아마도 홍익대학교 교육대학원장으로 계셨던 심산 문덕수(心汕 文德守)선생님의 연구실에서였던 듯하다. 그 날 나는 비록 짧은 첫인상이긴 했지만 그 분의 소담스런 사유세계가 지니고 있는 대단한 크기와 질량을 감지해야 했다. 겸손한데다가 검소함이 몸에 배어 있던 그 분의 모습에서 묵자(墨子)를 읽어냈던 것은 나만의 경험이 아니었을 것이다. 어쩌면 순간 나는 내게서 발견할 수 없었던 예의 그런 모습을 황송문 선생에게서 발견하면서부터 또 다른 세계의 가능성을 알 수 있었고 내게도 그런 모습이 있어야 함을 자각했던 게 아니었나 싶기도 하다.

아무튼 그 날 이후 종종 황송문 선생을 만나면서 나는 그 분에게서 배워야 할 많은 것들을 조금씩 찾아내고 있었다. 그러던 어느 날이었다.

지금 기억에 황송문 선생은 그 무렵 심산 선생과 함께 『세계문예대사전』을 재발간하는 작업을 맡아 하고 계셨는데, 사실 사전편찬 작업이라고 하는 것이 인내와 고통의 다름 아니다. 사실 여부를 확인하는 것도 문제이지만 정말이지 꼼꼼하고 꾸준한 인성이 아니고서는 도저히 할 수 없을 만큼 신중해야 하는 일이어서 그렇다. 그럼에도 불구하고 한 글자 한 글자를 신중하게 적어가고 있는 황송문 교수의 모습을 보고 있자니 과연 저 분이 아니고서는 할 수 없는 일이겠구나 싶었다. 그래서 조금이라도 그 분의 모습을 닮아볼 요량으로 곁에서 그 일을 돕기도 했다.

그런데 그 분이 한 꼭지 한 꼭지 써내는 원고를 보고 있자니 웬지 낯선 느낌이 밀물처럼 다가왔다. 까닭은 그 분의 글씨 탓이었다.

황송문 교수의 글씨를 본 사람이라면 이미 알고 있는 터이겠지만, 그 분의 글씨에는 바람이 차 있다. 에밀레종에 있는 비천상, 세종문화회관 입구 벽에 부조로 되어 있는 비천상이 그런 것처럼, 황송문 선생의 글씨는 바람을 타고 앉아 정해진 곳 없이 나르고 있는 형국이다. 처음 황송문 교수의 바람 든 글씨를 본 순간, 나는 이 분의 이런 글씨체란 과연 어떤 심성에서 나온 것인지가 솔직히 궁금해졌다. 다른 사람들에 비해 유독 가는 선으로 글씨를 쓰는 것도 그러했고 획마다 그어진 선이 하나가 아니라 가는 선 여럿이 거듭되면서 만들어 내는 것도 매우 독특하게만 다가왔다. 글씨를 쓴다기 보다 그리는 것 같기도 했고, 매 글자마다 난생 처음 쓰는 글자인 양 조심스레 써내려가는 모습을 보면서는, 이 분이 의미를 표시하려고 글씨를 쓰는 게 아니라 모양을 만들어 내려고 글씨를 쓰는 것은 아닌가 하는 생각까지도 해보곤 했다.

황송문 선생께서 글씨를 써내려 갈 때 보면, 그 분은 글씨를 뒤쪽으로만 써가는 것이 아니라 한참을 써 내려가다가도 문득 다시 앞쪽으로 가서는 이미 쓴 획에 한 번 더 손길을 보태기도 하곤 했다. 그만큼 황송문 선생의 글씨 쓰기는 남달랐다. 글씨의 모양도 그러했지만 글씨를 쓰는 태도 역시 매우 독특했다. 분명 남다른 글씨쓰기의 습관을 가지고 있었다.

하지만 시간이 지날수록 나는 황송문 선생의 글씨 쓰기로부터 실로 대단한 매력을 감지하게 되었다.

첫째의 매력은 글씨를 쓰는 시간이 오로지 글씨를 쓰는 시간만이 아니라는 것이다. 폭넓은 사유를 경험하기도 하고 때론 앞뒤의 내용을 헤아려 보기도 하는 등 황 선생의 글씨 쓰기 과정은 언제나 생각의 진지함과 함께 어우러져 있곤 했다. 그러니 그 분의 글에는 다른 사람에게서는 느낄 수 없는 숨은 사유의 공간이 언제나 담겨져 있다. 행간 속에다 숨은 사유의 보따리를 매달고 있다고나 할까. 그 분의 글은 그래서 쓰여진 것보다 많은 생각을 하게하는 묘한 힘을 지닌다.

둘째의 매력은 그렇게 사유하면서 쓴 글인 탓에 지속적인 자기 점검의 기회를 항상 내포하고 있다는 점이다. 수시로 쓰여진 글을 되돌아보면서 글을 진행하는 것이 마치 습관처럼 그 분에게는 익숙해져 있었다.

하지만 이러한 글씨 쓰기 또는 글쓰기란 단순히 글쓰기에서만 나타나는 현상이 아닌 것 같다. 황송문 선생의 습관은 언제 어디서나 그리고 무슨 일을 할 때나 자기점검의 과정을 배치시키곤 한다. 모든 과정에서 수시로 점검과 확인의 절차를 동반시키곤 한다. 그런 탓에 그동안 만나본 그 분의 행동이라고 하는 것은 결코 순간적인 판단에서 비롯된 것이 없었다. 크고 작은 각종의 일을 펼칠 때마다, 그리고 과정과 과정의 진행이 이루어지던 그 사이사이에서 점검과 확인을 놓치지 않고 시행하고 있었던 것이다. 수시로 앞뒤의 모든 정황을 점검하고 분석하며 전체적인 조망을 확인하는 것이 바로 황송문 교수의 세상살이 방식이며 또한 글씨 쓰기의 방식이기도 한 것이다.

그런 탓에 황송문 교수의 자세는 언제나 본질을 향한 노정에서 한 치도 어긋나지 않은 채 꾸준히 진행될 수 있었으며 오차를 최소화할 수 있었다. 그러면서도 오차를 최소화하려는 그 분의 노력은 결코 늦은 진행으로 이어지지 않았다. 오히려 좀더 빠른 시간에 본질을 확인할 수 있었고 작업의 행보를 마무리할 수 있었다. 그래서 황송문 교수의 태도를 보고 있자면 어지간히도 느리게만 진행되고 있는 듯하지만 정작 상황이 끝날 무렵에서는 황송문 교수만이 성공적인 결과를 드러내 보여주곤 했던 적이 많았다.

세 번째의 매력도 이와 크게 다르지 않다. '천천히, 하지만 꾸준히'라고 이름하여 마땅할 황송문 선생의 글씨 쓰기와 살아가기의 방식은 쉼이 없었다. 실제로 황송문 교수의 일은 휴일이라는 이유로나 정해진 시간이 지났다는 이유로 해서 결과를 만들지 못한 채 그냥 멈추는 일이 없었다. 언제나 그렇듯 기계적인 시간을 경계로 삼기보다는, 해야 할 일의 질적인 성취를 경계로 삼아 일을 하고 글을 쓰고 책을 읽었다. 스스로에게 한가함을 허락지 않는 그런 분이 바로 황송문 교수이다.

그래서 나는 오늘 많은 시간을 황송문 선생님에 관한 생각으로 보내면서 다시 한 번 그 분을 내 나름대로 설명해 보게 된다. 이런 표현이 적당한지 모르겠으나 아무튼 그 분, 황송문 선생은 '가슴에 마당이 있는 사람'임에 분명하다. 제법 너른, 가을처럼 풍성한, 인정과 미소로 채워진, 그런가 하면 전체를 살피되 구석구석 놓치지 않고 세심하게 배려할 줄 아는 그런 마음으로 가득한, 그런 마당 말이다.

'천천히, 하지만 꾸준했던' 그리고 언제나 따뜻한 미소와 배려로 주변을 대했던 황송문 선생에게도 어느새 정년의 시간이 왔다는 말을 듣게 되니 한 편으로는 적지 않게 놀랍기도 하다. '어느새?'라는 말을 선뜻 하게 된다. 하지만 또 다른 한 편으로는 이제부터야말로 그 분의 너른 마당이 좀더 풍성해지겠구나 싶기도 하다. 조금은 여유 있는 시간을 가지시게 되면 그 분의 넉넉함이 한결 더 넉넉해 질 수 있겠다 싶은 마음이다. 모쪼록 건강하시길 바란다.

나와 황송문 교수

- 소나무 같은 송문(松文)이
해마다 강물처럼 쏟아졌으면

전 일 환
전주대학교 부총장

내가 황송문 교수님을 처음 만난 게 한 세대, 그러니까 30년도 훨씬 전의 오랜 일인 것 같다. 유명무실 운영되던 대학동문회의 재건문제를 놓고 선배 몇 분이 전주를 방문했을 때, 그 분을 처음 대했던 걸로 기억이 된다. 시인이라면서 그의 처녀시집 『조선소(造船所)』라는 시집을 나에게 내밀었다. 그리고 자신의 고향이 의견(義犬)으로 명성이 높은 오수(獒樹)라고 했다. 한 눈으로도 그는 '서울깍쟁이'라거나, 세파에 씻기워진 '서울내기'라는 생각이 전혀 들지 않았다. 시골토박이 그대로 순수 질박한 성품이 물씬 풍겨나 온몸에서 은은한 향기마저 넘쳤다.

그래서인지 그의 스승 신석정(辛夕汀)은 황 교수의 첫 시집 『조선소』 서문에서 그를 일러 '學窓時節에도 퍽 과묵한 편이었다'고 하였다. 정말 과묵하다는 것은 말수가 적다는 것이고, 그 만큼 사유(思惟)의 깊이가 심원하다는 것이며, 매사를 신중하게 생각하고 행동한다는 말이다. 그는 정말 말수가 적은 사람이다. 말 대신 빙그레 웃음으로 말할 때가 많다. 하지만 그는 사람의 행실이 바르지 못하고 세상이 제대로 돌아가지 못하면 참지를 못한다. 온 몸을 바쳐 준열(峻烈)하게 채찍질하면서 엄하게 질타를 서슴지 않는 곧은 선비적인 성정(性情)을 지녔다. 아니 길이 아니면 절대 걷지 않았던 천생 조선조의 지조(志操) 높은 선비 같다고 해야 옳다.

그의 그런 모습은 "국어보다 영어를 더 잘 가르치는/ 그런 사대의 사내새끼가 아니라…짓밟히면서도 일어서는/ 청보리의 사상/

농부의 뚝심으로 살아나는/ 그 푸른 정신으로 살고 싶다"(청보리)고 외쳐대는 데서도 찾아 볼 수가 있다. 때론 "밀물 같은 만세소리 우렁찬 데에도/ 아니야 아니야 그게 아니야/ 매국노는 뻔뻔스럽게 활개치고/ 애국자는 독립선언서를 콜록이다가/ 피골이 상접한 채 두 눈만 살아있는 도깨비 장난같은 요지경 세상이야/ 非非非非 非非非非/ 아니야 아니야 그게 아니야(비비새 2)"라고 피를 토하는 듯한 목소리로 목청을 돋우기도 했다.

그래서 그는 우리말보다 국적도 알 수 없는 외국어를 남발하는 우리의 현 세태를 '훈민정음을 총살하는 세상'이라고 준엄하게 꾸짖기도 하고, 친일 매국노가 하루아침에 애국자로 둔갑하는 우리나라의 현실을 비비새를 동원하여 그게 아니라고 채찍질하기도 한다. 마치 옳지 않으면 왕 앞에서도 목숨을 걸고 아뢰는 영락없는 조선조 사헌부(司憲府), 사간원(司諫院)의 대쪽같은 선비의 성정을 지닌 분이라는 말이다. 바르고 정직한 사람이 제대로 대우를 받고 살아가지 못하는 부조리한 우리네 현실을 그는 많은 작품 속에서 비비새를 동원하여 아니라고 통렬(痛烈)하게 비판을 하고 있다.

'雪雪粉粉/ 松松青青/ 눈을 인 소나무 겨울을 견디듯이/ 그렇게 슬기롭게 해를 맞으라'(새로 나오는 봄쑥같이)에서는 마치 그의 이름자 '송문(松文: 솔 같은 글이나 문인)'이 암시해주는 것처럼 세상이 아무리 어렵더라도 소나무나 잣나무처럼 변하지 않는 절조와 지조가 있는 시인이어야 한다고 외친다. 그의 삶 자체가 송문(松文) 이름자와 일치한다. 이렇게 이름자와 일치하게 살아가는 사람들은 하나님으로부터 선택받은 사람이다. 이러한 현상은 일일이 예거하지 않아도 지난날 우리의 역사 속에서도, 오늘의 현실에서도 얼마든지 발견할 수가 있다.

논어의 자한편에서도 세한송백(歲寒松柏)이라 하여 시시로 이해득실을 셈하며 변절을 일삼는 세상 사람들을 일깨웠다. 살을 에는 엄동설한(嚴冬雪寒), 함박눈 몇 자(尺)를 머리에 이고서도 푸르름을 변치 않는 소나무와 잣나무처럼 우리 인간들도 처해진 상황이나 현실에 따라 가벼이 행동을 해서는 안 된다는 것이다. 정말이지 어려울수록 인간 본디의 성정을 변치 않는 사람들이 참 좋은 사람이다.

우리 선인들은 이런 본성을 지닌 자연물 매란국죽(梅蘭菊竹)을 사군자(四君子)라 하여 문인화의 주된 소재로 다루면서 회자(膾炙)해 왔다. 황 교수는 이름자대로 설설분분한 엄동설한에도 청청한 솔 같은 그런 시를 쓰면서 평생을 살아왔다. 그야말로 그는 분명 이 시대 보기 드문 한 그루 장송(長松) 같은 시인이요, 선비임에 틀림없다.

또한 그는 많은 시를 생산하고 다량의 저서를 낸 학자다. 그는 틈만 나면 밤낮을 가리지 않고 원고지와 씨름을 했다. 시집만 해도 1972년 8월 처녀시집 『조선소』를 펴낸 이후 『내 가슴속에는』, 『목화의 계절』, 『메시아의 손』, 『그리움이 살아서』, 『노을같이 바람같이』, 『까치밥』, 『바위 속에 피는 꽃』 등 헤아릴 수가 없고, 수필집으로도 『그리움의 술 기다림의 잔』 등이 있다. 소설로 1979년에 발행한 『조국행진곡』을 비롯해 『어느 무정부주의자의 사랑』, 『사랑은 먼 내일』, 『달빛은 파도를 타고』 등을 내놓아 그의 식을 줄 모르는 창작열을 짐작케 한다.

그리고 논저로서도 정말 헤아릴 수 없이 많은 저서를 냈다. 1981년에 출간한 『문장론』을 비롯하여 『분단문학과 통일문학』, 『문장강화』, 『현대시작법』, 『소설창작법』, 『수필창작법』, 『신석정 시의 색채이미지 연구』, 『중국조선족 시문학의 변화양상 연구』 등 엄청난 저서를 펴냈으니, 그는 용광로 같은 뜨거운 열정과 무쇠 같은 저력을 지닌 학자라 아니할 수가 없다.

지나치리만치 세상사에 오불관(吾不關)하면서 오로지 원고지와 동거(同居)해온 그에게 건강과 가정이 걱정이 되어서 '지나치면 모자람만 같지 못하다'는 중국의 대시인 호저(胡適)의 말을 인용했더니, 빙그레 웃으면서 그건 지나친 기우(杞憂)라는 듯이 가벼이 일축해 버렸다. 알고 보니 그건 진실이었다. 지금까지 고뿔 한 번 걸린 적 없이 그는 건강했고, 또 남이 부러울 정도로 가정에 행복이 넘쳐흐르고 있었으니 말이다. 천생 그는 하나님으로부터 솔 같은 붓과 더불어 동거하도록 하늘이 낸 문필가다. 그래서 이름도 송문(松文)이다.

이 뿐만이 아니다. 시인 구상(具常)은 황송문 제5시집 서문에서 그를 일러 "古眞이랄까? 이미 不惑도 넘고 詩集을 이것으로 다섯 번째나 내는 그런 사람이 心志가 어찌 이렇듯 순박할 수가 있을까? 그야말로 감복을 안 할 수가 없다. 이 詩集을 펼치는 분들은 누구나 다함께 바로 내가 앞에서 얘기한 그 사람에 그 시라는 느낌을 받을 것이다. 그래서 감각의 참신이나 교치(巧緻)보다는 진실이 너무하도록 배어있는 詩를 맛볼 것이다…그는 너무도 고지식하여 그의 시 「詩論 1」처럼 그 형상화에 있어서도 옷깃을 여민다."라고 했다.

정말 황 교수는 고진한 사람이며 마음이 그렇게 순박할 수 없는 분이다. 구상의 지적처럼 그의 작품 속엔 그렇게 진실하고 박꽃보다 더 순박한 그의 성정(性情)이 녹아나고 있다. 그의 제5시집 『그리움이 살아서』는 시인 구상이 말한 대로 온통 아름답고 순박한 심지(心志)가 소담스레 피어나고 있다. 꽃구름같이 피어나는 「자운영」, 새하얀 「달」, 앙증맞은 「사당동 귀뚜라미」, 소롯한 「그리움 1, 2, 3」, 수채화같이 「아름다운 것」, 애처로운 「선달」 등등의 작품들이 온통 그러하다.

또 그가 낸 장편소설 『사랑은 먼 내일』의 남자 주인공의 캐릭터는 영락없는 황 교수의 자화상(自畵像)이다. 그는 이 소설 속에서 다시 한 번 이슬만 먹고 사는 청정무구(淸淨無垢)한 선남(善男)으로 다시 태어난다. 잘은 기억나지 않지만, 소설 속의 남자 주인공은 사랑하는 연인과 함께 호텔에 들어가게 되고, 그러다가 샤워를 시키면서도 정말 성적(性的) 교통을 하지 않는다. 혼전에는 남녀의 순결을 아름답게 지킴으로써 절대 그런 관계를 가져서는 안 된다는 교과서적인 교훈을 그답게 독자에게 강요를 하고 있다. 그만큼 그의 영혼은 증류수처럼 맑고 순수하고 깨끗하다는 말이다.

사실 내가 본 황 교수는 정말 과묵하고 고진하며 고지식한 사람이다. 그래서 이제야 조심스럽게 고백하지만 그래서 때로는 답답할 때도 많다. 나하곤 30년 이상을 형제처럼, 친구처럼 무던히도 번다히 교제하며 살아왔다.

1990년 여름이었던가. 다른 친구와 함께 울릉도 가는 길에 태풍을 만나서 후포항에서 하루를 묵었을 때의 일이었다. 바닷가 횟집에 자리를 잡고 술잔을 나누면서 그는 "사람의 만남이나 사귐도 이(利)와 득(得)을 따지는 세상에서 우리 셋은 그런 것들을 초월할 수 있으니 얼마나 행복스러운 일이냐"고 즐거워했던 때도 있었다. 그 만큼 그는 순수하고도 아름다운 마음을 지니고 있다. 그러기 때문에 그가 써내려간 작품 모두가 은쟁반에 놓인 구슬처럼 영롱하게 아름다울 수밖에 없다는 생각이 든다.

그가 이제 정년에 즈음하여 정년문집을 낸다면서 나에게 '기림글' 청탁을 해왔다. 그런 부탁은 이 세상 무엇과도 바꿀 수 없는 기쁨이었다. 황 교수님이야말로 아무런 과장 없이 그저 붓 가는 대로, 그리고 있는 대로 정직하게 써내려 가면 되는 전혀 부담을 느낄 필요가 없기 때문이다. 정년을 해도 황 교수님의 소나무나 잣나무 같은 '송문'(松文)이 해마다 강물처럼 쏟아졌으면 좋겠다. 그리하면 살맛나지 않는 세상을, 정말 살맛나는 세상으로 바꾸어 놓을 수가 있을 것이기 때문이다.

나의 외우(畏友) 황 교수님의 문운(文運) 창성(昌盛)과 장송(長松)같은 건승을 백세 천세 빌어마지 않는다.

존경하는 황송문 교수님의 정년을 축하드리며

조 인 희
선문대 외국어대학 학장

그리움은
해묵은 동동주,
속눈썹 가늘게 뜬 노을이다.

세월이 가면
괴는 술,
꽃답게 썩어 가는
눈물어림이다.

눈물을 틀어막는
쐐기의
아픔이다.

뜬구름 같은
가슴에
삭아 괴는 恨,
떠도는 동동주다.

황송문 교수님의 시 「그리움」이다. 사적인 연유가 있어 좋아하게 된 시이다. 교수님의 대표적인 시로 「까치밥」이 널리 알려져 있지만, 나는 위에 소개한 시 「그리움」을 더 좋아한다. 어느 해인가 선문대학교 국문학과 학술제 행사의 일환으로 시화전이 열렸었고, 출품된 많은 작품들 중에 유난히 내 마음이 이끌렸던 시였다. 시화전이 끝난 뒤, 교수님 방을 찾아 너스레를 떨다가 본심을 드러내어 출품되었던 작품 중에 한편을 얻고자 청을 드렸다. 이것저것 골라 보여주셨지만 나는 점찍어 놓았던 것이 있었기에 곧바로 이렇게 말했다. "교수님 동동주 한잔 안될까요?" 그러자 교수님은 환한 웃음을 지으시며 "역시 눈썰미가 있어요!" 라고 말하시곤 구석에 따로 놓아두었던 「그리움」을 건네 주셨다. 그렇게 해서 나는 평소 존경하던 교수님의 작품 하나를 얻게 되었고, 어디로 이사를 가든지 우리 집 거실의 가장 좋은 위치에 걸어두는 나의 애장품이 되었다.

중국 송대 (宋代)의 석학인 司馬光이 資治通鑑에서 이르기를 "經師는 만나기 쉬워도 人師는 만나기 어렵다." 라고 하였다. 經師란 經書를 가르치는 교사란 뜻이니, 그저 교과서를 강의하고 지식을 주입시키는 선생이라 하겠고, 人師란 덕행을 갖추어 다른 사람의 모범이 되어 인생의 길잡이가 되는 참스승이라 할 것이다.

나는 황송문 교수님이야 말로 번지르르한 말보다는 한결같이 진실된 행동으로 학생들에게 본이 되어 오신 참스승이라고 믿는다. 교수님께서는 한평생을 외길로 문학교육과 문학창작에 전념하시면서 "스승의 길"과 "문인의 길"을 몸소 실천해 보여주셨다. 교수님께서 세상에 내어놓으신 수많은 시집과 소설 그리고 문학연구서들은 교수님의 문학창작에 대한 열정과 학문적 진지함을 대변해 주고 있다. 재능이 부족한 내가 감히 교수님의 연구업적과 문학작품들에 대해서 이러쿵저러쿵 허튼 평을 늘어놓는 것은 가당치도 않은 일일 것이다. 그러나 나는 이것만은 안다. 이러저러한 일로 지나치게 바쁜 얼치기 학자들이 판을 치는 세상에서, 교수님께서는 좌고우면하지 않고 한결같이 "문학 깊이갈이"에 몰두하시는 모습을 보여주심으로써, 게으르고 너무나 세속에 밝은 후학들을 말없이 질책해 오셨다는 것을.

최근 중국에서 보내신 연구년을 통해 『중국조선족 시문학의 변화양상 연구』라는 방대한 저서를 펴내시는가 하면, 정년을 몇 년 앞두고 좀 쉬시기도 할 즈음임에도 불구하고, 순수문학지 『문학사계』를 창간하여 5년 넘게 손수 편집해오고 계신 것을 가까이에서 지켜보며 나는 늘 교수님의 열정에 감동 받는다. 그리고 몰래 교수님을 닮아가고자 다짐을 하곤 한다.

이제 그토록 사랑과 열정으로 가르치시고 연구하시던 세월을 뒤로하며 정년퇴임을 하시게 된다니, 교수님을 늘 거기에 계시는 큰 바위얼굴로만 여기고 있던 후학으로서 아쉽고 섭섭한 마음 금할 길이 없다. 그러나 비록 정년이라는 이름으로 공식적으로는 강단에서 떠나시지만, 명예교수님으로 남아 후학들이 기대는 언덕이 되어 주실 것이고, 또 좀 더 여유로운 시간 속에서 새로이 하시고자 계획하시는 일도 많을 것이니, 어찌 정년 맞으심을 아쉬워하기만 하겠는가! 교수님께서 보여주신 문학에 대한 열정과 속 깊은 제자 사랑에 다시 한 번 존경과 감사의 마음을 전해 드리며, 이만 송별의 마음을 접는다.

在中同胞(중국 조선족)에 대한 사랑과 관심

최 우 길

선문대 교수 · 국제정치학

내가 '황송문'이라는 이름을 접한 것은 신문광고를 통해서였다. 1990년대 초반이었을까. 환갑을 훌쩍 넘기신 어머니는 여전히 '문학소녀의 꿈'을 안고 사는 분이셨다. 어느 신문의 책 광고를 보시고, "이 책 한 권 사다주게"하셨다. 그 책의 저자가 바로 '황송문'이었다. 상당히 두꺼운 책을 나는 거금을 들여 사다 드리며, 표지 안에 있는 황송문의 '근엄한' 사진을 보았다. 글쓰기에 관한 책이었는데(교수님의 책 중 『문장론: 글쓰기의 이론과 실제』이었지 않았나 싶다), "아, 이런 주제로 이렇게 두꺼운 책을 쓸 수 있구나"하고 생각했다. 나중에 『통일세계』 등 세계기독교통일신령협회의 자료를 접하면서, "아, 이 쪽에서는 알아주는 시인이로구나"하고 알게 되었다.

1999년 선문대학교 국제유엔학과의 교수로 와서 먼발치에서 황교수님을 직접 뵙게 되었다. 단과대학도 다르고 가까이 할 기회가 자주 있는 것은 아니었다. 여러 사람 틈에서 가끔 뵙는 교수님은 언제나 아이같이 '천진난만한', 그러면서도 공손한 분이셨다. 알고 보니, 시집이 벌써 열네 권(시선집 2권 포함), 수필집이 네 권, 소설책도 다섯 권이나 쓰셨다고 하고, 철마다 문학사계라는 문학지를 내신다고 했다. "이런 훌륭한 문인을 여지껏 모르다니…"하고 자책하였다. 항상 열심히 교육과 창작에 몰두하시는 모습을 먼발치에서 지켜보았다.

국문학과 동료교수들에게서 듣는 교수님의 행적은 가히 전설적인 것이었다. 참 대단하신 분이었다. 가끔 지나치다 마주치면, "최교수 내가 녹음한 시낭송 한 번 들어보시게", "문학사계 받고 계신

가"하며 챙기셨다.

"모시고 가르침을 받아야겠다"고 늘 생각하였다. 새 학기 맞을 때마다 "저녁이라도 한 끼 모셔야겠다"고 생각하였다. 마음뿐이었다. 그런데 지난 겨울 "최교수, 나 정년퇴임하는데 글 하나 써주시게"하셨다. 그러고 방학이 지나고 한 학기가 흘렀다. 그 사이 식사 한 끼 모시지도 못하고, 글도 써드리지 못했다. "참, 나도 무심한 녀석이지" 자책하였다. 교수님을 생각하면, 송구스러우니 이것도 병인가 한다. 당신처럼 순수하지 못함을, 당신처럼 열심이지 못함을, 당신처럼 공손하지 못함을, 당신보다 어리면서 당신보다 더 때가 묻었음을, 당신에게 제대로 가르침을 청하지 못한 것을, 이렇게 늦게야 보잘 것 없는 글로 부탁을 들어드림을. 이 글을 쓰게 된 것은 나에게 큰 영광이다.

내가 선문대 신문의 언론주간(2004. 3 ~ 2006. 3)을 맡고 있는 동안 몇 차례 교수님의 글을 신문에 실었다. 금강산과 일본을 다녀오시고, 짧은 여정을 치밀한 관찰력과 깊이 있는 상념으로 긴 글로(신문에 모두 다 싣기는 양이 긴 기행문) 써 보내셨다. 참 열정이 대단하셨다. 지면이 부족하다는 이유로 글을 좀 줄였는데, 지금 생각하면 "대문장가의 글을 감히 줄이다니…"하며 후회한다. 당시에는 어쩔 수 없었으므로 이해해 주시리라 믿는다. "어찌 감히 내 글에 칼을 대는가"고 야단치시면 어쩌나 걱정했는데 마주치면, "최교수 참 잘 줄였어. 그 부분은 필요 없는 것이었어"라며 웃으셨다. 그렇게 말씀해 주시니 참 감사한 일이다. 교수님의 글에 그나마 작은 정성을 보태었다고 스스로 생각하면서 위안으로 삼는다.

교수님의 많은 저술 중에서 내가 서재에 두고 정독을 한 것은 『중국조선족 시문학의 변화양상연구』(2003)와 12번째 시집 『연변 백양나무』(2002)이다. 나는 주로 중국의 민족문제, 민족정책, 조선족 문제 등을 공부한다. 위의 두 책은 나에게 큰 가르침이 아닐 수 없다. 교수님이 철마다 벌써 20권 째 내신 『문학사계』지에도 이상각 시인 등 중국 조선족 시단의 대표적인 시인들의 시가 자주 실린다. 나에게는 좋은 자료요, 읽을거리이다. 중국조선족 시문학에 대한 교수님의 연구는 이미 그 곳 평론가들이 높게 평가하고 있다. 앞으로도 중국, 조선족, 연변에 대한 사랑과 관심을 어떤 방식으로든 표현하시리라 믿는다. 나도 부족하지만 그 점에서 교수님과 함께 한다. 앞으로 조선족 문학에 관해 좋은 연구하시고, 좋은 기록 남기시고, 그 곳 분들과 깊은 우정을 나누시기 바란다.

교수님이 만드는 『문학사계』 2006년 여름호는 "두 번째로 국경을 넘나든 시와 음악의 만남"을 싣고 있다. 문덕수, 황금찬 등 한국시인의 시에 중국 조선족의 작곡가가 곡을 붙이고 그 곳 성악가가 노래를 부른 작업을 지면에 싣고 CD를 만들었다. 가요창작에 참여한 작곡가 최삼명 선생(중국 조선족 음악연구회 회장)은 내 아저씨이다. 사실 그저 '최씨'라는 조건으로 지난 1991년부터 아저씨로 모시고 있다. 최 선생은 1950년대 중국 국가장학생으로 선발돼 평양음악학교로 유학, 작곡을 배우고 돌아와 연변가무단의 대표적인 작곡가로 일하면서 주옥같은 노래들을 작곡했다. 이제 현역에서는 은퇴하고 낚시로 소일하지만, 그의 노래는 여전히 대표적인 조선족 음악으로 불리고 있다. 음악창작에 대한 열정도 식지 않았다.

부인은 연변가무단 출신의 무용가이다. 지난 7월 연길에 들러 만나 뵈니, 두 분이 "제주도에 한 번 가고 싶다"고 하신다. 올해가 가기 전 아저씨 부부의 제주행을 주선할 생각이다. 나는 내년 안식년을 이용, 심층면담과 취재를 한 후, 『최삼명 평전』을 쓸 요량을 갖고 있다. 생각대로 될지 모르겠으나, 조선족 원로들에 대한 구술사(口述史) 작업을 더 이상 미루기에는 남은 시간이 많지 않다. 이런 작업을 위해 교수님의 도움이 절실하다. 알고 보니, 한국시인-중국 조선족 작곡가와 성악가의 조합을 구상하고 실행한 분이 바로 황교수님이었다.

나는 시집 『연변 백양나무』에서, 고향과 어머니에 대한 그리움, 山人다운 山人, 詩人다운 詩人이 되고자 하는 바람, 스승다운 스승이 없는 시대에 스승이고자 하는 시인의 간절함을 읽었다. 사실 나는 교수님께서 연변에서 생활을 하면서(2001년) 쓰신, 그 곳 냄새가 물씬 풍기는 시들이 그 시집 속에 있지 않을까 기대하였다. 그런데, 그런 시는 「초승달」, 「연변 백양나무」, 「조선족 山行」 등 몇 편 되지 않았다. 그래도 詩「참말」에서 "목사가 '사대주의 目死'가 되고 미국 박사가 '駁死'가 되어버린 시대"에 대한 풍자를 읽고, 詩「씨가 있는 말」에서 목숨 바쳐 가르치고자 하는 시인의 열정을 읽었다. 그 시를 다시 읽어 본다.

> 학생들에게/ 말의 씨가 먹히지 않을 때는/ 씨가 먹히는 씨 있는 말을 하고 싶다//…//수업시간에/ 사람다운 사람이 되라는 말,/ 그 한 마디를 아끼면서/ 가부좌를 한 자세 그대로/ 온몸에 신나를 들어부은 다음/ 라이터 불을 확 붙여서는/ 내 몸이 활활 타 들어갈 때/ 대불처럼 미동도 하지 않으리라// 내가 불탈 때/ 기겁을 하고 놀라는 그 순간,/ 경악을 금치 못하고 자성하게 되면/ 내 불의 말은 씨알이 영글어/ 자자손손 씨가 있는 참말이 꽃피리.

그러고 보면, 나도 "내 몸을 활활 태울" 정도로 절실하지는 않지만, 선생으로서 시인과 비슷한 고민을 하고 있다. 다음 글은 내가 2004년 5월 스승의 날 즈음 선문대 신문에 사설로 쓴 글이다. 교수님과 함께 읽어보고 싶다.

"어느 노교수의 이야기이다. 한참 강의 도중 맨 앞에 앉은 학생이 "교수님, 지난 시간에 강의하신 내용입니다" 하자, 교수님 왈 "강의 듣는 학생이 있었나" 하셨단다. 교실 가득한 학생들 중 집중하는 학생은 불과 몇 명뿐인 모양이다. 어느 젊은 강사의 이야기이다. 세 시간 수업에 이십여 명의 학생. 시간이 지나면 하나둘 강의실을 빠져나가고 제대로 앉아있는 학생은 서너 명 뿐. 학기말에 이르러 교수님의 하소연, "내 강의가 그렇게 들을 가치가 없는가." 우리 학교 수업 시간의 풍경들이다. 교실이 무너지고 있다는 증언들이 많다. 채플수업은 교실 붕괴의 본보기가 아닐까 한다. 자리에 앉자마자 취침자세를 취하는 학생들이 태반이라고 하니 말이다. 규모가 작은 수업도 예외는 아니다. 학생들은 어떻게 하면 교실을 빠져 나갈까, 교수의 눈을 피해 문자메시지를 보낼까 생각하는 모양이다. 수업도중 핸드폰으로 자장면을 시키는 신입생이 있다는 이야기에 이르면 "설마"라기 보다 "그럴 수도 있지"라고 넋두리할 밖에 없다. 졸업학기에는 출석하지 않아도 된다는 그릇된 인식이 일반화되어, 교수들은 학생이 가져오는 취업증명서를 의심해야 하는 처지에 이르렀다. 오늘의 선생들은 카네이션을 달아주는 학생에게 고맙기도 하다. 우리 학교의 '사은숙배는 감사하고 훌륭한 전통이다. 넥타이 선물을 받으며 "이런 선물을 받을 자격이 있는지…" 되돌아보기도 한다. 졸업생들이 가끔 전해오는 감사의 글에 눈물을 흘리기도 한다. 그러나 오늘의 선생들은 무엇보다 강의실의 급변하는 세태를 걱정한다. 우리 학생들이 '개념있는' 젊은이이기를 바란다. 우리가 하고 있는 학문이라는 것이, 누가 뭐라고 해도, 우리의 삶에 대하여, 인간과 사회의 문제에 대하여, 우리를 둘러싼 자연과 환경에 대하여 보다 진지한 자세를 갖도록 하는 데 꼭 필요한 것이라고 생각한다. 참다운 교육이 없이는 '사람다운 사람'이 될 수 없다고 생각한다. 학생들이 수업에 관심을 기울여야 할 충분한 이유가 있다고 생각한다. 오늘의 선생들은 스승의 날을 맞아 '스승과 제자의 끈끈한 인연'을 생각할 여유가 없다. 우리 학생들이 지나치게 싸이월드에 빠져 '사이코'나 '사이비'가 되지 않기를 바란다. '어른다운 어른'이 드문 세상이긴 하지만, 우리 젊은이들이 '자신의 삶에 책임지는 성인'이 되기를 기원한다. 물론 교수들도 '스승다운 스승'이 되고 싶다."

나는 위와 같이 '산문적으로' 고민하는데, 시인은 어쩌면 저토록 '시적으로' 표현하는가. 교수님 퇴임에 즈음하여 감사의 글 또는 축하의 글을 쓴다는 것이 나의 넋두리가 되지 않았나 한다. 나는 감히 황송문 교수님을 이 시대에 드문 '사람다운 사람'이요, '어른다운 어른'이요, '스승다운 스승'이라고 생각한다. 바라시는 대로 '山人다운 山人' '시인다운 시인'의 꿈을 이루시길 바란다. 아니, 어쩌면 꿈을 이미 이루신 것은 아닌가. 아무쪼록 건강하시기를 기원한다. "최교수, 막걸리 한 잔 하시지" 시인의 전갈을 기대한다. 한 수 제대로 배울 수 있기를 바란다(2006. 8. 30)

아름다운 고집

한 수 영
동아대 국문과 교수

황송문 선생과 인연이 맺어진 것은 1998년 당신께서 재직하던 선문대학교에 강의를 하게 되면서부터였다. 그래서, 서울 살림을 모두 정리하고 부산으로 내려오기 전까지 한 4, 5년 간은 이런저런 일로 황선생을 자주 만났었다. 황씨 고집이 대단하다는 것은 익히 들어서 알고 있었지만, 황선생이야말로 전설처럼 내려오는 '황씨 고집'의 화신(化身)이 아닌가 싶을 정도로 고집이 센 분이었다.

내가 들은 '황씨 고집'에 관한 이야기 중의 백미는 연전에 작고한 소설가 황순원 선생의 조부 얘기다. 평양 인근의 유림이었던 황순원 선생의 조부가 어느 날 서울 사는 벗을 만나기 위해 평양을 떠나 상경했다. 서울 거의 다 이르러서 자기가 찾아가던 그 친구가 부친상을 당했다는 기별을 들었다. 그러자 이 양반은 곁에 시중들며 동행하던 하인에게 말을 평양으로 돌리라고 일렀다. 하인이 어리둥절하여 물었겠다.

"영감마님, 한양 다 이르렀는데 말을 돌리라굽쇼. 상을 당하신 친구분 문상을 가지 않으시구요?"

"야 이놈아, 내가 평양 떠나 한양에 온 건 친구를 만나러 온 게지 문상하러 온 길이더냐. 그러니 다시 평양으로 돌아가 문상하러 다시 와야 할 게 아니냐. 어서 말고삐를 돌리지 못하겠느냐."

그리고는 왔던 길을 다시 돌아가, 평양에서 새로 문상을 위해 출발을 했다는 얘기다. 원칙에 관한 얘기이기도 하고, 옛 선비의 예(禮)에 관한 얘기이기도 하지만, 원칙과 예의도 '고집'과 서로 버무려져야 제대로 빛을 발한다는 점에서 고집에 관한 얘기이기도 하다. 그 점에서 황선생도 고집이라면 결코 다른 사람에게 오른 자리를 내 주기 싫어할 분이다.

5년 전쯤 겪었던 일이 생각난다. 아직도 겨울 추위가 맹위를 떨치는 2월 중순. 선생 댁과 멀지 않은 방배동에서 선생과 나 그리고 다른 한 분을 포함해 셋이서 초저녁에 만나 저녁을 먹었다. 반주로 시작한 술이 2차와 3차로 이어져 어느새 시간은 자정을 넘기게 되었다. 술이 약한 나는 다른 사람 서너 잔 먹을 때 한 잔 정도 마시면서 옆에서 시늉만 했는데도 시간이 자정을 넘기니 꽤 취기가 올라왔다. 다른 두 분은 주량이 대단해 저녁 반주부터 권커니잣커니 꽤 많은 술을 마셨다.

술자리는 새벽 두 시가 다 돼서야 끝이 났는데, 문제는 황선생께서 몸을 잘 가누지 못할 정도로 대취했다는 것이다. 황선생에 비해서는 다소 정신이 맑은 한 분을 먼저 택시로 보내고, 나는 황선생과 택시에 함께 올라탔다. 방배동에서 멀잖은 사당동의 댁에 선생을 모셔다 드리고 집으로 돌아갈 요량이었다. 그 때 우리 집은 일산에 있었다. 그런데 황선생댁이 있던 사당시장 통에 이르자, 술에 취해 잠이 든 줄 알았던 황선생이 갑자기 운전사에게 차를 세우라고 소리를 치면서, "나는 여기서 내릴 테니 한선생은 계속 차를 타고 집까지 가라"고 하는 것이다. 나는 괜찮으니 댁까지 모셔다 드리고 돌아가겠다고 해도 막무가내였다. 엊그제 내린 눈으로 길은 빙판이 되어 있었다. 몸을 잘 가누지 못하는 황선생이 행여 낙상이라도 할까봐 걱정이 컸다. 그래서 댁 근처까지 택시로 들어가자고 만류했지만 황선생은 듣지 않았다. 아마 취중에도 집이 먼 나를 배려해서 그러는 것 같았다.

갑자기 황선생은 차문을 벌컥 열더니, "그럼, 한선생 잘 들어가시오."하고 인사를 하더니 어두운 시장통 길을 비척비척 걷기 시작했다. 뒤에서 지켜보니 금세라도 길바닥에 쓰러질 것처럼 위태로워 보였다. 길은 말 그대로 빙판이었다. 술에 취하지 않았더라도 미끄러지기 십상인데 하물며 대취한 몸으로야. 나는 얼른 택시비를 치르고 차에서 내려 황선생 뒤를 따라 걸었다. 그런데, 어느새 내가 뒤따르는 것을 알아챘는지, 몸을 돌리더니,

"아, 돌아가라는데 왜 계속 따라오는 거요? 내가 설마 집에 혼자

못 갈까봐서 그러는 거요? 어서 집에 돌아가요."

시장통 어귀에서 모셔다 드리겠다느니 돌아가라느니 한참을 실랑이를 벌였지만, 황선생의 고집은 요지부동이었다. 어떤 고집이라고 그걸 꺾을 것인가. 그래서 나는 하는 수 없이 돌아가겠다고 인사를 드리고 되돌아서는 척 했다. 작전상 후퇴다. 눈치 못 채도록 한참을 뒤떨어져서 따라가며 댁에 무사히 들어가는 걸 보고 집으로 돌아가야겠다고 생각했다. 선생은 여전히 비틀거리면서도 용케 길에 자빠지지 않고 빙판길 위에서 곡예하듯 걸음을 옮기고 있었다.

지금은 그곳에서 이사를 하셨지만, 사당동 시절의 황선생댁은 시장통에서 꺾어져 다시 좁은 골목길을 죽히 100미터 정도는 걸어 들어가는 곳에 있었다. 황선생이 그 골목을 못 찾으면 어떻게 하나 노심초사하면서 뒤따라 걷고 있는데, 용케도 댁으로 가는 골목길을 제대로 찾아 들어가는 것이었다. 그런데, 바로 그 순간이었다. 10대 후반쯤이나 되었을까, 키가 여섯 척이 넘어 보이는 청년 서너 명이 골목길로 접어드는 황선생을 저만치서 바라보면서 저희들끼리 숙덕거리는 모습이 보였다. 뭔가 불길한 예감이 들었다. 뉴스로만 듣던 취객 전문털이들이 아닐까 하는 생각이 불현듯 났기 때문이다. 나는 얼른 황선생한테 뛰어가 팔짱을 끼면서, 그들에게 동행이 있다는 표시를 했다.

그러자, 고개를 숙이고 비척이며 걷던 황선생이 화들짝 놀라며,

"아니, 한선생! 아직도 안 돌아갔소? 왜 내 말을 안 듣는 거요? 지금이라도 어서 돌아가요!" 이러면서 역정을 내는 것이다.

나는 얼른 황선생의 귀에 대로 조그만 소리로 다급하게 속삭였다.

"선생님, 그냥 아무 말씀 마시고 저하고 걸어가십시다. 저기 골목 끝에 보이는 애들이 불량스러워 보이는 게 뭔가 느낌이 이상합니다."

그런데, 술에 취한 황선생한테는 이런 얘기가 소귀에 경 읽기였다. 선생은 오로지 집이 먼 내가 먼저 가야한다는 일념뿐, 지금 상황이 어떻게 돌아가는지, 당신이 어떤 상태인지에 대해서는 조금

도 관심이 없는 듯 했다.

“아, 글쎄 쓸데없는 소리 말고 어서 돌아가래는데두.”

이럴 땐 황소고집이 원망스러웠다. 나는 선생이 뭐라든 옆구리를 단단히 부축하고 가던 길을 계속 걸어가려고 용을 썼다. 빨리 집으로 들어가는 것만이 상책이었다. 그 순간이었다. 골목 끝에서 우리 둘의 실랑이를 지켜보던 그 젊은 애들이 갑자기 우루루 우리한테 달려드는 것이 아닌가. 사태를 지켜보던 놈들이, 둘 다 어지간히 취한 것 같으니 한꺼번에 해치우자고 공론이 있었던 모양이다. 선생 댁을 불과 십여 미터 앞두고서였다. 나는 다급한 마음에 선생을 부축하고 있던 손을 풀고 선생 댁 쪽으로 뛰어가 대문을 있는 힘껏 두드리며 문을 열라고 소리쳤다. 그런데, 어느새 시커먼 그림자가 내 앞에 다가서더니 내 얼굴을 향해 커다란 주먹을 날려 왔다. 나는 들고 있던 책봉투를 그 시커먼 그림자의 얼굴을 향해 냅다 집어 던지면서 같이 엉겨 붙었다. 대문을 등지고 우리 둘이 엉켜붙어 씨름하는 와중에 갑자기 문이 덜컹 열리며 우리 둘은 마당 안으로 굴러 떨어졌다. 황선생의 사모님과 따님이 잠옷 바람으로 현관을 나서는 것이 얼핏 보였다. 골목이 소란스럽자 이집 저집에서 불을 켜며 창문 밖으로 내다보기 시작했다. 마당에 나뒹굴던 우리 둘 위로, 다른 일당이 달려들었다. 놈의 멱살을 부여잡고 있던 내게 사정없이 발길질을 해대는 통에 붙잡고 있던 멱살을 놓고 얼굴과 몸을 가릴 수밖에 없었다. 그 사이에 나와 엉켜있던 녀석은 몸을 일으키고 일당들과 함께 달아나기 시작했다. 내가 벌떡 일어나 따라 달려나가자 저만치 달아나던 무리중의 한 놈이 “따라 올 테면 따라 와봐!”하고 소리쳤다. 따라 간댔자 그 놈들을 혼자서 어찌 감당하랴. 포기하고 돌아서려는데, 아뿔사, 그제서야 황선생 생각이 났다. 이 양반은 어찌 되었을까.

황선생은 골목 끝 전봇대 밑에 죽은 듯이 쓰러져 있었다. 가뜩이나 술에 취해 있던 양반이 젊은 놈들의 주먹세례까지 받았으니 오죽했을 것인가. 나는 사모님과 함께 쓰러진 황선생을 부축해 집안으로 들어갔다. 그 때까지도 무슨 상황인지 황선생은 제대로 분간을 못하고 있었다. 얼굴을 집중적으로 얻어맞았는지 몰골이 말이 아니었다.

"한선생님 코가……"

아버지 얼굴을 치료하던 황선생의 따님이 일러주어 거울에 얼굴을 비춰 보니 내 콧마루도 주먹만 하게 부어올라 있었다. 아마도 대문 앞에서 얼굴을 호되게 얻어맞은 모양이었다. 싸우는 통에 아픈지 어떤지도 모르고 있었는데, 그제서야 견딜 수 없는 통증이 느껴졌다. 안경도 어디로 달아났는지 보이지가 않았다. 그러나, 나보다도 황선생이 더 걱정인 것이, 그 무렵 따님의 결혼을 불과 일주일 정도 앞두고 있었기 때문이다. 얼굴의 상처로 봐서는 일주일 사이에 말끔히 아물기를 바란다는 것은 도저히 불가능한 일이었다.

그 와중에도 다행히 지갑 같은 것은 잃어버리지 않았다. 격투가 벌어지고 골목이 소란스러워 사람들이 깨는 바람에 악당들이 지갑 같은 것에 손을 댈 겨를이 없었던 것이다. 일산의 집으로 돌아가기도 다 틀려 그 날은 황선생 댁에서 묵을 도리밖에 없었다. 서재가 있는 이층의 마루에 우리 두 사람은 누웠다. 그러나 놀란 가슴이 진정이 안돼 잠이 오질 않았다. 그런데 황선생은 나보다도 더 얻어맞고 놀랐을 텐데 어느새 코를 골며 깊은 잠에 빠져들었다. 억센 고집만큼이나 무쇠신경이 아닌가. 그 봉변을 당하고도 어떻게 저렇게 단잠을 잘 수가 있는 것인지. 나는 그 날 밤을 꼬박 뜬눈으로 샜다.

아침에 잠에서 깬 황선생의 일성이 걸작이었다.

"한선생, 내 얼굴이 욱신거리는 것이 꼭 뭣에 얻어맞은 것만 같어. 한선생 콧잔등은 왜 또 그 모양이야? 우리가 혹시 어제 술먹고 누구랑 쌈박질을 했는가?"

꼬박 밤을 샌 나는 어이가 없어 웃음이 나왔다.

"정말 아무것도 기억이 안 나십니까?"

"응, 어제 무슨 일이 있었는지 통 기억이 안 나네, 그려."

며칠 뒤, 결혼식장에서 뵌 황선생의 얼굴은 짐작대로 상처가 말끔히 가시지 않았다. 군데군데 딱지가 앉았고 멍 기운도 완전히 가라앉지 않은 듯 했다. 그러나 혼주(婚主) 체면을 완전히 구길 만큼 엉망은 아니어서 불행 중 다행이었다.

"선생님, 괜찮으십니까? 그만하길 다행이십니다."

나는 반갑기도 하고 걱정도 되어 물었다.

"응, 암시랑토 안해. 한선생은 괜찮은가?"

그날 밤, 기어이 혼자서 귀가하겠노라고 고집만 안 부렸어도 이런 봉변은 당하지 않았을 것 아닌가 하는 원망도 없지 않았다. 그러나, 갈수록 각박해지고 옅어지는 세태와 인심을 생각하면, 황선생의 이 우직스러운 고집이 한편으로는 천연기념물처럼 귀하게 여겨지기도 한다.

두 해 전에 세상을 떠난 내 선친도 고지식하기로 둘째가라면 서러워할 분이었다. 그 방면으로는 선친의 발그림자도 못 따라갈 형편이지만, 내림은 어쩔 수 없는지 나도 종종 고지식하다는 얘길 듣곤 한다. 그런데, 황선생과 가까이 지내는 동안 이 양반이 늘 나한테 이르는 충고가 "세상 그렇게 고지식하게 살면 힘들다."는 것이었다. "한선생은 다 좋은데, 그 고지식한 것하고 융통성 없는 거, 그게 참 아쉬워."

고집 센 것이 고지식한 것과 꼭 같은 것은 아니지만, 고지식하기로 치면 역시 나보다도 두어 길은 윗길일 것 같은 황선생이 내게 그런 충고를 할 때면 가끔 속으로 웃곤 했다. '그래도 선생님보다야 제가 조금 낫지 않을까요.' 아마 마음속으로 그런 생각을 했던 것일 게다.

선생은 늘 당신이 전라도 임실 오수 출신의 '촌놈'이란 사실을 자랑하듯 강조했다. '촌놈'에 '황소고집'에 '고지식쟁이'라니…… 인심이 조변석개하고, 원칙을 운운하면 '무슨 귀신 씨나락 까먹는 소리냐' 하는 공박이 되돌아오는 이 각박한 세상에, 황선생의 이런 개성은 필경 시대와는 불화(不和)하는 것들이다. 하지만, 인스턴트 음식이 묵은 된장 맛을 이겨 내지 못하듯, 때로는 불편하고 외로워도 이런 고집과 우직함이 세상을 떠받치는 버팀목이란 생각이 든다. 그 날 심야의 봉변도, 결국은 집이 먼 나를 먼저 보내고자 하는 배려 때문에 생긴 일이 아니던가. 따지고 보면, 그 배려는 '아름다운 고집'이었다.

황선생께서 어느덧 정년을 맞으신다고 한다. 대학을 떠나면 이제 그 '아름다운 고집'은 어느 분야, 어느 동네에서 또 빛을 발할지 자못 궁금해진다. 그 곳이 어디가 되었든, 황선생께서는 특유의 고집과 고지식함과 촌놈스러움과 우직함으로 묵묵히 가던 길을 계속 걸어 나가실 것이다. 자주 들르던 사당시장 안의 '남원추어탕' 집에 가서 뜨끈한 추어탕 한 그릇 마주하고, '세상 고지식하게 살지 말라'는 충고라도 다시 한번 듣고 싶은데, 언제 한번 그런 기회가 올는지. 선생의 평안과 건필을 기원 드린다.

문학에 전념할 보람 있는 여생

洪 石 影

소설가 · 원광대 명예교수

황교수가 정년을 맞는다니까 우선 내 일부터 돌이켜진다. 내가 30년이란 긴 대학 강단에서 정년으로 물러난 지 벌써 10년이 되었다. 그쯤이면 이미 강산이 한번쯤 변해버릴 그런 기간인데도 그동안 내가 무얼 했는지 그저 허망하고 속절없기만 하다. 십 년 전의 그 날, 나는 막 허여된 무한의 자유를 마음껏 발휘하여 보람 있게 여생을 설계하리라고 딴에 잔뜩 부푼 희망과 매몰찬 결의를 다지기도 했지만, 지금 돌이켜보면 나태함 속에 오직 무력감과 소외감만 키워오지 않았나 싶어 후회가 된다.

어쨌든 평소 내가 좋아하는 황송문 교수가 이제 정년을 맞는다 하니 벌써 그럴까 하는 의혹부터 앞선다. 흔히 손아래 사람은 언제나 그대로인데, 자신만이 늙어 가는 것 같은 노인 특유의 망령스런 착각 탓이다. 자기에게 닥친 세월만 커 보이고, 남의 연륜은 얼핏 염두에서 비껴가기 때문이다.

나는 지난 60년대 황교수의 출신대학에 강의를 나가게 됨으로써 그와 인연을 맺게 되었다. 그 후 황교수는 문단에 데뷔하고 대학교수로 진출한 뒤에 변함 없는 관심과 끈끈한 사랑을 나에게 보여주었다. 그가 강의하는 자리에서나 또는 그가 발간하는 문예지 또는 저서에서 매번 나와 내 졸작에 대하여 분에 넘치는 애정과 관심을 드러내 줌으로써 그지없이 고맙고 또한 송구스러웠다.

그리하여 이 글의 모두에서 내가 굳이 자신의 뉘우침부터 솔직히 피력하게 된 것은 황교수에 대한 나의 깊은 애정과 더불어 그의 여생에 대한 남다른 확신이 있기 때문이다. 무엇보다도 나는 황교수가 정년 이후에 못 다한 문학에의 정염을 화톳불처럼 불태워

갈 것을 의심치 않는다. 그러므로 정년은 그에게 결코 정체나 침잠이 아닌 전진과 영광을 위한 새로운 서막이 될 것이다.

남과 달리 그에게는 이미 정해진 일이 있지 않은가. 그것은 그동안 심혈을 다해 키워온 계간 문예지 『문학사계』를 더욱 알차게 가꾸는 일이다. 대체로 『문학사계』는 시속의 상업주의에 함몰하지 않은 채 본연의 순수문학을 지향해왔다. 그런 만큼 어찌 보면 그 내용이나 편집 체제가 참신하지도 세련되지도 않고 지극히 평범하다고 할 수 있다. 그런 만큼 요즘처럼 온갖 문예지가 범람하는 때에 각별한 권위가 전제되지 않는 한 경영적인 측면에서 경쟁지로 앞서가기가 어려울 만큼 발행에 과도한 출혈이 따를 것이다.

그런데도 특별한 의지로 황교수가 끈기 있게 그 일을 해온 걸 관심 있는 사람은 잘 알고 있다. 작가로서 교수로서 이른바 높은 지성을 지닌 황교수가 어려운 재정 형편에도 출혈을 마다하지 않고 굳이 인기와 인연이 없는 문예지를 왜 끊임없이 발간해내는가를 말이다.

그건 첫째로 그의 식을 줄 모르는 순수한 문학적 열정 때문이고, 둘째론 훌륭한 문학이란 비록 한 때의 시류에서 떨어져 있어도 진실을 다 한다면 언젠가는 고전적 가치로 인정받게 될 것이라는 그의 교양과 신념이 있기 때문이라 여겨진다.

결국 나와는 달리 황교수는 이제 정년을 맞아 더욱 창작과 출판의 일로 바빠질 것이다. 그러자면 노년에 자칫 겪게 되는 고독과 소외감 같은 데서 벗어날 수도 있을 것이다. 하지만 바쁜 일상과 더불어 과거를 되돌아 보는 것도 유익한 일이다. 유유자적하는 마음의 여유 가운데서도 끊임없는 자기 성찰을 통하여 이로운 시간을 많이 갖는 것도 중요하다. 그래서만이 항용 부질없는 집착으로써 시속의 이권에 욕심을 부려 늙음의 추악함을 드러내는 걸 막아 아름다운 노후가 될 것이기 때문이다.

황교수는 그런 면에서 부디 의연하고 아름다운 노년을 기약하는 빛나는 새 계기를 맞이할 걸 빌어 마지않는다.

정년기념문집 시작품

푸른 넋으로 더욱 청청하소서

- 황송문 교수 정년에 부쳐 -

강 정 화

시인 · 문학박사

때때로 높새바람 불어
격랑 일으키며 밀려올 때마다
온몸 흔들리며 비탈에 서서
비바람 견디려 뿌리내려 버틴 날들
깊이도 모르는 가슴 채워지지 않을 때
바람막이 되어온 시심(詩心) 태우며
이마에 내린 서리에
유난히 푸르게 빛나는 시혼
학문의 길 두루 돌아 후진 향하던 열정
가시밭길 이랑마다 뿌린 더운 피
문학의 끈으로 온몸 동여맨
처연하도록 빛나는 시인의 길
한평생 사루어온 혼불 모아가며
생동감으로 빛나는
푸르디푸른 넋으로 더욱 청청하소서.

황 캐릭터

김 규 화
시인 · 『詩文學』지 발행인

빳빳한 머리카락 곱게 눌러 빗어
황고집 다독이다
대리석으로 빚어 다듬은
얼굴엔 겸손이
나긋나긋한 말씨엔 성실이
골고루 스미어 속깊은 신심을 떠받쳐주다

1971년 창간의 월간 시문학을
한 권 결호도 없이 가지고 있다고 슬쩍 내비치다

좌고우면하지 않고 더구나 뒤는 돌아보지 않고
앞으로만 코를 박고 씨름하느라
하마터면 숨이 막히다

바위 뚝심 북경에까지 지고 가 함께
문화여행 하는 나를
한 마장 넘게 따라오며
화려한 호텔 신방을 마련해 놓았는데
부부합방을 왜 안 하느냐고
우기고 또 우기다

향토 사랑 호남평야만큼 넓어서
시 낳고
가을걷이 때 몇 해를 넘겼건만
아직 열매 딸 때가 아니라고
실쭉 웃다

고 전

- 황송문 교수에게 -

김 년 균

시인 · 한국문인협회 이사장

내 곁에 귀한 책 한 권이 있다.
때묻고 혹은 빛 바래어, 겉보기엔 미덥지 않을지 모르지만,
그러나 펼쳐들고 안을 들여다보면, 금세 눈을 반짝이게 하는
신비한 책. 태어날 때 원심으로만 단단히 굳어있어, 세상이
변해도 변하지 않고, 가지마다 열매들 주렁주렁 열려 있어,
삶의 길을 가르쳐주는 아름다운 책.

내 곁에 귀한 책 한 권이 있다.
누가 말했다던가. 세월이 가도 늙지 않고 아무리 짓밟아도
부서지지 않는 것은, 세상의 기둥이요 언덕바지인 것은,
이만큼 줄기찬 게 없고 이만큼 튼튼한 게 없는 것은,
생전 만나기 쉽지 않은 것은, 그러나 꼭 만나야 하는 것은,
그 순정의 꽃은, 단지 고전뿐이라고.

내 친구는 우리 시대의 고전이다.
누구나 큰소리치기 좋아하고, 얼굴 내려고 발버둥치는 판에,
남 보이지 않는 울타리 안에 숨어 꿋꿋이 제 일만 하는
마음이 강철같은 지성, 아무리 흔들어도 흔들리지 않고
묵묵히 걷는 그는, 항상 미지의 바다를 파기 위해 삽질한다.

그의 곁에만 서면 휘파람 소리가 절로 난다.

나는 오늘도 이 책을 펼쳐보며,
내일로 가는 멀고 먼 길을 다시금 쓸고 닦고, 또는
어둡고 상처난 마음을 씻는다.

꽃보다 고와라

- 黃松文 박사 停年에 -

金 東 必

시인 · 수필가

보람찼던 세월
정년의 아침
꽃보다 고와라.

선생의 『현대시 창작법』이 좋아
창가에서, 대학 강단에서
큰 소리로 많이도 읽곤 했는데,

남기신 불후(不朽)의 역저(力著)들
한국문학사에 큰 빛으로 남아
후학(後學)들의 가슴에 길이 남으리.

이제, 끝없는 고뇌(苦惱)의 밤 줄이시고
고원(故園)에 떨어지는 정회(情懷) 안에
흰구름 쉬어가듯 푸욱 좀 쉬어 가소서.

※ 현대시 창작법 : 황송문 著 (2001년, 刊)

은은한 솔향기 풍기소서

- 황송문 교수님 정년에 -

김 연 하

시인 · 사진작가

솔 씨에서 솔 싹이 돋아나듯
고난과 상처를 이겨내고
백두대간의 황장산에
우뚝 솟아오른 푸른 소나무여!

흙, 먼지바람 속에서도
주옥같은 시, 소설, 수필, 평론 등
많은 글을 창작 발표하시고
후진 양성의 한길을 걸어오시며
청춘의 정열을 쏟아오셨지요.

그동안
기쁘고 즐거움도 많았었지만
외롭고 쓰라린 슬픔을
소망의 꽃으로 피어 올리고
천심 온 누리 밝히신 선생님.

부족함은 고운 눈길로 새기시고
한번 밝힌 마음의 등불을
꺼뜨리지 않고 꿋꿋한 기개로 활활 태워

영혼까지 맑은 향기 피우며,

온유와 근면과 성실로
제자들에게 진리와 인생의 바른길 가르쳐
세상의 빛과 소금으로
교육현장을 지켜온 큰 스승이시여.

새로운 산을 오르는 출발선에서
겉으로는 교정을 떠나지만
제자들과 동료 선생님에게는
초록빛 마침표로 남아있을 것을……

이제 선생님께서는
거칠고 먼 인생항로를 돌아
마침내 꿈의 항구에 도착하신
삶의 승리자이십니다.

무성하게 숲을 이룬 나무와 같이
은은한 솔향기를 멀리 풍기시며
항상 편안한 마음으로
건강과 행복을 이루소서!

시인 황송문

김 용 오
한국문인협회 시분과회장

선하디 선한 눈망울을 껌벅거리며
저녁노을이 곱게 밟히는 고향의 들길을
천직인양 뚜벅뚜벅 걸어온
당신은 한 마리 누런 황소였습니다.

가까운 많은 이웃들이
보이는 것에 취해 사는 동안에도
넓고 행복한 세상이 저쪽에 있다는 것을
뜨거운 침묵으로 이야기해 온
당신은 영혼이 맑은 시인이었습니다.

어쩌다 우연히 만나 산행을 하고 내려와
실용적인 술집 흐린 불빛 아래에서
한잔씩의 인정을 나누어 마실 때면
구수한 청국장이 되어 다가오던 사람 냄새
아, 당신은 누가 무슨 말을 하든
늘 뒷모습이 아름다운 시인이었습니다.

종이모자 이야기

- 황송문 시인의 정년에 부처 -

김 인 섭

시인

종이모자, 그것으로 상을 받고 높다라니 하늘까지 떠올랐던 영광은 한 사람의 뜨거운 가슴으로 이루어진 것입니다. 어쩌다 혼자 되어 산간벽지 도사리로 물탕골로 허위허위 맴돌다가 여기 북악기슭 노을로 돌아온 그 해 섣달 초 낡고 겔러빠진 십년 세월 억지로 다잡아 세우면서 독려하고 엄호하고 그런 알뜰한 성원을 업고 상재된 시집 종이모자. 그 뒷자락의 녹수청산 같은 해설 자문하며 고조선 애틋한 정감과 전통 무르익는 뚝배기 장맛이나 노고단 황토마루의 고고한 한 그루 소나무 진액처럼 진한 글로 우리들의 심금을 사로잡는 시인 황송문. 언제 보아도 볼 때마다 정답고 청아한 그의 면모에서 아스라이 시인처럼 살아온 나도 나 스스로가 자랑스럽습니다.

다시 시작하는 길에서

- 황송문 교수의 정년퇴임을 맞으며 -

김 종 원

시인 · 영화평론가

세상에 태어나
처음 마음먹은 일
뜻대로 이룬다는 건
얼마나 축복 받은 일인가.

사무치는 그리움 채울 길 없어
고향 떠나 시인이 된 사람
시인도 모자라
교수까지 된 사람

그러나 오랜 세월 굽이돌아
평생 지킬 외길
풍성한 글 갈이 텃밭 일구게 되었으니
얼마나 경하스러운 일인가.

항상 봄에 사소서

리 상 각
중국 조선족 시인, 전 『천지』주간

1
黃혼은 동서해 붉은 깃발 펼치고
松수는 푸른 빛으로 하늘을 물들입니다
文필이 휘날리는 강산 묵향이 그윽합니다

2
수채도랑집 바우는 다름 아닌 황시인,
손목 한 번 못 쥐고 상상의 달콤한 감주,
물소리 끌려간 덕분에 글산이 높아갑니다

3
황혼이 아닙니다 꽃물을 지른 봄
귀맛 좋은 물소리 사랑하는 푸른 봄
꽃봄이 오는 소리에 노상 불타는 청춘

4
장국이다 시래기다 간장이다 도리깨다
까치밥 보리밭, 목메이는 그리움
감주에 얼근히 취한 망향의 애수입니다

5
아픔과 쓰라림이 거듭나는 간장은
인고의 세월을 거쳐 펄펄 끓는 사랑시
너무도 아픈 뒤끝에 구름 같은 동치미 시

6
유라의 소가 얼큰히 취해갑니다
그 뒤로 밀짚모자 쓴 시인이 쟁기 메고
노을을 펼치며 갑니다 갯벌이 사모합니다

7
황고집, 서울대판 소문난 황고집
리고집 연변에서 이름난 옹고집
어느 날 리고집이 황고집을 이겨본 적 있습니다

8
임이 그리운 날 호롱에 불을 켭니다
빈 가슴에 석유를 가득히 채우고
성냥불 붙여줍니다 속으로 우는 그리움

9
청보리 푸른 정신으로 사시는 임이여
짓밟혀도 일어서는 청보리 사상은
농부의 뚝심입니다 빛발치는 임의 시정신

10
젖꼭지 같은 진달래 망울이 몽올몽올
노을이 불타는 진달래 능선 넘어
정년이 찾아왔지만 항상 봄에 사소서

숭고한 시혼(詩魂)으로 불사르시며

- 황송문 교수님의 정년퇴임에 부쳐 -

朴松竹

시인 · 전 부산여류문인협회 회장

그대는 진정,
영원불멸한 詩心이 마르지 않는
깊고 깊은 푸른 바다로 출렁이며
자맥질하는 빛의 불기둥이어라.

오랜 날 인고의 아픈 삶.
전 생애를 다 바쳐
목숨 불꽃 활활 타는
생명의 불꽃으로
형형한 숭고의 詩魂으로 불사르며
눈꽃 속에 봄을 맞이하는
청매화의 향기 짙은 인동초(忍冬草)처럼
올곧은 문학정신으로
칼 보다 더 무서운 정의의 붓끝으로
이 시대의 예언자적인 입장에 서서
무공해의 삶을 살아가시며
울울청청 푸르고 푸른 문단의 거목,
혹은, 민족의 횃불, 나라의 기둥이 될
후학들을 손수 길러 큰 재목으로
나라에 공헌하시며
세상 아름다움을 창출하시기 위하여

닻을 올린 水夫와도 같이
쉬임없이 끊임없이 도도히 흐르는
강줄기와도 같이 살아가시는 황송문 교수님-.

부디
그대 아픈 살 부벼대는
대지의 푸르름으로
생명의 한 그루 거목,
햇빛 부신 神의 축복으로
푸르고 푸른 그 기상,
온 누리를 비추시는 빛으로
더욱 빛나소서.

선비의 이름, 이토록 향기로우랴

朴貞姬
시인 · 未堂詩脈 會長

소나무 「송(松)」 글월 「문(文)」
어느 선비 이름이
바닷가 솔밭에서
이토록 정겨우랴

소나무 송, 글월 문
산봉우리 안개 속에
그토록 드높으랴

어질고 어진 눈빛
금관의 누르 「황(黃)」을
머리에 이고

솔밭에서 목마 태우던
어린 왕
영월 땅의 먼 먼 기다림이
어찌 그토록 눈이 부시랴

해야 할 일이 들판의 깻잎처럼
널려있어
북녘의 두만강으로
남녘의 섬진강으로
어찌 이토록 향기로우랴

아침에 푸르고
저녁에 홍붉은
어느 선비의 가슴이
오늘
우리 마을에
이토록 따스하랴

솔밭 사이 시냇물처럼

- 시인 황송문 학장의 정년에 드림 -

변 세 화
시인 · 한국문인산악회 회장

솔 송(松), 글월 문(文)
사람의 한살이 이름 따라 간다더니
이름 그대로
님은 늘 푸른 소나무로 살으셨고
상기도 그리 살고 계십니다.

그에 더해
솔내 물씬한 솔꽃 같은 시문(詩文)으로
감동의 송홧가루를 누리에 퍼뜨렸습니다.

세상 세태 아랑곳 않고
새소리 물소리 바람소리 싣고 흐르는
솔밭 사이 시냇물처럼
님은 늘 맑고 밝은 마음의 노래로 사십니다.

'시와 음악의 하모니'에 실린 님의 노랫말
'반딧불 냇물이 흐르네' '꽃잎처럼' '눈꽃'
'그리움' '달밤에' '망향가' '까치밥' '자운영'
'보리를 밟으면서' '시래기국' '달걀 생각'
이 곧 순정(純情)의, 바로 그 맘 아니리오.

연전엔 한국문인산악회 회장을 지내신 바
한 달에 두어 번, 이른 바 '문산(文山)' 에서
만날 적마다 격의 없이 속맘 맞닿고
산인 듯 꽃인 듯 잎새인 듯 정(情)에 겨운
언제나 곁하고 싶은 지순인(至純人)이시니

시속(時俗) 물정(物情) 내 몰라라
한살이 온통 시와 학문, 강단에 바치셨으매
사모님 내조(內助)의 공(功) 고이 여미시어
이제는 안으로 더욱 향복(享福)하소서.
믿음 더 다독이시어 크신 은혜 받으소서.

하나의 마침은
또 다른 하나의 시작이라 하였으니
새로 여는 나날들에 새 꽃 활짝 피우소서.
언제나 고대 해맑은 바람소리 물소리 품고
솔밭 사이 시냇물처럼 그리 좋이 사소서.

※변세화(卞世和)—호는 화산(樺山), 시몽(詩夢). 현대시단사 대표, 제9대 한국문인산악회 회장, 성수대교 위령비에 시 헌정, 제25회 한국시문학상 수상

들판의 큰 소나무

신 광 호
시인 · 『문예비전』 주간

밤늦도록 움직이는 소나무의 윗부분
어디랄 것도 없이 춤추는 듯 너울너울
쉬고 싶을까, 아닐까

연변에서는 찐 계란이 목에 걸려
어머니, 아내가 보고 싶을 때
강물같이 별빛같이 반딧불이 흘러내리는
향토 서정 노래 만들고
울림이 큰 하늘의 삶을 조명하려
폭넓게 꾸준한 책읽기, 글쓰기

산과 들판, 일상에서, 대학강단
문화센터의 열강, 사이버문학카페에서
『문학사계』와 문학출신들과 인터넷 블로그에서
깊은 학문으로 세상을 통찰하는
바른 인식, 덕과 지혜
겸손과 재치와 생기로 기쁨을 주는 이

박수! 박수! 박수!
들판은 수려한 자리, 춤은 아름답다
우리들 옴살 마음 웃음으로 모아주는 이

들판의 큰 소나무는 아름답다

초가을의 햇살처럼 초가을의 바람처럼

- 黃松文 詩友를 기리며 -

安 惠 初

시인 · 한국현대시인협회 부이사장

그분에게서는 품길 듯 말 듯
한결같은 소나무 향내가 난다
그 빛깔 너무 푸르지도 않고
그 향내 너무 진하지도 않은

그분에게서는 가는 듯 오는 듯
쉬지 않고 흐르는 개울물 소리가 난다
그 소리 너무 크지도 않고
그 물결 너무 높지도 않은

그분에게서는 들릴 듯 말 듯
숨어서 울고 웃는 바람소리가 난다
그 울음 너무 아프지도 않고
그 웃음 너무 기쁘지도 않은

초가을의 햇살처럼 따사롭고
초가을의 바람처럼 서느러운
크고도 어진 황소 눈망울에
느릿느릿 거북이 양반 걸음

우리네 시인마을의 믿음직한
시인 黃松文, 그분에게서는.

좋은 벗

- 황송문 교수 정년을 송축하며 -

엄 기 원

한국아동문학연구회 회장

세상에 아는 사람 모래알처럼 많아도
그 중에 내 흉허물 덮어줄 사람 몇 될까
아무리 손꼽아 봐도 찾아내기 어렵구만.

모이면 너도나도 남의 말 좋아하여
헐뜯고 허물 들춰 몹쓸 사람 만들면서
저마다 흐뭇해하는 고약한 세상인데.

그래도 내 삶 속에 떠오르는 한 사람
묵묵히 황소처럼 제 갈 길 걸어가는
황송문 시인 그 사람 참 좋은 벗이라네.

물살같이 오석같이

- 황송문 시인에게 부침 -

엄 한 정

시인 · 전 한국현대시인협회 부회장

섬진강 물머리 오수에서 태어나니
멀리는 지리산 능선이 지평처럼 펼쳐 있고
가까이 마이산이 보랏빛이다

명산과 청강은 인재를 낳고
인재는 고향을 명소로 키운다 하니
붕어 맛이 구수한 고향
객지 바람에 어느 새 정년이란다 솔바람이 그립다

살을 깎으며 군살을 덜고
섬진강 물머리에서 하동쯤 와 있는 돌인가
물살 같은 살결 강인한 속살만 남은 오석
'은모래로 이를 닦으시던 할아버지의
상투 끝에 맴돌던 잠자리' 문양이 완연하다.

愛松友歌

吳 斗 炳

내 벗 몇이드뇨
소나무뿐이로다

九泉에 뿌리내려
네 머리 청청하고

春夏秋冬 暖署冷寒
萬古風霜 견더내고

늠름한 그 姿態로
朝鮮의 巨松이 되었으니

솔방울 가지마다
조롱조롱 매달더니

그 입 크게 벌려
씨알맹이 토해내어

이제는 冬嶺의
象孤松 되려는가

四季에 네 이파리
언제나 푸르리니

아침 햇빛 밝은 곳에
落落長松 되리라

인간승리 만세

- 시인 황송문 박사 정년에 -

이 기 반
시인 · 전 전주대 교수

대리석 큰 바위
깎고 쪼아내어 또 갈고 닦아서
층층이 탑을 쌓아
하늘에 치솟았으니
그 우람함이 현란하다.

말 중의 말을 고르고 골라
시의 밭 일구고 가꾸면서
학문의 길 갈고 닦아
해와 달 별빛으로 금자탑을 세웠도다.

그 아래 꿈을 펼쳐 학(學)과 덕(德)을 베푸니
발길 닿은 누리마다 자랑도 클사
이 땅에 휘날리는 깃발이여!
인간 승리의 만세 소리 드높다.

백두대간에 영원이거라

- 황송문 시인 정년퇴임에 부치는 노래 -

이 목 윤

시인 · 문예가족 동인

훈민정음 배우던 간납대 언덕
바람결에 구름 비껴 둥근 달이 오르면
세종대왕 얼굴이라고…
아니네, 그대 송문이 얼굴이라고 박수를 보냈지

새를 쫓던 상관 어느 과수원
소나기 한 둘금 지나더니 무지개 걸리고
신명나 내달리던 그대
저 무지개 곤룡포 입고 옥좌에 앉소, 깔깔대며 웃었지

소학, 대학, 다 떼었으니
주역, 시경, 배우겠다며
넓은 세상 찾아 떠나던 아우
청운의 어깨에 휘장이 걸릴 때마다
기단에 불 밝히고 두 손 합장하던 일월이 엊그제

벌써 정년이라! 그럼 내 나인 몇이더냐?
이룬 것 없이 무심 세월 눈썹마저 하얗게 세었구나!
그대는 새로운 시작, 열 두 마당이 열리는 팡파르…

오- 그대는 대통령보다 높다는 곤룡포 입고

그대 영혼은 간납대 하늘에 달덩이로 걸렸으니
풍진세상 비우고 비우고 한길로 더 높거라

더 깊은 샘물 길어 올려, 펄펄 끓는 풀무에 담금질
그대 명작은 영원한 청춘이거라
그대 영혼은 백두대간에 영원이거라.

소나무 아래 앉으면

- 황송문 교수님을 연상하며 -

이 병 훈

시인 · 한국현대시인협회 간사

가파른 산을 오르다가
황토 속 깊게 뿌리박은
왕 소나무를 만났다

무거운 발걸음
편히 내려놓으라는 듯
허리 굽혀 늘어진 가지로
그늘을 깔아 놓았다

온갖 풍상 다 겪어
갑옷처럼 단단해진 껍질
세속과 타협하지 않은 옹이가
자세히 들여다볼수록
훈장보다 더 눈부시다

심지 곧게 박히면
벼랑 끝, 바위틈에서도
천년세월 끄떡없다고
솔잎에 스치는 바람소리
큰 울림으로 귀에 박힌다

소박한 풍경

- 시인 황송문 교수의 정년에 부쳐 -

이 창 년

시인 · 『순수문학』편집위원

허물어진 흙담에 담쟁이넝쿨이
청개구리 비단뱀을 숨겨주는
소박한 풍경이
그리움으로 슬픔이 배어나올 것만 같습니다.

묵히고 삭힌 조선장맛 같은 당신은
저문 밤 달무리라고 할까
잠방이 적시는 새벽 이슬이라고 할까
미소 잃지 않는 당신은
내게 고마움이었습니다.

산새 울음이 노을 묻히고 날아갑니다
잘 익은 능금이 탐스럽습니다
오래 전에 살았던 시골집 싸릿문 앞에서
흙 묻은 유년의 냄새를 맡습니다.

이제는
지난 시간을 불러
당신과 마주앉아 술잔을 기울입니다.

소나무

임 미 옥
시인

쇄탈한 인고의 몸짓으로
긴 세월 기다림의 자리에 섰는
당신은 외로운 선산지기

비바람 눈보라에 꺾이고 할퀴어도
변색과 변장을 모르는
언제나 한결같은 그 모습 그대로
역사의 터전을 지키고 있네

나자렛 촌에서 왔다가 촌으로 돌아간
메시아처럼
구원의 시인이 되고 싶은
당신은 언제나 오수 촌사람

행색은 초라해도 심지는 굳고도 깊어
서울이라는 회칠한 무덤 가에서도
은총의 햇살 아래 낮잠 즐기며
꺾인 가지의 부활을 꿈꾸는
당신은 또한 의로운 몽상가

마음이 울적한 날이면
꿈에도 그리운 님의 쪽빛 음성 우러르며

늘 푸른 소망의 시를 새기네

뜨거운 생명의 불꽃으로
끝없는 사랑의 녹음을 드리우며
가여운 비둘기 나래를 품는
내 영원한 영혼의 쉼터이며
큰 스승이신 소나무여

나는 언제까지나
이 터전에 꿈길 아름답게 열어 나가리

정자나무와 같은 분

- 황송문 박사께 -

鄭 木 日

한국문인협회 수필분과 회장

마을 상징수로
마을 수호신 같은
한 그루 정자나무
넓고 넉넉한 품을 열어
시문의 가지가 아름답고
학문의 녹음이 두터웠으며
인격의 향기가 사방에 넘치네

언제나 영원의 하늘을 향해
이상의 가지를 뻗치고
양심에 어긋남이 없었네

붓을 든 사람이
정년이 있을까
마음에 목리문을 새기는 일
이제 일생의 깨달음
꽃 피우기 위해
문 앞에 선 것을
축하할 뿐이네

H교수의 해학(諧謔)

정 유 준
시인

용마, 아차산을 오르는 날은
하나 둘 식구가 는다
하산 길에 순대국 맛도 간간하지마는
눈을 뜨게 하고 귀를 트게 하는
H교수의
세상사는 이야기가 있기에

스스로를 잊은 듯
세상의 모순을 짚어 가는
번득이는 말문에
풀도 나무도 귀를 세운다
웃음에 풀리는 삶의 먼지
물 흐르듯 바람 불듯
새처럼 자유롭다

정작, 입이 무거우면서도
시경(詩經)의 싯귀에도 없는
씻지도 빗지도 않은
어눌한 말씀으로
어찌 그렇게 온 산을
달디단 웃음으로 꽃피게 하는지.

늘 푸른 소나무

정 재 호
시조시인

전북 임실군 오수에
깊이 뿌리내린 한 그루 소나무

비바람 속에서도 변하지 않고
숱한 환난 속에서도 제 자리 지키며
우뚝이 서있는 이 땅의 스승

바람이 불어오면 바람의 시를 읊고
새떼 날아오면 함께 노래부르고
꽃이 춤추면 같이 손잡고 춤추며
평생 쌓아올린 찬란한 탑

이제 한 걸음 뒤로 물러서서
후진들을 느긋한 마음으로 지켜보며

세월의 「물레」 조용히 돌리고
귀거래사 「망향가」 부르면서
「자운영」꽃이나 가꾸며
늘 푸르고 늘 건강하소서.

※물레, 망향가, 자운영 : 황송문 교수의 시 제목임.

대학교수 졸업하는 반공 간첩 황송문

조 기 호
시인 · 전주문인협회 회장

성님, 이 세상에 누가 제일 높은 줄 아슈?
한참을 물끄러미 쳐다보던 개찬이가
아, 그거 대통령이지

대답을 듣더니만 도깨비 외약다리 틀 듯
모가지를 외로 확 꼬고 낙담하는 송문이 놈 꼴을 보며

너, 이 녀석
내 그럴 줄 알았다는 느끼한 표정으로
맥주 잔을 비우는 개찬이

야 임마, 대통령보다 대학교수가
더 높다고 할 줄 알았냐?
이 풍신난 놈아

예술이 좋아서
음악을 사랑해서가 아니라
산 입에 풀칠하기 위하여
젊디젊은 경상도 새각씨 대구 아내가
시도 때도 없이 머리맡에 두들겨대는
피아노소리로 청춘을 물 말아먹던 시절

국제승공연합 반공강사란 화상이
간첩으로 신고되어 잡혀갈 쯤 추레하고
어리벙벙한 문학청년 황송문이 있었는데

세월이 갔는지
오늘은 대학교수 졸업하는 정년이라네.

呼와 應

진 솔
수필가

呼는 저만치 앞서 있습니다.
應은 그 곁을 감히 범접할 수 없습니다.
呼는 언제나 목을 놓아 부릅니다.
應은 여전히 알아듣지 못합니다.

呼는 강직한 고집으로 한 길을 걷습니다.
應은 천천히 그 곁에 다가섭니다.
呼는 예리한 손끝으로 응을 다듬기 시작합니다.
應은 모난 피부에 닿는 날카로움이 고통스럽습니다.

呼는 다듬어진 응을 닦고 또 닦습니다.
應은 더 이상 그 손길이 아프지만은 않습니다.
呼는 응을 바라보며 잔잔한 미소를 짓습니다.
應은 더 이상 투박한 못난이가 아닙니다.

呼는 다시 저만치 멀어집니다.
應은 날렵한 걸음걸이를 따를 수가 없습니다.
이제,
應이 큰 소리로 외칩니다.
"스승님, 감사합니다."

呼의 미소만 어렴풋합니다.

"호! 하면, 응! 해라."

교수님께서 강의시간에 강조하셨던 말씀입니다. 교수님께서는 언제나 저희들을 향해 호! 하셨는데, 여전히 그 부름에 온전히 응! 하지를 못한 것 같아 못내 죄송스럽습니다. 스승님의 뜻을 감히 제가 어찌 짐작이나 하겠습니까. 다만, 늦게나마 교수님의 부름에 답할 수 있었던 것 같아 조금은 다행스럽습니다. 머리보다는 가슴으로 먼저 대해 주셨던 점, 마음 깊이 새겨두었습니다. 그 사랑과 감사를 되돌려 드릴 수 있는 날이 올 때까지 변함 없는 부름으로 이끌어주십시오. 오랜 시간 저희를 향하셨던 그 부름이 헛된 메아리로 돌아오지 않게 하기 위하여, 스승님의 제자로서 매사 최선을 다하겠습니다. 언제나 그 모습 그대로 자리를 지켜주십시오. 스승님의 부름에 오랜 시간 응할 수 있는 제자로 남겠습니다.

- 2006. 5. 30 -

蘭草의 香

채 규 판
시인 · 원광대 교수

담채(淡彩)로 다스리면
총명한 눈빛이다.

아픔은 안에 숨기고
천 길 벼랑을 배운다.

설화(說話)가 더디더디 익는
이 조용한 텃밭에

창세적(創世的) 말씀들을
소리 없이 모아다가

눈물을 감추듯이
그리움도 떠 보내면

총총한 발걸음이사
숨죽이듯 사르랴.

휘이휘 소릴 내는
불꽃을 왜 모르랴.

바위를 쪼개내는
그 큰 물결 왜 모르랴.

티 없이 목숨을 깎으며
조요로히 서 있는 걸.

장독대 가장자리 맨드라미로 피어올라

- 황송문 사백 문집에 부쳐 -

최 은 하

시인 · 전 한국현대시인협회 이사장

우리 고향집의 장독대엔
맨드라미가 꽃대를 세워 피어올라
언제나 주위가 환한 자리였네.

장독마다 빛살무늬는 비춰 나와
어머니의 손길이 제일 먼저 어루만졌고
온 집안의 가장 귀한 자리 중의 자리
식구들과 손님들의 입맛이 달려있어
장항아리에선 고소한 장맛이 우러나오고
그 안을 들여다보면 떠오른 내 얼굴 너머로
하얀 구름이 흘러가고
사계(四季)가 비껴가고
온갖 고운 새 울음이 무늬져 가고
싱그러운 바람결이 스쳐가고
때 맞춰 알맞은 햇볕이 내려
맨드라미는 거기 불꽃으로 피어올랐네.

오늘도 그대는
장독대 가장자리 맨드라미로 피어올라
장맛을 익히고
빛발 뻗치어
마을을 두루두루 비추네.

몸을 낮추어야지요

- 黃松文 敎授 停年에 -

咸 東 鮮

시인 · 전 한국현대시인협회 회장

오래 전이었던 일인가요
"흔들리는 것은 깃발입니까 바람입니까"라는
나의 화두에
"바람이지요"하고 대구(對句)하던 일이 말이요
이제 머무름과 떠남의 경계는
규범의 옷을 벗어버리고
내 안에 다른 나를 찾으셔야지요
지형(地形)이
자라는 식물을 결정한다고 하더군요
책 읽는 소리로 돌을 깎은 평생의
그 순함 성실 끈기의 현상마다
자화상 시 한 편씩을 각자(刻字)하세요
숨 좀 고르시고
판소리를 기억한다는 문명조차
미친 바람 같은 속도감에 스스로 어지럽다고 하니
사람들은 나이 들수록
자연 앞에서 몸을 낮추어야지요

산이 강을 부르면

허 소 라
시인 · 군산대 명예교수
석정문학회 회장

산이 강을 부르면
강은 산을 휘감아주듯
풍진 세상 정으로 싸안으며
남들이 군림하려 할 때
거느리려 할 때
직설은 어눌하게
그러나 포용은 너그러이
오직 앞만 보고 걸어온 발자국
그 발자국마다
시가 고이고 사랑이 고여
거울이 되었으니, 탑이 되었으니
두둥실 떠도는 淸福의 하늘
한 생애의 목록이
새로이 마련되는 오늘
부디 영원토록 현역이시길…….

세월이 가면 괴는 술

홍 금 자
시인

노을 빛 짙게 물든
저녁 무렵
강물의 깊이를 가늠해 봅니다

봄, 여름, 가을 그리고
겨울을 지나면서
시의 영혼 속을 넘나들었던
당신의 노래들
푸른 향기로 출렁입니다

당신의 땅에선
풀꽃이 피었고
새들의 울음도 정겨웠습니다
때로는 나비도 날고
하늘대는 잠자리 한 쌍도 날아 와
쉼을 찾곤 했습니다

당신은
넉넉한 사랑으로
세상의 거친 것들 손질해 놓고
"세월이 가면
괴는 술"을 기다렸습니다

이제 육십 중반의 나이테로
시의 큰 나무가 되시어
지상의 메마른 가슴들을
적셔주는 그늘이 되셨습니다

오래오래
문학의 길 동행자가 되시어
빛나는 시의 길 밝히옵소서.

강 물

황 금 찬
시인

깃발을 날리고
흐르는 강가에서
강물은 외롭지 않았다.

바람이 구름을 친구삼아
강물을 따라가고
저 하늘 빛
강심은
산 그림자를 사랑하고 있었다.

풀잎이 지고
참새들의 발자국이
저녁노을에
묻힌다 해도
깃발은 울지 않았다.

호수는 바다가 아니다
바다도 호수가 아니다
흐르지 않는다
내일의 깃발이 없다.

흐름이 정지되면
묻지 말아라
강물은 정지되지 않는다.
깃발은 그렇게 휘날릴 것이다.

※黃錦燦 - 1918년 강원도 속초에서 출생. 1953년 『현대문학』을 통해 등단. 월탄문학상, 대한민국 문화예술상, 서울시문화상, 대한민국 문화 보관 훈장 등.

정년기념문집 수필작품

光榮 있는 삶

素木 金 奎 鍊
수필가

삶을 한 개 가랑잎이라 할까.

가랑잎이 강물 위에 떠가듯 삶의 강기슭을 흘러가다 보면 사람은 저마다 나름대로 희비의 여울목을 지나오기도 하고 부침(浮沈)의 강변을 스쳐가기도 한다. 이 덧없는 여로에서 어쩌다 무심히 흘리고 지나온 자그마한 사연이나 감동 같은 것이, 잠 안 오는 밤 문득 가슴이 설레도록 느껴질 때가 있다. 이 주옥같은 느낌을 그냥 버리기가 아쉬워 글로 옮겨 종이 위에 담아두곤 한다.

오늘은 편지 한 통이 날아들었다. 황송문 님이 정년퇴임을 한다는 소식이다. 들고 있던 편지지를 책상 위에 내려놓고 창밖을 하염없이 바라본다. 산수유 꽃몽우리들이 노랗게 입술을 내밀고 있다. 하늘엔 뭉게구름이 떠오르고, 문득 황송문 님의 모습이 눈앞을 스친다. 그 님과 인연의 끈이 이어진 지도 벌써 사 반세기가 지났다.

1981년, 범우사에서 내 수필 작품을 범우에세이선 101호로 출판할 때 책머리에 황송문 님이 쓰신 작품평이 실렸었다. 제목은 김규련론, 부제로 「선(禪)과 정한(情恨)의 모자이크」를 달았다. 한 번도 만나본 적 없는 유명 시인의 평론을 고 박연구 님의 주선으로 받게 돼 큰 영광이었다. 더구나 그 평론이 너무도 면밀하고 정확하고 정곡을 찌르는 데다 그 문장 또한 아름다워서 독자들은 원문보다 평론 읽는 재미가 더 즐거웠다고 했다.

지금도 그 수필평을 읽어보면 황송문 님의 혜안과 통찰력과 예지력에 감탄하게 된다. 나를 한 번도 대면한 적도 없이 수필작품만 읽고도 나의 내면세계를 훤하게 꿰뚫어 보는 데는 더할 말이 없었다. 내 문장의 특징도 나의 삶의 자세도 취향도 찍어내고 심지어

나의 인생관이며 사물관이며 가치관도 한 점 어긋남이 없이 지적했다고 하겠다.

책이 나온 다음 해 「거룩한 본능」이란 작품이 고등학교 국어 교과서에 수록되어서 큰 보람을 느끼게 된 것도 황송문 님의 작품평과 무관하지 않으리라. 그리고 3년 뒤 한국수필가협회 주최의 수필문학 세미나가 경주 불국사 근처의 코오롱 호텔에서 개최되었다. 그 날 나는 「수필문학의 동양사상적 배경」이란 주제로 특강을 했었다. 강의를 마치고 더위를 식히려 숲속 벤치를 찾아갔다.

그 곳에서 황송문 님을 처음으로 만나 뵙게 됐다. "제가 황송문입니다."하고 손을 내미는데 그 손이 언젠가 절집에서 본 문수보살의 손처럼 손가락이 섬세했다. 나는 악수를 하면서 직감적으로 느꼈었다. 문재가 뛰어나신 분이구나 하고.

냉커피를 마시며 수필문학이며 종교며 인생에 관한 이런저런 얘기를 한참 나눴다. 그 님의 첫 인상에서 느낀 것이 지금도 생생하다. 눈에서는 총기(聰氣)가 얼굴에서는 화기(和氣)가 언어에서는 재기(才氣)가 행동에서는 덕기(德氣)가 인품에서는 향기(香氣)가 풍겨났었다. 동천세노항장곡(桐千歲老恒藏曲) 매일생한불매향(梅一生寒不賣香) 오동나무는 천년을 늙어도 가락을 지니고 매화는 평생 춥고 가난해도 향기를 팔지 않는다는 조선조 선조 때의 선비 양사언(楊士彥)의 고결하고 올곧은 기개(氣概)가 오늘의 황송문 님에게도 살아있음을 볼 수 있었다.

한국 문단에는 문선(文仙)이 있는가 하면 문사(文士)도 있고, 문치(文稚)가 있는가 하면 문충(文蟲)이 있다. 또한 문적(文賊)이 있는가 하면 문간(文奸)이 있고 문노(文奴)가 있는가 하면 문기(文妓)도 있다.

문선은 문학작품이 뛰어날 뿐만 아니라 인품 또한 달관의 경지에 이르러 모든 사람들의 존경과 예우를 받는 사백이라 하겠다. 문사는 예술혼이라 할까 문학정신이라 할까 올곧은 전문의식을 갖고 보석 같은 문학작품을 창작해 내는 글쟁이들이다.

문치는 잡문 나부랭이나 뻰질나게 써서 신문 잡지에 발표하기를 좋아하고 스스로 문단의 대가인양 행사하는 과대망상증 환자들이다. 문충은 글자 그대로 글을 파먹는 좀벌레 같은 장사꾼 문인이라 할까. 남의 작품 흉내도 잘 내고 저질 작품을 대량 생산한다. 책이 나오면 입에 거품 물고 뛰어다니며 친구와 이웃을 괴롭히며 강매하는 무리들이다.

문적은 자기의 정치적인 야망이나 다른 목적을 달성하기 위해서 문학을 도구로 이용하는 사이비 문인들이다. 문간은 글재주를 밑천으로 정권에 빌붙어 이권이나 챙기고 돈과 권력을 위해서는 노루를 사슴이라 쓸 수 있는 혹세무민의 무리들이다.

문노는 출세한 사람이나 힘있는 사람, 또는 돈 많은 사람의 자서전이나 문집 같은 것을 써주거나 손봐주고 돈푼이나 받아먹고 사는 글 재주꾼이다. 문기는 글 기생이다. 술잔이나 얻어먹고 이 사람 저 사람 비위나 맞추며 미사여구로 아부하는 글밖에 못쓰는 못남이 글이다.

황송문 님은 문학박사로서 외도 한번 없이 오로지 대학에서 강의만 해오셨고 많은 저서를 남기셨다. 또한 한국현대시인협회 부이사장으로서 야단스럽게 떠드는 바 없이 조용하게 한국문단에 기여한 공이 크다.

문학강좌를 개설해서 시작법이며 수필창작론을 후진들에게 강술해서 문인양성에도 큰 업적을 쌓았다. 시인으로서는 주옥같은 불멸의 작품을 창작해서 독자들의 가슴에 큰 울림을 주고 있다. 문우들을 비롯해서 후배들과 제자들의 존경을 받고 있는 황송문 님을 문선이라 할까, 문사라 할까 독자들이 판단하리라.

사람들은 고희를 지나고 나면 그가 살아온 궤적과 삶의 자세에 따라 인생의 길은 달라진다고 하리라. 노선(老仙)의 삶이 있는가 하면 노학(老鶴)의 삶도 있다. 노동(老童)의 삶이 있기도 하고 노옹(老翁)의 삶도 있다. 그런가 하면 노광(老狂)의 삶도 있고 노고(老孤)의 삶도 있다. 노궁(老窮)의 삶이 있는가 하면 노추(老醜)의 삶도 있다.

황송문 님은 대학에서 구일신 일일신 우일신(苟日新 日日新 又日新)의 자세로 학문연찬과 인재양성에 헌신해 왔다. 퇴임 후에도 부단한 노력으로 작품창작에 매진할 것이며 문학강좌를 통해서 문인배출에도 큰 공헌이 있을 것이다. 급기야는 도광양덕(韜光養德)과 화광동진(和光同塵)의 생활철학으로 아무런 걸림이 없이 물처럼 바람처럼 유유히 살아갈 것이다.

내 삶의 가랑잎이 팔순의 어귀까지 흘러오고 있다. 오늘은 종일 황송문 님과 닿아있는 인연의 끈을 헤아리며 석양을 맞는다.

비록 운수(雲樹)에 가리어 풍모는 뵙지 못하고 성음도 듣지 못할지라도 심혼의 대화는 늘 창공으로 오가며 끊이지 않으리라. 항시 건승하시고 가정에 청복이 깃드시기 빕니다.

그물에 걸리지 않는 바람처럼

김 기 덕
시인

사람은 누구를 만나느냐가 중요하다는 말이 떠오릅니다. 되지도 않는 글을 모아 책을 내려던 내가 스승님을 만난 것은 큰 행운이었습니다. 시에 대한 나의 단편적인 생각들을 끌어올려 당신은 하늘 가운데 던져놓았습니다. 무한의 넓이와 깊이를 내려다보며 동시에 몸서리쳐지는 한계의 극복을 체득했습니다. 언어의 끈을 붙들고 추락하는 낙하산을 펴기 위해 애쓰던 10년 세월, 지금 와 생각하면 그 때가 가장 행복한 시간이었습니다.

언제 다시 돌아갈거나, 내 문학의 아버지요 정신의 쉼터인 당신이 그립습니다. 인문학이 고사되는 시기에 문학은 시들고 시인들은 낙엽처럼 흔해빠진데, 글을 쓴지 15년이 다 되어서도 아직 작품다운 작품이 없어서 시집 한 권 내지 못한 것이 못내 죄스럽습니다.

어느 날 시인으로서의 추한 내 모습을 발견한 뒤, 모든 모임을 접은 이후로 아직 스승님을 뵙지 못했습니다. 저는 현재 무덤 속에 있습니다. 눈을 막고, 코를 막고, 온 몸이 꽁꽁 묶인 채 썩어가고 있습니다. 새로운 작품으로 부활하는 날 맨 먼저 스승님을 찾아뵙겠습니다. 정년을 훌륭히 채우시고 새로운 길로 떠나시는 스승님! 수고하셨습니다. 그물에 걸리지 않는 바람처럼 남은 날들은 거침없는 행보로 문학의 큰 뜻을 이루시길 기원합니다.

젊고 곧은 선비

김 명 숙
시인

박물관에나 가야 있을 법한 강직함으로 살아가시는 황송문 선생님을 만난 건 참으로 행운이지요. 선생님과는 길 하나를 사이에 두고 살았으니 어찌 깊은 인연이 아니겠습니까.

늘 젊고 곧은 선비처럼 사시는 모습을 가까이서 뵐 수 있다는 것은 더 없는 행복이었는데, 어느 날 면목동으로 이사를 가시고는 뵐 길이 뜸해져 마음으로 적적함을 가졌는데 벌써 정년이 되셨군요.

정년이 아니고 이제 청년이 되시는 것 아닌가요. 언제나 청년 같으셨기 때문이지요. 과천에서의 판소리 배우기는 또 얼마나 열심이셨는데요. 특히 농부가를 좋아하셨지요. 소리 배우기가 끝나고 뒤풀이에 더 치중하는 무리들에 싸여 신나 하시던 그 순진함은 또 우리를 얼마나 설레게 했는지요. 뒤풀이를 끝내기에 아쉬운 무리들을 이끌고 남태령을 넘어와 즐거워하시던 그 순진무구한 청년이 황송문 선생님이시지요.

언젠가는 이런 제안이 있었지요. 상도동에 사시는 엄한정 선생님 동작동의 황선생님 방배동의 저 셋이서 삼각 꼭지점인 국립묘지 뒷산 약수터에서 만나자고 그래서 한잔하자고 선생님께선 동료교수이신 러시아 분이 훌륭한 보드카를 선물했는데 그걸 처녀 개봉하자고 좋은 술이라 아껴두었노라고.

아마 여름이었지요. 야트막한 야산이지만 약수터까지는 한 시간여가 좋이 걸리는 지점이었지요. 거길 뛰어가느라 모두다 땀이 흠뻑 젖어 만나서 오징어포 하나로 독한 보드카를 마시던 추억.

어제 일처럼 즐겁고 다정해서 지금도 웃음이 배시시 납니다. 요즘은 숨겨놓은 보드카 어디로 가시나이까? 다시 한번 처녀개봉하자 하시지 않으시렵니까?

선생님을 생각하면 든든한 오라버니를 둔 듯이 훈훈하였습니다. 한국문인산악회에서 시산제라도 지내시면 가는 길이라며 떡보따리를 안겨주시며 가시던 일.

가까운 사람끼리는 기분이 꿀꿀할 때나 등이 시려울 때는 만나서 술 한 잔을 해야 한다고 하시더니 면목동으로 이사를 하시곤 뵐 길이 아득합니다. 들리는 말에 의하면 그 동네 면목 없는 사람들 동네라던데 맞는 거 아닌지요. 그래도 돌아보면 정 깊은 일들뿐이지요.

오늘은 청계산 산행이 있었다며 청무우 보따리를 풀어놓으시던 일도 있었지요. 일일이 다 열거할 수 없는 일 중에 언젠가는 이런 일도 있었지요.

한국현대시인협회의 세미나 장소였던 것 같습니다. 모 짓궂은 시인이 저에게 농담을 걸어오자 눈빛을 불같이 화를 내시며 사과하라고 하시던 그 강직한 분이 황송문 선생님이시지요. 선생님은 그런 분입니다. 불의에는 불같이 대응하시며 옹호하는 정이 많은 분이시지요. 또한 사람들과 어울리는 일을 좋아해 연변 사람들과의 조우, 노래만들기, 노랫말 짓기, 그런 일들 속에 선생님의 마음이 다 녹아들어가 정이 되고 인연이 되고 사랑이 되고 선생님의 족적이 되는 일이지요.

마음의 벗이십니다. 오래 두어도 녹슬지 않는 시렁 위의 위안이십니다. 지금 들어도 가수들의 노래보다 선생님의 노래가 훨씬 정겹게 들립니다. 늘 언제 뵈어도 반가이 맞아주시는 황송문 선생님의 정년을 진심으로 축하드리며 심혈을 기울이시는 『문학사계』의 창대한 발전을 기원합니다. 아울러 건강하시기 바라며 언제 보드카 소식 기다립니다.

축하합니다!

김 시 헌

수필가

지구 위에는 60억의 사람이 살고 있다. 그 중에서 7, 80년 동안에 몇 사람이나 알고 지내고 있을까. 자기 가족, 마을 사람, 직장 사람, 이웃 사람 해서 모두 합쳐보아야 몇 사람 되지 않는다. 그 중에서 정신적인 사귐이라 할까, 인격으로서 마음을 교환하는 사람은 더욱 많지 않다.

나는 한때 범우사에서 나오는 '범우문고'의 한흑구씨편 『보리』의 책 序文을 쓴 일이 있다. 서문이라기보다 짧은 한흑구론이었다. 그 글에서 한흑구씨의 수필은 油畵와 같은 문장이라고 지적한 바 있다. 그런데 그 뒤 시인 황송문씨는 "한흑구씨의 수필은 수채화와 같다"는 말을 하고 나의 유화설을 비판하였다.

황송문씨의 글을 읽고 나의 유화설을 설명할 필요를 느꼈으나, 그때는 더 말하고 싶지 않았다. 이 기회에 그 말을 하고 싶다. 내가 유화라고 한 까닭은 한흑구씨의 수필문장은 여과수처럼 맑았다. 그런데 그것에 커피를 타느냐 과일물을 타느냐에 따라 유화도 되고 수채화도 되겠다는 생각을 했었다.

그런데 왜 유화냐는, 한흑구씨는 수필에서 철학을 많이 강조하셨다. 철학이 없는 수필은 문학이 아니다고까지 하였다. 나는 그 철학을 커피로 보았던 것이다. 그렇다면 유화와 같이 짙은 성격이 아니겠느냐고 생각했던 것이다.

황송문씨의 수채화설을 부인하고 싶지 않다. 한흑구씨의 문장을 전체로 볼 때, 또는 표면으로 볼 때, 그것은 수채화임에 틀림이 없다. 그래서 나는 그때 황송문씨의 지적을 그대로 수용하고 싶었다. 그러면서 그것이 커피냐 과일물이냐를 굳이 따지고 싶지 않았다.

황송문씨가 『문학사계』의 발행자임은 그 뒤 많은 세월이 지나간 후이고, 어느 날, 황송문씨는 내게 원고청탁을 해 주셨다. 청탁이 반갑기보다 사람이 반가웠다. 그분과 교분할 기회가 생겼다는 반가움이었다. 그리고 또 다른 원고의 청탁도 해 주셨다. 마침내 두 사람은 서울 용산역 부근에서 만날 기회를 얻었다. 황송문씨는 깨끗한 선비이고 학자이고 시인이었다. 시를 머리로 쓰기만 하지 않고 가슴으로 좋아하고 육체로 사랑하고 있었다.

한국말 시를 일본어로 번역해서 두 나라말의 시집을 내고 있었다. 이유인즉, 한국 학생에겐 일본글을 익히는 기회가 되고, 일본 학생에겐 한국어를 공부하는 기회가 된다는 것이었다. 황송문씨는 대학에 근무하고 있었고, 그 학교에는 일본인 학생이 많다고 하셨다.

그리고 자작시 낭송을 녹음해서 녹음테이프를 만들어 시를 음성으로 감상할 수 있게 하고 있었다. 시인이 쓴 시를 가수가 낭송한 것은 들어본 일이 있지만 직접 작자 자신이 낭송한 시를 듣기는 처음이었다. 그만큼 시를 몸으로 사랑하는 분이었다.

한때 서정주 선생님이 자작시를 무대에 나와서 직접 낭송했다는 말을 들은 일이 있다. 육화된 시, 음성화된 시에서 시의 생명을 살려낸다는 것은 얼마나 좋은 일인가.

젊어 보이기만 하셨던 황송문씨도 세월을 비켜갈 수는 없었는지 벌써 정년이라고 한다. 남은 정력을 어떻게 하려고? 하는 걱정은 되면서 그 동안의 문학과 학교 근무에 걸었던 세월을 축하하지 않을 수 없다.

그리고 황송문씨가 전담해서 내고 있는 『문학사계』에 대해서 나대로 한마디 보태고 싶다. 그 잡지는 그대로 황송문씨의 정신이고 몸이었다. 청탁된 글과 등장한 필자 또는 대담자가 그대로 황송문씨 자신으로 비쳐지는 것은 무슨 까닭인가. 그만큼 『문학사계』는 황송문씨의 문학사랑과 지성의 표현이었다. 잡지에서 편집자의 정신세계가 그토록 직접으로 독자에게 전달되는 예를 나는 많이 보지 못했다.

과장된 말로 "인생은 80부터"라고도 한다. 그렇다면 황송문씨의 정년은 아직 장년, 아니면 청년이 아닌가. 더 크고, 더 많은 일을 하셔서 문학의 탑, 인생의 탑을 높게 아름답게 쌓으시기를 진심으로 빕니다.

향기 나는 사람

김 용 만
소설가

내가 황송문 교수를 알게 된 것은 친목모임을 통해서였다. 차분하면서도 이지적인 면모에 호감이 갔다. 요즘 문단에도 상업논리가 판치는 세상이어서 황송문 교수처럼 문학의 본령을 지키는 문인이 우리 모임에 끼게 되어 너무도 반가웠다.

문학인의 동네는 당연히 지성사회이다. 지성과 지성미가 말라버린 문단은 작가정신 역시 말라버리게 되어 기교와 허위의식과 작당이 범람하게 된다. 외로움도 모르고, 슬픔도 모르고, 고통도 모르고, 낭만도 모르고, 풀어짐도 모르고, 오직 간교와 집단과 감언으로 옭아채는 투쟁만이 존재할 뿐이다.

요즘은 책상 앞에 앉아 있는 것이 두렵고, 섭섭하고, 뭔가 상실감만 느껴지게 하는 현실이다. 읽고 쓰고 사유하는 문학인의 본령이 존경받기는커녕 촌스럽고 눈총 받는 꼴이 되다시피 했다. 용도가 없기 때문이다. 문인이 용도로 재단되는 세태가 된 것이다. 저 소설가는, 저 시인은, 저 수필가는 표를 몇 개나 긁어모을 수 있는 재목인지, 세력확장에 얼마나 보탬이 되는 인물인지, 그게 평가기준이 된다. 그런 수단꾼이 아닌 문인은 바보다. 쓸모가 없다.

고고함은 존재하지 않는다.

목이 마르다.

오죽해야 거만이나 삐딱이 덕목으로 느껴질 지경이다. 당연히 발길에 채여야 할 지성이 이제는 구경하기조차 힘들만큼 비지성의 천지가 되었다.

이 시점에서 만난 친구가 황송문 교수다. 나는 그에게 귓속말을 한 적이 있다.

"존 자리 있으면 같이 끼자구."

그 좋은 자리란 쓸쓸하고, 고뇌하는 바보들만이 모이는 곳을 의미했다.

황교수를 통해 알게 된 동포 원로 시인이 있다. 연변에 거주하는 이상각 선생이다. 그분을 만난 건 올 여름이었다. 나는 십여 년 만에 연변을 찾아가는 길이었다. 심양에서 밤늦게 비행기를 타고 한 시간 후에 연길 공항에 내렸다. 공항은 낯이 익으면서도 많이 달라져 있었다. 전 중국이 리모델링 되고 있으니 연변도 그럴 것이었다. 더구나 연변은 서울 물이 들어서 중국의 다른 지방도시보다 훨씬 세련되었다는 말을 들어온 터라 어서 그 개량된 모습을 보고 싶었다.

나는 가방을 찾아 출입구 쪽으로 끌고 가면서 지금부터의 일정을 생각해 보았다. 먼저 택시를 잡아타고 시내로 들어가 호텔을 정하고, 밤이 늦었으니 이튿날 그분을 만나는 게 나을 성싶었다.

마지막 서류를 건네주고 밖으로 나간 나는 환영객 앞을 서서히 걸어갔다. 그때였다. 언뜻 내 눈에 〈김용만 선생님…〉란 글이 보였다. 동명이인이겠지. 연변에서 나를 마중 나올 사람은 아무도 없었다. 누가 종이쪽을 들고 있는지도 살피지 않았다. 살피는 짓이 어리석은 짓이었다.

그런데, 참으로 이상한 일이었다. 상상할 수 없는 일이었다. 내 이름 앞에 '소설가'가 붙어 있었던 것이다. 누가 나를 마중 나온 게 틀림없었다. 그제야 나는 종이쪽을 들고 서 있는 분의 얼굴을 살폈다. 곱상하면서도 갸름한 얼굴에 잔잔한 미소가 번져 있었다. 시인의 향기, 틀림없었다. 맡아보고 싶던 체취였다.

"이상각입니다."

순간 내 몸에서도 향기가 날 것만 같았다. 아니, 나도 향기를 뿜어낼 수 있었다.

결론은 이렇다. 향기가 나는 사람이 향기 나는 사람을 소개하고, 그 향기 속에 묻히면 누구의 몸에서나 저절로 향기가 풍긴다는 사실.

황송문 교수와 만난 것이 내 생에 큰 기쁨이다. 황 교수를 통해 앞으로 향기 나는 지성인을 자꾸 만날 참이다. 그거야말로 가장 우월한 낙이다. 그리고 그 기쁨은 점점 증폭되고 있다. 곧 이상각 선생을 만나 또 황송문 교수 이야기를 나눠야겠다. 이번에는 아주 황 교수와 둘이 떠나고 싶다.

독립문시대의 우정

김 진 식

수필가 · 『선수필』 편집인 겸 주간

덤불이 있으면 새들이 찾아들기 마련이다. 그때 독립문 인근 교남동에 김창직 시인이 아드님의 박공예 작업실에 공간을 마련하고 서예와 도예로 소일하고 있었고, 이를 거점으로 하여 문인들이 모여들었다. 하유상 조봉제 강범우 이기진 송도 정재섭씨 등이 단골터잡이로 역할을 하면서 '신문예'라는 모임을 태동시키고 있었는데, 신인들도 나름대로 연분을 좇아 합세하면서 덤불을 지어갔다. 1970년대 말에서 80년대 초에 이르는 짧은 기간이었다.

나는 그곳에서 황송문 형을 처음 만나게 되었고, 지금은 이름을 기억할 수 없지만 인근의 경양식집에서 맥주병을 따며 문학과 인생을 논하였는데 그는 조용하면서 듣는 편에 속하였다.

내가 선배들과 어울려 두주를 불사하면서 허튼 소리로 기고만장할 때 그는 저만큼의 뒷자리에서 미소를 머금고 지켜보는 편이었는데, 그의 눈빛에는 재기가 감돌았다.

당시 그는 이런저런 문학지에 시 · 수필을 활발하게 발표하고 있었는데, 서정적이면서도 구성이 치밀하고 섬세한 면을 보여주었다. 나는 그의 작품에 이끌렸는데 만나면 이에 관심을 나타내었고, 그도 내가 쓴 글 나부랭이에 대해 평을 곁들이며 우정을 쌓아갔다.

그는 나의 작품에 대한 관심보다도 화제(話題)에 더 관심을 보인 것 같았는데, 어쩌다가 그로부터 이론가(?) 대접을 받았던 기억이 난다. 물론 횡설수설을 다독거리는 말이었겠지만.

이런 기간이 1년 남짓 계속 되었을까. 돌아보면 그때의 일들이 아름답고 소중하게 생각된다. 그나 나나 반도의 남쪽에서 서울이란 대처에 몸을 담으면서 비록 문단의 변방이기는 했지만 어떤 전

환점을 마련해 준 것 같아 감회가 새롭다. 그래서 그가 나를 기억하고 글을 청탁하고, 나 또한 글이 되든 말든 꼭 써야겠다는 다짐을 하게 되었으니 이만한 연분이 어찌 쉽겠는가. 그 뒤 각가 삶의 터전을 일구면서 세월이 흘러갔지만 독립문시대의 추억을 새겨놓고 있음에랴.

그는 하나하나 열심히 닦고 쌓아 문학뿐만 아니라 이를 기반으로 한 학문에도 일가를 이뤄 오늘을 맞게 되었다. 경의를 표하며 박수를 보내지 않을 수 없다.

오직 뜻 하나밖에 지닌 것 없이 온갖 장애와 세파의 거칠고 막막한 터전에서 뿌리를 내린다는 것이 얼마나 어려운 일인가. 이런 점에 있어 독립문시대는 아직은 실현되지 않은 꿈을 지니고 세상 돌아가는 모습과 그 인심을 살피며 숨을 고르던 시기였다고 할 수 있다.

그러므로 무슨 이해관계로 만난 것이 아니다. 그저 문학이라는 바람에 이끌렸을 뿐이다. 그만큼 순수한 것이어서 어디 기대거나 짐을 져야 하는 일도 없는 쉼터 같은 공간이랄까.

그런데도 그때의 우정을 잊지 않고 있음은 이런 순수함 때문일 것이다. 현실적인 삶이 아닌 문학, 그 열정에 비해 얼마나 허황한 무지개가 아니더냐. 바로 그것이 그립고 아름다운 것이라면 여기에 무엇을 더 보태고 깎아 내릴 것이 있겠는가.

독립문시대는 비록 문단의 변방이긴 했지만 많은 문인들이 기웃거리며 모였던 것이 사실이며 지금도 김창직, 김진희씨 등이 각기 문학잡지로 문맥을 추스르며, 그 주변에서 둥지를 틀고 있음은 우연이 아니라고 생각된다.

이제 그는 몸담았던 상아탑에서 정년퇴직으로 한 걸음 물러나게 되었으니 여유를 가질 수도 있을 것이다. 어느 날 예기치 않게 독립문 인근에서 만나 쓴 소주라도 나누며 흘러간 그때를 돌이키며 우정을 나눌 수 있다면 허물어진 옛 성곽에서나 느끼는 그런 심회로 문학과 인생을 이야기할 수 있으리라. 그때 독립문시대의 재기가 아닌 삶의 깊이와 지혜가 쌓인 모습 또한 아름답지 않겠는가. 여기에 그때 함께 어울리던 하유상 선생 등 선배문인 한두 분을 모셔도 좋을 것이다.

돌이켜보면 세월이란 흘러간 강물처럼 아득하지만 삶의 둔치에서 바라보면 바람처럼 기억으로 몰아온다. 어느 틈엔가 햇살도 빗겨 긴 그림자를 짓고 있다. 허전하기도 하고 아쉽기도 하다. 그러나 여유 있는 인생은 지금부터라고 생각된다. 독립문시대의 그 바람과 우정을 상기하며, 그의 정년퇴직을 기리고자 한다.

시골 아저씨 같은 황송문 교수

김 학

수필가 · 국제펜클럽 한국본부 부이사장

황송문 시인에게는 부를 호칭이 많아서 좋다. 시인은 물론이고 그밖에도 교수, 문학박사, 계간 종합문예지 『문학사계』 발행인……. 그러니 황송문 시인이 선문대학교 인문대 국문과에서 교수로서 정년퇴직을 한다해도 호칭이 없어 곤란한 일은 없을 것이다. 오히려 정년퇴직을 하면 명예교수라는 호칭이 또 부여될 테니 자유로운 사회생활을 통해 더 많은 호칭을 얻게 될지도 모른다.

황송문 시인은 참 대단한 분이라는 생각을 지울 수 없다. 전라북도 임실군 오수(獒樹)라는 조그만 시골에서 태어나 전국 방방곡곡에서 내로라 하는 사람들이 모여 살며 경쟁하는 우리나라의 수도 서울에 둥지를 틀고 그곳에서 밀려나지 않고 이름을 날리며 사는 걸 보면 상스러운 표현이지만 촌사람이 크게 출세했다는 생각이 든다. 사실 그렇게 버티기까지 혼자서는 시시때때로 속울음을 울었을지도 모르지만 참 잘 버텨왔다는 느낌이다.

나와 황송문 시인과는 오랜 인연이다. 10대 초반에 만났으니 벌써 반 백년이 더 지났다. 황 시인은 나보다 중학교 1년 선배다. 그런데 통성명을 하고 인사를 나누게 된 것은 대학을 마치고 사회생활을 할 때부터였다. 어디서 만나면 얼굴은 본 듯 싶은데 그 황 시인이 선배인지 후배인지 감을 잡을 수가 없었다. 그러다가 어느 자리에서 졸업 횟수를 따져보니 나보다 1년 선배였다.

황 시인은 그의 모교인 전주대학교 인문대 국문학과에 시간강사로서 강의를 나온 적이 있었다. 그럴 때면 전주에서 여관에 묵었는데 가끔 나에게 전화를 주었다. 황 시인은 서울에서 폭넓은 문단생활로 지인이 많았기에 내 원고를 문예지나 사보에 발표해주고 그 작품이 게재된 문예지나 원고료를 가지고 와서 내게 건네주곤 했었다.

또 1999년에는 자유문고 이준영 사장을 소개해 주어서 내가 여섯 번째 수필집 『오수 땅, 오수 사람들』을 출간하기도 했었다.

황 시인은 정이 많은 분이다. 그렇다고 생색을 내려 하지도 않는다. 자기가 있는 그 자리에서 도와줄 수 있는 일이라면 소리 소문 없이 도움의 손길을 내민다. 몇 년 전부터는 계간 종합문예지 『문학사계』를 발행하면서 작품 청탁서를 자주 보내주곤 한다. 전국에 내로라 하는 문인이 많고 인심 쓸 문인들도 많을 텐데 후배라고 나를 잘 챙겨주니 얼마나 고마운 일이겠는가?

언젠가 전주에 온 황 시인이 전화를 걸어주었다. 그때 마침 서울에서 대학에 다니던 내 큰아들 정수가 집에 다니러 왔기에 아파트 근처 포장마차에서 우리 부자가 소주를 마시고 있을 때였다. 황 시인이 택시를 타고 달려와서 셋이 합석을 하게 되었다. 소주를 마시다 나에게 건네주려고 가지고 온 문예지가 있어서 즉흥 시 낭송대회를 갖게 되었다. 황 시인과 나, 내 아들 정수, 그리고 포장마차 여주인도 시를 한 편씩 읽었다. 그런 뒤 우리 자리 옆에서 젊은 부부가 술을 마시고 있기에 부탁을 했더니 서슴없이 문예지를 받아 들고 시를 읽었다. 그곳에서 만난 사람들은 모두 문학소년 문학소녀였던 것이다.

포장마차 시 낭송대회는 즉흥적이었지만 즐거운 추억을 남겨주었다. 그때 황 시인은 우리 부자가 오순도순 술잔을 주고받으며 대화를 나누는 게 부러웠던 모양이었다. 황 시인도 호주에 유학 간 아들이 돌아오면 우리 부자처럼 술자리를 마련하고 싶다는 이야기를 했었다. 과연 그 뒤 황 시인도 우리처럼 부자유친의 술자리를 가졌는지는 모르겠다.

언젠가 내 아이들 2남1녀가 서울의 봉천동 아파트에서 자취를 할 때 아이들 집에 들렀다가 사당동에 살던 황 시인과 황 시인의 단골집이던 사당동 어느 순대집에서 만나 코가 비뚤어지게 소주를 마신 적도 있었다. 이 모두가 지나고 나니 아름다운 추억들이 되고 있다. 인생은 추억 만들기이다. 얼마나 아름답고 즐거운 추억을 많이 쌓느냐에 따라 노후에 풀어볼 보따리가 크거나 작을 것이다. 그러기에 젊어서는 꿈을 키우고 늙어서는 추억을 풀어보며 살라고 하는지도 모른다.

황 시인은 대단한 분이다. 고려시대부터 의견(義犬)의 전설이 전해오고, 해마다 의견제(義犬祭)를 지내는 전라도 오수라는 조그만 시골에서 태어나고 자란 촌사람이다. 그런 황 시인이 한국과 중국, 일본 등 세 나라를 넘나들며 문학의 길, 학문의 길을 걷는 걸 보면 어찌 자랑스럽지 않을 수 있으랴. 황 시인은 우리나라에서 대학을 마치고 일본에 건너가 유학하고 선문대학교에서 교수가 되더니 중국에 건너가서는 조선족 자치주에 있는 연변대학까지 진출하여 강의를 하고, 중국의 조선족 문인들과 폭넓게 교유를 하는 걸 보면 황 시인이야말로 바로 세계인임을 미뤄 짐작할 수 있다.

황송문 시인은 교수로서도 뚜렷한 업적을 남긴 분이다. 그가 저술한 책이 대학교재와 시집, 소설집, 수필집, 문학평론집 등을 포함해서 66권이나 된다. 이는 학생들을 가르치는 교수로서, 독자를 사랑하는 문인으로서 잠시도 게을리 하지 않게 인생을 살아왔다는 반증이 될 것이다. 문학의 경우도 시면 시, 소설이면 소설 한 가지에만 매달린 게 아니라 문학의 거의 모든 장르를 섭렵한 셈이니 놀라운 저력이 아닐 수 없다.

누구에게나 주어진 시간은 하루가 24시간이다. 그러니 황송문 시인, 그는 자기에게 주어진 시간 가운데 잠자는 시간을 줄여서 창작과 학문연구를 했으리란 짐작이 간다. 이런 자랑스런 선배가 곁에 있기에 나는 덩달아 행복할 수 있다. 비록 교수로서 일선에서 물러나더라도 더 넓고 더 큰 세상에서 더 큰 역할을 하리라 기대한다. 황송문 시인의 영예로운 정년퇴직을 진심으로 축하하며 만수무강을 빈다.

거꾸로 본 나무

김 현
수필가 · 단국대 초빙교수

관악산행 중에 잠시 휴식을 취하던 놀이터 의자에 누워보았다. 푸른 나뭇잎들이 조각난 하늘과 묘한 조화를 이루며 흔들리고 있었다. 유난히 매력적인 그늘에 고개 숙인 녹색 생명체들이 작은 미소를 짓고 있었다.

그 녹색! 푸른 잎의 윗면이 아닌 아랫면의 빛을 머금은 녹색은 어딘지 모르게 성실과 강인함이 깃든 색으로도 보였다. 그러면서도 고향 냄새가 물씬 풍기는 순박한 느낌도 있다. 이런 양면성을 가진 분이 바로 황송문 교수님이시다.

대학 은사님을 따라간 한국문인산악회에서 뵙게 되었고, 문덕수 교수님께 세배 드리러 갔다가 돌아오는 길에 교수님 차에 편승을 하게 되어 같은 동네 아저씨라는 것을 알았다. 거기에 설상가상으로 동아문화센터에 출강하시고 계셨다. 학교생활도 바쁘실 텐데…….

마침 띄어쓰기에 어려움을 느끼고 있던 터라 문장강화반에 수강하였다. 글쓰기 숙제를 매주 한번씩 하기 시작했다. 정말 정확하게 한자도 빼지 않으시고 교열을 보아주시는 그 정성은 한 주에 꼭 한 작품씩 새로운 작품을 쓰게 하셨고, 교정을 해 가는 작품까지 해서 이삼십 장의 원고지 분량을 소화하기에 시간 가는 줄 몰랐다. 지금 생각하면 매주 한 편씩 써온다는 교수님 칭찬이 명약이었으리라.

이름의 황자와 송자 탓인지 하여튼 교수님을 뵈면 황송함을 느낀다. 할머니가 잔치 집에 다녀오실 때면 손자들에게 싸다주시던 손수건 안의 맛난 음식처럼, 교수님께서는 늘 우리에게 맛난 것을 주시려고 하셨음을 알기에 황송할 뿐인 것이다.

교수님께서 선물로 주신 원고지의 녹색선 안에서 마음껏 즐겼던 시간을 뒤로 한 적이 있다. 등단을 한 후 좋은 글을 써야한다는 부담감과 함께 육아와 일상사들에 글을 쓸 엄두를 내지 못함 때문이었다. 원고지 칸들은 살림에 찌든 아줌마의 다이어트를 지시하는 그물이 되어 나를 옭아매는 것 같았다.

열심히 하지 않는 제자들에게 들이대시는 날카로운 녹색선도 보았다. 글을 쓸 형편이 되지 않아서 원고지의 선들이 날카롭게 나를 찌르는 듯할 무렵, 한국의 경제 사정상, 반찬값도 안 되는 글을 쓰기보다는 직업 전선에 뛰어들어야 하는 문우들을 변호한 적이 있다. 학교 제자도 아닌 문화센터 제자들을 학교 제자 못지 않게 엄격하게 가르치시는 스승에게 조금은 봐 주실 수 없는가를 강조했다. 하지만 어떠한 상황도 이해하지 않으시려는 교수님의 철저하심을 보았을 뿐이었다.

원고지 시대도 지나고 컴퓨터에 길들여져 있다. 올해부턴 글쓰기를 다시 시작하려고 노트북도 하나 장만했지만 모든 프로그램이 나를 다시 어둔하게 만들고 있기에 핑계 댈 시간을 얻은 듯하다. 하지만 이런 엄살이 통하지 않는 분임을 알기에 나는 더욱 황송+죄송할 뿐이다.

산악회에서 교수님 친구 분으로, 동네 아저씨로, 글쓰기 지도 교수님으로 거꾸로 만난 황 교수님은 거꾸로 보았기에 원근감이 더 있으셨나보다. 햇볕의 뜨거움을 소화하고 밑으로 나누어보내는 다양한 채도의 녹색이 이루어내는 하모니처럼 절묘한 매력을 갖추신 분임에 틀림이 없다.

당신은 변함 없이 무뚝뚝하게 우뚝 선 큰 나무이십니다.
당신은 늘 낮은 자리를 지키시려는 분이십니다.
당신은 봄, 여름, 가을, 겨울, 다른 모습이 있는 분이십니다.
당신은 곧음과 수줍음을 아시는 분이십니다.
당신은 나뭇잎들을 애무하는 잔잔한 바람처럼 웃으시는 분이십니다.

당신의 푸름을 그 잎들의 무성함을, 바로 선 모습이나 거꾸로 본 모습이나 사랑하는 제자이기에 당신의 모습을 닮으려 늘 바쁘네요.

맹귀우목(盲龜遇木)

- 황송문 교수님 정년에 삼가 드림 -

류 연 산

중국조선족 작가

지난해 여름 한국에 갔을 때의 일이다. 어느 날 지하철을 타고 가는데 썰물처럼 나가고 밀물처럼 들어오는 승객들 속에 끼어 들어오는 낯익은 분을 만났다. 황송문 교수님이었다. 순간 나는 빚진 사람이 도망을 다니다가 빚 주인하고 정면으로 마주 띄었을 때처럼 몸 둘 바를 몰랐다. 교수를 하랴, 학장으로 행정을 하랴, 창작을 하랴, 특강을 하랴 일신을 열 토막, 백 토막 내어도 눈코 뜰 새 없는 분이라 특별히 볼 일이 없으면서 금쪽같은 시간을 빼앗을까 걱정하여 전화 한 통 하지 않았던 것이다. 그런데 정작 만나고 보니 연하이고 교수님의 사랑과 배려를 한 몸에 듬뿍 안았으면서도 인사 한 마디 하지 않았다는 것이 죄송스럽기가 짝이 없었다.

교수님은 나를 알아보지 못하고 저만치 의자에 앉으셨다. 다행한 일이었다. 충분히 등을 돌리고 섰다가 내리면 그만이었다. 그런데 만나서까지도 인사를 드리지 않는다면 인간적으로 문제아가 되고 말 것이었다. 나는 송구한 마음으로 교수님 앞으로 다가가서 꾸벅 경례를 했다.

"교수님, 안녕하십니까? 류연산입니다."

그제야 나를 알아본 교수님은 젊은 사람보다도 더 날렵하게 자리에서 일어나며 나의 손을 덥석 잡았다.

"유선생 아니십니까? 언제 오셨어요?"

"죄송합니다. 며칠 됩니다. 교수님 몰래 가만히 다녀가려고 했는데 결국 여래불 손아귀를 벗어나지 못한 손행자가 되고 말았네요."

"물론 바쁘시겠지만 그래도 전화 한 통화라도 주면 덧납니까?

이해는 되면서도 어딘가 섭섭합니다."
"저의 불찰입니다. 이번 일을 없었던 것으로 해주신다면 다음부터는 꼭꼭 문안드릴 겁니다."
"아무튼 만나서 반갑습니다."
나는 마음이 훈훈해났다. 죄를 용서받았을 때의 그런 심정이었다. 교수님하고 처음 만난 것은 몇 년 전 연변작가협회 회의에서였다. 특별 초대를 받은 교수님을 모시고 문학창작에 대한 말씀을 경청하는 장소에서였다. 처음이자 구면이고 배움의 스승이자 영원한 동반자로 관계를 맺게 한 공통분모는 김학철 선생과 정판룡 교수였다. 두 분은 개성이 서로 다른 조선족의 정신지주(精神支柱)로 보는 동일한 시각이 두 마음을 하나로 묶어지게 한 장본인이었다. 그때로부터 교수님과의 대화에는 물고가 터졌고 한국으로 돌아가신 다음에도 『문학사계』와 교수님의 저작을 부쳐주셨다. 나는 중국에 앉아서 교수님의 예술적 기량과 풍부한 지식과 정열적 활동능력을 배울 수 있었다.
교수님과 나는 내친걸음이 한 방향이지만 하차역은 틀렸다. 나는 교보문고로 가므로 광화문에서 하차해야 했고 교수님은 안국동이 목적이라 내가 내린 다음 역에서 내려야 했다. 그런데 교수님은 나하고 함께 차를 내렸다. 오랜만에 만났는데 단 몇 분이라도 마음을 나누고 싶다는 것이었다. 그런데 그것이 아니었다. 식사를 하지 못하는 대신에 소비 돈을 보태주려는 마음이었다.
나는 극구 사양했다. 그렇지 않아도 만날 때마다 교수님의 지갑을 축내온 나였다. 또 나처럼 중국에서 사귄 사람이 한 둘도 아니고 그 많은 사람들이 후더운 정에 끌려 찾아가면 똑같이 챙겨주는 것을 의무로 실천하는 분이었다. 그것도 한 번이면 족한데 만날 때마다 여전하시니 몸 둘 바를 몰랐다.
교수님은 지하철을 나와서 교보문고 앞까지 배웅하고는 갈라졌다. 그런데 불과 몇 분이 안 지나서 또 전화를 걸어왔다. '사계강좌' 특강을 부탁하는 내용이었다. 며칠이 지나 특강을 하기 앞서 교수님은 나를 소개하면서 이렇게 말씀했다.
"맹귀우목이라는 말이 있습니다. 눈 먼 거북이 백 년만에 한 번

물 위로 솟아오르는데 그 드넓은 바다 위에서 나무토막을 만나 뭍으로 갈 수 있었다는 이야깁니다. 오늘 모신 류연산 선생님은 그렇게 만났습니다. 중국에 계셨는데 서울에 오셨고 더구나 이 넓은 서울에서 마침 같은 시간에 같은 전철을 타고 있었습니다. 그 많은 사람들 중에서 류선생님이 나를 먼저 알아보고 인사하는 바람에 반갑게 만나게 된 것입니다. 이런 기막힌 우연을 하늘이 주신 기회라고 생각하고 오늘의 특강을 마련한 것입니다."

인간의 모든 만남은 우연이다. 그러나 불교에서는 전생에 옷깃 5백번 스쳐 지난 연분이라고 역설한다. 그런데 얼마나 많은 사람들은 전생의 옷깃 스친 연분을 전생의 역사로 가지고 있으면서도 이생의 만남으로 이어지지 못하고 만다.

하늘이 마련해준 교수님과의 우연한 만남을 필연의 영원으로 가슴 깊이 간직하고 싶다.

- 2006년 4월 14일

사철 푸른 솔

리 상 각
중국조선족 시인
전 월간 『천지』 주필

황송문 시인을 첫 대면해서부터 어느덧 십 여년 세월이 흘러갔다. 첫 대면에서는 이름이 참 인상적이었다. 송문(松文), 글이 소나무 같다는 뜻이 아닌가? 참 좋은 이름을 가진 시인이라 생각되었다. 그 이름을 지은이가 황 시인이 명문가로 자라날 줄을 예상하고 지었다면 신기한 일이다. 또 문(文)자는 옛날에 '무늬'라는 뜻을 가졌는데 솔무늬가 돋친 칼은 송문검이니 송문도이니 하면서 보검, 보도로 삼았다. 그러면 그 이름을 지은이가 황 시인이 서릿발치는 보검처럼 날카로운 인간이 되기를 바라지도 않았을까? 그이와 나는 비록 국경을 사이에 두고 수 천리 멀리 떨어져 있지만 행운스럽게도 자주 만날 수 있었고 수많은 글들을 주고받으면서 정이 들대로 들었다.

황시인은 이름 그대로 '황'자와 인연이 깊은 분이다. 초인간적인 창작정열이나 문단에서의 놀라운 활동을 보아도 부지런하고 꾸준한 황소 같이 문학의 보습을 끄는 분이다. 태산같이 많은 문학사업을 하면서도 늘 "황송하다"는 말을 곱씹는다. 입에 발린 소리를 하는 어떤 사람들과는 달리 그이의 눈빛이, 그이의 표정이, 그이의 자태가 모두 그렇게 '황송하다'는 단어를 형상적으로 보여준다. 그렇게 겸손하고 부드러운 인간미가 향기롭게 풍기는 시인이다. 그리고 황시인은 또 두 번째로 가는 '고집쟁이'라면 서럽다고 할 지경으로 남들이 이길 수 없는 딱딱한 황고집이다. 어쩌면 '고집'은 '황송'과 모순되는 듯 하지만 황송문 시인에게서는 아주 자연스럽게 조화되어있다.

세상에 널리 이름난 시인을 황소와 비긴다는 건 좀 미안하기도 하지만 부지런하고 꾸준하고 게다가 힘이 센 황소의 특점이 황시인을 그리는 데는 조금도 어긋나는 점이 없다. 그이는 인문대학 학장에다 교수사업만 해도 아름찬데 동아일보문화센터에다 문학후배 양성, 『문학사계』 문학지 발간, 게다가 국내외 동포문인들을 돌봐주는 무보수노동……실로 경탄스럽다. 교수와 강의사업이 분주한 와중에도 빛발치는 문학창작저서를 70여 권 펴냈으니 우리의 상상을 초월하는 창작정열과 타고난 문학재능을 과시하는 저작들은 우리의 기억에 오래 남는다. 시집, 수필집, 장편과 단편소설집, 그리고 숨낳은 평론집……우리 중국 연길서점에서도 적잖게 판매되었고 독자들의 강렬한 반향을 일으켰다.

연변대학에 와서 반년 동안 객원교수로 사업하는 동안에도 연변의 시인들과 어울려 시창작모임에도 참석하고, 가요창작모임에도 참석하여 시도 짓고 가사도 썼다. 가요창작에 흥취를 가지더니 한국시와 중국조선족 음악의 만남이라는 뜻깊은 예술활동을 두 차례 만들었으며 객원교수 반년 동안에 또 저서를 다섯 권이나 펴냈다. 어떻게 인생의 제한된 시간을 가지고 이처럼 많은 문학활동과 문필사업을 할 수 있는가?

나는 한때 황시인과 함께 생활하면서 그이는 하루에 서너 시간만 자고 자주 밤을 새우며 컴퓨터 자판을 두들긴다는 것을 알았다. 낮에는 차를 몰고 나섰다가도 잠깐 쉬는 짬에 차안에서 원고를 심열하는 것을 보았다. 그이는 시간을 쪼개어 쓴다. 밤낮으로 분투하는 건강한 신체는 황소보다 더 튼튼한 것 같다.

황송문 시인은 "황송하다"는 말을 자주 한다. 작가의 양심으로 오로지 좋은 작품을 세상에 남기는 것을 천직으로 알고 있다. 그이는 제자랑을 모른다. 지위도 명예도 탐내지 않는 순결한 시인이다. 황시인이 한국현대시인협회 부이사장인 것도 선문대학 학장인 것도 문학박사인 것도 그와 사귄 지 썩 지나서야 알게 되었다. 황시인은 아무런 파벌에도 가담하지 않고 오로지 문학의 한길을 걷고 있다. 워낙 재간이 모자라는 사람일수록 파벌싸움에 용감하다. 잔고기는 바로 물밑에서 촐랑거리지만 큰 고기는 깊은 물에서 소리

없이 헤엄친다. 황송문 시인은 항상 깊은 물 속으로 들어가면서 "황송하다"는 말을 남기는 것 같다. 그처럼 사람을 대함에 겸손하고 남의 마음을 편하게 해주는 참된 문인다운 문인이다.

우리 집사람이 일찍 나에게 '리고집'이라는 별호를 지어준 적이 있는데 황시인을 만난 뒤 그이도 무척 고집스러움을 알았다. 사전을 뒤적여봤더니 '리고집'은 없으나 '황고집'이라는 단어가 수록되어 있었다. "몹시 심한 고집, 또는 그런 사람"이라나. "황고집을 쓴다"는 말까지 있었다. 아마 저 옛날 황씨 가문의 조상가운데도 황시인 같은 이가 있었던 모양인가? 언젠가 문덕수 원로시인이 '황고집'이란 말씀을 한 적이 있고, 황시인의 사모님이 "서울에서 황고집이라면 모르는 사람 없어요"하고 말씀했다. 그러니 그이가 '황고집'이라는 증명은 너무나도 충분하다.

황송문 시인은 한 번 마음먹은 일이면 기어이 해내고야 말며, 자신의 소신을 좀체로 굽히지 않는다. 문인의 이러한 고집은 얼마나 값진 것인가. 갈대처럼 바람 따라 흔들리면 넋을 잃고 만다. 황시인은 곧은 문학주장을 견지하면서 수많은 선시를 써냈다. 푸른 참대처럼, 푸른 소나무처럼 꿋꿋한 문학주장은 고집을 부릴수록 좋은 게 아닌가?

그런데 남을 돕는 일에서도 이렇게 고집스럽다. 밤중에라도 기어이 차를 몰고 오며 어쩔 새 없이 손님의 짐을 제꺽 들고 가면서 도무지 넘겨주지 않는다. 오히려 손님을 황송스럽게 만든다. 너무 지나친 예절은 예절이 아니라고 공자가 말한 듯 한데 이런 고집은 어떻다고 묘사해야 할 지 모르겠다.

중국에는 "문여기인(文如其人)"이라는 말이 있다. 한 사람이 지은 글은 그 사람의 됨됨이와 꼭 같다는 뜻이다. 정말이지 고운 마음을 가진 문인이라야 고운 글을 쓴다. 황송문 시인의 명시들은 참으로 매력적이다. 선인다운 시인을 알려거든 황송문 시인을 찾아야 하리라.

황송문 시인께서 항상 소나무와 같은 상록수로 푸르청청 설레이길 기원하는 바이다.

- 2006년 7월 중국 연길에서 -

추억탕 한 그릇

문 여 진
소설가

이천사년 그 해의 여름은 유난히 힘들었다. 벌써부터 따갑던 오월의 햇볕도 햇볕이지만 몇 달 전부터 시작됐던 두통은 끈질기게 떨어지지 않았다. 두통의 원인을 찾기 위해 내과, 안과는 물론 신경정신과까지 찾아갔다. 하지만 병원에서 내린 진단은 제각각이었으며, 처방된 약의 효과는커녕 방 한 구석 쌓여가는 약 봉투를 보고 있으니 두통은 더 심해지는 것만 같았다. 머리가 점점 무겁게 느껴져 모든 생활이 불가능할 지경이었다. 두통 때문에 활기를 잃었고, 식욕이 떨어지니 체력도 점점 약해져 갔다.

선생님께서 나를 부르신 건 그 날 소설 창작 수업이 끝난 직후였다. 수업이 끝나고 바로 선생님 연구실로 내려갔다. 언제나 그렇듯이 선생님 앞에서는 숨쉬는 것조차 어렵다.

"다시 한 번 읽어보고, 고쳐보도록."

내 앞에 놓여진 건 내가 쓴 단편소설이었다. 첫 장부터 세심하게 표시되어 있는 문장부호가 듬성듬성 보인다.

"몸이 안좋은가? 안색이 좋지 않아."

애써 반쯤 숙였던 얼굴에서 어느새 안색을 살피셨을까.

"요즘 머리가 아파서"

말하기조차 힘이 든다. 금방이라도 내 몸에서 머리가 떨어져 내릴 것 같다. 머리 위에 돌 삿갓을 쓰고 있는 것 같은 기분이다.

"점심은 먹었나?"

"아니요, 아직."

말이 끝나기가 무섭게 선생님은 옷걸이에 걸려있던 진주색 양복

윗도리를 챙기셨다.

선생님의 자가용은 선생님과 닮아있었다. 조금은 오래된 것 같은 차의 겉모양은 작고 아담하지만, 빠르게 내달리는 속도는 꽤 박력이 느껴진다.

학교로부터 한 오분 정도 달렸을까. 선생님의 차가 선 곳은 한 추어탕 집. 한 번도 추어탕을 맛보지 못했던 나는 내심 걱정이 되었다. 입구에서 신발을 벗는 나 스스로의 모습이 여러 가지 이유에서 조심스러웠다.

"추어탕 두 개요."

앉기도 전에 주문을 하시는 선생님은 이미 방석까지 챙기셨다.

"추어탕 먹어봤나?"

"아니요."

"먹어보게, 몸이 좋지 않을 때는 추어탕이 참 좋아."

"네."

그 와중에도 나는 내 머리가 혹시 떨어지지나 않을까 하는 웃기지도 않은 걱정에 조심스럽게 한쪽 손으로 이마를 받치고 있었다. 예의에 벗어나는 행동이라는 건 알지만 머리가 떨어지는 불상사보다는 나을 것이라고 생각했다.

선생님과 몇 마디 나누었을 뿐인데, 어느새 범 무늬 앞치마를 한 아주머니께서는 둥그런 양은 쟁반 한 가득 추어탕 두 그릇과 밑반찬을 내오신다.

"맛있게 드세요."

아주머니가 음식을 내려놓자마자 선생님께서는 손수 밥공기 뚜껑을 열고 밥을 덜어 푹푹 추어탕에 말아주신다. 그렇지 않아도 뚝배기로 가득한 추어탕 국물은 밥까지 머금어 넘칠 것만 같다.

"추어탕은 이렇게 푹푹 말아먹어야 하는 거야."

"네 ."

"뜨거우니 이렇게 밥그릇에 덜어서 먹게나."

자신의 밥도 풍덩 추어탕에 마시더니, 빈 밥그릇에 추어탕에 말아진 밥을 다시 덜어내셨다. 그리고는 한 손으로 나를 향해 어서 먹으라는 신호를 보내셨다.

한 수저 덜어 입에 넣으니 우거지와 들깨가루의 향이 가득했다. 아침 식사도 챙기지 못해 허해져 있던 속이 그득하고, 든든하게 채워졌다. '추어탕의 맛을 왜 이제야 알게 되었나.' 라는 후회까지 들었다.

추어탕을 담은 뚝배기의 바닥이 보일 때쯤 선생님께서는 몇 마디 더 챙겨 던지셨다.

"글을 쓰고 싶다는 열정이 누구보다 뜨거워도, 몸이 따라주지 못하면 아무것도 할 수가 없지. 다른 무언가에 대한 삶의 희망도 시도조차 못해보고 포기하게 될 수도 있어. 아무리 뛰어난 재능과 피나는 노력을 해도 몸이 성하지 못해서 허사가 된다면 얼마나 한스럽겠나. 한번 건강이 무너지면 다시는 되돌리기 힘드니까 잘 챙겨야 해."

그 날의 추어탕의 맛은 지금까지도 생생하게 기억되어 있다.

나의 두통의 원인을 찾아낸 것은 그 해 여름이 물러날 때쯤이었다. 나의 두통의 원인은 '어혈(瘀血)' 이었다. 말하자면 죽은피가 뭉친 것으로 피가 몸 안의 일정한 곳에 머물러 뭉쳐서 생기는 것이 원인인 병이다. 나는 몸이 차가워서 혈액 순환의 문제와 함께 스트레스 등으로 화가 싸여 피가 더러워지면서 점도가 탁해져서 생긴 것이라고 한의사는 일러주었다. 진단을 받고 약을 석 달이나 지어먹었다. 놀랍게도 머리가 맑아지기 시작했다.

졸업 후, 대학원에 진학을 하게 된 지금도 선생님과 만남이 있을 때면 늘 추어탕 집으로 향한다.

길을 걷다 우연히 듣게 되는 옛 노래, 또는 우연히 텔레비전에서 방영해주는 옛 영화. 그때마다 생각나는 사람은 누구나 있게 마련이다.

'그 노래가 한창 유행이었을 때 만났던 그 사람, 저 영화가 한참 영화관에서 방영되었을 때 함께 영화를 봤던 그 사람.'

누구나 노래 한 곡, 영화 한 편에 담겨져 있는 사람과의 추억이 있을 것이다. 나에게는 하나의 음식, 추어탕이 그것과 같다. 지금도 몸이 허해짐을 느낄 때면 먹게 되는 추어탕 한 그릇은 나에게 또 하나의 추억이 담긴 '추억탕'이 되었다.

오늘 저녁에는 오랜만에 구수한 추어탕, 아니 추억탕 한 그릇 먹으러 나가야겠다.

마지막 선비 황송문 선생님

박 춘 근
수필가

매사에 조용한 성품과 완벽한 마무리! 황송문 선생님은 언제나 뵈어도 조용하신 분이다. 그러면서도 정말 학구적인 자세를 한시라도 늦추는 것을 본적이 없다.

문인 산행 시에도 늘 선생님의 손에는 조그만 녹음기가 들려있으며, 그렇지 않은 경우에는 메모지가 대신 그 자리를 차지한다. 우리가 볼 때 별것 아닌 것 같은 이야기나 일상적인 대화라도 소중하게 기록하거나 채록한다.

정말, 선생님의 그러한 자세가 보기에는 쉬운 것 같으나 실천하기까지는 꼼꼼함과 열정이 없으면 어렵다. 선생님의 시작(詩作) 활동은…후배들에게는 이미 귀감이 되어 우뚝 서 있으며, 발표된 작품은 문인들만이 아니라 독자, 문학도에 이르기까지 널리 애송되고 있어, 훌륭한 시인으로 인정받은지 오래다.

선생님은 한 마디로 조용한 성품에 소박하고 근검한 생활의 소유자이시다. 특징이라면 일에는 빈틈이 없고 참으로 완벽한 마무리는 후학들의 교훈이 될 것이다.

인간관계도 신의와 성실을 제일로 삼아 오셨다. 어떤 경우에나 위선과 가식이 보이면 두 번 까지는 용서하고 시정토록 한다. 그러나 그 이후에도 시정이나 개선의 징후가 보이지 않으면 절대로 만나거나 상대하지 않는다.

그렇다! 황송문 교수님, 우리 주변에서 볼 수 있는 전형적인 시인이며 마지막 선비중의 그 한 분으로 나는 기억한다.

선생님을 만나면 모두가 배울 것 뿐이다. 아마 지금쯤 교단을 떠난 황송문 선생님을 기리는 학생들이 '참으로 많다'는 생각을 영영 지울 수 없다.

날마다 빨래하는 시인

반 숙 자
수필가

보내주신 글월을 받았습니다. 세월이 나만 데리고 달아나는 줄 알았는데 청보리 같은 황교수님을 정년의 언덕까지 밀어붙였다니요. 가까이 살지 않아도 만나지 않아도 내 안에 어딘가 살아있는 분인데요. 그래서 가끔 메일을 드리고 전화를 드리며 어긋날 기약을 되풀이하고는 했지요.

교수님

서가에 있는 교수님의 시집 중에 『노을같이 바람같이』라는 시집이 있습니다. 1987년 10월에 쓴 저자의 말로 보아 20년 가까이 된 시집입니다. 아마 그 무렵이었을 것입니다. 나는 그때 서울 용산구에 있는 갈월동에서 살고 있을 때였지요.

내가 교수님을 알게 된 것은 어느 세미나 장소에서 내가 좋아하는 문혜영 수필가를 통해서 인사를 드린 것이 계기가 아닌가 싶습니다. 첫인상이 커다란 눈에 수줍음 타는 문학청년 같아서 숫기 없는 나는 교수님 옆에 있는 것이 편했습니다.

그때 문우들 틈에 끼어서 교수님의 이야기를 경청했는데 한 마디 한 마디 토해내는 문학의 담론이 올곧고 풍부해 시간 가는 줄 몰랐습니다. 인상 깊었던 것은 임실 오수 태생이라는 점을 자랑스러워하며 오수에 있다는 충견 이야기도 빼놓지 않았습니다.

나는 그 무렵 멋모르고 첫 수필집 『몸으로 우는 사과나무』를 출간하고 무슨 용기로 명동 로얄호텔에서 출간기념회를 했습니다. 교수님도 오셔서 축하해 주셨지요. 기념사진에 지금은 고인이 되신 윤모촌 선생님과 박연구 선생님 윤종혁 선생님도 계십니다. 꼭 20년 전의 일인데 엊그제 일 같기만 하니 사람의 마음은 늘 그 자리에 있는가 봅니다. 바람같이 스쳐 가는 수많은 인연들 속에서 오래도록 마음의 끈이 이어지는 이유는 소심하고 내성적인 사람에게 많은 격려를 아끼지 않으셨기 때문이 아닌가 합니다.

교수님은 『노을같이 바람같이』라는 시집 서문에 시를 쓴다는 것은 "내가 나를 빨래하는 시간의 연속이다"라고 하셨지요. 그 말씀이 수필을 쓰면서 지금까지 나를 지배하는 하나의 잣대라는 것을 감히 고백합니다. 스무 해넘게 수필에 매달려 살면서 문득문득 그 말씀이 떠오르는 것은 나 역시 수필을 나를 빨아내는 행위로 써왔기 때문입니다.

어떤 사람은 수필을 거울에 비유하기도 하지요. 자조문학이기에 적절한 표현이라고 봅니다. 그러니 수필이라는 거울에 비춰지는 자신의 부족한 부분을 글쓰기로 빨아내는 것이지요. 그런데 교수님, 잘난 것도 없는 이 인생은 왜 이렇게 시원치 않은지 빨아도 빨아도 정제되지 않으니 어쩌면 좋은가요.

교수님은 벌써 詩道에서 詩仙으로 승격하시어 자신의 인생을 팔싸리 껍질에 비교하실 정도로 겸손하신데 빨다가 마는 내 인생은 언제 수필의 정도에 들어설까요. 한때는 그 빨래가 시답잖아서 시를 쓰겠다고 만용을 부린 때도 있었습니다. 교수님을 갈월동 찻집에 불러 모시고 시라고 쓴 몇 편을 내놓고는 '진품명품' 감정에 맡긴 듯 초조하게 기다리던 기억이 새롭습니다. 교수님은 격려 한마디 없이 첫 연에서 부정이 오면 다음 연에서 이유를 밝혀야 한다고 하셨지요. 얼마나 엄격하시던지 두 말도 꺼내지 못했습니다.

그때는 서운했지만 지금 생각하면 교수님의 시에 대한 꼬장꼬장함이란 바로 시인으로 교육자로 이 땅의 문학의 밭을 사심 없이 가꾸어 오신 분만이 할 수 있는 풍모였습니다. 혼탁하다는 우리 문학 풍토에 지조 있는 시인을 갖는다는 것은 우리 모두의 행복이라 여겨집니다.

교수님, 이제 강단을 떠나셔 시인의 집으로 돌아오십니다. 가르치는 일은 꼭 강단만이 아니고 어디서나 가능하다고 생각합니다. 이 땅 후학들을 위하여 맑은 시로 문단에 푸르름을 주시고 좋은 문학잡지로 하나의 지평을 열어주시기를 바랍니다. 그리고 음성에도 꼭 오십시오. 건강과 건필을 빕니다.

- 2006년 5월

내가 본 황송문 교수

송 문 헌

시인 · 한국가곡작사가협회 회장

시골에서 막 올라온 순수 열혈 청년 같게만 느껴지시는 분, 그분이 어느새 정년이라니 새삼 시간의 무상함에 엄숙함을 느낀다. 차별 속에 차별이 없고 무분별 속에 분별이 있으신 분, 외유내강의 합리적이신 그러면서도 고집스런 대쪽 시인, 나는 황송문 시인을 생각하면 늘 그렇게 느껴왔다. 문단에서 만난 문인 중 치열하게 작품에 몰두하시는 분을 꼽으라면 나는 주저하지 않고 원로시인 M 선생과 황송문 시인을 꼽겠다.

또한 문벌에 때묻지 않은 면모를 느낄 수 있어 함께 자리하는 시간은 언제나 유쾌하다. 또 하나 그분은 항상 고시 공부하는 학생 같은 자세이시다. 황송문 시인을 뵐 때면 나는 자주 어느 장소에선가 "고시 공부하듯 시를 써 보라"고 하시던 모 대학의 K 문학평론가 말이 생각난다. 그래서 자주 나태하고 무기력한 자신을 부끄러워했다.

일요일이면 한국문인산악회에서 자주 함께 산행을 하시지만 손에서 책이 떠난 적을 보지 못했다. 참 지독한 분이시다. 안전에 문제가 있을 성싶어 그만 좀 접으시라면 순진한 시골 청년처럼 맑게 씩 웃으실 뿐 여전히 읽고 메모하고 생각에 잠기신다. 정년을 축하드리며 이제 훌훌 가벼운 마음으로 산을 오르듯 문학을 접하시고 더욱 건강하시고 평안하시기를 충심(衷心)으로 기원한다.

아름다움을 아는 시인

송 원 희
소설가

내가 황송문 교수를 안 지는 오래 되었다. 하지만 특별히 가까이 지내지는 않은 것 같다. 그것도 그럴 것이 황교수는 시인이요 나는 소설가이고 세대의 차이도 있기 때문이다. 그렇긴 하지만 모임에서 만날 때마나 반가워하고 또는 원고 청탁을 해오고 했다. 황교수와 마주칠 때는 늘 미소가 있다. 그래서인지 오랜만에 만나도 자주 만난 것 같이 가까운 거리를 느낀다. 황교수가 대학에 자리를 잡은 후로는 더욱 만날 기회가 적었다. 원고 청탁도 거의 없었다. 한참 동안 서로 잊은 것 같았다.

그런데 2, 3년 전인가 황교수로부터 전화가 걸려왔다. 무척 반가웠다. 원고 청탁을 하러 내 집을 방문하겠다는 말이었다. 그가 나를 완전히 잊은 것은 아니었다는 것을 새삼 느꼈다. 내 집은 멀고 하니 밖에서 만나거나 아니면 원고 청탁서를 보내달라고 했다. 그러나 황교수의 말은 뜻밖이었다. 오랜만이라 선생님의 아름다운 얼굴도 뵈어야겠다는 말이었다. 그 말의 정중함과 품위 있는 인사에 승낙을 했다. 하도 오랜만이라 나도 많이 변했고 늘 청년 같은 황교수도 많이 변했을 것이라고 상상했다.

약속시간에 나타난 황교수는 내가 놀랄 정도로 예전이나 별반 변하지 않았다. 큰 눈에 미소 띤 청년의 얼굴 그대로였다. 원고 청탁은 아주 오래 전에 본인도 잊어버린 작품 하나 「낙엽기」에 대한 평을 쓰고 있는데 작가와 인터뷰를 하겠다는 말이었다.

단편 「낙엽기」는 나의 초창기 30대에 쓴 작품이었다. 그 작품에 대해 나를 추천해 주신 김이석 선생님한테 야단도 맞은 그야말로 설익은 작품이었던 것 같다.(2004년 하와이대학 한국문학 추천으로 번역되다.)

그런저런 이야기를 나누었다. 황교수는 그가 발행하고 있는 『문학사계』에 그 글을 싣겠다고 했다. 정년퇴임 후 『문학사계』를 본격적으로 순수문예지로 발전시키겠다고 했다.

황교수는 국내 뿐 아니라 중국연변 시인들에 의해 노래로 작곡된 테이프도 내게 주었다. 그는 말솜씨도 예전 그대로 온화한 화기(和氣)가 더 많이 흘렀다.

돌아갈 때 황교수는 우리 집 베란다에 활짝 핀 시클라멘을 보고 참 아름다운 꽃이라며 수첩을 꺼내 꽃 이름을 적었다. 그 모습이 어찌나 황송문 시인의 순수함을 드러내는지 틀림없는 시인임을 증명해주고도 남음이 있었다. 아름다움을 싫어하는 사람은 없다. 그러나 진정 아름다움을 느끼는 사람은 그리 흔하지 않다.

돌아갈 때 여성에 대한 예의도 잊지 않았다.

"아름다운 선생님도 뵙고 시클라멘 꽃의 이름도 알았습니다."

그는 오랜만에 보는 70이 넘은 나를 보고도 많이 변했다는 말도 또는 원로작가라는 말도 쓰지 않았다. 그런 그가 벌써 정년퇴임이라니! 허나 황송문 시인은 시를 계속함으로써 영원히 젊은 시인임을 믿어 의심치 않는다.

올곧은 길을 당당히 걷는 소신

안 재 식

중랑문인협회 회장

『문학사계』 2006 겨울호에 필자의 졸시 2편이 실렸다. 갓 배달된 책을 읽고 있을 때, 전화벨이 울려 받으니 황송문 교수였다. '정년퇴임을 하게 되어 기념문집을 발행하려고 하는데, 원고가 100 여 편이나 들어왔다. 그걸 정리해서 넘기려고 하다 보니, 필자의 원고가 빠져 나중에 책이 나왔을 때 섭섭하게 생각할 것 같아 연락한다. 책을 잘 만들려고 하니, 붓 가는 대로 한편 써 달라.' 는 내용이었다. 자상한 마음씀씀이에 감동 받아 얼떨결에 알았다고 대답하였으나, 마침 송년모임이 잦은 관계로 이리저리 불려다니다가 몸살까지 겹쳐 원고를 늦게 보내드리게 되어 죄송한 마음이다.

얼마 전에 내가 회장으로 있는 중랑문인협회가 창립11주년을 맞아 중랑문학제를 열었었다. 그 날 화려한 축하 화분과 함께 두 내외분이 곱게 차려입고 축하하러 오셨다. 중랑문학 제11호 출판기념회를 겸하는 자리였는데, 마침 황송문 교수의 시 3편이 게재되었기에 그 중에서 '까치밥' 시낭송을 부탁드렸더니 거절 안 하시고 '우리 죽어 살아요… 우리 곱게 곱게 익기로 해요… 그렇게 물 흐르듯 순애하며 살아요.' 이렇게 절절한 목소리로 힘차게 낭송해 주셨다. 좋은 시뿐만 아니라, 멋지게 낭송까지 잘 하실 줄은 미처 몰랐었다. 사람의 심금을 이렇게 울릴 줄이야!

『문학사계』 2006 겨울호로 이야기를 다시 돌려본다. 편집후기를 보니, '나라가 시끄럽다. 호랑이가 열두 번을 물어가더라도 정신을 차리면 산다는 말이 있다. 그런데 정신을 차리지 않는다는 데에 문제가 있다. 제정신이 아닌 사람들의 나라는 불안할 수밖에 없다. 도대체 제정신을 어디에 빼어두고 사는 것일까. 염치를 알았으면 좋겠다. 세상이 아무리 하수상해도 『문학사계』는 『문학사계』의 길을 걷는다. 그 길이 제정신을 차리는 사람들의 길이라고 믿기 때문이다. 염치를 아는 사람들이 가는 길이요, 가야 할 길이라고 믿기 때문이다. 제정신을 차리고 염치를 알게 될 때 국가도 사회도 가정도 질서가 잡히게 될 것이다.' 라고 씌어 있었다.

선생님의 선견지명일까, 며칠 안 되어 교수신문이 올해의 사자성어에 '密雲不雨' 를 선정 발표하였다. 구름이 하늘을 빽빽히 덮고 있어도 비는 오지 않으니 얼마나 답답한 현상인가. 불만이 폭발할 것 같은 일촉즉발의 상황을 빗댄 말로는 적격이었다. 국가지도자가 연설하면서 바지주머니에 양손을 집어넣고 마치 깡패처럼 막말로 폼을 잡지를 않나, 문단의 최고지도자들끼리 표절 시비가 붙어 민형사상 난타전을 벌이는 모습을 보면서 착잡한 마음을 금할 수가 없다.

그래도 『문학사계』는 『문학사계』의 길을 가겠다는 그 신념이 부럽기만 하다. '문학은 장난으로 하는 게 아니라, 목숨 걸고 하는 것' 이란 걸 몸소 실천적으로 보여주는 대목이 아닌가.

사람의 부류에는 '된 사람' 과 '든 사람', 그리고 '난 사람' 이 있다고 한다. 이 세 가지를 모두 겸비한 분이 황 교수라고 나는 감히 말씀드린다. 내가 몸담고 있는 중랑구에도 이렇게 훌륭한 문인이 곁에 있다는 사실이 자랑스럽다. 옛날 군사장비 중에는 북(鼓)과 징(鉦)이 있어서 북을 치면 움직이고 징을 치면 정지하였다. 미력이나마 나 또한 북을 울리며 함께 가고 싶은 심정이다.

멈추지 않는 세월이 흘러흘러 무탈하게 정년을 맞이한 황송문 교수에게 축하를 드린다. 지난날 가득했던 젊음이, 이제는 알알이 결실을 맺는 해방절이요, 추수절이 되기를 바라는 마음이 간절하다. 비록 직장이라는 곳에서는 정년을 맞았지만, 문학의 길에는 정년이 없다. 그동안 늘 문학의 길에 앞장서고, 베풀고, 신의를 베개삼던, 이 시대 문단이 갈망하는 리더십의 표상으로 자리매김한 그 모습을 옆에서 계속 뵐 수 있기를 바라며, 부족한 저에게도 문집발간에 참여할 수 있는 기회를 주신 것에 대하여 깊이 감사드린다. 더욱 건강하시고, 건필하소서.

청보리 시인

오 봉 옥
시인 · 서울디지털대학교 문예창작학부 학부장

제가 자란 곳은 도심의 변두리였습니다. 스무 살 언저리에 저는 틈만 나면 그곳을 떠나고자 했지요. 가난의 흔적을 찾을 수 없는 곳이라면 그 어디든지 가고 싶었습니다. 땟구정물이 줄줄 흐르는 아이들의 골목을, 만취한 상태로 삼류 유행가나 부르며 지나가는 골목을, 방범초소 하나 없이 어두컴컴하기만 하는 그 골목을 한시라도 빨리 벗어나고 싶어 안달을 했지요. 구질구질한 삶은 능력이 없는 사람들의 전유물일 뿐이었습니다. 전 당연히 도심 한 복판의 삶을 꿈꾸었습니다. 조금 더 세련되고 여유로운 삶을 꿈꾼 것이었지요.

서른을 넘기면서 저는 도심 한 복판의 삶에 회의를 가지기 시작했습니다. 피도 눈물도 없이 경쟁만이 넘실대는 곳, 인정머리라고는 찾아볼 수가 없는 곳, 중상모략이 난무하는 곳, 잘난 사람들 앞에서 줄서기를 하는 그곳의 삶에 염증을 느낀 것이었습니다. 전 그때부터 고향을 만지기 시작했습니다. 기와집 사이로 드문드문 초가집이 보이기도 한 고향, 언덕배기에 자리 잡은 판잣집들이 병풍처럼 둘러선 고향, 미로 같은 골목길이 뒤엉켜있는 고향, 그 좁은 길 위에서 사람들이 놀기도 하고 쉬기도 하며 또 일을 하기도 하는 그런 고향의 풍경이 자꾸만 눈에 그려지는 것이었습니다.

사람을 만나는 일도 마찬가지였지요. 머릿기름 바르고 건들건들 걷는 사람들, 금테안경 걸치고 영어나부랭이나 읊어대는 사람들, 이마에 힘줄 돋우고 큰소리 칠 것 같은 사람들을 피하는 대신 수더분하게 생긴 사람들, 툭 건들면 어느새 잇몸 내밀며 웃을 것만 같은 사람들을 만나고 있었습니다. 문단 생활을 하면서 가까이 하는 작가들 역시 꼭 그렇게 생겨먹은 사람들이었습니다. 건들면 베일 것 같은 사람들이 아니라 아무리 건드려도 사람 좋게 웃어줄 것만 같은 사람들, 막걸리라도 한 잔 들이키면 구수한 이야기가 마구 쏟아져 나올 것 같은 사람들이 바로 그들이었지요.

교수님을 만나 몇 분 지나지 않아 마음을 열 수 있었던 것도 바로 그런 느낌 때문이었습니다. 사슴의 눈망울을 연상시키는 듯한 그 큰 눈하며 마음씨 좋은 옆집 아저씨를 떠올리게 하는 그 서민적인 웃음이 제 몸의 긴장을 한 순간에 풀어버린 것이었지요.

교수님의 말씀을 듣고 있노라면 무릎이 쳐지는 순간이 많습니다. 문단 생활을 한 지 이십년이 넘었고, 제 나름대로는 문학잡지의 주간이며 작가협회의 사무국 일도 관장한 바가 있어서 적잖은 작가들을 알고 있지만 교수님처럼 매순간 절묘한 비유를 동원하며 이야기를 하는 이는 만나지 못했습니다. 교수님은 이야기를 하면서 그 상황에 꼭 맞는 비유를 절묘하게 들곤 하시지요. 그러면서 자연스럽게 분위기를 화기애애하게 만들어냅니다. 교수님을 천생 시인이라고 느낄 수밖에 없는 이유도 바로 그 때문이 아닌가 싶습니다.

교수님을 가까이 모시면서 배운 한 가지는 '항심'입니다. 그것은 교수님의 수많은 작품들에서도 공히 느낄 수 있는 것이었는데, 세상에 때묻은 저로서는 쉬이 넘볼 수 없는 영역이요 정신이었습니다. 교수님은 어느 글에선가 청보리 정신에 대해서 말씀하셨지요. 불의와 타협하지 않는 꿋꿋한 선비의 모습을 청보리는 상징적 이미지로 갖고 있거니와 바람에 넘실대는 그 푸르른 모습을 연상해 보면 거기엔 무한한 자유의지가 배어있음을 알게 된다고 말씀하신 듯합니다. 그런데 그 글을 보면서 전 교수님을 떠올렸습니다. 권력에 아부하거나 쉬이 타협하지 않는 자세, 늘 곧게 서있고자 하고, 늘 바르게 살고자 하는 정신, 자신의 몸을 늘 낮추고자 하지만 그 정신만큼은 태산보다 더 높이 세우고자 하는 점 등이 바로 그것이었습니다.

교수님의 그러한 점은 존경심을 자아내게 하지만 한편으로는 또 안타까움을 자아내게 하는 일이기도 했습니다. 왜냐하면 그 어떤 유명한 여류 시인의 말대로 교수님께서는 문학권력에 편승하지 않왔기 때문에 그만큼 불이익을 받고 있는 것인지도 모르니까 말입니다.

하지만 교수님, 너무 아쉬워하지 마시기 바랍니다. 교수님께서 세운 문학적, 학문적 폭은 너무도 넓거니와 그것을 기억하고 증언할 수 있는 이도 많으니까요. 거기에 저 같은 사람도 한 몫 끼어 얼마든지 증언할 수 있으니까 말입니다. 오늘은 교수님을 통해 늘 느끼던 한 가지만 고백하면서 이 글을 마칠까 합니다.

교수님은 참 아름다운 사람입니다.

글이 사람이다

위 상 진
시인 · 한국현대시인협회 사무국차장

우리는 늘 무언가를 만나며 삽니다. 그 만남이 삶의 길을 바꾸는 특별한 인연으로 이어지는 날도 있습니다. 제게는 황송문 교수님께 시를 배우러 간 날(1992년 5월 29일)이 바로 그런 날입니다

교수님께서 시를 배우려면 노래를 불러야 한다고 하시기에 무조건 노래를 불렀습니다.(나중에 알았지만 노래를 부른 이는 저 뿐이었답니다)

그런데 시는 아주 먼데서 좀처럼 오지 않았습니다. 아니 시가 제게 오는 길을 모르는 것 같았습니다. 역부족을 느껴 독자로 남고 싶을 때가 있었지만, 교보문고에서 교수님의 책(시, 수필, 소설, 시작법)을 몽땅 사다 읽고 노트에 필사를 하며 더듬더듬 어두운 시의 길을 따라 갔습니다.

시간이 무겁게도 가볍게도 흘렀습니다. 메모가 글로 바뀌고 글이 시의 모양을 갖추며 시를 낳기 시작했습니다. 그런 날이 흘러 고아 같던 저의 시가 집을 찾아 등단을 하게 되었습니다. 그 1년 반의 세월이 어찌 흘렀는지 알지 못합니다.

저희 반에서는 등단을 하게되면 종묘에 가서 조상님께 시인으로 태어남을 고하는 의식을 합니다. 종묘에는 저희 반이 가는 장소가 있는데, 제 등단 축하 행사(1993년 11월)가 늦은 가을이라 낙엽을 들고 시 낭송을 하던 일이 한 편의 영화 같습니다. 시 낭송을 하고 떡을 같이 먹으며 축하 꽃다발을 안기기도 했습니다.

그 후에 좋은 일이 있다 하시면 종묘 갈 일이 생겼다는 뜻이기도 합니다.

글이 사람이다. 식물성 인간이 되어야 한다 하시며 자만을 경계

하는 말씀은 지금도 제 가슴에 살아 있습니다. 등단 후 서둘러 시집을 내지 않은 일, 또한 무척 다행한 일이기도 합니다.

칭찬에 들뜨지 말고 늘 뒤주에 쌀을 그득히 채워 두었다가 발표해야 할 지면에만 원고를 내라 하셨습니다. 워낙 과작이라 청탁이 있으면 난감하기도 합니다. 그리고 엄하셔서 지금도 어쩌다 전화주시면 등줄기에 땀이 나는 아주 어려운 스승으로 계시지만 정이 깊으셔서 속으로는 제자를 사랑하십니다.

어려운 사람이 있다는 건 흔들리지 않는 삶의 지지대가 있다는 것이 아닐까요. 흰머리가 없으셔서 빨리 생겼으면 좋겠다 하셨는데 이젠 흰머리도 보이십니다.

늘 젊게 사시는 교수님. 글 쓰기의 즐거운 고통과 자신을 확인하는 시인의 길을 열어주셔서 감사 드립니다. 보답하는 길은 좋은 글쓰기로 하겠습니다. 앞으로 후학들에게 선비정신과 치열한 시정신을 많이 가르쳐 주십시오

교수님! 시간이 긴장합니다.

황무지에 꽃씨를 뿌리는 마음

이 상 규
시인 · 중국조선족문화예술인후원회 회장

내가 황송문 교수님을 처음 알게된 계기는 한국문인산악회에서였다. 문인들이 즐겨 찾는 서울 외곽 등산길에서 간혹 만나뵙게 되었지만 언제나 별로 말씀이 없어 황교수님의 신상에 대하여 솔직히 나는 별로 많이 알지 못하였다. 그 뒤 뜻하지 않는 곳에서 황교수님을 뵙고 교수님에 대해 다시 한번 돌이켜 생각해 보게 된 동기가 있었다.

2001년 중국 연변에서 있었던 연변작가협회 문학상 시상식 행사장에서 교수님을 만나뵙게 되었다. 고국도 아닌 타국 행사장에서 우연히 만난다는 게 얼마나 반가운 일이겠는가. 그 행사장에서 나는 교수님에게 어쩐 일이냐고 묻게 되었다. 그때 교수님의 대답은 중국에 살고있는 조선족에 관심이 많아 연변에 와 생활을 하게 되었다는 짤막한 이 한 말씀뿐이었다. 그 날 행사가 끝나고 갖게된 연회식장에서 어느 조선족 교수로부터 황교수님에 대하여 자세한 말을 듣게 되었다.

연변대학교 문과대학에 교환교수로 재직하여 조선족 학생들에게 강의를 하고 계신다는 설명과 그리고 낯설은 환경에서 묵묵히 민족문학에 심혈을 기울이고 계신 교수님에 대한 칭찬이 길게 이어졌다. 그 말을 듣고 나는 저으기 놀라지 않을 수 없었다. 왜냐하면 그때만 해도 중국은 사회주의 국가로서 우리들에게 몹시 낯설게만 느껴질 시기였다. 아마도 많은 분들이 그 시기에 연변에 관심을 갖고 방문을 하거나 아니면 관광을 다녀왔을 줄 안다. 하지만 그 곳에 대하여는 아무리 깊은 관심을 갖고 접근을 한다하여도 미묘하게 느껴지는 두려움을 떨쳐버릴 수는 없었을 것이다. 처음엔 나도 흥미롭고 또한 사명감 같은 걸 앞세워 열정적으로 접근을 하였으나 시간이 지날수록 나 자신이 미로에 빠져드는 느낌을 떨쳐버릴 수는 없었다.

그 뒤 그 같은 까닭이 어디서부터 발생되었을까 하고 많이 생각해 보게 되었다. 하지만 뚜렷한 결과는 확인할 수 없었으나 아마도 아래의 몇몇 사실들이 그 같은 원인으로 작용하지 않았나 싶다.

그 까닭은 생활환경이 틀리고 교육이 틀리고 사회구조가 다르다는 게 결정적인 요인이 되었을 것이다. 또한 우리가 성장할 때 그 곳 정치에 대해 너무 무지한 교육을 받은 것도 또 한 가지의 요인으로 작용했을 것이다.

그렇다면 교수님이 그 곳의 열악한 환경 속에서 생활하며 우리 동포인 조선족 교육에 심혈을 기울이게 된 동기는 무엇이었을까? 우선 민족애와 희생정신이 있기에 가능했을 것이며 민족애와 희생정신이 있다 하더라도 과감한 용단이 없었다면 연변에서의 헌신적인 교육사업은 불가능했을 것이다. 신앙심이 깊은 교육자라 하여 생활환경이 열악한 곳에서 누구나 교육자의 신념을 굽히지 않고 후진의 미래를 위해 횃불을 밝힐 수 있다고 장담할 수는 없다.

이 같이 어려운 풍토에서 별 탈 없이 소정의 임무를 완수하고 그 뒤에도 시간만 나면 그 곳에 대해 더 많은 것을 알려고 노력하는 모습에 나는 감탄하지 않을 수 없었다. 털털한 행동과 외모에서 풍기는 아름다운 인간미에 몹시 매료되었으며 그러면서도 내면의 섬세한 판단력과 열정적인 행동은 현대를 살아가는 우리가 본받아야할 표상이기도 하다. 교수, 박사, 시인이기 이전에 황교수님의 아름다운 박애정신과 성실성은 이 시대를 살아가는 모든 이에게 귀감이 되고도 남을 듯하다. 이 모든 것은 믿음이 있기 이전의 타고난 천성이리라 믿어 의심치 않는다. 황교수님은 황무지에 꽃씨를 뿌리는 그런 아름다운 성품의 학자이시다.

연변에서 산 책

이 신 강

시인 · 한국현대시인협회

권익옹호위원회 부의장

2001년 7월16일부터 4박5일간 중국여행 일정 중에 제1회 재외동포 문인들과의 문학심포지엄이 연변대학에서 있었다.

한국현대시인협회 22명 일행이 백두산과 장백폭포를 경유하여 윤동주 기념관을 관람하면서 한민족의 정신적인 유산을 온몸으로 느끼는 감동에 모두 숙연하였으며 저마다 여행비에서 성금을 내놓고 오후의 문학심포지엄 전에 연변대학 교수들과 약속한 점심시간을 맞추어 가는데 중국의 어이없는 교통(중국도로공사측이 대로에 흙을 쏟아놓아 버스가 갈 수 없어)정체에 연변대학 교수들과의 점심시간을 넘기고 문학심포지엄 현장에 급히 들어서야 했다.

연변대학 심포지엄 교실에는 「한국문학의 정체성 모색 및 발전 방안」이란 플래카드가 걸려있고 연변대학교 부총장과 여러 교수들, 그리고 중국의 타대학 교수진과 한국현대시인협회 부회장이며 연변대학 객원교수로 가 있는 황송문 교수가 함께 기다리고 있었다.

순서에 따라 한국현대시인협회 조완호 사무국장이 개회를 하고 순국한 애국문인들에 대한 묵념에 이어 연변대학교 부총장의 환영사와 조병무 회장의 "해외동포 문인들과의 문화교류의 취지 및 목적"에 대한 말과 「우리민족, 하나되는 문학」 이란 주제가 발표되고 주제연구논문1에 「한국현대시와 서정성의 양상」 임종성(부산대) 교수의 발표가 있고, 주제연구 논문2에 「조선문학의 역사적 흐름과 그 잠재적 창조성」 김호웅(연변대) 교수의 발표가 이어지고 질의응답을 끝내고 시낭송은 3인으로 끝냈다. 출발시간을 맞추느라 그리된 것이다. 그래서 나는 준비한 사모곡 퍼포먼스를 할 수 없었다. 그나마 백두대정 관광호텔 무대에서 예행연습삼아 퍼포먼스 한 것만으로도 위안이 되었다.

우리 일행은 북한 동포들이 폭정과 기아에 견디다 못해 목숨을 걸고 헤엄치거나 얼음을 타고 넘는 두만강을 보지 못하고 가게 되어 아쉬움이 많았다.

제1회 재외동포 문인들과의 문학심포지엄을 그렇게 마치고 잠시 연변시 책가게에 들러 거기서 황송문 교수가 쓴 책(현대시 창작법)이 눈에 띄어 한 권을 샀다. 북한의 책은 넘겨만 보고 입국 때 문제가 될까봐 사지 않고 차에 올랐다.

연변대학 교수들과 함께 한 문학심포지엄 준비 등에 애쓰시고 우리들을 만난 것만 기뻐하며 배웅 나온 황송문 교수에게 선생님. 책 한권 샀습니다. 하니, 그래요. 거기 이신강 선생님 작품도 하나 있습니다. 제가 선생님 시를 갖고 강의도 했습니다. 하시어 나는 깜짝 놀랐다. 10분간의 책가게 방문에서 선생님 책을 샀고 거기에 내 작품도 실려 있다니 반갑기 그지없었다.

선생님이 아쉽게 손을 흔들며 내리고 버스가 출발하였다. 버스는 우리가 보이지 않을 때까지 손을 흔드는 황송문 선생님을 멀리멀리 중국대륙의 노을을 가르며 달려갔다.

가슴으로 집을 짓는 文人

이 신 자
수필가

봉록(逢緣)!

황박사와의 만남은 山과의 인연으로 시작되었습니다. 그 사이 붙잡을 수 없는 시간은 쉼없이 흘러갔나 봅니다. 학장으로 취임하였다고 下山길에 흥겨운 축연을 가졌던 때가 엊그제 같은 데 어느새 올해를 마지막으로 정년퇴임을 앞두게 되었다니 흘러간 세월이 도통 실감이 나지 않습니다.

정년기념문집간행위원회로부터 축하산문(祝賀散文) 원고청탁서를 받고 한동안 고심했습니다. 학계에서는 일생을 마무리하는 귀한 지면이었기 때문입니다. 教授로, 詩人으로, 小說家로 그도 모자라 문학잡지 『문학사계(文學四季)』 발행까지 하는 쉴 줄 모르는 님의 진보(進步)는 경외(敬畏)와 경의(驚意)를 동시에 품게 합니다.

해박한 지식과 잔잔한 유머감각으로 등산 중에도 선지식과 웃음을 한아름 안겨주는 황교수의 매력은 순수한 겸손함입니다. 늘 당신의 성과 이름 첫 글자를 비유하며 '황송'합니다의 유모어가 잘 말해 주고 있지요.

당신의 詩가 '단풍 든다고 좋아했는데 다시 들여다보니 낙엽으로 부서지는 게 아닌가' 라고 독백하는 님의 모습은 겨울 소나무에서 풍기는 은은한 솔향기입니다.

이 글을 쓰려고 하니 그의 산처럼 의젓한 詩, 山人다운 시인, 시인다운 시인이 되고자 분투 노력하는 모습이 떠올라 '가슴으로 집을 짓는 文人'이란 제목을 달게 합니다.

등산 중에도, 길을 걸으면서도 한 손에는 책, 다른 한 손에는 연필이 그의 트레이드마크처럼 따라다닙니다. 그러던 지난 겨울엔 빙판 길에 책을 읽으며 걷다가 미끄러져 머리에서 많은 피가 쏟아지도록 다쳤습니다. 병원에 간 후 의사는 어지럽지 않는가. 구역질이 나지 않는가 고 묻자 '아니요' 대답하니 '당신 살았소' 하더라고 태연자약하게 말하는 그! 좀 더 살아서 좋은 일 많이 하며 살다 오라고, 살려주신 것 같다는 님의 진솔한 언행에서 재삼 인간미(人間味)를 느끼게 됩니다.

세계일보 제1회 당선작 「미실」이란 소설을 읽을 시간이 없어 묵혀두었었는데, 그게 걸려서 길을 가면서도 읽어두려 했는데, 하필이면 그 속에 남녀의 상열지사가 너무 많이 나와서 읽으면서도 께름칙했는데, 결국 하느님께 벌받게 되었다고, 만약 그때 불경이나 성경을 읽었더라면 넘어지지 않았을 거라는 그의 해학을 듣고 있노라면 끊임없는 자기 반성과 성찰의 모습들이 돋보이게 합니다. 그는 그만큼 禪과 仙의 경지에 이르려고 수양하는 想像의 達人입니다.

바쁜 출근 시간에 쫓기다 보면 와이셔츠 단추도 제대로 꿸 시간이 없어 한 구멍 건너뛰어서 벌어지지만 않게 채워 넣고 차안에서 마무리한다는 그의 꾸밈없는 얘기 속에 얼마나 촌음을 아껴 쓰는가를 짐작케 하고도 남음이 있습니다. 그렇게 시간관리를 철저히 하지 않고서야 어찌 예순 여섯 채의 집을 지을 수가 있었겠는가나 자신을 되돌아 보게 하는 시간이기도 합니다.

어린 시절 새 떼를 쫓아다니며 새를 보다가 해 저물 녘 새와 함께 귀가하던 소년! 자운영 밭에서 날아드는 꿀벌처럼 꿈의 궁전에서 살고 싶었던 소년이 성장하여 학장의 자리에 오르기까지 수많은 우여곡절 속을 뛰어 넘는 인고의 세월이 있었기에 66권의 책, 그도 모자라 금년 말쯤이면 칠십 채 째를 짓게 될 것이라는 황교수의 집념은 놀라움을 넘어서게 합니다. 이는 그의 청보리 정신과 청교도 정신으로 맑은 마음과 눈, 사물을 향한 밝은 귀가 열려 있기에 가능하였으리라 사료됩니다.

생전에 백 채의 집을 짓겠다는 그의 각오 또한 대단합니다. '桐千年老恒藏曲/梅一生寒不賣香' 하시길 心祝, 仰祝할 따름입니다.

지난날 해상국립공원인 거문도, 백도로 김유정 문학기행으로, 눈 덮인 태백산 등정 등등, 그 여정(旅程)은 아름다운 추억을 장식해 주기에 모자람이 없습니다.

황교수의 인간애, 부부애의 진면목은 아내와의 대화에서도 쉽게 느낄 수 있습니다. 피아니스트인 아내의 '피아노 소리는 피라미로 튀는 데 일상의 언어는 왜 그리 떫을까' 느끼면서도 끝내 맞받아 찌르지 않는 가시 없는 침묵은 불심(佛心)을 담아 가려는 듯 합니다.

머리를 감으면 성이 나는 당신의 말총머리를 죄없는 기름만 쳐 바르고 문질러주는 아내가 못마땅하면서도 해해거리는 아내의 선심을 인생의 무상함으로 체념하며 유머러스하게 넘어가는 그의 기지는 세상의 많은 남성들이 본받을 점이라 여겨지기도 합니다.

그런 인격을 소유했기에 양옥, 한옥, 불란서 구식 집, 그런가 하면 박덩굴이 뒹구는 소박한 초가삼간까지 그 수많은 생각을 담은 글을 詩로, 小說로, 隨筆로 짓고 또 지었겠지요.

축하해 드리고 싶은 덕담들이 많이 더 있지만 님과 처음 만난 곳이 산이었기에 내가 애송하는 황송문 시 한 편을 옮겨 적으며 축하 산문을 이만 접을까 합니다.

더욱 건승(健勝)하시와 문운(文運)이 창대하소서.

산에서는/ 세속의 잡담을 지껄이지 말아라./ 맑은 공기와 맑은 물/ 웃음 짓는 햇빛을 보아라.

나뭇잎 풀잎은 손짓을 하고/ 꽃들이 반기거늘/ 먼지와 기름때를 왜 게워내느냐.

침묵하는 산이/ 입이 없는 줄 아느냐./ 바위처럼 묵언(默言)으로 말하고/ 흙처럼 지평으로 참으며/ 청명한 하늘에 구름이 떠돌 듯/ 변화무쌍해야 하느니라.

- 황송문 시인의 시 「산에서는」 전문

고독이 촛불처럼 타오르도록

이 연 순
수필가 · 천안 불당초등학교 교사

"고독해야 글을 쓸 수 있어요. 하나의 생각을 마음 깊숙한 곳에서 깊은 울림이 있는 언어로 형상화시키기 위해서는 고독하게 사색하는 시간을 가져야 해요. 늘 밖으로 돌아다니기에 바쁘면 생각을 삭히고 발효시킬 여유를 잃게 돼요. 이 선생은 고독한 시간을 회피하지 말고 사색의 기회로 삼으면 돼요."

남편의 안부를 여쭙는 교수님께

"송 선생은 여전히 건강하게 잘 돌아다녀요."

하소연을 늘어놓았더니 교수님께서는 글을 쓰고자 하는 제자의 발전을 위해 아낌없이 강론을 펼치셨습니다. 푼수 같은 제자의 하찮은 푸념에도 가벼이 넘기지 않으시는 교수님의 고귀한 인품에 감동을 받곤 합니다. 속(俗)을 성(聖)으로 끌어올리시고자 종교적인 차원으로 마음과 시를 다듬는 교수님께 글쓰기를 배우면서 나는 버리려 했던 희망 하나를 도로 거둬들였습니다.

그때 왜 그랬을까? 마흔 살이 될 때였습니다. 잠든 아기의 숨결 같은 봄바람에도 벚꽃이 우수수 떨어지면 가슴 깊은 곳으로부터 울컥 치밀어 오르는 외로움에 눈물이 났습니다. 빨간 덩굴장미가 싱그럽게 피어있을 때에도, 청명한 가을 하늘이 마구 높아 가는 것이 느껴질 때에도, 하얀 눈송이가 가볍게 허공에 흩날릴 때에도 슬프고 고독했습니다.

마흔이면 누에고치에서 실이 술술 뽑아져 나오듯 내 안의 농축된 능력이 줄줄 풀려 나오는 줄 알았습니다. 또한 많은 이들과 소중한 인연을 맺고 긴밀하게 속살거리며 살아가는 인생의 황금기이리라 기대했었습니다. 그러나 육아가 필수인 가정생활과 직장생활

딱 두 가지에만 전념했던 나는 나 자신을 잃고 말았습니다. 내가 나를 돌아보는 시기가 되었을 때 이미 내가 잘할 수 있는 것은 아무것도 없었고 인간적으로 내가 기댈 수 있는 사람도 나에게 기대는 사람 역시 단 한 명도 없다는 것을 깨달았습니다.

나의 겉 생활은 몸이 열이라도 모자랄 정도로 바쁘고 번잡했지만 내 안의 정서는 딱딱하게 굳어져 버려서 누군가와 이야기할 때조차 자신 있게 펼칠 수 있는 나의 얘기가 한 가지도 없다는 것에 경악을 하게 되었습니다. 나는 점점 어두운 동굴 속으로 들어가는 삶을 살아오고 있었음을 깨달았고 마음속에 남아있는 것은 차가운 돌멩이 뿐임을 알게 되었습니다.

그 즈음 선문대학교 교육대학원 국어교육학과에 진학을 하게 되었습니다. 황교수님과 이미 알고 지내던 남편도 덩달아 진학을 하여 황교수님께 나란히 창작을 배우게 되었습니다. 글을 쓰는 목적은 인생을 깨끗하게 하고, 영혼을 아름답게 하기 위함에 뜻이 있다는 견해를 펼치시는 교수님께 우리 대학원생들은 일주일에 한 편씩의 글을 써서 제출했습니다.

지독하게도 고독했던 나는 너무나 적나라하게 나의 마음을 펼쳤습니다. 지나치게 순박하여 자유자재로 글을 다듬지 못하였습니다. 부자연스런 표현이 다반사였습니다.

"문장을 왕후의 걸음처럼 우아한 분위기를 풍기도록 써 보세요. 직접적인 날카로운 직유보다는 몇 겹의 아름다운 베일을 씌워 보일 듯 말 듯하게 나를 표현해야 합니다."

교수님께서는 적절한 은유를 활용하여 부드럽고 매끈하게 표현하도록 깨우쳐 주셨습니다.

나는 너무나 솔직하고 융통성이 없어 거친 표현에서 벗어나지 못하였습니다. 그러나 교수님께서는 신랄하게 비판하지 않으시면서 조심스럽게 상징을 접목하도록 깨우쳐 주셨습니다.

"성급하게 감정을 그대로 드러내려고 하지말고 꽃향기나 하얀 구름, 그리고 잔잔한 빗소리 등등과 같은 이미지 안에서 몇 번이고 씻어내고 뒤섞어 얼마동안 발효시켜야 합니다. 새로운 이미지로 재탄생될 때까지 시간을 가져야 합니다."

여유 있고 고상한 문장을 쓰도록 일깨워 주시느라 송구스럽게도 졸필을 일일이 읽어보시면서 첨삭지도를 강행해 주셨습니다.

'덕지덕지 달라붙은 진흙은 억지로라도 뜯어내고, 모래는 방망이로 두드려 털어내며, 가벼운 먼지는 입김으로 훅 불어서 털어 낼 수 있을 때까지! 아니 땟국이 더 이상 나오지 않을 때까지!' 일명 '빨래작전'으로 창작의 서투름이 진흙 모양새에서 먼지 모양새로 나아가도록 고집스럽게 이끌어 주셨습니다.

피해의식을 안고 사는 듯 현실을 직시하여 고발하는 투의 각박하고 격앙된 언어와 격렬한 분위기를 조장하는 글보다는 냉이꽃만한 감동일망정 아름다움을 생각하게 하는 글이 점점 나를 편안하게 해 준다는 것을 깨달아갔습니다. 부드럽지만 피는 듯 지고 말아 안타깝게 그리워하는 봄꽃 같은 감성에 차갑고 예리하면서도 아름다운 눈꽃 같은 지성을 조화한 이미지를 끌어내고자 사색하는 것이 점점 유쾌해져 갔습니다. 과제를 꼬박꼬박 수행하는 내게 교수님께서도 가장 열심히 노력한다고 아낌없이 칭찬해 주시면서 글이 빠른 속도로 나아지고 있다고 용기마저 북돋워 주셨습니다.

나의 영혼을 갉아먹던 고독을 이미지 창출의 불꽃으로 즐기게 되었습니다. 저 혼자 타서 많은 사물을 밝히는 촛불처럼 고독을 내 안에서 타오르게 하여 마음의 꽃들이 활짝 피어나도록 생각하는 게 즐거워졌습니다. 그것도 한 가지 꽃이 아니라 향기와 빛깔과 모양이 다양한 꽃을 피우고자 욕심을 내기에 이르렀습니다. 누군가가 나의 글을 읽고 진정으로 사랑하는 사람을 생각할 수 있다면 참 좋겠다고 생각하면서 글을 쓰고자 합니다. 문학을 통한 인류 구원의 의지가 어떤 것인지 약간은 알 것 같다고 하면 너무 지나친 자만일까요?

고독이 촛불처럼 타오르도록, 자신을 따스하게 깨달아 가는 삶을 누리도록 인도해 주신 교수님! 언제나 존경합니다.

黃松文 詩人의 보따리와 친화

이 전

수필가 · 『한맥문학』 편집고문

黃松文 시인의 「정년기념문집」에 졸문을 게재하게 된 것을 영광으로 생각하며, 그의 퇴임이 일찍 다가온 것 같아 아쉽게 생각한다. 하지만 그의 건필은 여전히 지속될 것이기에 지면을 통하여 알찬 시혼(詩魂)과 접해지기를 기다려진다.

황송문 시인과는 1971년? 『백인문학』(뒤에 '문학'으로 개재)이란 동인지를 매개로 하여 처음으로 대면한 바 있다. 전 펜클럽 회장 성기조(成耆兆) 선배가 발행인으로 된 순수문예지로서, 사직동 어느 수영장 곁에서 이름 그대로 백 명 가까운 문인들이 모여 창간호부터 작품활동을 하였다.

나의 생각으로는 황송문 시인도 참여했다고 믿어지는데, 당시 그는 동안(童顔)인 데다가 30 전후의 패기만만한 문학청년으로 기억하고 있다. 여기서 패기만만한 것으로 표현한 것은 연령적으로 그렇다는 뜻이며, 사실은 어느 시골의 맏아들과 같은 귀공자적인 모습을 지닌 문학청년이었다는 것이 정확할 것 같다. 다시 말하면 이때부터 모든 불평불만을 내면적으로 연소시키는 것은 물론, 온화한 자세로 사물을 판단하며 해결하려는 선비자격인 젊은 문사였다고 기억하고 있다.

황 시인의 이러한 성격은 문학관계 좌담회를 비롯하여 『백인문학』 자평회에서도 드러나 있다. 그는 보수적인 이념을 지니고 있어서, 동인지가 본시부터 순수문예지로 표방한 이상 당분간은 시장성을 고려에 넣지 말자고 주장한 적도 있다. 그러니까 동인지 속간에 따르는 재정적 부담은 무시할 수는 없지만, 대중성이 가미되면 순수성이 훼손되기에 발간 당초의 취지대로 견지해 나가자고 하였다.

사실상 새파랗다고 하면 새파랗다고 할 수 있는 문학청년의 이러한 주장에 4, 50대의 문우들은 한편으로 너무나 이상(理想)을 추구하는 것이 아니냐고 여겼으니, 당분간은 순수문예지로 지속하다가 도중에 소위 '중간 읽을거리'도 포함하기로 결정하여 결국 황 시인의 주장에 동조한 바 있었다.

뒤에 『문학』으로 개재한 동인지는 순수문예지로 한국문단의 진흥에 일익을 담당하였다고 자부하여도 좋다. 당시만 하더라도 동인지는 그다지 많지 않아서 그 역할은 문단사에 기록될 만한 것이라고 생각하고 있다.

황 시인은 무슨 모임에 참석했다가 간단한 술자리가 벌어졌을 때에는 문우들과 담소하는 것을 즐기는 편이었다. 술은 마시지 않았으나 문인들과의 교우를 중시하고 있었다.

이때 발견하게 되는 것은 연분홍 보자기에 싼 보따리다. 황 시인은 외출할 때마다 이 보따리를 들고 다닌다. 그리고는 보물과 같이 아주 귀중하게 다룬다.

사직공원으로 내려오면서 그 보따리 속에 뭣이 들어 있느냐고 넌지시 물으면 그저 웃을 뿐 대답이 없다. 그래서 짐작한 대로 원고라도 들어 있느냐고 다시 물으면 역시 웃으며 머리를 끄덕인다. 하지만 그래도 수상한 것이 들어 있을 것만 같아서 그렇게 많은 시작품을 만날 때마다 보자기에 싸서 다니느냐고 하면 문학서적 한두 권과 신학(성경?)에 관한 것도 끼어 있다는 설명이다.

이와 같이 황 시인은 문학 청년시절부터 학구파에 속해 있었고, 지금 생각하면 대학 교수들이 즐겨 가죽 가방을 들고 다니는 것을 동경하여 그 대신 보따리를 좋아했던 모양이다. 있는 그대로의 소박한 모습이 아닐 수 없다.

나와는 자주 상면하는 편이 아니었다. 술과 더불어 문학을 하던 시절이고 보니 그가 술을 멀리한 탓으로 단독으로 만난 적이 드물다. 하지만 언젠가 황 시인으로부터 원고청탁서가 날아들어 수백 번 만난 것과 진배없었다. 그 잡지가 바로 『문학사계』다.

내가 알기로는 대학에 '명예교수직'도 있고, 앞에 밝힌 잡지도 계속 주관하면 얼마나 좋겠는가고 희구할 뿐이다.

아무튼 그 연분홍 보자기에 싼 보따리와 함께 언제나 동안이었던 그의 '왕눈'을 회상하고 보니, 벌써 대학교수의 정년이 되었다고 하므로 『백인문학』시절에 함께 거닐던 모습이 아쉽고도 그리워진다.

黃松文 시인과 문우들과의 교류는 조용히 지속될 뿐이었다. 술을 좋아했다면 별별 사고도 있었을 것이며, 명정(酩酊)으로 인한 실수도 있었을 거다. 여인들과의 연문도 있었을 법하다. 하지만 황 시인은 워낙 얌전한 데다가 모나지 않을 뿐더러 양반과 같은 기질을 겸비하고 있어 문학에만 정진하면서 궁상맞게(?) 보따리만 들고 다녔을 뿐이다. 하지만 당시 흔히 볼 수 있었던 '채권장사'가 낡아빠진 가죽 손가방을 들고 골목마다 다니던 모습과는 그 격이 달랐음은 물론이다.

황 시인의 문우관계는 한 마디로 표현해서 친화(親和)에 기초를 두고 전개되었다고 믿어진다. 무슨 이해관계가 있어서가 아니라, 무슨 문단적 지위가 탐나서가 아니라 문학 활동상 필요에 한해서만 교류를 지속한 것이 분명하다. 여기에 문단적 우정이 가미되었음은 물론이다.

인간과 인간을 결합시키는 것은 과연 무엇인가. 누구를 막론하고 그것은 사랑이라고 대답할 것이다. 우리들은 사랑하는 마음을 본능적으로 이어받고 있다. 하지만 본능은 곧잘 사랑으로 부르지 못하는 것은 당연한 것으로서, 그것은 끊임없이 갈고 닦아서 성장시킴으로써 그 빛을 발하게 된다.

그런데 인간의 애정은 어디까지 성장되는 것일까. 나는 그 최고의 표현을 우정에 두고 있다. 우정이라고 하면 보통 친구와 친구의 교제를 가리키는데, 나는 좀 더 넓고 깊은 내용을 생각하고 있다. 특히 문인과 문인과의 우정은 그 지향하는 장르는 다르지만, 실질적으로 지향하는 바가 동일하기에 범인과 범인과의 우정과는 거리가 멀다고 보고 있다.

이러한 뜻에서 황 시인의 교우는 문학이라는 동일선상에서 함께 웃으며 울고, 또는 한탄하면서 현실을 고발하거나 찬미했다는 의

미에서 나는 이것을 그가 지향한 시정신의 주류가 아니었는가 하고 생각한다.

황 시인은 『백인문학』지에 '장시(長詩)'라는 것을 연재하기도 했는데, 나중에는 고인이 된 이추림(李秋林) 문우도 그러한 '장시'를 발표한 것으로 알고 있다. 천학비재(淺學菲才)한 저로서는 그런 장시가 어떻다고 말할 수 없으나, 요컨대 황 시인의 장시는 현실고발을 밑바닥에 깔고 있는 서정적 작품이 아니었던가 하고 회상하고 있다.

소크라테스는 학원(학교)에서만이 아니라, 길가에서나 산책하는 도중에서도 언제나 제자와 어깨를 나란히 하며 진리를 가르쳤다. 때로는 제자와의 거리를 더욱 좁히려고 그들의 제의를 기쁘게 받아들였다고 한다. 고대 그리스에 있어서도 '도(道)'를 찾고자 할 때에는 우선 우정을 구하라고 하였다.

황 시인은 대학이라는 상아탑 속에서도 친화를 밑바닥에 두고 제자들을 가르치며 담소했을 것이며, 친화가 인간생활에서나 문단에 얼마나 중요한가를 설명하였을 것이 분명하다.

그의 이러한 소박함과 정신이 상아탑만이 아니라 문단에서 계속 재연되기를 기대하는 것은 비단 필자만이 아닐 것이다.

시인과 동동주

李 宗 承
수필가

불가에서는 사소한 인연도 소중하게 간직하나 보다. 그래서 낯모르는 사람끼리 옷깃만 스쳐도 오백 겁의 인연을 쌓아야 한다고 했던가. 황송문 시인과 내가 인연의 고리로 이어진 세월은 신통력이 작용한 줄로 믿어진다. 그와의 첫 만남은 반세기를 거슬러 올라가야 한다. 학훈단 장교 출신으로 육군 소위의 계급장을 달고 백골사단에 부임했었다. 땅거미가 내릴 무렵에 대대의 위병소를 들어가자 착검을 한 병사가 집총을 한 채 '백골'이란 구호로 나를 맞았다. 가까운 휴전선에는 발악적인 북측의 대남방송 소리가 귀청을 얼얼하게 두드렸다. 총성은 멎었지만 다름없는 전선으로 긴장감을 자아냈다.

햇볕이 다사로운 어느 날이었다. 양지 바른 언덕에서 수송병들이 모여 앉아 담소를 하고 있었다. 그 가운데 한 병사가 이야기를 풀어 가는 중이었다. 눈이 시원하고 피부가 가무잡잡한데 얼굴에 잔잔한 미소가 어리었다. 인성이 질박한 젊은이로 보였다. 명찰을 보니 상병 황송문이었다. 때로는 오랜 인연의 이웃처럼 손이라도 덥석 잡고 싶었다. 그러나 한 마디의 대화도 나누지 못한 채 오가며 스치기만 했다. 그저 선의의 목례나 보내면서 세월이 갔다. 그런데도 이름이 내 의식의 종이에 또렷이 새겨졌다. 이상한 일은 일상적으로 만나는 사이도 아닌 인접 부대의 병사인 데도 말이다.

이러구러 십 년도 넘은 어느 날이었다. 연수를 받다가 비치한 문예지에서 그의 작품을 읽었다. 아마 「서울 나비」라는 수필이었을 게다. 도심을 달리던 차창에 나비가 부딪쳐 떨어지고 무수한 차바퀴에 이지러진다. 이를 안타까이 바라보면서 농촌의 처녀들이 도

시라는 악의 소굴에서 짓밟히는 현실을 고발하는 내용이었다. 바로 그 황송문이란 병사가 당당한 시인의 반열에 든 게 아닌가! 그를 갑자기 보고 싶다는 생각을 지녔다. 그런 미련을 간직하고 직원을 불러 혹시 그가 이곳에 오느냐고 물었다. 그랬더니 거짓말처럼 마침 옆 사무실에 있다는 게 아닌가. 자석에 끌리는 쇠붙이처럼 그 사무실로 달려가 만났다. 둘이서 환한 웃음을 지으며 손을 잡고 놓을 줄 몰랐다.

어떻게 내 이름을 오랫동안 기억하고 있었느냐고 물었다. 나도 모르게 강렬한 인상으로 잊은 일이 없다고 대답했다. 심심상인의 씨앗이 두 사람의 가슴에 심어졌던 것일까. 그 뒤로 강산이 변할 만큼 세월이 흘렀다. 내가 살고 있는 지방대학에서 그가 교수직에 있다는 말을 들었다. 마침 작가 지망생인 여자 조카가 있어서 무조건 찾아뵙고, 자진하여 강의를 받으라고 권했다. 황 교수의 강의에 심취한 조카는 소식을 자주 전했고 나와의 교분도 이어주었다. 언젠가는 조카가 내 작품을 가져다 선을 보인 일이 있었다. 「소녀상」이라는 작품인데 곧장 『한국수필』에 추천작으로 넘겼다고 알리는 게 아닌가. 설익은 솜씨를 아는지라 얼굴이 뜨거웠지만 불감청이언정 고소원이었다. 하도 고마워서 인사로 작설차 한 상자를 사서 우편으로 보냈더니, 그걸 재포장해서 발행인에게 내 이름으로 인사를 대신했다고 하는 게 아닌가. 고진하고 다사로운 성품이 나를 감동시켰다.

햇살이 해맑은 가을날이었다. 조카와 황 시인이랑 친구의 과수원을 찾아갔다. 바람결이 선선한 대나무로 짠 평상에서 과일을 먹으며 시론을 들었다. 향토의 사상과 문명의 비평이 도도히 강물처럼 흘렀다. 우리들은 시의 향기에 물들었다. 흙에서 자란 나무는 그 흙의 너그러움을 닮게 되어 많은 사물을 포용하게 된다는 말이 생각났다. 식물성 시인이라 불리는 단면을 본 듯하였다.

어느 날에는 호반의 술집에 들렀다. 뚝배기에 담긴 매운탕을 안주로 동동주를 마셨다. 호수에는 빗방울이 다투어 작은 동그라미를 그리고 자욱한 안개가 흘렀다. 동동주를 잔에 부어 마시면서 읊조리던 시구가 떠오른다.

그리움은/ 해묵은 동동주,/ 속눈썹 가늘게 뜬 노을이다.

서로가 술잔을 주고받으며 저녁노을처럼 취해서 몽롱한 채 호쾌한 웃음소리를 날렸다. 헤어질 때는 아쉬운 나머지 십년지기를 이별하는 마음으로 눈물조차 그렁거렸다.

그 뒤로는 어쩌다 만나면 어김없이 뚝배기에 시래기국이 끓는 술집에서 모주나 동동주를 마셨다. 향토의 정취로 고향에 안긴 듯 즐거웠다. 화제는 자운영, 까치밥, 물레, 장작난로, 등잔불, 원두막 등이었다. 이런 소재는 내가 유년을 보낸 산골마을의 수채화로 간직한 고향의 얼굴들이서 감명이 새로웠다. 그가 시를 풀어내는 백자라면, 나는 읽으며 무릎을 치는 어설픈 종지는 아닐까.

교실에서 강의를 하면서도 황 시인의 시집을 신명이 나서 아이들에게 읊어 주었다. 소년 소녀들은 시의 정취로 까만 눈을 반짝거렸다. 산행을 하면서도 바람소리와 물소리에 묻혀서 시를 일행들에게 읽어 주었다. 그럴 때는 모두 갈채를 보내며 더 읽어달라고 주문을 하는 것이었다. 그는 언제나 까치밥이나 된장처럼 철저하게 자기의 사상을 숙성시켜서 시를 빚어낸다고 느꼈다. 시에 담긴 정신은 바로 인간의 진면목으로 보였다.

손가락으로 난해의 안개나 피우며 으쓱대는 시인이 아닌, 심혈을 짜서 은유의 공감대를 울려주는 시의 경지였다. 이런 연유로 그의 열렬한 애독자가 되지 않을 수 없었다. 잊을 수 없는 은의도 있다. 워낙 글이 부족해서 사사하려고 찾아가면 수더분한 인정으로 반기고, 도타운 열성으로 가르쳤다. 문장부호와 단어는 물론 문장을 가리지 않고 매섭게 지적을 했고 깨우쳤다. 섬세하고 치밀한 정성을 기울이어 한 개의 뉘도 용납하지 않는 장인 정신을 당부했다.

세월은 나는 화살이라 했던가. 벌써 문학의 열정적 화신인 황 교수가 교단을 물러날 때가 되었다는 게 아쉽다. 하지만 불철주야 시문학을 일구기 위해 한평생을 바친 노작은 탑에 견줄 만하다. 교단에서는 물론이며 일반 문학도를 위한 강론과 인터넷 지도는 영일이 없었을 게다. 더구나 66권의 저술은 초인적인 산물임에 틀림없다. 앞으로 한가한 여일에는 자주 얼굴을 대할 기회가 있을지 모르겠다. 어디라도 종종 토속의 주막을 단골로 정하고 동동주를 마시는 자리를 마련하고 싶다. 그게 아니더라도 그가 지은 시의 샘물을 마시는 나에게는 그윽한 위안이 되리라. 고승이 세속에서 떨어져 살아도 법문으로도 속인에게는 영혼의 단비가 될 수 있듯이….

언제나 뭔가 챙겨주는 시인

임 헌 영
문학평론가

황송문 교수를 떠올리면 얼른 그의 시 '돌'이 연상된다. 돌이라지만 예사 돌이 아니다.

불 속에서 한 천년 달구어지다가
산적이 되어 한 천년 숨어 살다가
칼날 같은 소슬바람에 염주를 집어 들고

물 속에서 한 천년 원 없이 구르다가
영겁의 돌이 되어 돌돌돌 구르다가
매촐한 목소리 가다듬고 일어나

神仙峰 花潭先生 바둑알이 되어서
한 천년 운무(雲霧)속에 잠겨 살다가
잡놈들 들끓는 속계(俗界)에 내려와
좋은 詩 한 편만 남기고 죽으리

-「돌」

진솔 듬직한 외모에서도 그렇고, 실지로 결 고운 속마음도 조금도 다르지 않는 나와는 갑장인 그를 처음 만난 것은 자유문고 이준영 사장을 통해서였으리라.

"불 속에 한 천 년 달구어지다가 / 산적이 되어 한 천년 숨어 살다가"라는 대목에서, 왜 하필 산적이 되었으면 한 바탕 분탕질로라도 한을 풀어볼 일이지 "숨어" 살 요량일까 엉뚱한 대목에서 시선이 머문다.

첫 만남 이후로 그에게서 화 난 표정이나 불만스런 낌새, 아쉬움이 스며나는 경우를 단 한 번도 본 적이 없다. 그만큼 거리가 멀어서가 아니라 이런 저런 잡사로 여러 번 잡다한 일들을 겪었는 데도 그렇다. 과연 '산적'이 되어도 죄를 짓지 않을 인심 좋은 임실 오수 출신의 소박한 '돌'의 이미지가 묻어난다.

나는 그의 『문장론-그 이론과 실제』을 매우 애독한다. 자유문고에서 나온 이 빨간색 표지의 책이 언제 나왔는지는 모르겠으나 내가 갖고 있는 판본은 1992년 3월 2일 4판본이다. 증보판 발행일이 1989년이니 매년 새 판을 찍은 셈인데, 이런 책으로서는 호황인 셈이다.

여러 종류의 문장론 관련 책을 두루 갖추고 있는 데도 창작 강좌나 문장론을 이야기할 때면 불쑥 황교수의 『문장론』을 꺼내 들추곤 하는 가장 큰 이유는 문학 전 장르에 걸쳐 다양한 예문으로 창작의 초보 역을 해주기 때문이다. 예문의 인용도 가장 다양하면서도 적절하다. 직업을 못 속이는지 어쩌다 평론가 아니랄까 서평식으로 되어 미안한데, 이 책을 수시로 보면서 언젠가는 이 책이 잘 구성되어 있다는 점과 나에게 매우 소중한 대접을 받고 있음을 한 번 쯤은 저자에게 알려줘야지 하면서 미뤄 오던 터라 말문을 연 것이다.

황 교수는 언제나 나에게 무엇인가를 도와주는 처지에서 가까이 다가서곤 했다. 세상인심이 각박하여 인연 맺기가 그리 쉽지 않는데, 황교수는 언제나 나에게 뭔가 챙겨주려고 연락했지 나로부터 자신이 얻어갈 속셈을 보인 적이 한 번도 없었다. 인생 게임으로는 내가 단단한 채무자인 셈이다.

이러니 내 시선에 비친 황교수는 어디서든 3천 년(한 연이 1천 년)을 살고도 얼마든지 "잡놈들 들끓는 속계(俗界)에 내려와 / 좋은 詩 한 편만 남기고 죽으리"라 할만해 보인다.

황시인도 나처럼 촌 출신이라 그의 '향수'는 나의 그것과 다를 바 없다.

고추잠자리가 몰려오네. 하늘에 빨간 수를 놓으며 한데 어울려 날아오네.

어느 고향에서 보내 오길래 저리도 빨갛게 상기되어 오는가.

저렇게 찾아왔던 그 해는, 참으로 건강한 여름이었지.

그대 꽃불같은 우리들의 강냉이 밭에는 별들이 반짝이고 있었지.

잔모래로 이를 닦으시던 할아버지의 상투끝에 맴돌던 잠자리같이 강냉이 이빨을 흉내내며 단물을 빨던 나의 눈앞에

떼지어 오는 고추잠자리는 누가 보낸 전령인가

어디서 오는 전령이기에 노스탤저의 손을 흔들며

저리도 붉게 가슴 이리저리 맴돌며 오는가

-「향수」

황 시인의 소박한 향수에는 가난을 물고 늘어지는 징징 짜는 모습이 없다. 사실 우리 어렸을 때는 모두가 가난해서 가난 그 자체를 몰랐다는 게 적절할 것이다. 가난이 아쉽지도 두렵지도 않았던 시절의 향수가 이 시에는 서려있다.

바로 3천년을 기다리면서 멋진 시 한 수 쓰려는 시인의 삶이 응축되어 있는 향수다. 아무리 각박한 세상이래도 어찌 이런 시인을 가까이하지 않을 수 있겠는가.

그 넉넉한 품으로 이 세상 더러움 다 가리고 보다 풍요로운 만년을 사시며 3천년을 기다리지 말고 열심히 시 쓰며 행복하시기를 빈다.

의리의 사나이

전 덕 기
시인 · 가화의료재단
동원병원 이사장

우정 나누기를 즐겨하며 또 그것이 인간의 마땅한 도리인양 모든 것에 우선하여 지키는 황교수! 제아무리 바빠도 제아무리 멀어도 아는 이들의 애경사는 놓치지 않고 다 찾아다니며 각별한 정을 나누는 친구 황송문 교수! 아니 전주 문예가족 동우회 막내자리를 열심히 참여하며 심부름은 꼭 제 몫인양 앞서 챙기곤 했다. 말 없이 빙그레 속 웃음을 웃어 주며 따뜻한 정이 그리운 듯 누님 누님 하며 따르기도 한 다정한 문예가족 막내둥이 황송문 교수!

일본에 가서 공부를 할 때에도 눈밭에서 찍은 자기 사진을 아름다운 설경을 담아 보내주었던 다정다감한 문예가족 막내둥이였다. 시 공부도 남달리 열심히 하는 노력형으로서 문예가족 형들이 시 공부를 하지 않는다고 투덜대던 젊은 시절의 모습이 눈에 선한데 벌써 정년기념문집 원고 청탁서가 날아오다니……

그동안 나만이 늙어 가고 모두는 그대로 그 자리에 있는 듯한 착각 속의 삶이 무상함을 새삼 더 느끼게 한다. 무상한 세월은 벌써 세상을 떠난 문예가족도 있으니 소설에 이정환과 시에 김종태, 김학룡 등이다. 살아 있는 사람은 시에 이목윤, 권천학, 최정선, 조기호, 전덕기 등이 있고, 소설에 이용찬 아동문학에 서재균 평론에 오하근 교수 등이 있으며 그 뒤에 새로 영입한 회원들 중에는 시에 안평옥, 유인실, 조미애, 최유라 등이 있으며 수필에 박미선, 이연희, 전숙자가 있고, 소설에 형문창이 있으며 평론에 호병탁이 있으니 이제 문예가족도 대가족이 되었다.

처음 제1집에서 5집까지 내고 서울로 이정환, 황송문, 권천학, 전

덕기 등이 빠져 나오면서부터 동우회는 오랫동안 25년이란 세월을 쉬었다가 전덕기와 권천학 등이 서둘러서 다시 소생시키어서 새롭게 14집까지 나오게 되었으니 가족이란 흩어졌다가도 때가 되면 다시 만난다는 정과 의리를 깨닫게 되었다. 이 모두가 황교수처럼 인정을 그리워하는 정들의 이어짐이고 보니 세상 사람 사는 냄새를 짙게 가꾸는 문예가족 막내둥이 황송문 교수가 그 가족의 일원이었기 때문이다.

가족이란 슬플 때나 기쁠 때나 함께 만나 위로하고 즐거워하는 공동체이다. 아무쪼록 남다른 정을 나누는 문예가족 동우회로써 영원히 존속되기를 바라마지않는다.

괴테와 베토벤과 세 발 자전거

전 재 승

시인 · 전 『문학과 비평』 편집인

내가 처음으로 황송문 시인을 알게 된 것은 사람이 먼저가 아니고 작품을 통해서였다. 대학에 들어가자마자 깜냥에 과대표랍시고 지도교수의 연구실을 자주 드나들었던 나는, 첫 여름방학이 되자마자 자의반타의반 문학용어사전 편찬 작업을 거들어야 하는 처지가 되었다.

20여 년 전의 무더웠던 여름, 지금은 흔해빠진 에어컨도 구경하기 힘들었던 시절 오직 선풍기에 의존하며 하루 종일 원고더미와 씨름하면서도 휴식을 취할 때는 연구실 한 쪽 칸막이에 걸려있던 액자에 시선이 머물곤 했다.

그 액자가 바로 다름 아닌 황송문 시인의 작품 「선달」이었던 것이다. 연구실의 주인으로 이미 50년대 후반에 시로 등단한 이기반 교수의 입장에서 본다면 당신의 시화액자 하나쯤 못 걸어둘 바는 아니었을 터나, 사연이야 어찌됐건 시화 「선달」은 남의 연구실을 아주 자연스럽게 차지하고 있었다.

소복의 달 아래
다듬이질 소리 한창이다.

姑婦의 방망이 딱뚝 똑딱
학 울음도 한밤에 千里를 난다.

참기름불은 竹窓 가에 조을고
오동꽃 그늘엔 봉황이 난다.

다듬잇돌 명주올에 線을 그리며
설움을 두들기는 오롯한 그림자

떼지어 날아가는 철새 울음
은대야 하늘에 產月이 떴다.

- 작품「섣달」

정서적으로 볼 때「子夜五家」의 전통에 맥을 이었음일까, 아무튼 밤이면 밤마다 이집 저집에서 울려 퍼지는 고부간의 다듬이질 소리는 독자들을 아련한 추억과 향수의 세계로 인도한다. '딱뚝 똑딱'의 표현에서처럼 시어미와 며느리의 서로 다른 다듬이질 방망이 소리는 그만큼 수많은 사연을 담고 있으리라. 우리네 할머니와 어머니의 다듬이 소리는 결국 안으로 참고 인내하면서 삼켜온 조선여인들의 설움이 아니고 그 무엇이랴. 나는 작품「섣달」에서 우리네 전통이 지닌 서늘한 아름다움의 요소를 발견했다.

하루는 연구실의 근로 장학생이었던 K양으로부터 황송문 교수의 인상에 대해 듣게 되었다. 그 날도 여느 때처럼 시선이「섣달」액자에 머무르게 되자, 이심전심으로 그 시작품이 화제가 되었고 이야기는 작자에게까지 번졌던 것이다. 그때까지도 나는 황송문 선생을 실제로는 한 번도 보지 못한 터였기 때문에 K의 얘기를 부러운 눈초리로 듣기만 했다. 아마도 시인과 시작품은 동일선상에 있을 것이라는 생각을 하면서 말이다.

그러는 동안 나에게도 선생을 직접 뵐 수 있는 기회가 왔다. 2학년 가을학기가 되면서 현대문학강독이라는 과목의 강의를 맡아 그가 모교에 출강을 하게 된 것이다. 연구실 조교 노릇을 했던 덕분에 다른 학생들보다 먼저 알현할 수 있는 기회를 갖게 된 것은 두고두고 즐거운 일이었다.

첫 만남에서 나는 앞부분이 호화로운 컬러화보로 꾸며진 시집『그리움이 살아서』를 받았다. 당시 나는 중앙문단의 백일장과 대학신문사의 문예작품현상공모에 시가 당선되는 등 학보에 이름을 몇 번 올렸는데, 선생께서는 그런 나에게 열심히 시를 써보라고 격려해 주시면서 습작을 당신에게 보여줘도 좋다고 말씀하셨다.

그로부터 나는 매 주마다 지도를 받기 위해 작품 창작과 독서에 많은 시간을 투자했다. 연구실 한쪽 벽면을 모두 차지한 서가에 꽂혀있는 책들을 모조리 독파하기 위해 나름대로 계획을 세우고 실천하면서 잠자는 시간까지 줄이며 문학에의 열의를 불태웠던 것도 그 무렵의 일이었다.

지금은 20여 년 저쪽으로 시간의 물결이 되어 흘러간 우리의 80년대, 당시 시대는 군부독재정권과 맞서 싸우려는 젊은 학생들의 시위와 최루탄으로 뒤숭숭했지만 매운 눈물을 흘리면서도 강의실 안의 풍경은 자못 진지했다. 인문학의 위기니 어쩌니 하는 말도 그때는 생각도 못할 때였고 가난했지만 배우고자 하는 열의나 신념만큼은 산처럼 높았던 시절이었다.

선생의 강의시간은 좀 독특했다. 우선 그 시간만큼은 미리 작품을 읽어오지 않으면 수업에 제대로 참여할 수가 없다. 특히 장편소설 강독수업을 앞두고는 한 주 내내 작품을 읽어야 했다. 당시 학생들은 호주머니 사정이 별로 넉넉하지 않았기 때문에 정음사나 박영사 삼중당 그리고 을유문고 등에서 나온 문고판의 저렴한 책들을 주로 사서 읽었다.

그런 사정을 감안해서 선생께서는 강의가 있는 날이면 단편소설이나 시작품 등의 복사물을 보자기에 싸서 특유의 종종걸음으로 무겁게 들고 와서 한 주가 멀다하고 나눠주시곤 했다. 강의료로 받는 돈이 작품 복사비나 교통비로 다 들어가는 게 아니냐고 학생들이 딱하게 생각할 정도였으니 선생께서 후학들을 대하는 정성은 실로 극진한 정도였다.

또 학생들에게 발표할 기회를 충분히 제공하며 토의할 여건을 조성해 주었기 때문에 흥미로운 수업으로 기억되는데, 물 만난 고기처럼 신바람이 난 필자는 시간마다 토의에 참여했고 이는 다른 학생들의 시샘을 살만했다.

그 해 초겨울 무렵 학과 학생장 선거에 입후보하였다가 떨어진 일도 있었는데 학생들은 나의 적극적인 발표를 사전 선거운동으로 오해하기도 했지만 선생께서는 그렇지 않았다. 훌륭한 사람은 선거에서 이길 수가 없다는 단 한 마디의 역설적인 말로 위로해 주셨고 문학으로 승리하는 것이 진정한 승리라고 말씀하셨다. 그 말 한 마디에 용기를 얻어 시인에의 꿈을 깊이 간직한 채 더 먼 곳을 응시하게 되는 계기가 되었다.

강의가 있는 날이면 강의실 복도나 연구실에서 또 강의가 끝나면 시내 다가공원 벤치나 한벽루 등으로 따라다니면서 습작을 꺼내 보여주고 지도를 받았다. 선생 특유의 꼼꼼하고 세밀한 지도에서 단지 창작 기법만을 배운 것이 아니라 작가가 지녀야 할 정신을 배웠다고 생각된다.

그 중에서도 "바이마르에 침공한 나폴레옹에게 송시를 바친 괴테가 되지 말고, 황제가 되었다는 말을 듣고 봉정하려던 악보를 찢어버린 베토벤이 되라"고 했던 신석정 시인의 가르침을 곧잘 얘기하셨던 선생의 말씀이 두고두고 기억에 남는다. 또 어설프게 덜 익은 습작을 내어놓으면 세 발 자전거 같은 시는 수선을 할 수 없으니 버려야 한다고 한 마디 외엔 말씀이 없으셨다.

한번은 대학학보사의 요청으로 현대작가순례 지면의 집필을 맡아 선생을 취재하기로 하고 연꽃이 흐드러지게 핀 덕진공원 호반에서 만나던 날의 일이다. 한참 얘기중인데 구걸하는 여인이 와서 손을 내밀었다. 내키진 않았지만 취재 분위기를 망치지 않으려고 나는 가지고 있던 동전을 모두 주었다. 그랬더니 여인이 사라진 뒤 선생께서는 정색을 하며 나를 혼내셨다. 그 꾸지람 속엔 시인이랍시고 폼 잡고 위선을 베푸는 모습은 어디에서도 찾아볼 수 없었다.

그 무렵 들르던 곳이 경원동의 국일관과 우체국 근처의 가족회관 그리고 한벽루 아래 화순집이다. 늘 얻어먹는 것만 같은 생각이 들어 먼저 밥값을 내보려고도 했지만 번번이 선생에겐 지고 말았다. 식당 주인이 볼 때는 계산대 앞에서 벌어지는 정겨운 싸움이다. 그 뒤로도 제자에게 부담을 주지 않으려는 생활신조는 평생을 두고 이어졌다. 선생께서 학장으로 계신 대학에 출강 중인 O시인은 지금도 식사를 하게 되면 먼저 밥값을 내신다고 불평이다.

그런 스승에게 나는 많은 신세를 졌다. 평생을 두고 갚아도 못 갚을 삶과 문학에의 가르침(올바른 삶의 가치와 문학의 길, 습작

시절의 지도 및 등단 후 첫 시집 발문 등)은 물론 사당동에 사실 때 들르게 되면 사모님께서 차려주시는 저녁상에 서재에서 밤늦도록 술까지 몇 잔 얻어 마신 뒤 큰길까지 배웅해 주시는 스승으로부터 택시비까지 받아가지고 다녔으니 말이다.

이제껏 염치없이 큰 가르침과 깊은 사랑을 받기만 했던 필자도 이제는 갚아야 할 때가 훨씬 넘었는데 마땅히 해 드린 게 없는 것 같아 송구스럽기만 하다. 그 옛날 함께 다녔던 곳을 다시 모시고 다니면서 추억을 떠올릴 수 있게 만들어 드리고 싶기도 하다. 그때에도 스승님께선 제자와 먹은 밥값을 먼저 내신다며 오래 전의 정겨운 싸움을 고집하실까.

자운영 시인과의 만남

정 명 숙
수필가 · 전 상명대 교수

새벽 6시 10분 스쿨버스에 몸을 싣고 고속도로를 달려 천안에 도착할 때까지 모자란 잠을 보충하고 나면 학교에 도착한다. 1986년경 상명대가 어문학계열은 본교에 문과 계열은 천안으로 이전되면서였다. 비나 눈이 오는 날은 불안해서 천안역에 나가 입석이라도 타야 했다. 지금 와 생각하니 고달픈 생활이었다. 그래도 그때는 힘든 줄도 모르고 역마살이 있어서 그런가보다 했다. 아침마다 조교가 타 주는 차 한잔 마시고 첫 시간에 들어가 속강하고 나면 아침 겸 점심으로 식당에 가 허기를 채웠다. 그런 어느 날이었다. 일회곡 강의를 하고 있는데 조교가 올라와서 하는 말이, 십여 명이나 되는 일본 학생들이 일문과로 찾아왔다는 것이다.

그런데 조교가 일본어를 몰라서 당황해 하기에, 인삼차 대접하며 좀 기다리게 하라 했다. 아직 강의가 끝나려면 한 이십분은 족히 남았다. 서둘러 끝내고 내려가 보니 일본학생들이 앉거니 서거니 하고 있었다. 우선 수인사하며 당신네들 s대에서 왔지요, 하자 눈이 둥그래지며 어떻게 아느냐고 한다. 아마 어느 문학 모임에서 그 대학의 황송문 시인과 인사했던 기억 때문이었던 것 같다. 이런 저런 그녀들의 고충을 들으며 응대하자, 미즈노(水野) 마리 학생과 다까스 요꼬 두 학생이 선생님 우리 학교에 와 주실 수 없으십니까 하며 간청을 하는 것이었다. 갑작스러운 주문에 학교에 돌아가 웃어른들께 말씀드려요, 하고 돌려보내고 나서 며칠 지나 황교수에게서 전화가 왔다. 두 강좌 정도는 천안 오는 김에 할 수 있을 것 같다는 내 의견을 전했다.

그런데 바로 다음 날 윤세원 학장님이 만나자는 것이다. 내게 간

청했던 학생들이 학장님께 특청을 했다는 후문이다. 내 주장을 다 들어 주시겠다는 것이다. 그래서 두 강좌가 네 강좌로 늘어나고 나는 이윽고 선문대학으로 자리를 옮기기에 이르렀다. 그 때의 미즈노와 다까스는 지금 일문과 교수가 되어있다.

사람의 만남은 이렇게 해서 이루어진다. 인생의 어떤 분기점에서 만남이란 인연은 삶의 방향을 아주 바꾸어 놓기도 하는 때가 많다. 그 때 윤세원 학장님의 그 한 마디가 나를 움직인 것 같다. "지금 우리는 당신이 꼭 필요하다"고. 말의 힘은 살아갈 수 있는 힘을 동반한다고 한다. 필요에 의해서 차출된 것이다. 그 인연으로 인해서 황교수의 연구실을 들락거리며 책더미 속에 파묻혀 사는 자운영 같은 끈질기고 순박한 시인을 보게 되었다.

어느 날, 연구실 북창에서 푸른 나무들을 보며 어항 속에 갇힌 붕어가 된 기분으로 창 밖을 신기하게 내다보았다는 얘기를 들었다. 그렇다 시인은 보통 사람이 보지 못하고 느끼지 못하는 것을 감지하는 혜안을 가졌다더니… 항상 시간에 쫓기는 그와의 만남은 짧았지만 유쾌하고 즐거웠다. 어쩌다가 그의 차를 타면 가슴이 조마조마 조이는 느낌이었다. 젊은이 저리 가라 할 만큼 패기와 정열이 넘치는 25시의 사나이였다. 그칠 줄 모르는 힘과 욕망의 소유자였다. 가끔씩 보면 눈이 벌겋게 충혈되어 괜찮으냐고 물으면 씨익 웃어 넘기던 순박한 시정.

황시인은 역시 동양을 좋아했고, 그의 시세계는 한국을 중심으로 일본과 대만 중국을 하나로 어우르며 학문에도 매진한 것 같다. 뿐만 아니라 동아문화센터 강의도 꾸준히 이어오는 그 쇠심 같은 끈기가 오늘에 이르렀다. 어느새 정년이라니 놀랍다. 이제 인생 100년이라는 시대, 글 쓰기는 정년 같은 것 없으니 좀 느긋하게 천천히 건강도 돌보며 운전도 조심하시기 바라며, 제2의 좋은 출발을 빕니다. 수고하셨습니다.

소나무 그늘에서

- 시작반 情景 -

조 영 자

畵家 · 수필가

詩人이요 山人인 黃松文 교수님의 시작강의는 동원(東園)의 소나무 그늘에 앉아 솔바람소리를 듣는 것 같다. 교수님의 존함 '松文'처럼, 소나무 그늘에서 시를 읊고 시론을 배우는 문하생들을 청정무욕(淸淨無慾) 자연의 품으로 이끌어 주기 때문이리라.

황송문 교수님은 신석정(辛夕汀) 선생님의 제자이다. 신석정 선생님은 초기에 자연 친화적인 전원시, 목가시를, 중기에는 사회현실을 비판한 참여시를, 그리고 후기에는 도가적(道家的)이요 선풍적(仙風的)인 경향의 시를 썼다. 신석정 선생님의 제자이기 때문일까, 아니면 한국문인산악회 회장으로 산 속에 젖어서일까. 황송문 교수님에겐 싱그러운 풀내음, 송진 내음이 풍긴다.

필자는 지난해 황송문 교수님의 시선집 『바위 속에 피는 꽃』과 수필집 『사랑의 이름으로 바람의 이름으로』를 세밀하게 읽은 적이 있다. 느낌은 어릴 적부터 뒤란의 대밭과 자운영꽃밭, 청보리밭 들녘을 누비며 푸른 기상으로 자란 분이 노장사상, 유교, 불교, 기독교를 다 끌어안음으로써 사상이 사통팔달 열려있어 옹졸하지 않고 바람처럼 걸림이 없다고 생각했다. 따라서 작품세계 또한 다양다색하다. 제자들은 그들의 작품 속에 스승의 시 패턴이나 시적 이미지를 쉽게 참고할 수 있을 뿐만 아니라 작가지망생으로서는 실로 기름진 토양에 뿌리를 내린 셈이다.

황송문 교수님은 山人답게 과묵한 편이다. 외관으로 기분의 흐름을 쉽게 감지할 수 없고, 짧은 시간의 교제를 통해 교수님을 읽기란 어렵다. 그러나 제자들을 향한 귀는 언제나 열려있어 제자들의 능력과 개성을 파악하는데 시간을 요하지는 않는 것 같다.

세간에 이름을 내려고 급급하지 않고, 시류에 영합하지 않는 안품은 고운야학(孤雲野鶴)같다. 이름을 내려고 하면 이름을 남길 수 없고, 이름에 연연하지 않으면 오히려 이름이 남게 된다고 학생들에게 자주 하는 말이다. 지난해 보령시에 문학공원이 생겼는데 그곳에 황송문 교수님의 시비(詩碑)가 세워졌다. 공원을 조성하는 주최측의 권유로 자필로 쓴 시 「돌」을 새겼는데 교수님의 시론이나 문학관을 투명하게 읽을 수 있어 여기에 적어 본다.

불 속에서 한 천년 달구어지다가
산적이 되어 한 천년 숨어살다가
칼날 같은 소슬바람에 염주를 집어 들고

물 속에서 한 천년 원 없이 구르다가
영겁의 돌이 되어 돌돌돌 구르다가
매촐한 목소리 가다듬고 일어나

神仙峰 花潭 先生 바둑알이 되어서
한 천년 운무(雲霧) 속에 잠겨 살다가
잡놈들 들끓는 속계(俗界)에 내려와
좋은 詩 한 편만 남기고 죽으리.

-「돌」 전문

작품 「돌」, 「까치밥」, 「간장」 등은 교수님의 대표작이라 할 수 있는데, 이 스피드 시대에 '익고' '삭고' '썩고' 즉 인내와 기다림의 미학을 노래했다. 시에의 예술성과 영원성을 구가하는 교수님은 학생들의 어정쩡한, 적당히 얼키설키 엮는 시작태도에 늘 치열성과 고뇌를 강조한다. 필자는 설익은 시를 제출했다가 다음 시간에 깨알같이 붉은 글씨로 교정된 원고를 돌려 받을 때는 부끄러움에 얼굴이 화끈거렸다.

"가난이 나를 검소하게, 겸손하게 만들었다. 내가 만약 부잣집

아들로 태어났었다면 이렇게 열심히 일해 왔으며, 겸손할 수 있었을까 생각해 본다"라고 하였다. 시, 소설, 수필, 평론 등 66권을 상재하였으니 실로 엄청난 분량이다. 인간의 죄 중에 시간을 낭비한 죄가 가장 무겁다고 강조한다.

교수님은 스스로 가난하다고 하면서도 利에 밝지 못하다. 이를테면 계간 문예지인 『문학사계』를 경영하면서 등단시키는 신인들에게 책을 사라고 요구한 적이 없다. 책읽기를 외면하는 오늘날의 세태에 문예지 경영에 어려움이 많겠지만, 등단작가가 학생의 신분이라면 무슨 여유가 있겠느냐며 염두에 두지 않는다. 대학에서 큰 보직을 맡아 동분서주하다가 문화센터로 허겁지겁 달려오는 교수님께 문화센터는 이제 그만두시는 게 어떻겠느냐 라는 직장동료들의 말에 보직을 그만 둘 수는 있어도 학생들의 공부를 그만두게 할 수는 없다며 김밥 한 줄로 점심을 때우고 강의시간을 칼같이 지키는 분이다. 문화센터 강사료가 박하여 차의 기름 값도 안 된다는 것은 알려진 사실이다.

황송문 교수님의 시작강의 내용은 다양하다. 시작법과 문장강화 이론 외에 학기마다 유명한 문인들의 초빙특강, 세계적인 명시와 한국의 명시해설, 신춘문예 시 감상, 특정작가의 작품세계와 인생을 논하기도 한다. 강의 도중에 동요로 된 동시는 아예 노래를 직접 부르기도 하고, 강의 내용과 연관된 시는 기억의 밭에서 불러와 읊어주기도 한다. 이리하여 강의실 분위기는 다채롭고 신선하다. 남한 시인의 시에 중국 조선족 음악가들이 작곡하여 '노래 만들기', 연변조선족문인들과의 교류를 통한 문화예술의 한마당 조성, 교실에서 조촐한 출판다과회, 봄가을 종묘공원에서 신인등단 축하 야유회, 연말이면 우정 단합대회 등, 문학동호인들의 사귐을 통하여 우정을 쌓는 동시에 어진 길을 나아가도록 이끄는(以文會友 以友輔仁) 장을 만들려고 노력한다.

학생들에게 역사의식을 가지라고 강조한다. 서기(西紀) 보다는 단기(檀紀)를, 외국어에 밀리어 설자리를 잃어 가는 우리말을 안타까워하며 깨어 있으라고 강조한다. "국적불명의 문화예술은 벌거벗은 도깨비춤으로 타락을 부채질하고 있다. 외침을 막기 위해 팔

만대장경을 만들고 석굴암 대불을 조각한 우리의 조상들처럼, 진리가 담긴 글 속에서 슬기를 찾아야 한다."고 강조한다.

"이 시대는 소란하지만 내면의 정신은 잠들어 있다. 누가 이 시대의 잠을 깨울 것인가. 졸고 있는 소의 잠을 쇠파리가 깨우듯, 작아도 바른 소리를 내는 종교와 교육과 예술과 언론이라는 쇠파리가 소와 함께 졸고 있다는 데에 문제가 있다."라며 학생들을 흔들어 깨운다.

지난날 책과 배움터가 귀했던 시절, 문학도들은 대부분 독학(冷暖自知)하였을 것이다. 거기에 비하면 오늘날 출판물의 홍수와 문화센터가 있어서 문학 지망생들은 좋은 시절에 공부하고 있다. 교수님은 시작반 강의를 위하여 많은 시간을 할애하여 여러 권의 시집을 읽고 좋은 시를 선별하여 시식하라고 상을 차려준다. 학생들이 차려 주는 음식도 선뜻 먹지 못하면 아예 숟갈로 떠먹여 준다. 그토록 학생들을 위한 인내와 배려가 깊은 분이다. 언젠가 "여러분이 좋은 시를 쓸 수 있게 할 수만 있다면 나에게 옷을 벗어라 해도 벗겠다."고 했을 때 우레와 같은 박수가 쏟아진 적도 있었다. 실로 숙연한 모멘트였다.

그 스승에 그 제자라고 했던가. 촐랑대며 요란스럽지 않고, 이름을 내려고 급급하지 않는, 그러면서도 깨어있는 문학도가 되고 싶다. 황송문 교수님의 사론을 배우고 있는 문하생들에게도 상큼한 풀냄새가 났으면 좋겠다. 그 소나무 그늘에 오래 머물면 송진 냄새가 배일까. 오늘도 만학도는 동원(東園)의 송림(松林)으로 향한다.

자운영을 좋아하는 시인

지 창 영
시인·『문학사계』 편집장

모내기가 시작되기 전 봄의 들녘에 자운영이 끝없이 펼쳐져 있다. 새의 눈으로 내려다 보면 마치 붉은 자주색 양탄자로 온 들판을 덮어 놓은 듯하다. 그러나 가까이 내려가 보면 밥풀 만한 꽃잎들을 달고 있는 풀들이 바람결에 살랑거린다. 드넓은 꽃들의 양탄자 한가운데에서 언제부터인가 소년 소녀가 마주 앉아 무언가를 열심히 만들고 있다. 만드는 일에 열중하던 두 아이는 이윽고 각자 만든 것을 서로 주고 받는다.

내가 황송문 시인을 위하여 영화를 만든다면 첫 장면을 위와 같이 꾸밀 것이다. 황송문 시인은 자운영을 매우 좋아한다. 시인의 표현대로라면 '환장하게' 좋아한다.

나는 그녀에게 꽃시계를 채워 주었고
그녀는 나에게 꽃목걸이를 걸어 주었다

꿀벌들은 환상의 소리 잉잉거리며
우리들의 부끄러움을 축복해 주었다

그러나,
우리들의 만남은 이별,
보자기로 구름 잡는 꿈길이었다

세월이 가고
늙음이 왔다

어느 저승에서라도 만나고 싶어도
동그라미밖에 더 그릴 수가 없다

이제는 자운영을 볼 수 없는 것처럼
그녀의 풍문조차 들을 수가 없다

다만 알 수 있는 것은
나의 추억 속에 살아 있는
그녀의 미소,
눈빛과 입술이다

나는 그녀에게 사랑을 바쳤고
그녀는 나에게 시를 잉태해 주었다

- [자운영] 전문

위 시는 1984년 발행된 제5시집 『그리움이 살아서』에 수록되어 있다. 자운영을 사랑하는 시인의 마음은 한결같다. 시창작을 가르치거나 문인 또는 제자들과 대화할 때도 자운영에 대한 말씀을 자주 하신다. 그 덕분에 자운영을 모르던 분들도 새삼 알게 되는 경우가 종종 있다. 자운영 전도사라고나 할까.

나 역시 시골 들판에 무수히 깔려 있는 자운영을 보면서 자라났지만 그 흔한 풀들의 이름이 자운영이라는 것을 안 것은 시인을 알고 나서였다. 나는 시인을 통하여 자운영이란 꽃에 관심을 갖게 되었고 애착을 갖게 되었다. 친환경 녹비작물로, 가축의 사료로, 꽃에 꿀이 많아 양봉농가의 중요한 밀원으로도 활용되는 자운영은 꽃말이 '그대의 관대한 사랑'이라 한다. 어린 순은 나물로도 쓰였다고 하며 풀 전체가 약재로 사용되기도 한다. 하나에서 열까지 버릴 것이 없는 풀이다. 화학비료의 발달과 맹독성 농약의 사용으로 요즘은 자운영을 쉽게 볼 수 없다.

자운영과 황송문 시인은 닮은 점이 많다. 시래기국이 어울리는 향토적 분위기가 그렇고, 시멘트보다는 흙담 밑의 봉숭아를 좋아하는 자연스러움이 그렇고, 잇속을 따지기보다는 남을 위해 베풀 줄만 아는 희생정신이 그렇다. 실력을 뽐내려고 안간힘을 쓰기보다는 묵묵히 자신의 자리를 지킬 줄만 아는 겸손함이 그렇고, 많은 공헌에 비해서는 세상에 그 이름이 덜 알려져 있다는 점이 그렇다.

2005년 봄 어느 날, 휴대폰이 울려 전화를 받았다. 황송문 시인의 음성이 들려왔다. 평소 묵직하던 음성과 달리 약간 들뜬 분위기가 느껴졌다. 자운영 만발한 들판을 방금 사진으로 찍었다고 자랑하시는 것이었다. 학생들을 이끌고 국토순례를 하던 중 자운영이 펼쳐져 있는 들녘을 보고는 숙소에 도착하자마자 한참을 다시 걸어 나와 사진을 찍고는 곧바로 전화를 걸어오신 것이었다.

요즘은 자운영 들판이 그리 흔치 않은 터라서 그 기쁨을 충분히 이해하고 공감했다. 전화를 받으면서 십대 소년같이 활짝 웃으시는 시인의 모습이 선명하게 그려졌다. 천상 시인의 모습이었다. 그래서 시인께는 당시 흔히 불렸던 '학장'이나 '교수'보다는 '시인'이란 명칭이 더 어울린다고 생각한다.

황송문 시인은 좋은 작품을 쓰려면 먼저 사람이 되어야 한다는 점을 늘 강조하신다. 뿐만 아니라 시인 스스로 그렇게 사신다. 그래서 그런지 '작품과 삶이 일치하는 시인'이라는 평을 받기도 한다.

언젠가 용산에서 친구분과 함께 걸으시는데 내가 동행하게 되었다. 모 업체 사장이신 친구분이 담배꽁초를 무심코 길가에 던졌는데 시인께서 2미터쯤 떨어진 그 꽁초를 일부러 쫓아가 발로 비벼 끄시는 것이었다. 그 모습이 흡사 초등학교 모범생 같았다.

선문대학교 학장을 지내면서도 겸손한 모습은 변함이 없으셨다. 내가 책을 몇 차례 실어다 드리는 기회가 있었는데 차에서 연구실로 옮기는 일을 경비 아저씨가 자청해서 해 드리고자 해도 교수님은 손수 책 나르기를 멈추지 않으셨다. 뒷짐 지고 지시만 하는 일은 어울리지 않는다는 듯이….

황송문 시인은 사람을 황송하게 만드는 일에도 선수이시다. 계간 문예지 『문학사계』를 발행하는 일로 2002년에서 2005년까지는 자주 뵙기도 했는데, 일을 마치고 헤어질 때면 늘 내가 출발하는 것을 보고 나서 시인께서 출발하시는 것이었다. 황송한 마음에 그러지 마시고 먼저 출발하시라고 하는 데도 결국은 내가 먼저 출발하게 된다. 고집으로 따지면 당할 수가 없다.

내가 황송문 시인의 함자를 알게 된 것은 1980년대 초였다. 시인께서는 이미 『조선소』, 『목화의 계절』, 『내 가슴 속에는』 등을 비롯하여 여러 권의 시집을 발행하시고 문단 활동과 후학 양성으로 분주하시던 터였다. 전화를 통하여 처음으로 육성을 대하게 된 것은 1992년의 일이다. 세계일보 사업의 일환으로 파견된 한국어 교육봉사단을 위한 소식지에 시인의 시 「꽃잎」을 게재하고자 연락드렸다고 하니 흔쾌히 허락하셨다. 황송문 시인을 처음 만나게 된 것은 1999년이었다. 세계일보 주최로 열리는 문화 강좌에서 시창작 과정을 수강하면서 직접 지도를 받게 된 것이다.

황송문 시인을 만나기 전까지는 시쓰기가 그렇게 어려운 것인 줄 미처 몰랐다. 시창작 과정을 수강하게 된 것도 친구의 권유로 인한 것이었다. 그 때까지 필자는 시창작 공부가 따로 필요 없다고 여기고 있었으며, 내가 쓰면 무조건 통과라고 생각하고 있었다. 그것은 물론 착각이었다.

황송문 시인의 강의는 남다른 점이 있다. 습작품을 제출하면 어휘 하나까지 지적하고 때로는 대체할 단어까지 제시해 주신다. 다른 곳에서도 시창작 강의를 들어 보았지만 한 작품 한 작품을 정확하게 분석하여 지적해 주시는 분은 처음이었다. 황송문 시인의 지도 방법은 난처럼 부드러우면서도 검과 같이 예리하다. 내면으로 막연하게 느끼던 부족한 점을 어김없이 찍어내어 수정을 요구하신다. 그 때서야 '아하, 그것이 문제였구나!' 하는 깨달음이 온다.

재미있는 예화를 자유자재로 구사하면서 강의를 이끌어 가시는 가르침은 여름으로 치자면 모깃불 피워 놓고 별을 감상하는 분위기였고, 겨울로 치자면 화롯가에 앉아 불을 쬐는 분위기였다.

당시 함께 공부하던 수강생들의 열의는 지금 생각해도 새롭다. 한겨울 추위에도 아랑곳없이 먼 길을 마다하지 않고 달려오던 열정이 있었다. 목도리로 얼굴을 가린 채 눈만 내놓고 잰걸음으로 강의실을 향하던 모습들. 너나 할 것 없이 얼굴은 바알갛게 익은 사과 같았다. 우리들의 열의를 막아 보겠다는 듯이 매섭게 몰아치는 추위를 뚫고 일단 강의실로 들어오면 그 곳은 해방 공간이었다. 시작법에 관한 이야기를 나누고 좋은 시를 감상하고 분석하며 우리들의 습작품을 평가하기도 했다. 그 때 더불어 나누던 따듯한 인절미와 녹차의 맛이 새삼 그리워진다.

시를 우습게 알고 자만하던 나는 완전히 새롭게 공부하는 마음으로 끊임없이 지도를 받았다. 『문학사계』 2002년 가을호에 등단하게 되었을 때의 기쁨은 이루 말할 수 없었다. 제자들이 등단할 때마다 강조하시듯 만년 신인이라는 생각으로 정진하라는 당부의 말씀을 기억할 때마다 자세가 가다듬어진다.

화학비료의 사용 그리고 독성이 강한 화학 제초제의 사용과 함께 어느덧 우리 곁에서 사라져 버린 자운영. 이제는 친환경 농업에 대한 관심이 대두되면서 일부 지역에서는 자운영도 되살아나고 있다고 한다. 반가운 마음이다. 자운영을 좋아하는 황송문 시인의 자연주의적, 향토적 정서도 크게 부활할 수 있는 세상이 빨리 왔으면 좋겠다.

그의 음모(?)는 나보다 한 수 위

하 유 상
극자가 · 소설가
『탐미문학』 발행인

황송문 교수와 알고 지낸 지는 70년대 후반부터니까 그럭저럭 30년쯤 된다. 그러고 보니 강산이 세 번 변한 셈이다. 당시 창설되었던 '신문예협회'에서 제정한 '신문예상'의 제1회 수상자로 중견인 나와 신진의 황교수가 함께 수상하게 되면서부터 가까이하게 된 것이다.

황교수는 다재 다능한 문인인 동시에 선문대학교 인문대학 학장인 훌륭한 교육자이기도 하다. 시인으로서는 시집 『까치밥』 『바위 속에 피는 꽃』 『목화의 계절』 『내 가슴속에는』 『메시아의 손』 『노을같이 바람같이』 등 12권, 소설가로서는 소설집 『가시나무꽃』 『사랑은 먼 내일』 『달빛은 파도를 타고』 『달맞이꽃』 등 5권, 수필가로서는 수필집 『사랑의 이름으로 바람의 이름으로』 『사랑의 쉼표와 마침표』 『그리움의 술 기다림의 잔』 등 3권, 평론가로서는 평론집 『분단문학과 통일문학』 『중국조선족 시문학의 변화양상 연구』 『신석정 시의 색채 이미지 연구』 등 3권, 그 밖의 대학교수로서의 대학교재나 논저로는 『문장론』 『문장강화』 『한국현대문학의 탐구』 『현대시창작법』 『소설창작법』 『수필창작법』 등등 열거하기조차 힘들거니와 도합 66권에 이르고 있다.

문학 전반에 걸쳐 써 갈기고 있는 것이다. 다만 희곡은 젬끔이라 손을 못 대고 있다. 그러나 연극은 마니아일 정도로 좋아한다. 그리하여 나와 더불어 연극구경을 숱하게 하고 있다. 관극 태도도 도리어 나보다 더 진지하다.

그런데, 1997년 황교수가 나더러 자작의 장편소설 「달맞이꽃」을 교회에서 상연할 수 있도록 장막극으로 각색해 달라는 주문을 했다. 이 소설은 『종교신문』에 연재했던 작품으로 이른바 '종교소설'이다. 그러나 '종교' 냄새가 너무 풍기지 않도록 해달라는 황교수의 당부도 있고, 또한 나 역시 설교적인 작품을 만들고 싶지 않았기 때문에, 테마를 종교적인 것을 피하고 영·호남의 지역감정 지양으로 삼았다. 그러나 황교수에게는 내 의도에 대해 입을 다물고 시침을 뚝 떼었다.

그리하여 일찍이 영·호남의 지역감정을 타파한 신라의 선화(善花)공주와 백제의 무왕(武王) 얘기를 새로이 설정하여 고대 얘기와 현대 얘기를 교차하여 다채롭게 꾸며보려 꿍꿍이속의 시도를 했다. 따라서 등장인물도 일인 이역(一人二役)으로 같은 연기자로 하여금 고대의 인물과 현대의 인물을 아울러 하게 하려는 엉뚱하고 시큰둥한 음모(?)를 꾸몄다. 그리고 첫머리에 극작가와 기획자를 등장시키는 다음과 같은 구성으로 굿판을 마련해 보았다.

나오는 사람

극작가
기획자
서동·지욱(1인 2역)
선화·미영(1인 2역)
명신랑·두익(1인 2역)
서동모·미영모(1인 2역)
진평왕·지욱부(1인 2역)
법사·영의 소리(1인 2역)
비취·간호원(1인 2역)

장치

기본 무대만 설치해 놓고 장면마다 그 장면을 단적으로 나타내는 간단한 첨가장치로 보충한다. 간략한 장치인 만큼 조명이나 소품에는 세심한 신경을 써야 한다. 또한 고대는 우아하고 운문적으로, 현대는 박력 있고 산문적으로 한다. 따라서 음악도 우리 전통 악기에 의한 고전악과 서양악기에 의한 현대악으로 대조시켜야 한다. 이 극에서는 막의 필요성이 없다. 애당초부터 막이 올려진 채이다.

이윽고 벨이 울리면 무대 중앙쯤에 서스펜션 라이트가 비친다. 그러면 거기에 극작 구상에 골몰하고 있는 극작가가 천천히 떠오른다. 이윽고 기획자가 총총걸음으로 나온다. 그는 약간 성급한 편이다. 그래서 말과 동작이 보통 사람보다 빠른 편이다.

기획자 여보게, 작가 선생!

극작가 요오! 기획자, 어서 오게.

기획자 내년 봄 공연 기획은 어떻게 됐나?

극작가 구상했어.

기획자 뭔데?

극작가 이번엔 목적극을 쓰고 싶어.

기획자 목적극?

극작가 음.

기획자 어떤 목적극?

극작가 지역감정의 해소를 목적으로 한 극본 말일세.

기획자 웬 난데없는 지역감정 해소인가?

극작가 지난번의 대통령 선거에서 너무나 뚜렷하고 악착스런 지역감정의 발로를 보고 이래선 안 된다 하는 감상이 들었네. 지역감정의 타파를 목적으로 하는 극본이지.

기획자 교훈극인가?

극작가 아냐. 목적극이지 교훈극은 아냐.

기획자 아무튼 설교가 있어서는 안되네.

극작가 물론이지. 아주 아깃자깃한 얘기일세.

기획자 더 좀 구체적으로 얘기해 줄 수 없겠나?

극작가 해주지. 그게 내 의무니까.

기획자 의무라고까지 거창하게 말할 거야 없잖나?

극작가 의무지. 극작가로서 기획자를 설득시키는 건 의무가 아니겠나?

기획자 그런가?

극작가 하기야 그 의무를 이행해야 하는 대상인 기획자란 족속이 돌대가리라 설득이란 이만저만 힘드는 작업이 아니긴 하지만……

기획자 에끼!

극작가 농담일세.

기획자 말투가 그렇지도 않은 것 같은데?

극작가 맘대로 생각하게. 생각하는 건 자유니까.

기획자 '믿거나 말거나'란 배짱인가?

극작가 아무렴.

기획자 허허허……말해보게.

극작가 영·호남의 지역감정은 까마득한 옛날, 삼국시대로 거슬러 올라간다는 데는 이의가 없겠지?

기획자 그야 그렇지. 백제·신라 때부터지. 그 때부터 지역감정의 깊은 골이 파여진 거지.

극작가 암. 바로 이웃하고 있는 나라로서 첨예하게 대립했었지. 그런데 그때 이미 그 지역감정을 타파한 역사적인 남녀가 있다네.

기획자 누구더라?

극작가 굼뜨긴……누군 누구야. 바로 서동(薯童)으로 알려진 백제의 무왕(武王)과 신라의 선화공주(善花公主)가 아닌가?

기획자 아, 참. 그렇구나!

극작가 그네들은 지역감정의 타파도 타파지만, 보다 더 그 사랑 이야기가 작품감이거든.

기획자 사랑 이야기……즉 러브스토리가 아닌가?

극작가 그렇지.

기획자 러브스토리……좋지!

극작가 좋구말구!

기획자 그런데 삼국시대의 사랑 이야기……좀 진부하지 않을까?

극작가 진부하지 않아. 왜냐하면 그 삼국시대의 사랑 이야기와 현대의 사랑 이야기가 대조되면서 펼쳐지거든.

기획자 그래? 그거 재미있겠는데……

극작가 재미있고 말구……무척 재미있는 원작이 있다구.

기획자 원작이?

극작가 음.

기획자 그럼 각색하려는 건가?

극작가 그래. 그야 오리지널 극본도 좋지만, 때로는 각색 극본도 좋은 거라네.

기획자 물론 그렇지. 하지만 그건 원작의 여하에 달렸지, 원작이 도대체 뭔가?

극작가 황송문 씨의 소설 「달맞이꽃」이야.

기획자 황송문 씨라면 시인 아닌가? 시집을 무려 열두 권이나 낸……?

극작가 맞았어. 하지만 소설도 쓰지. 지금까지 두 권의 소설집을 냈고, 세권의 장편소설을 내고 있어. 이 「달맞이꽃」도 그 세권 가운데 하나야.

기획자 그래. 난 시만 쓰는 줄 알았더니……

극작가 왜? 시인이 쓴 소설이라 이상하다는 건가?

기획자 딱 꼬집어서 그런 건 아니지만……아무래도……

극작가 그게 편견이라는 거야. 우리 문단엔 묘한 편견이 있어. 딴 분야의 작품을 쓰면 이상하게 여기거든. 참으로 좁은 소견머리들이지. 외국을 보게나. 시인이 소설도 쓰고 시나리오도 쓰고 하잖나? 외국이라고 해서 멀리 구미(歐美)의 작가나 시인을 볼 게 아니라 가까운 이웃 일본만 해도 한 작가나 시인이 문학의 모든 분야를 섭렵하고 있잖나?

기획자 하긴 그래. 어서 그 작품 얘기나 해보게.

극작가 때야말로 신라는 진평왕 때. 백제는 위덕왕 때지. 신라의 서라벌에 있는 영흥사에 감자를 파는 젊은이가 나타났다네. 정체불명의 젊은이지 뭔가.

서스펜션 라이트 꺼졌다가 무대가 천천히 밝아지면, 서동과 법사가 나타난다.

법사 네 생각이 아무리 간절하다고 해도 공주님은 공주님이고. 너는 감자를 팔고 다니는 일개 서동에 지나지 않아. 그런데도 공주님께 접근하려 하다니. 어림도 없는 일!

명신랑, 지나려다 멈추어 선다.

명신랑 귓결에 듣자하니 공주님이 어쩌고 저쩌고 했는데, 공주님이 도대체 어쨌던 말이야?
법사 (당황하며) 아무것도 아니오.
명신랑 공주님은 머잖아 나와 혼인할 몸이니 말을 함부로 하지 말아. 만약 함부로 하는 날엔 목이 열이라도 붙어나지 못하리라.(칼자루에 손을 대고 서동을 째려본다)
서동 공주님은 아직 정혼하지 않았다고 들었는데요.
명신랑 네놈은 무엇이냐? 함부로 주둥이를 나불거리다니!
서동 함부로 주둥이를 나불거려서가 아니라 실제로 정혼하지 않았잖습니까?
명신랑 넌 뭣하는 놈이냐?
서동 난 감자를 팔러 다니는 서동이라오.
명신랑 일개 서동이 감히……
서동 서동은 할 말도 못하란 법이 있습니까?
명신랑 아가리 닥쳐! 당장에 본때를 보기 좋게 보여주리라!

명신랑은 칼을 뽑아들고 서동을 치고, 서동은 이리저리 그 칼을 피한다.
선화공주, 시녀 비취를 데리고 나온다.

법사 명신랑, 고정하오! 공주님이 나오셨소.

명신랑, 허겁지겁 칼을 칼집에 꽂는다.

명신랑 공주님. 나오셨습니까?
선화 명신랑은 이곳이 절간이란 사실을 모르오?

명신랑 공주님. 이 자가 일개 서동의 몸으로 무엄하게도 공주님을 함부로 입에 올리기에 이몸이 본때를 보여주는 판이나이다.

선화 아무리 서동일지라도 공주를 입에 올리지 못할 게 뭐란 말이오?

명신랑 하오나……이 몸으로 듣기 거북하여……

선화 듣기 싫소! 나로서는 명신랑이 필요 이상으로 나에 대해 관심을 갖는 것을 바라지 않소. 오히려 거북하니까.

명신랑 하오나……

선화 듣기 싫대도요! 보기 싫으니 썩 물러가시오!

명신랑, 하는 수 없이 퇴장.

선화 (다정히) 그대는 뭣하는 사람인고?

서동 감자를 파는 서동이로소이다.

선화 보아하니 미목이 수려하니 빼어난 인물인데, 왜 감자를 팔고 다니는고?

서동 거기에는 사연이 있사옵지만, 지금 그 사연을 아뢰옵지는 못하겠소이다.

선화 말 못할 사연이 있는고?

서동 예. 그러하옵니다.

선화 그렇다면 구태여 묻지 않겠노라. 그런데 나를 보고자 한 까닭은 무엇인고?

서동 공주님의 미모가 출중하다는 풍문이 자자하여 실제로 직접 확인하고 싶었소이다.

선화 (피식 웃고) 그럼 확인해 보라. 진득이 본다 할지라도 내 탓하지 않으리.

선화, 얼굴을 가렸던 흰 공작의 꼬리로 만든 부채를 비껴든다.

서동, 선화의 얼굴을 진득이 본다(다만 황홀할 따름이다).

나의 이 음모(?)는 정통으로 맞아 떨어졌다. 황교수는 나의 예상

이상으로 반겼다. 게다가 때마침 월간 『순수문학』에서 원고 청탁이 있기에 이 작품을 주었더니 3회에 걸쳐 연재했다. 그러자 문단에선 '새로운 형식의 희곡' 이라고 대환영이었다. 새삼 음모(?)의 효험을 느끼게 했다.

그런데, 이변이 생겼다. 황교수가 이 때부터 매주 금요일마다 인간문화재 성우향님에게서 판소리를 익히고 있다는 풍문이었다. "이제 새삼스레 소리꾼이 되려는 것도 아닐텐데……?" 하는 의아스런 마음에서 그에게 그 까닭을 꼬치꼬치 캐물었더니 잔웃음만 입가에 띄울 뿐 침묵으로 일관했다.

나는 그게 음흉스런 음모(?)일 줄이야 알 리가 없었다. 그럭저럭 3개월이 지난 뒤에야 나는 월간 『시문학』지를 보고 깜짝 놀래 자빠졌다. 그 시지에는 다음과 같은 장편 서사시가 연재를 시작하고 있지 않은가!

옛날옛날 한옛날에
호랑이 담배먹던 삼국시대
춘삼월 호시절 입춘대길 건양다경
버들강아지 물오르는 청춘남녀에게는
탐화봉접이 좋을시고 사랑꿈이 좋을시고

영호남의 선남선녀
백제의 맛동방과 신라의 선화공주
물묻은 바가지 깨들어붙듯
바늘 가는데 실간 자리.
자석에 바늘 붙듯
때를 만난 벌나비 담장을 넘어서
장다리밭으로 훨훨 날아들더라.

백제의 무왕이 어릴적에
신라의 진평왕의 셋째딸
선화공주가 예쁘다는 말을 듣고

스님처럼 머리깎은 행색으로
벌나비 담장 넘어가듯 두 나라 국경을 넘어
성내의 아이들에 감자를 나눠주며
민들레 씨앗 날리듯 서동요를 날렸으니

꽃씨들이 훠얼훠얼 날아다니듯이
사랑노래 알갱이들이 이 고샃 저 고샃
고샃고샃 둥둥둥 떠다니다가
소문이 대궐까지 들어가니
진노한 왕이 선화공주를 귀양보낼 때
밤눈 밝은 부엉이 나방이 채가듯
사랑에 눈뜬 맛동방 선화공주를 채어가더라.

둥둥둥 내사랑아 어허 둥둥 내사랑
호남의 선남과 영남의 선녀가 합궁을 하니
백제궁 신라궁보다 더 좋은 사랑궁이로다.

둥둥둥 내사랑 어허 둥둥 내사랑
창칼을 겨누던 원수나라 왕자와 공주도
유채꽃밭으로 날아드는 벌나비같이
울타리를 넘나들며 사랑노래를 불렀는디

두쪽으로 쪼각난 나라에서
지역감정이 웬말이드란 말이냐
생자 남원이요 사자 임실이라는
호남의 명산 고을에
선화공주 빼어박은 미영이 살었는디
영남의 대구 고을에 지욱이라는 사내와
악연으로 속아서 억지결혼을 했겄다.

복통허고 절통혀서 천지신명께 호소하는디

이 세상 넓은 천지에
밝은 귀를 가진자는 들어보고
맑은 눈을 가진 자는 바라보소
사랑할 수 없는 사람과 살아야 하는
기구한 운명의 수난자를
살펴보고 헤쳐보고 되새겨보소.

황교수가 음모(?) 꾸미는 데 있어서 확실히 나보다 한 수 위였다. 「달맞이꽃」을 장편 서사시로 쓰되, 판소리의 옛스런 멋과 구수한 맛을 내기 위해 꾸준히 판소리 교습소에 다니다니……아, 그 치밀한 음모! 그 집요한 집념! 그 끈질긴 끈기!

황교수는 문학에 있어서의 큰그릇임에 틀림없다. 비록 대학은 정년이 되어 떠나게 되지만, 문학에 대한 용맹심은 더욱 치열해지리라……!

한 권의 책이 맺어 준 인연

허 금 주
시인 · 한양대 강사

나에게는 20여년 쯤 되는 황송문 교수의 수필집 『사랑의 이름으로 바람의 이름으로』(지성문화사, 1987)가 있다. 이 수필집은 1980년대 중후반 대학시절을 보내면서 월간 시전문지 『心象』에서 주최하는 '해변시인학교' 백일장에 참가하여 상품으로 받은 책들 가운데 한 권이다.

책이라면 양서를 비롯하여 잡서, 금서 등 닥치는 대로 읽고 또 읽어대는 나의 탐독에 이 수필집은 참 소박하고 시골스러운 훈기를 안겨 주었다. 1988년 올림픽 개최를 앞두고 그 당시 문화의 안팎은 이벤트적 성격이 강한 행사들로 들뜬 분위기가 형성되어 갔다. 강력한 흡인력을 뿜어내지 못하면 냉담한 반응을 면하지 못하는 정서적 분위기는 고뇌의 정점인 시에서도 예외는 아니어서 그 무렵 '해변시인학교'는 시와 인간과 바다의 축제로 열기를 더해가고 있었다.

그런데 상품으로 받은 수필집의 내용은 저자의 고향(전북 임실 오수)에 대한 이야기를 어린시절의 할머니와 함께 반추하며 풀어나가는 것으로 대부분을 차지한다. 도시를 밝히는 문명의 광택은 책의 페이지 어디에도 살아있지 않는 옛사람 냄새를 진하게 풍겼다. 어쩌면 그 무렵 내가 누군가로부터 받은 책들 가운데 가장 시골스러운 표정이 담긴 유일한 책이라고 해야 할 것 같다.

그 후 15년여의 세월이 흐르는 동안 나는 이 책의 저자를 단 한번도 만난 적이 없었을 뿐만 아니라 그다지 궁금하지도 않았다. 그러나 인연은 부지런히 제 길을 걸어 계간 『문학사계』 편집위원으로 추천되면서 『사랑의 이름으로 바람의 이름으로』라는 책의 인연이 그 모습을 드러내는 것이었다. 단박에 황송문 교수를 알아보지 못하고, 곰곰 낯익은 이름을 발음해 보면서 집에 돌아와 책장을 유심히 바라보다가 아, 놀라움을 금치 못하는 순간을 맞이하게 된 것이다. 이 말씀을 언젠가 한 번 해드렸더니 황송문 교수 또한 놀라워하며 얼굴이 붉어지면서 웃으셨다.

황송문 교수는 계간 『문학사계』에 대담 혹은 좌담 그리고 시인탐구 연재 원고를 3년여에 걸쳐 청탁해 주셨다. 스스로 자극하며 채찍질할 수 있는 기회를 주신 것에 거듭 감사드린다. 한 번은 원고가 너무 늦어 모기만한 목소리로 양해를 구하는 전화를 드렸더니 특유의 소박하고 다정한 음성으로 "괜찮습니다. 저는 기다리는 사람입니다."라고 말씀하시며 푸근하게 웃으셨다. 바로 이 점이다. 황송문 교수는 다른 사람에게 여유를 베풀면서 자신에게는 무척 엄격하시다. 비록 오랜 만남의 시간을 가져 본 것은 아니지만 적어도 내가 받은 1987년도에 발행된 수필집에 씌어진 약력에서 너무나 많은 행적들, 이를테면 학자로서의 저서, 시인으로서의 시집, 교수로서의 강의와 잡지 주간으로서 그가 하는 일은 누구에게도 책임을 전가시킬 수 없는 자신의 책임으로 행해지는 일들로 그뒤의 시간을 소리없이 말해주고 있음이다.

계간 『문학사계』편집위원으로 다시 만난 인연의 감회가 참 새롭다. 머언 나라에서 도착한 은총을 빌어주는 크리스마스카드처럼 살면서 한 권의 책이 가져다 준 이런 기쁨과 인연이 사람 사는 세상의 따뜻함인 것을.

정년기념문집 산문작품

내가 본 황송문 교수

강 구 찬
전 세계일보 총무국장

황송문 교수님과는 1966년 전주대학교 동문으로 '간납대' 모임에서 만나게 되었다. 내가 총학생회장에 입후보했을 당시 적극적으로 도움을 주었고, 학생회장에 당선되어 학생회를 이끌고 나갈 때에도 더욱더 많은 조언과 협력을 아끼지 않았던 인연이 지금까지도 끈끈한 우정으로 발전되어 나에게는 많은 도움을 주는 스승 같아 존경하는 분이다.

당시 '간납대'라고 하는 전주대학교의 상징적인 학생서클에서는 수 차례 연사로 선정되어 공산주의 이론을 비판하고 자유민주주의 옹호자로서의 역할을 함으로써 많은 학우들로부터 존경과 감탄을 받으며 학교생활을 했던 기억이 생생하다.

한편 황송문 교수님은 당시 대학 교수님들로부터도 학생 같지 않고 교수님 같은 느낌을 갖는다는 평을 들을 정도로 이론가였으며 학구파로서 대단한 인기가 있었던 것으로 기억된다.

또 대학신문 기자로서 대학신문발전에 크게 공을 세웠던 것으로 정평이 나있었다.

아무튼 황송문 교수님은 많은 저서를 집필하셨을 뿐만 아니라 원로시인으로서 문학가로서 대학교수님으로서 대 학자이심이 분명하다.

- 2006년 10월

잊을 수 없는 추억

공 연 석
면동교회 목사

글과 배움이 부족한 제가 교수님의 고귀한 삶의 흔적을 남기는 이 사업에 몇 자 적을 수 있는 영광을 주심에 진심으로 감사를 드립니다. 제가 1993년도 선문대 신학대학에 입학해서 대학국어 가르침을 받을 때가 엊그제 같은데 벌써 정년을 앞두고 계시다니 삶의 무상함과 더불어 시간이 많이 흘렀음을 알게 됩니다.

제가 면동교회에 부임해서 목회를 잘 할 수 있도록 도와주시고 지도해 주심에 감사를 드립니다. 교수님과 교회에서 만나기 전 과거를 상기해 볼 때, 인상에 남는 특별한 기억이 있습니다.

대학 1학년 때 교수님께서는 뭔가 과제를 원고지에 써 오게 해서 제출하게 하신 적이 있습니다. 그런데 놀라운 것은 교수님은 그 많은 학생들의 원고를 일일이 읽으시고 글자나 띄어쓰기 등을 체크하시어 다시 나눠주신 것입니다.

보통 교수님 같으면 그냥 체크해서 점수 주면 그만일 텐데, 그 많은 학생들 것을 전부 체크해서 나눠주시고 고치도록 한 것을 봤을 때 보통 분이 아님을 느꼈습니다. 그때는 한 학과에 70명 정도 다닐 때였으니까 신학대학만 해도 210명, 그리고 교수님은 여러 가지 작품활동으로 바쁠 것이라 생각됐기 때문에 그 당시에도 저 자신은 크게 감동을 받았습니다.

교수님 방에 가서 첨삭지도를 받고 돌아섰을 때 뭔가 알 수 없는 삶의 방식이 나를 엄습해 옴을 느낄 수가 있었습니다. 또한 수업시간에 느껴지는 것은 어느 수업시간에나 느낄 수 있는 그러한 가벼움이 아니었습니다.

당신이 가진 뭔가를 줄려고 하고 뭔가를 깨우치게 하려고 하는 아버지와 같은 깊은 심정의 내면이 느껴졌습니다. 지금 생각하면 교수님은 가르치는 것도 가르치는 것이지만, 그 이면에 저희들의 내적인 것을 완전히 바꾸어 새 사람으로 태어나기를 바라시는 간절함이 깃들어 있었던 것 같습니다.

이렇듯 교수님의 교학(敎學)의 삶은 정말 아이를 낳는 부모의 모습으로 지성을 다해서 저희들을 가르쳐 주셨다는 생각이 듭니다. 별로 공부를 열심히 하지 않았던 저 자신도 이런 느낌을 받았는데 열심히 했던 동료들은 더 많은 것을 느끼고 배웠을 것이라는 생각이 듭니다.

세월이 흘러서 찾아뵙지 않으면 다시 못 뵐 것 같은 교수님을 면동교회에서 다시 만나뵙게 되어 너무나 하나님과 참부모님께 감사하고 있습니다.

처음 면동교회로 명 받고 교수님이 계시다는 소식에 기쁘면서도 긴장이 되었지만 너무나 잘 대해 주셔서 감사합니다. 또한 면동교회 식구님들도 교수님이 교회에 나오시면 매우 기뻐하고 좋아하시는 것 같습니다. 항상 좋은 말씀을 들려주시고 신앙의 본을 보여주시는 삶에 식구들이 감동과 감명을 받은 것입니다.

막상 정년을 앞두고 그동안 정말 모든 걸 다 바쳐서 후학을 기르기에 애쓰셨을 교수님을 생각하니 제자로서 죄송함과 부끄러움, 존경과 감사를 함께 올립니다.

분명 교수님이 정성을 다해 가르치신 내용과 업적들은 길이길이 제자들의 마음속에 생명의 불씨가 되어 살아날 것이며, 당신의 제자들은 사회의 큰 빛과 소금이 될 것입니다.

계속해서 많은 작품과 인격으로 통일가의 식구들을 일깨워 주시고, 또한 사모님과도 행복한 가정 이루시기를 간절히 기도드립니다.

황송문 시인의 마부작침(磨斧作針)

김 성 일
호주 선교 회장

황송문 시인의 시 「까치밥」을 읽다가 문득 詩仙 이태백의 어렸을 때 이야기를 떠올렸다. 이태백은 아버지의 직장이 있는 촉땅의 성도에서 자랐다. 그때 훌륭한 스승을 찾아 상의산(上宜山)에 들어가 修學을 했는데, 어느 날 공부에 실증이 나자 스승에게 말도 없이 산을 내려오고 말았다.

집으로 향해 걷고 있던 계곡을 흐르는 냇가에 이르자 한 노파가 바위에다가 도끼를 열심히 갈고 있었다. 할머니, 지금 무엇을 하고 계십니까 하고 물으니, 그 대답이 바늘을 만들려고 도끼를 갈고 있다는 것이었다.

마부작침(磨斧作針) 그렇게 큰 쇠막대를 간다고 바늘이 될까요? 그럼 되고 말고요. 중도에 포기만 하지 않는다면 말이죠. 이태백은 "중도에 포기만 하지 않는다면"이란 말이 마음에 걸렸다. 여기서 생각을 바꾼 이태백은 노파에게 공손히 인사를 하고 다시 산으로 올라갔다. 그 후 공부를 하다가도 마음이 해이해지면 바늘을 만들려고 열심히 도끼를 갈던 그 노파의 얼굴을 떠올리고는 더욱 열심히 공부를 하여 詩仙이 된 것이다.

내가 황송문 시인을 가깝게 알게 된 것은 1969년 협회에 근무할 당시 나는 전도부에, 황시인은 문화부에 근무할 때였다. 시를 열심히 쓰고, 『목회』지를 편찬하는 것을 보고 문학을 참 좋아하는구나 하고 생각했다. 그때 우리 그룹에서 문학을 하는 사람은 장영창 시인과 유광렬 시인, 황송문 시인이었다.

그 후 나는 1974년 5월에 일본 나고야로 발령이 되어 근무할 때 황시인이 나고야(名古屋)에 있는 남산대학에 유학을 왔었다. 생활이 어려웠어도 힘든 기색이 없이 열심히 공부하는 모습을 보았다.

가끔씩 시를 써서 한국일보 등지에 실린 시를 나에게 보여주곤 하였다. 중도에 포기하지 않고 꾸준함으로 오늘날 한국문단에서 이렇게 큰 역할을 할 줄 그때는 미처 몰랐었다.

황시인을 생각하면 마부작침(磨斧作針) 생각이 나서 몇 자 적어보고자 한다. 황시인이 쓴 시「까치밥」중에서 "우리 죽은 듯이 죽어 살아요. 메주가 썩어서 장맛이 들고, 떫은감도 서리맞은 뒤에 맛들 듯이, 우리 고난 받은 뒤에 단맛을 익혀요. 정겹고 꽃답게 인생을 익혀요.…새소식 가지고 오시는 까치에게 쭈구렁 바가지로 쪼아 먹히고 이듬해 새봄에 속잎이 필 때…" 이 구절을 보고 인생의 한 생애를 함축해서 그린 아름다운 명시라고 생각했다.

인생의 쓴맛 단맛 신맛 떫은맛을 겪어보지 않은 사람은 삶의 참맛을 모르는 사람이라 하겠다. 진정한 인간성을 아름다운 자연과 더불어 소박한 표현의 작품이라는 생각이 든다.

이러한 작품들이 어떻게 나왔을까 하고 잠시 생각해 보았다. 황송문 시인은 삶 자체가 사물을 아름답게 보고 감사하는 마음에서 행복해하는 분이라고 보여진다. 감사하는 마음이란 인간에 있어서 대단히 중대하다고 본다. 보는 견지에 따라서 인간의 행복과 즐거움을 생산하는 근본이 된다고 보여진다.

감사하는 마음이 없는 곳에는 결코 행복은 나오지 않고, 결국은 인간을 불행으로 만든다고 생각한다. 감사하는 마음이 높으면 높을수록 거기에 정비례해서 행복감이 높아진다고 본다. 그리고 자기 자신에 있어서 최선을 다하는 분이라 생각한다. 어떠한 환경에 있어서도 최선을 다해서 하루 하루를 충실히 쌓아서 이루는 것이 성공으로 이끄는 길이라 생각한다.

이러한 것들이 갖추어져서 오늘의 황시인이 되었다고 보여진다. 많은 시작품 중에서도「까치밥」은 어쩌면 내가 살던 고향과 흡사하여 마음의 세포 세포마다 자극해 주는 새로운 이름다운 생명과 자연에 동화시켜주는 역할을 하여 주었다.

한 가지 아쉬운 점은 내가 문학도가 아니라서 넓고 깊은 뜻을 표현하지 못한 것이다. 앞으로 더욱 더 인생의 풍부한 삶과 경험을 통한 좋은 작품들이 많이 나오기를 바랍니다.

지난날을 돌아보며

김 승 수
전 고려대 총무처 인사과장

오수초등학교를 졸업한지가 벌써 50년이 넘었습니다. 그 후 학교 진학에 따라 뿔뿔이 헤어지게 된 거죠. 중학교 진학, 고등학교 진학, 대학교 진학, 개인사업에 종사, 가사에 종사 등으로 우리는 전국 각지에 흩어지게 되었습니다. 세월은 지나고 보면 언제 지나가 버렸는지 알 수가 없을 정도로 빨리 가 버렸습니다.

그 후 모임이 고등학교 2학년 때 오수 신포정에서 동창회를 한번 갖게되어 뿔뿔이 헤어졌던 고향 친구들이 모이게 됐습니다. 오수에서 중학교, 고등학교를 다니는 친구도 있고, 전주에서 중학교, 고등학교를 다니는 친구도 있었습니다. 저의 경우는 고등학교부터 서울에서 다니게 되어 신포정 동창회에서 은근히 자부심을 갖고 폼을 잡기도 했었습니다. 그때 찍은 사진은 명함 만한 크기에 수십 명이 들어가 있으니 지금 시력으로선 잘 알아보기 힘든 상태죠. 그 때의 사진 기술이 별로였으니까요. 지금 서울에서 초등학교 동창들이 모이면 약 30명 정도가 모이게 되는데 그동안 지내온 사연은 개인별로 다 특색이 있을 걸로 봅니다.

저의 경우는 고등학교 2학년 때 아버님께서 별세하셔서 서울 객지에서의 생활이 많이 바뀌기 시작했습니다. 어느덧 고등학교를 졸업하고 대학에 진학하게 되었는데 첫 등록금은 어떻게 마련했으나 2학기 때부터가 문제였습니다. 그래서 한 학기를 다니고 어차피 남자는 군대를 한 번 갔다와야 하니 군에 입대하는 것이 좋다고 생각하여 결심을 했습니다.

겨울방학 때 오수에 내려와 곰곰이 생각해 보았습니다. 군은 어디로 갈 것인가? 그 결과 대학생은 00군번 18개월 복무하면 제대가 되는 제도가 있었는데 이걸 결정 못하고 육군 갑종 간부 후보생 시험을 보아 그 이듬해 3월에 논산훈련소에 입대를 하게 되었습니다. 전, 후 반기 10주 교육을 마치고 광주보병학교에 입교를 하게 되어 간부 후보생 교육을 받게 되었습니다. 드디어 그 해 12월에 육군소위에 임관하게 되었습니다.

육군 소위 계급장을 달고 전방 3사단 보병연대 예하대대 소대장으로 직무를 시작했고 그 후 사단 사령부를 거쳐 5군단 사령부를 마지막으로 근무를 하게 되었습니다. 재학 중에 군에 입대했기 때문에 빨리 제대할 수 있는 학보병으로 못간 게 후회스럽기도 했습니다. 그러나 별 수 없는 일. 군에 있을 때 받는 장교봉급을 절약해서 대학에 복학하게 되면 등록금 문제를 미리 해결할 수 있게 되었습니다.

강의가 있든 없든 학교로 가서 빈 강의실이나 도서관에서 잠을 자기도 하고 책도 봅니다. 그러나 잠이 부족해서 강의시간에도 졸기 일쑤고 시험 때만 되면 시험공부에 쫓겨 항상 졸립니다. 그러다가 방학이 되면 학교에서 색소폰을 빌려 오수로 내려갑니다. 저의 집은 친구들로 북적거립니다. 밤에는 놀고 낮에는 자고. 밤에 놀 때는 노래를 좋아하는 친구들이 많아 주로 노래를 부르며, 막걸리를 마시며 밤을 새웁니다. 돈 한푼 없이 고향에 가도 매일 막걸리는 떨어지지 않았습니다. 기타와 색소폰이 막걸리를 나오게 만드는 거죠. 오수 환천주장에 전화로 막걸리를 시키면 짐을 싣는 자전거 양쪽에 한 말 짜리 나무통 두 개를 매달고 옵니다.

방학이 끝나면 다시 보따리를 싸들고 서울로 갑니다. 또 아르바이트는 시작되고 타향살이 고생은 시작되죠. 젊어서 고생은 사서도 한다던데. 그러다가 또 방학이 되어 오수로 내려갔는데 한 선배님께서 제안을 하셨습니다. 집구석에서만 놀지 말고 오수에서 콩클대회를 한 번 해보면 어떻겠느냐 하시는 거였습니다. 이런저런 얘기 끝에 다음 여름방학 때 콩클대회를 오수에서 하기로 했습니다.

드디어 오수극장에서 콩쿨대회를 하게 되었습니다. 멤버는 K대학 취주악부 학생 중 드럼 1명, 베이스기타 1명, 퍼스트 기타 1명, 트럼펫 1명, 제가 테너색소폰을 하기로 하여 총 5명으로 구성되었습니다. 경운기를 타고 가두 선전을 할 때는 프로가 아니어서 좀 어색하기도 했습니다. 2일간 하기로 하고 콩쿨대회가 시작되었습니다. 사회자의 지시에 따라 5명이 무대에 올라가 오프닝 송(Openning Song)으로 「맥주통 폴카(Beer Barrel Polka)」를 연주했습니다.

연주하는 도중에 관중석 앞쪽에서 어떤 할머니께서 "저거 방구쟁이 아니어?" 라고 소리치시는 거였습니다. 연주하다가 웃을 수도 없고 해서 오프닝 송이 끝난 다음에 보니 금암리에 사시는 친구의 어머님이셨습니다. 얼마나 무안한지 아주 곤란했습니다. 사연인즉 그 친구 집에 놀러갔다가 나오는 데 방에서 참았던 방귀를 나오면서 마당에서 한 방 터뜨렸었습니다. 그랬더니 그 친구 어머님께서 "뭘 그렇게 찢냐?" "광목을 찢냐?" 하시는 것이었습니다. 그러자 그 친구가 "아니 이건 광목 찢는 소리가 아니고 이놈이 방구 뀌는 소리예요." 하는 것이었습니다. 그래서 그걸 기억하고 계시다가 무대 앞에서 그 놈이라 생각하고 하시는 말씀이셨습니다.

콩쿨대회는 2일간 예정으로 진행되었습니다. 진행방법은 악사들이 학생들이라 대중가요를 많이 알지 못하기 때문에 출연자들에게 미리 부를 곡목을 물어 즉흥적으로 엮어갔습니다. 그때만 해도 트로트곡이 거의 대부분이라 그리 어렵지 않게 잘 진행이 되었습니다. 콩쿨대회가 끝나고 제 집으로 와서 숙박을 하게 되었습니다. 물론 술판이 벌어지는 건 당연하다시피 됐죠. 저희 멤버뿐만 아니라 노래 좋아하고 술 좋아하는 사람들이 많이 따라왔습니다. 술판은 밤새도록 계속됐습니다. 2일간으로 예정된 콩쿨대회는 하루 더 연장하여 3일간 했습니다. 매일 술이 계속되었고 수고비로 받은 돈도 술값으로 다 없어졌습니다. 그래서 여비를 다시 마련하기 위해 삼계면에서 콩쿨대회를 하루 진행했습니다.

1970년 2월 10년만에 대학을 졸업하게 되었습니다. 그 때 역시 취업이 쉽지 않아 어려움이 많았습니다. 그러던 중 모교에서 행정직 공개모집이 있어 어려운 경쟁을 뚫고 2명중 한 명이 되었습니다. K대는 음악대학이 없어 입학식, 졸업식 할 때는 아마추어들이 애국가 제창, 교가제창 등을 진행하였습니다. 지휘하던 선배께서 지휘봉을 저한테 넘겨주어 10년을 지휘하기도 했고, 신입생 오리엔테이션 때 교가, 응원가 등을 가르쳐 주기도 했습니다.

K대에서 약 30여 년을 근무하고 지난 2004년 퇴직을 했습니다. 초등학교 졸업한 지가 엊그제 같은데 지나고 보면 세월이 이렇게 빠르게, 초고속으로 지나버린 허무함을 느끼게 합니다. 백수가 되어 할 일이 없어지자 요즘은 취미로 낚시를 다니곤 합니다. 주로 경기지역 가까운 곳으로 출조를 하면 약 일주일씩 낚시를 하고 옵니다. 같이 다니는 박씨가 한 분 있는데 낚시에 일가견이 있어 많이 배우고 있습니다. 자동차는 각자 따로 가지고 갑니다. 그런데 그분 차에 노래방 기계가 설치되어있어 고기가 잘 안 잡히고 지루할 때 한 번 읊어봅니다. 그래서 한 번은 제가 가지고 있는 클라리넷을 가지고 갔습니다. 노래방 기계와 합주를 하면 또한 그 맛이 일품입니다. 우리 세대가 즐겨 부르는 뽕짝 가요가 대부분이지요. 예를 들면 「고향무정」「해운대 엘레지」「흙에 살리라」「충청도 아줌마」「마포종점」「물새우는 강언덕」 등등.

황교수의 정년퇴임을 기념하여 오수 신포정에서 한 번 색소폰을 울려보는 것도 좋을 것 같습니다. 제가 오수초등학교 35회 동창회 총무를 맡고 있으면서 클라리넷이나 색소폰을 자주 갖고 나갑니다. 그래도 남은 여생을 즐겁게 보내보고자 1인조 밴드와 함께 분위기를 살리려고 노력하고 있습니다. 황교수의 정년퇴임을 기념하여 이렇게 몇 자 글을 올리게 되어 감사합니다. 건강하시고 가정에 행운이 깃드시길 바랍니다.

- 2006년 10월 27일

나의 아버지와 같은 황송문 교수님

김 홍 도
중국 조선족 가수

저는 중국 '연변가무단'에서 여기 한국의 한양대학교 성악과 학부과정을 마치고 지금은 동 대학원 재학중인 유학생 김홍도입니다. 저는 황송문 교수님을 연변대학 명예교수 이상각 선생님의 알선으로 2006년 3월 8일 한양대학교 정문 앞 커피숍에서 만나게 되었습니다.

저는 중국에 계시는 이상각 선생님이 황송문 교수님한테 보내드린 물건을 드리고 나서 나의 소개를 간단히 하였습니다. 소개 인사를 받으신 교수님은 나의 유학 동기와 현재의 여러 방면의 상황을 묻고 인터뷰를 요청하였습니다. 인터뷰 중 제가 지난 어려운 일을 회상하니 눈물이 앞을 가리고 목이 메었습니다.

이 모든 이야기를 듣고 계시던 교수님은 호주머니에서 손수건을 꺼내주시면서 진정시켰습니다. 교수님은 인터뷰를 마치면서 흰봉투를 나의 손에 쥐어주었습니다. 지금 어려운 생활에 조금이라도 보태어 쓰라고 하셨습니다.

저는 그때 교수님의 이런 관심을 생각도 못하였습니다. 그것은 이전에 교수님을 안 일도 없었고, 교수님께 도움을 드린 일도 없었는데, 그때는 정말 감사도 하였지만, 미안한 마음이 더 많았습니다.

교수님이 돈이 쓸데가 없어서 저에게 주는 게 아니었을 테니까요. 교수님이 헤어질 때는 나의 어려움을 충분히 이해하신다고 하면서, 여러 방면으로 알아보고 도움이 되도록 할 테니 학업을 절대로 포기하지 말고 수시로 좋은 소식 기다리라고 하셨습니다.

그리고 20일이 지난 뒤 선생님은 연주를 연계하셨습니다. 비록 그 연주는 사정상 연주하지 못하였지만, 연주비 100%를 저에게 찾아주셨습니다. 그 연주를 위하여 선생님은 집에서 차를 가지고 한양대학교까지 오셔서 저를 태우고 서울역 부근 청파동에 위치한 문화국 연습실에 두 번씩이나 실어가고 실어오고, 또 청평 연주 현장까지 갔다 오는 주행시간 4시간도 넘는 거리를 70세 가까운 교수님이 자식같이 저를 이렇게 차를 태우고 다닌다는 것이 어찌 나로서는 감사하지 않겠습니까?

지금도 가끔 교수님을 생각하면 아아, 더욱 열심히 해서 교수님의 사랑에 보답해야지 하는 자부심을 가지게 됩니다.

교수님은 저에게 많은 것을 가르쳐 주시고 알게 하여 주셨습니다. 제가 약속시간을 조금 어긴 일이 있었는데, 교수님은 여기 한국에서는 약속만은 엄격히 지켜야 한다. 그래야 상대방의 신임을 얻을 수 있고, 길을 건널 때도 차도에서 멀리 떨어져서 기다렸다가 푸른 신호등이 켜져서 사람들이 건널 때 길을 건너야 안전하다는 것, 길가에 아무데나 함부로 침을 뱉으면 안 된다는 것, 저녁 9시 이후에는 절대로 라면이나 음식을 먹어서는 안 된다는 것, 밤늦게 음식을 먹고 자면 만병의 근원이 되기 때문에 가볍게 먹고 틈나는 대로 운동을 하라는 것이었습니다.

성악을 하는 사람은 몸이 악기이기 때문에 건강한 신체를 가져야 한다면서 어떤 때는 전화로서 저에게 확인을 합니다. 그리고 일이 있어서 저와 만날 때는 나에게 필요하겠다는 물건들을 집에서 챙겨와서 주시기도 합니다.

정말 생각만 하여도 부모님과 같으신 선생님, 선생님의 그 마음을 소중히 간직함으로써 큰 힘을 얻게 됩니다. 제가 2008년에 졸업하고 연길에 가게 되면 우리 선생님에게 받은 사랑에 보답하고자 송아지 한 마리 잡겠습니다. 정말 저의 아버지 같은 선생님, 존경하는 교수님, 정년을 하시더라도 오래오래 건강하시기 바랍니다.

존경하는 교수님

박 창 식
면동교회 장년회장

이제 곧 정년퇴임을 하신다니 아쉬운 마음 금할 수 없습니다. 그동안 삶 속에 남겨진 족적을 돌아보니 참으로 위대함이 넘쳐납니다. 天文을 깨우치시고 또한 人文을 가르치면서 오로지 명상 속에서 시인의 힘을 유지해 오신 교수님을 존경합니다. 천상에서 부르는 노래와 우주의 아름다움을 발견하고자 몸소 본인이 고요함과 침묵을 生의 기준으로 삼으셨던 그 세월이 하나의 시로 저희 앞에 다가올 때마다 감탄하지 않을 수 없었습니다.

이 험한 세상에 시인으로서 우리에게 큰 가르침이 되었고 제 마음속에 시심을 갖게 하셨기에 늘 교수님을 존경하며 그리워했습니다. 인간의 삶 속에 아우성과 투쟁의 반복에서도 늘 청빈한 선비정신으로 학문을 연구하고 곧은 심성으로 우리에게 다가오셨습니다. 그 자체가 모범이요 교육이요 가르침임을 이제야 깨달았습니다. 언제나 그 추상같은 筆을 놓지 아니하시고 약자에게는 한없이 따스한 사랑과 정성으로 인격을 다듬으셨고, 강자에게는 거침없는 예리함으로 질타하셨던 그 筆의 정신은 참으로 놀라울 따름입니다.

마음이 우울할 때마다 교수님이 저에게 주신 책을 보면서 본인이 성장의 도구로 삼는 것은 당신의 흔적이 언제나 살아있어서입니다. 그동안 저는 시심을 잊고 살았습니다. 오로지 먹고살려고 눈부릅뜨고 살아왔습니다.

20여 년전 당신의 가르침을 잊고 살아온 세월이 있었습니다. 돌아보니 인생 경영에 마음의 시심이 자리 잡았다면 오늘 우리 사회는 더욱 아름다운 평화의 세계가 되었을 것입니다. 저에게 깨달음을 주신 교수님께서 어느덧 정년 퇴임을 하시게 된다니 믿어지지 않습니다. 그동안 몸담았던 대학에서 학문에 대한 무장해제가 아니라 더욱 할 일이 많을 것입니다.

천문과 인문을 다 능히 깨우치신 인격자이시기에 언제나 말이 없고 꾸밈이 없었습니다. 가식 없이 낮은 자세를 견지하셨습니다. 그 인품이 이제는 훨훨 날아 영혼의 소리마저도 귀담아 들을 것이며 또한 저자거리의 아우성에도 그 소리를 조율해 내는 멋진 노신사 노시인 노교수님이 되시라라 믿습니다. 어찌 보면 자신을 촌놈이라 부르시길 주저 않고 묵은 된장 같다 하시니 참으로 좋습니다. 구수한 냄새로 편안한 이웃의 아저씨 형님 같으니 참으로 좋습니다. 늘 그랬듯이 저는 뵙게 되면 막걸리라도 한잔 드리면서 가슴에 숨겨놓은 당신의 심정 보고를 건드려 보고 싶습니다.

그 마음속에 진주같은 것을 캐어보고 싶습니다. 아직도 못다 한 이야기, 그 마음에 숨겨진 사랑노래, 그런 정신을 흔들어 보고 싶습니다. 워낙 신비하시기에 호기심을 갖고 있습니다.

이제 새로운 세상이 교수님을 기다리고 있습니다. 할 일이 많으실 것입니다. 이제 안식이 아니라 새로운 동력이 기다릴 것입니다. 어찌 보면 더욱 순수하고 자연에 순응하는 길일지도 모릅니다. 험한 길이라도 피하지 않는 성격이니 천직의 운행이 멈추지 않을 것 같아 또 기다려집니다. 아직도 못다 한 이야기, 즐거운 이야기들이 야인이 되어 세월이 흐른다 하여도 감춰지거나 소멸되지 않을 것입니다. 정년 퇴임 이후에도 노익장을 과시하면서 천수를 누리시기 바랍니다.

이제 잊혀지는 교수님이 아니라 더욱 그리워지는 교수님으로, 더욱 인간미 넘치는 매력의 정수로 다시 나타나실 것을 믿습니다. 그리하여 매력이 넘치는 인생의 시를 마음껏 남기시기 바랍니다. 세상에는 목마른 영혼들이 많이 있습니다 세상에 시심이 가득할 때까지 그 발걸음, 그 모습 그대로 걸으시기 바랍니다. 더욱 건강하시고 만사 형통하시기 바랍니다.

철길에서 빚어진 우정을 다지며

설 용 수
중앙노동경제연구원 이사장
전 세계일보 사장

세월의 흐름을 탓할 수는 없으나 세월과 함께 변해 가는 자신을 보면서 지난날을 돌이켜보면 그래도 삶의 가치와 의미를 느낄 것 같기도 하다. 이순(耳順)의 나이를 넘기고 종심(從心)의 나이를 향해 가는 지금, 나는 20대 젊은 시절 황송문 동문을 만나게 된 과정을 아련한 추억 속에 더듬어 보게 된다.

아마도 60년대 초 어느 해 봄 황송문 동문과 나는 전주에 있는 일본식 가옥에서의 종교집회에 참석했다가 알게 되었고 그 후로 오수의 개척교회 현장에 갔다가 그와 함께 전주로 되돌아가는 기차를 기다리며 대화하는 중에 서로를 이해하는 돈독한 우정의 관계로 발전하게 된 것이다.

여느 때나 그러하듯이 그 무렵에도 매섭게 불어닥치던 눈보라 한파도 봄눈 녹듯이 사라지고 저 멀리 아지랑이 아른거리는 철길 언덕을 바라보면서 우리 두 사람은 흉금을 털어놓고 이야기꽃을 피웠던 것이다.

그때도 황송문 동문은 아마 문학적(시적) 감성이 풍부했던지 간간이 무엇인가 수첩에 메모도 하고 또 틈만 있으면 문학적 소재의 말을 들려주곤 한 것으로 기억된다.

그리고 그 해를 넘기고 삼사년이 흘렀을까 내가 전라북도 군산, 옥구 지역 책임자로 가 있게 되었는데 그때 우연인지는 몰라도 그가 가까운 이웃지역에 계몽차 나왔다가 다시 우정을 다지는 시간을 갖게 되었다.

그때도 서로 반갑기는 했으나 원체 생활이 궁핍할 때인지라 끼니가 되면 황송문 동문은 의례 천주교에서 운영하는 근로자급식소(실비만 제공하는 식당)에 가자고 해서 함께 가기도 했는데, 그의 손에는 늘 낡은 수첩과 만년필이 잡혀 있었고, 국수로 끼니를 때우는 젊음의 시절을 시로 노래하곤 했던 기억이 떠오른다.

그 후로 그는 전주에서 학문을 계속하겠다고 대학 입학원서를 접수시키고 나서 감격해하며 미래의 꿈을 설계하던 모습이 지금도 생생하게 기억이 난다. 그는 평생토록 머리에 기름을 바르지 않았을 것이고 또 거울을 보고 자신을 다듬어 미화하지도 않았을 것처럼 보인다. 돈도 여유가 생기면 책을 사보고 그리고 써놓은 글을 다시 책으로 펴내왔으며 조금이라도 시간여유가 생기면 학문을 연구해 온 것으로 알고 있다.

우리 두 사람은 서로 헤어져 오랜 세월을 각기 다른 방향에서 일을 해오면서도 마음으로는 항상 옛 우정을 잊지 않고 서로를 격려해 왔는데, 어느 날 문학 행사장에 초대를 받고 가보니 한국 문단에서 제공하는 격조 높은 수상자가 되어 수상대에 오르는 그를 보고 놀라움을 감추지 못했다. 그뿐만 아니라 황송문 동문은 대학원을 거쳐 박사가 되어 왕성한 저술활동과 함께 후학들을 기르는 대학교수로서도 명망이 높음을 알게 되었다.

지난 2001년 필자가 신문사 사장으로 취임하고 선문대학교에 겸임 교수로 출강하면서 같은 대학의 학부장이 되어있는 그와 같이 식사도 하고 토론, 대담도 했다. 그리고 그의 연구실에 앉아 지난날에 얽힌 사연들을 회고하면서 우정어린 이야기꽃을 피우기도 했다.

나는 본시 전라북도 순창이 고향이고 황송문 동문은 임실이 고향이므로 늘 동향인으로 느껴왔으며, 특히 동일한 종교 울타리 속에서 신앙공동체라는 공감대 때문에도 각별한 친근감을 갖게 되었다.

나는 황송문 동문이 써놓은 많은 글들 중에서 「나는 미국에서 하나님을 보았다」란 글을 읽은 적이 있다. 아마 『통일세계』에 연재된 것으로 기억된다.

그가 기술한 그 글의 내용을 요약하면, 한국인으로서 맨몸으로 미국에 들어가 수많은 젊은이들을 감동시키고 더 나아가 『워싱턴 타임즈』를 창간하고 UPI통신사, 뉴요커호텔, 이스트가든 등을 인수한 문선명 선생의 업적을 면밀히 검토하고 분석하여 본 결과 오천년 역사 속에서 과연 단 한번이라도 이런 사례가 있었던가? 더욱이 기독교 국가인 미국의 젊은이들이 한국을 메시아의 나라, 신앙의 조국이라고 확신하는 모습을 보면서 미국에서 기적을 일으키고 있는 한국인 메시아를 만나게 된 감격과 기쁨을 맛보았다는 것이다.

필자도 80년대에 3년간에 걸쳐 미국에서 문선명 선생님과 함께 생활하면서 그분의 가르침과 그분의 업적을 보고서 과연 그분이야말로 인류의 구세주가 틀림없다고 청중들(교민)에게 외쳤던 기억이 아직도 생생하다.

나는 이 글을 쓰면서 뇌리에 떠오르는 황송문 동문의 소박하고도 인자한 모습을 연상해 본다. 그는 어떠한 경우에도 주위 사람들에게 자신을 드높이거나 권위를 앞세우는 일이 없으며, 항상 겸양의 미덕을 생활화해 온 아름다운 휴머니스트이다. 그리고 무던히도 문학을 사랑하기 때문에 온갖 정열과 경제력마저 몽땅 투자해 왔으며, 후진 양성에도 혼신의 힘을 다 쏟고 있는 것이다.

그는 또 나의 둔탁한 글 솜씨를 각별히 고무 격려하면서 글쓰기를 권장했고 책을 낼 경우에는 자기가 도와주겠다는 말을 자주 하면서 어설프게 쓴 수필 몇 편을 그가 발간해 온 『문학사계』지에 올려서 나를 문단의 신인으로 선발해 준 고마움을 안겨주기도 했다.

오래 전부터 어르신들께서 평생에 믿을 수 있는 친구 3명만 가지면 더할 것이 없다고 하셨는데, 나에게는 우선 황송문 동문을 첫 번째로 지목할 수 있으니 얼마나 보람차고 행복한지 모르겠다. 그러한 황송문 동문이 벌써 정년이 되어 교수직을 그만두고 명예교수로 있으면서 후진양성에 진력하겠다고 하니, 그 열정과 신념 그리고 그의 인격 앞에 머리 숙여 감사하며 존경과 축하의 박수를 보내고 싶다.

20대 젊은 시절에 함께 고뇌하고 눈물도 흘리면서 암울했던 세상을 밝혀보자고 촛불 앞에서 간절히 기도했던, 그리고 뜻을 이루기 위해 수 십리 수 백리 길을 굶어가면서 걸어야 했던 일들이 주마등처럼 스쳐가곤 한다.

그야말로 명예롭게 그리고 건강하고 의연한 모습으로 후학들에게 바통을 물려주고 정년퇴직하는 황송문 교수의 앞날에 부디 하나님의 무한한 축복이 함께하기를 기원해 마지않는다.

- 2006. 3. 15 한강을 바라보면서

따뜻한 손길

신 광 섭
면동교회 제직회장

황송문 교수님은 그동안 선배의 처지에서 사제지간처럼 늘 따뜻하게 보살펴 주셨습니다. 많은 조언과 충고로 사랑해 주셨지요. 일요일 대할 때마다 소나무 숲길을 걷는 듯한 기분이 들곤 했습니다. 황토 고구마 밭 덩굴 속의 기대감과 흐뭇한 영기의 삶이 펼쳐질 것 같은 말씀을 주시곤 했습니다. 말씀의 흙을 호미로 밀며 고구마를 캐는 듯한 즐거움을 주시고 따뜻함을 주시는 햇빛과 같은 분입니다.

호화찬란한 네온사인 빛같이 현란한 분이 아닙니다. 언제나 은은하고 잔잔한 창호지 바른 한지에서 새어나오는 불빛 같은 분입니다. 대패로 밀고 다듬고 모래 페이퍼로 문질러 짧은 시간에 인위적으로 광택을 낸 빛이 아니라 문지방 오랜 세월 닳고 닳아 움푹 패인 관솔이 부름 떠 튀어나온 상태, 반질한 면이 오랜 무게와 세월을 견딘 인고의 침묵 속에서 자연스레 생긴 표면 같은 분입니다. 그 표면을 검지 손가락 끝으로 조용히 서서히 감촉을 느끼고 싶은 그런 분입니다.

포장을 하되 헐렁한 포장이 아니라 껍질 속의 씨앗의 공간같이 넓지도 좁지도 않은 꼭 그만큼 적당한 모습입니다. 항상 높은 위치에 있으면서도 낮은 마음의 자리에서 누구든지 편안히 대해주시는 분입니다.

황송문 교수님은 글 세계의 척박한 황무지에서 몇 십년 동안 글밥을 먹고 살아온 분입니다. 황교수님은 그동안 많은 책을 저술하셨지만, 『문학사계』라는 책을 유독 사랑하시는 것 같습니다. 책이 발간될 때마다 몇 권씩 정성스레 보자기에 싸오셔서 예배가 끝나기가 무섭게 주위의 분위기를 살피면서 책을 주십니다.

교회 식구님들에게 다 주실 수는 없고 몇몇 중심 식구에게만 주십니다. 책을 받을 때 교수님의 손끝에 이런 암시를 전합니다. 이 책이 사명을 다하지 못하고 어떻게 될까봐 장롱 밑이나 괴이는 그런 책이 돼서는 안 된다는 것입니다.

저는 이 『문학사계』를 얼마나 사랑하고 아끼는지 모릅니다. 교수님은 우리들 앞에서 이 책을 아주 소중히 귀하게 여기십니다. 정성을 다한 만큼 귀하게 여기시는 것 같습니다. 부모가 자식을 귀하게 여기면 동네에서도 사랑과 귀여움을 받는 법입니다.

해를 거듭할수록 책을 읽는 이가 줄어든다고 합니다. 많은 이들이 책을 읽지 않는 것은 물질의 만능시대에 물질적 풍요를 가져다주리라고 하는 기대가 희박하기 때문입니다. 진실한 행복은 물질보다 정신의 풍요에 있다고 합니다. 문학 서적은 직접 물질의 풍요를 가져다주지는 않지만 인생을 풍부히 하여 삶의 질을 높여줍니다.

해를 거듭할수록 사람들은 진정한 행복을 점점 멀리하고 자꾸만 진정한 행복과는 반대 방향으로 뒷걸음치고 있는 것 같아 안타깝습니다. 그래도 교수님은 희망을 버리지 않으시고 내면의 풍요를 갈구하는 분들을 위해서 시간을 쪼개고 주머니를 쪼개서 뜻을 같이 하는 몇 분과 함께 뜨거운 열정으로 읽은 모든 분들에게 내면을 아름답게 하고 자신의 인생을 격조 있게 해주기 위해서 열심히 책을 펴내시는 것 같습니다.

교수님 감사합니다. 한여름 사과나무에 거름 한번 주지 않은 사람이 사과를 먹으면서 사과가 크니 작으니 농부 탓하는 사람은 되지 않겠습니다.

교수님. 따뜻한 커피 감사합니다. 무엇이든 나눔으로 사시고 베푸시는 마음으로 문 앞에 잘 가라고 보내어도 큰 인사이거늘 엘리베이터 타시고 지하도 차고까지 오시는 배웅의 손길 감사하고 존경합니다.

이글루 같은 스승

옥 효 정
'까치밥' 카페지기

스승님을 처음 뵌 건 16년 전 봄이었습니다. 대학 강의실에서 뵌 스승님의 첫 인상은 엄격하고 무서운 분이었습니다. 어느 날 수업 시간에 교탁 위에 커피 한 잔을 준비해 두었습니다. 그것을 보신 스승님은 누가 커피를 갖다 놓았는지 물으시고 수업이 끝나면 교수실로 오라고 했습니다. 교수실로 찾아갔을 때 스승님은 당신의 저서를 비롯해 여러 권의 책을 선물로 주셨습니다. 이후 수업시간에 다른 학생들이 커피를 갖다 놓았지만 책을 주시는 일은 없었습니다.

문학 동아리 활동을 할 때 지도교수였던 스승님께서 습작품이 있으면 보여 달라고 했습니다. 하지만 자신이 없어 몇날 며칠 망설이다가 어느 날 교수실로 찾아가 십 여 편의 시를 건네 드리고 왔습니다. 며칠 후 다시 교수실에 갔을 때 첨삭지도하신 원고를 되돌려 주시면서 열심히 해 보라고 했습니다. 두근거리는 마음으로 돌려받은 원고를 보니 절반은 온통 빨간색 볼펜으로 표시가 되어 있었으며 나머지 절반은 점 하나 찍혀있지 않았습니다. 당시 시에 대한 열정만 있었고 한 번도 지도를 받아본 적이 없었기에 빨간색 표시의 의미를 알지 못했습니다. 점 하나 찍혀있지 않은 원고가 그나마 쓸 만한 것이라는 뜻으로 이해했습니다. 이후 다시 스승님을 찾아가지 못했습니다. 그 때만 생각하면 지금도 무척 후회스럽습니다.

졸업 후 스승님을 다시 뵌 건 제가 근무하던 신문사에서였습니다. 스승님은 그날 받으신 원고료를 저에게 몽땅 주시며 밥이라도 사 먹으라고 했습니다. 이후에도 여러 차례 원고료를 저와 후배에게 주시며 격려해 주셨습니다. 하지만 그 때까지도 스승님은 무척이나 어려운 분이셨습니다.

기자직을 그만두고 모 신문사 문화센터 개설에 참여하게 되었습니다. 그 때 스승님 생각이 났고 문예창작 강좌를 맡아주실 것을 부탁드렸습니다. 스승님께서는 흔쾌히 허락하셨고 강좌가 개설되었습니다. 3개월 강좌가 끝나고 두 번째 강좌가 시작되었을 때 저도 수강을 했습니다. 그 때 강좌를 들으면서 시에 대한 눈을 조금이나마 뜨게 되었습니다. 문화센터는 오래가지 않아 내부사정으로 인해 문을 닫게 되었지만 수강생들은 근처 식당 혹은 커피숍 등에서 모임을 이어갔고 스승님은 오히려 더 열성적으로 지도해 주셨습니다. 지금도 눈보라치는 한겨울이면 그 때 생각이 떠올라 입가에 미소가 지어지곤 합니다. 스승님도 가끔 그 때의 일을 말씀하시기도 합니다.

어느 해 추석 연휴 때는 함께 지도받던 이들 중 몇 명이 스승님을 찾아갔습니다. 스승님은 추어탕을 사 주시면서 시에 대해 많은 말씀을 해 주셨는데 저는 그 날의 추어탕을 잊을 수가 없습니다. 사실 그 전까지는 추어탕을 먹지 않았지만 스승님 앞이라 먹지 못한다는 말을 하지 못하고 먹었습니다. 스승님은 추어탕을 드시면서 벽에 걸린 미꾸라지 그림을 비유해서 시에 대해 말씀하시고 저희들을 격려해 주셨습니다. 미꾸라지를 미꾸라지인지도 모를 정도로 곱게 갈아 만든 추어탕이 바로 스승님의 사랑이었습니다. 스승님은 저희들이 이해할 수 있도록, 저희들이 열정을 잃지 않도록 스승님의 사랑을 너무나 곱게 갈아 저희에게 나눠주셨고 저희들은 그것이 사랑인 줄도 모르고 먹었습니다. 이후 추어탕은 저에게 있어 아주 특별한 의미이며 스승님의 사랑이 되었습니다. 지금도 추어탕만 보면 스승님이 떠오릅니다.

2000년 9월 스승님의 시 지도를 받는 이들이 인터넷 포털사이트인 Daum에 '까치밥' (http : //cafe.daum.net/cachi)이란 카페를 개설해 시에 대한 열정을 사이버공간으로 확대했고, 지금은 오백 명이 넘는 회원들이 활동하고 있습니다.

카페 모임이 있을 때마다 스승님을 모시려고 하면 "좋은 시가 나오기 전에는 참석하지 않는다"고 하셨고 그 철칙을 너무나 엄격하게 지키셨습니다. 그러다가 보석으로 다듬어질 만한 시가 나오는 날에는 스승님께서 무척 기뻐하시면서 저희들에게 식사를 대접해 주셨습니다. 저희들이 한사코 말렸지만 당신이 해야겠다고 마음먹은 것에 대해서는 한 걸음도 뒤로 물러서시지 않는 스승님이기에 저희들이 매번 질 수밖에 없었습니다.

뒤돌아 보니 스승님과의 인연은 십 육년이나 되었습니다. 하지만 정작 스승님의 진면목을 알고, 스승님의 시의 가치를 알게 된 것은 인연의 절반 정도이니 저도 꽤 무지하고 어리석습니다. 아니, 스승님 스스로 남들이 쉽게 알아차리도록 진면목을 드러내는 일이 없으니 지금에서야 알게 된 것이 어쩌면 당연한 것인지도 모릅니다.

스승님을 생각하면 '이글루(igloo, 얼음집)'가 떠오릅니다. 이글루는 차갑고 딱딱한 얼음으로 지은 집입니다. 외형은 비록 얼음이지만 문을 열고 들어가면 그 안에는 따스함과 훈훈함, 사람 사는 정이 흐릅니다. 스승님의 외형은 그 어느 이글루와 비교할 수 없을 정도로 크고 두꺼운 얼음으로 지어졌지만 그렇기 때문에 그 안은 더 넓고 더 훈훈하고 사랑 가득 합니다. 저는 인연의 절반 정도를 이글루 밖에서만 맴돌았습니다. 어느 날 문을 열고 안으로 들어갔을 때 비로소 크고 넓고 따뜻한 스승님의 진면목과 만날 수 있었습니다.

스승님은 인연의 시간만큼 저를 시인의 길로 인도해 주시려 하셨지만 저의 열정은 양은냄비와 같아서 금세 타올랐다가 금세 식어버리기를 반복했습니다. 그러다가 결혼과 출산, 육아를 핑계로 오랜 동안 시를 멀리하고 살았습니다. 하지만 스승님으로부터 이식받은 시에 대한 열정은 식지 않아 늘 가슴속에서 저를 다그쳤습니다. 이제는 긴 동면을 끝내고 삶이 곧 시가 되는, 시가 곧 삶이 되는 삶을 살겠노라고 다짐합니다.

스승님의 정년기념문집이라는 뜻깊은 자리에 함께 할 수 있어 영광인 한편으로는 스승님께 누가 되지 않을까 조심스러운 마음입니다. 끝은 새로운 시작이라고 했습니다. 스승님의 새로운 시작을 축하하며 스승님의 바람처럼 인정이 많은 이웃들의 모닥불 같은 시, 해질녘 초가지붕의 박꽃 같은 시, 마당의 멍석 가에 모깃불 피던 그 포르스름한 실연기 같은 시, 뚝배기의 숭늉 내음 안개로 피는 정겨운 시, 푸짐한 시, 편안한 시, 더운 김이 모락모락 피어오르는 고구마 한 소쿠리씩의 시를 많이 만날 수 있기를 기대합니다.

교수님의 보살핌에 감사

우미노 와카미
선문대 외래강사 · 번역가

일본인으로서 한국에 와서 살아간다는 것은 쉬운 일이 아닙니다. 그러면서 살아온 세월이 20년이 되었습니다. 그동안 많은 사연이 있었지만, 교수님과의 학문적 인연은 무엇과도 바꿀 수 없는 귀한 인연이라 생각합니다. 외국인으로서 생활에 적응하기도 어려운데 학문적으로 지도를 받으면서 교수님의 학문에 동참할 수 있었다는 것은 저에게 있어서 대단히 소중한 내용이었습니다.

한국의 전통문화에 대하여 서툴고 한국의 고전 언어와 습관 등에 대하여 문외한이었던 저에게 교수님께서 그토록 아끼셨던 시집과 수필집을 저에게 번역할 수 있도록 기회를 주신 것은 정말로 고마운 일이었습니다. 처음에는 생각하기도 힘든 일이었지만, "교수님! 이 단어는 무슨 뜻이며 어떤 의미에서 쓰셨습니까?" 라고 여쭈었을 때 소상하게 가르쳐 주신 교수님으로부터 많은 것을 배웠습니다. 알고 보니까 보통의 한국 사람들조차도 잘 모르는 그러한 용어를 저에게 열심히 설명해 주셨습니다. 그러한 언어를 일본인이 이해할 수 있는 일본어로 번역하는 것 또한 쉽지는 않았습니다만, 그러한 작업을 통해서 저는 교수님의 일본 식구님들에 대한 따뜻한 사랑의 마음을 읽을 수 있어서 고마웠습니다.

황송문 교수님은 어학박사 학위 과정을 밟고 있는 저에게 부족한 부분을 채워주신 선생님이셨습니다. 언어교육학을 공부하면서 문학을 모르고서는 통과하기 어려운데 저는 교수님을 통하여 문학에 대하여 많은 것을 배웠습니다. 그리고 간접적으로나마 교수님의 저서에 번역자인 저를 소개하심으로써 저 또한 간접적으로 문단에 데뷔한 것이나 다름없는 존재로 키워주셨습니다. 그러나 한

편으로는 교수님같이 크신 시인의 시집을 부족한 제가 번역했다는 것에 대하여 죄송스러운 마음 금할 길 없었습니다. 저보다 더 훌륭한 일본인이 번역을 해야 교수님의 시세계를 전할 수 있었을 텐데 하는 아쉬움이 있습니다.

이제는 저도 조금은 한국문화에 대한 이해를 할 수 있게 되었습니다. 처음에 한국생활 자체에 적응하는 것만도 어려웠는데 감히 시집이나 수필집을 번역할 수 있다니 실로 감개무량한 일입니다.

뜻길을 걸어오면서 자기 생활을 살피기 어려운 일본 식구님들에게 조금이라도 마음의 여유를 주고 싶어 노력하신 교수님께 감사드리면서 앞으로도 더더욱 일본 식구님을 비롯하여 세계 각국의 식구님들을 위하여 더 좋은 시를 쓰시길 소원합니다.

정년을 맞으신 교수님께 그동안의 보실핌에 감사드리며 앞날에 하나님과 참부모님의 축복이 함께 하시길 기원드립니다.

감사합니다.

- 2006년 7월 21일

내가 만난 황송문 시인

유 진
연합뉴스 기자

내가 황송문 시인을 처음 만난 것은 지난 2004년 5월이다. 당시 연합뉴스 재외동포부에 근무하고 있던 나는 말 그대로 전 세계의 재외동포 소식을 발굴해 기사화하는 일을 하고 있었다.

당시만 해도 재외동포는 우리 나라에서 그리 큰 관심의 대상이 되지 못했기 때문에 재외동포 관련 기사는 해외 한인회 홈페이지나 동포 신문, 개인적으로 관계를 맺은 지인들에게 얻는 소식을 이용해 기사를 만들었다.

황 시인을 처음 알게된 것은 중국 헤이룽장(黑龍江)성에서 발행되는 한글 동포신문인 『흑룡강신문』에서였다. 그 신문에는 황 시인을 조선족 시문학을 연구하는 한국 선문대 국문과 교수로 소개하며 그에 대한 소식을 실었다.

당연히 조선족이라는 단어는 나의 관심을 끌기에 충분했고, 나는 그의 연락처를 찾아 인터뷰 약속을 하며 새로운 취재원에 대한 기대를 하며 멋진 기사 하나 쓸 것이라는 희망에 부풀었다.

처음 만난 황 시인은 소박한 모습 그 자체였다. 그가 조선족 시문학을 연구하게 된 계기가 된 1989년의 중국 여행, 백두산을 거쳐 베이징(北京), 몽골로 여행하던 중 백두산 인근의 한 가정집 마당에 피어있는 봉선화와 채송화를 보고 자신의 어린 시절을 떠올리며 조선족 시문학에 관심을 갖기 시작했다는 그 말 그대로 황 시인은 따뜻한 마음을 품고 있는 이웃집 친근한 아저씨 같은 모습으로 나의 취재수첩에 남아있다.

황 시인은 "당시 그 꽃들을 보면서 거기가 바로 내 고향처럼 포근함을 느꼈었다"며 "언젠가는 꼭 다시 찾아가 조선족의 시문학을 연구해 보겠다고 마음먹었다"고 조선족 시문학 연구에 대한 열정을 조용하지만 단호한 목소리로 내게 말했었다.

'조선족 시문학에는 우리 한민족의 순수와 아픔이 고스란히 스며 있다.' 내가 황송문 시인을 인터뷰하면서 서두에 표현한 말이다. 아무도 관심두지 않았던 우리 민족의 열정과 따스한 마음을 고이 간직하고 있는 우리의 한민족, 조선족의 마음을 알아보겠다는 것이었다.

황 시인은 이후 2001년 안식년을 맞아 옌벤(延邊)대학의 객원교수로 초빙되자 강의를 하며 본격적으로 10여 년 전 자신의 결심을 실천하게 된다. 그는 중국의 문화혁명과 그 이후 펼쳐진 개혁개방 정책이 조선족 시문학에 미친 영향과 변화를 연구해 당시 조선족 평론계에서도 미개척 분야이던 시문학을 본격적으로 연구한다는 찬사를 들었다.

그는 객원교수로 있던 6개월간 한국에 한 번도 오지 않고 연구에 몰두하면서 조선족 문학의 대가인 고(故) 김학철 선생을 찾아 고견을 듣는가 하면, 정판룡 교수에 자문을 구하는 등 조선족 문학에 관한 자료수집에 적극적이었다.

황 시인은 남들이 하지 못하는 어려운 일도 하고 있다. 계간 문학지인 『문학사계』의 발행인 겸 편집인으로도 활동하며, 조선족 시문학은 물론 다양한 분야의 문학적 연구를 하고 있다.

황 시인과의 인연 때문에 기사를 쓰는 것이 본업인 나도 『문학사계』의 한 페이지를 장식하는 기쁨을 얻기도 했다. 황 시인은 이렇듯 상대방의 장점과 능력을 찾아 자연스럽게 자신이 원하는 결과를 표출하는 힘이 있는 사람이다. 어려운 가운데 계간문예지를 발행하며 꾸준한 연구를 하던 황 시인은 다시 한 번 주위를 놀라게 하는 일을 성공시켰다.

지난 2005년 한국의 문인들이 지은 노랫말에 중국 조선족 작곡가와 가수들이 곡을 쓰고 노래를 부른 음반 「사랑과 생명의 까치밥 노래」를 제작한 것이다. 「실뜨기」, 「사과깎기」, 「들꽃처럼」, 「눈꽃이 피네」, 「누님의 하늘」, 「반딧불 냇물이 흐르네」 등 17곡이 수록된 이 음반은 황 시인 등 국내 문인들이 지은 가사에 최연숙, 안

국민, 박세성, 김정, 황기욱 등 조선족 작곡가들이 곡을 붙이고 노래는 중국조선족인민가무단 가수들이 불렀다.

지난 6월에도 황금찬 시인, 문덕수 시인 등의 시에 역시 조선족 작곡가와 가수들이 곡을 쓰고 노래를 부른 음반「사랑과 생명의 까치밥 노래Ⅱ」를 만들어 그의 쉼 없는 열정을 보여주기도 했다.

황 시인은 이 작업이, 우리 민족의 예술이 서로 만나고 오고 가서 민족 예술의 향을 더욱 짙게 풍겨 우리 민족의 힘이 더욱 커지는 데 작은 힘이 될 수 있기를 바라는 소망을 담은 것이라고 나에게 소개했다.

이제 황 시인의 문학적 성과를 모은 문집 발간을 앞두고 그의 말이 생각난다. 그는 "중국에 한민족의 정체성이 남아 있게 된 것은 아직 조선족의 문학이 남아 있어 가능했다"면서 "조선족 문학은 한민족을 지켜 줄 수 있는 정신적 혼"이라고 강조했다.

나는 앞으로 그의 희망대로 조선족 시문학은 물론 월북 문인과 조선족 문인들의 자료를 계속 수집해 개개인의 작품 등을 연구해 문학 발전에 힘쓰는 황 시인의 모습을 즐겁고 고마운 마음으로 기대할 것이다.

마지막으로 항상 건강한 모습으로 좋은 작품과 내실 있는 연구로 변함없는 모습 보여주기를 부탁하며, 황 시인의 가족에게도 감사의 인사 전한다.

紅塵에 찌든 나를 맑게 한 詩人

이 승 균
철도문화 대표

황송문 교수와 처음 만난 때가 1969년 말쯤으로 기억된다. 가만히 짚어보니 한 38년 전쯤 될 것 같다. 그런데 황교수가 어느덧 정년퇴직이란다.

"아니, 황교수가 벌써 퇴직을 했어? 나이가 그렇게 됐나!"

덧없는 세월이 섬광처럼 지나갔음을 이 글을 쓰면서 비로소 깨닫게 된다. 나도 이제야 40년 전의 나를 돌아보게 되었다. 나도 이제 한물 갔음을 새삼 느끼게 된다.

그때 나는 늦게 결혼하여 총각신세를 면한 지 몇 년 안 되었고, 황교수는 나보다 2년쯤 먼저 결혼한 터였다.

우리가 처음 만난 인연은 우연이 아닌 것 같다. 나는 교통신문사 출판국장 시절이었고, 황교수는 국제승공연합 신문을 창간한 편집국장으로서 서로 신문 제작을 도와야 작품이 나오게 되었으니 젊고 젊은 두 청년은 죽이 맞아야 되게 되었었다.

우리 둘은 전후세대로서 경제적인 어려움과 배고픔을 겪게 되었는데, 그 사회의 실상이란 사상적인 갈등 등이 한참 패기에 찬 청년들을 혼란에 빠지게 하는 시절이었다. 우리는 업무 외에 마주 앉았다하면 토론을 시작하였었다. 황교수는 그 때 문과를 전공한 문학도로서, 또 시인으로서 승공, 소위 공산주의를 극복해야 한다는 (지금 생각하니 그때 당시에는 공산주의 이론이 자본주의를 압도하고 있었던 것 같다) 사상의 소유자였다. 그는 물질보다는 정신세계를 지향하는 터였다.

그 때 나는 그래도 이공계 대학을 나온 과학도로서 물질과 현실주의에 입각한 사상이 머리 속에 박혀있는 터였다. 그 당시 토론은 군사정권의 눈치를 봐야 하는 시절이었으므로 통닭구이 집(지금의 치킨 집)에서 맥주를 마시면서 장강처럼 길고 긴 이야기를 펼쳤지만 요즘처럼 활발한 토론은 아니었다.

술도 많이 마시지 못한 두 사람은 그런 대로 취해서 서로 헤어질 때쯤이면 집에서 기다리는 마누라 생각에 통닭 한 마리씩 사가지고 흥이 나서 돌아가곤 했다.

그 시절 나는 황송문이 더러 그 꼿꼿한 성질 좀 고쳐서 윗사람에게 아부도 좀 하고 출세도 해서 월급도 좀 많이 받고 마누라하고 새끼들 생각을 좀 해야 되지 않겠어? 하고 얘기하곤 했다.

나는 그때 이미 사회의 풍진에 휘말리고, 거친 세파에 저항을 한참 하고 있던 터라 속으로 이 철없는 사람아! 철 좀 들게…… 하고 운운하였었다.

그러나 나는 황송문의 그 순수함과 깨끗한 영혼에 흠뻑 빠져 들어가고 있었음은 숨길 수가 없다. 그런 연유로 해서 40년이 되도록 서로 잊지 못하고 가끔 안부하며 찾아주는 것이며, 앞으로 죽을 때까지 그렇게 유지하며 살아갈 것이다.

1970년대 중반쯤 되었을까. 일본으로 유학을 떠난다고 했다. 그때 나는 금방 머리에 스쳐 가는 것이……아, 저 친구 일본사람 되겠구나 생각하고 좋은 친구 잃어버리는 줄 알았다. 일본 가서 사회도 배우고 공부도 많이 하고 현실적인 인간으로 많이 변하겠지 생각했다.

그러나 그가 교수직을 발령 받아 교단에 섰을 때 학생들에게서 말을 들어보니 예나 지금이나 하나도 변한 것이 없었다.

아차! 학교에 들어가서도 또 고생 좀 하겠구나. 재단이나 윗사람에게 적당히 좀 하면 출세 길이 확 열릴 것이어늘……

허기사 몸이 말라붙고 영양실조에 걸려 안과에서 홍채모양체염(虹彩毛樣體炎)에 걸렸어도 자동차 헤드라이트 모양으로 두 눈만 반짝거린다는, 강의 듣는 아이들의 이야기를 들으면서, 그냥 고개만 끄덕이는 수밖에 없었다. 황교수의 홍채모양체염이라는 눈병은 영양실조에서 오는 것으로 알고 있다. 나도 자취하다가 영양실조에 걸려서 안경을 쓰게 되었는데, 그 당시 안과의사가 나의 눈을 보더니 영양실조라고 말했었다. 그 당시 나에게 준 시집에는 「홍채모양체염」이라는 시도 있었는데, 여기에 그 일부를 소개하면 다음과 같다.

거울 앞에서
거울 속의 표정을 살필 때가 있다
환장한 노을을 바라볼 때처럼
정신없이 바라볼 때가 있다

온갖 사금파리를 찾아 헤매던
착각의 순간과
부끄러운 인생의
부스러기를 바라볼 때가 있다

깊은 부분이 충혈된 눈병을
거울 속에서 쓰다듬는 것처럼
나의 깊어진 悔恨을
쓰다듬을 때가 있다

다만 쓰다듬을 뿐이다
이제는 어찌할 수 없는
눈의 흰 창과 검은 창의
안쓰러운 쓰다듬음이다
하늘과 땅 사이
푸른 눈을 잃어버린
새의 슬픈 쓰다듬음이다.

- 「홍채모양체염(虹彩毛樣體炎)」 후반부 -

황교수와의 추억은 생생하게 떠오르지만 다른 사람들은 다 잊어버린 채 기억조차 사라지고 없다. 40년 전 출판국장 시절에 만났던 친구들은 거의 다 사라지고 지금까지 남은 건 서너 명에 불과하다. 그 많은 사람들이 지금은 형편이 없다. 모두들 홍진에 빠져서 수준 낮은 생각만 하고 있으니…나도 세파에 시달린 사람이지마는 그러니 사람이 그리워지는 것이다.

지금은 황교수를 비롯해서 친구라고 말할 수 있는 사람이 서너 명밖에 없게 되었다. 40년씩이나 변함이 없이 우정을 유지하는 친구는 죽을 때까지도 항심 그대로일 것이다.

어느 날 황교수가 재직하는 대학에서 대학신문사 주간을 맡았다는 전갈이 왔다. 나는 1988년에 일간지 경제신문을 창업하였는데, 수완이 적었던지 경영이 잘 되지 않아 어느 재벌회사에 넘기고 조그마한 기획사를 설립하여 여러 대학의 학보를 제작하고 있는 터였다.

그러면 그렇지! 어떤 주간교수가 편집회의를 마친 후 자기 자가용으로 학생들을 밤늦게까지 한꺼번에 6-7명씩이나 싣고 다니면서 밥 사주고, 50세가 넘은 사람이 깡말라 가지고 바래다주느라 헤매고 다니는 대학신문사 주간교수가 대한민국 천지 어디에 또 있겠느냐고 말하면서 비꼬든 게 한두 번이 아니었다.

어이 황교수! 애들은 그렇게 가르치는 거 아니야! 철없는 학생들(학보사 기자)은, 각 대학 학보사 주간교수들이 모두 그렇게 하는 줄 안단 말이야…

대학신문사에 관한 에피소드도 많지만 이쯤에서 생략하고자 한다.

황교수가 발행하는 『문학사계』는 순수문학지로서 영리와는 전혀 관계가 없다. 어쩌면 그는 그의 인생을 그렇게 살아왔듯이 앞으로도 그렇게 살겠다는 것에 알맞게 『문학사계』에 그의 혼을, 삶을 부어 담을 것이 명약관화(明若觀火)하다.

어떻게 나도 손해를 덜 보고 그를 도와줄 수 있을까? 자비를 털어야 하는 황교수의 입장을 생각해 보았다.

황교수 하면 잊혀지지 않는 추억 한 토막이 있다. 그것은 어언 38년 전으로 거슬러 올라가는 아득한 옛날의 추억담이다. 대학의 학보나 회사의 기관지를 만들 때 편집자들에게 진행비를 보조해주었었는데, 다른 사람들은 뭐 적다 많다 말할 것 없이 잘들 받아 가는데, 우리 황송문은 전체 청구비에서 그 진행비 만큼 빼고 청구해 달라고 하니, 이건 어떻게 들으면 참 깝깝한 노릇이고, 잘못 생각하면 저런 멍청이가 있는가 하고도 얘기가 되지만, 우리는 이미 그 후에 우리 황송문이란 사람은 이런 사람이다 하고 나는 평생 그렇게 알고 지금까지 귀하게 여겨왔다.

그때 황교수와 나는 거래처의 사람이라는 의식이 없었던 것으로 기억된다. 서로 패기만만하게 사상토론도 하곤 했다. 그 당시 황교수는 사상적인 이론가였기 때문에 나는 받아들이기도 하면서도 거꾸로 나는 이공계 쪽의 과학도니까 정신세계를 아닌 것처럼 틀면서 얘기를 재미있게 전개하기도 했었다.

세계일보사 총무국장을 지낸 강구찬씨나 소설가 이정환씨하고도 그 당시에 많은 이야기를 나눈 것으로 기억된다. 그 작가 이정환이 지금은 고인이 되었지만, 괴상할 정도로 재미있는 친구였다. 그는 황교수와 동향이요 문학 동인이라고 했다. 그때 황교수가 소설을 쓴다고 했을 때 나는 소설을 쓰면 빨리 죽으니 소설을 쓰지 말라고 말렸었다. 돈 몇 푼 바라고 밤새도록 쓰고 있으니 빨리 죽을 수밖에 없다고 말렸으나 황교수는 고집을 꺾지 않고 소설도 열심히 써서 다섯 권의 소설책을 낸 것으로 알고 있다.

황교수는 시가 더 좋다고 여기고 있다. 우리 황교수가 지금까지 크게 아픈 데가 없고 건강하게 잘 살고 있는 것은 욕심을 부리지 않기 때문이라고 생각한다.

여보, 황교수! 30대 초심이 70대 80대 되도록 부디 변하지 말고, 어매한테 물려받은 금쪽같은 몸을 유지하여 효도 한번 해보세. 아직도 할 말은 태산 같지만, 우리 죽는 날까지 건강하고 재미있게 살자는 얘기와 '홍진에 찌든 나를 맑게 한 시인' 친구가 곁에 있어서 행복하다는 말로 매듭을 맺고자 한다.

황송문 교수의 정년은 눈부시게 아름답다

이 연 훈
발바도스 선교 회장

國寶 黃松文 詩佰!

黃松文 박사는 한국 문단의 巨木이다. 「鮮文」의 자랑이요. 보배이다.

1960년대 동국대의 양주동 박사, 연세대의 김동길 교수, 경희대의 조병화 시인 모두가 당대의 국보급 인물이었다. 그래서 동국대와 경희대의 국문학과는 학생들간에 인기학과로 사랑을 받아 왔다. 이 분들의 명강의는 언제나 수많은 청강생들로 강의실은 발 디딜 틈이 없고, 출판되는 저서마다 독자들의 심금을 울려 주곤 했다.

오늘, 「선문」의 짧은 역사 속에서 인문대학은 높은 평가를 받고 있다. 그것은 두 말할 나위 없이 황교수 같은 한국 문단의 독보적인 인물이 있기 때문이다.

후학들을 가르치기에도 쉴 틈이 없는 창작활동 속에서도 그의 눈부신 사회 활동은 주위의 감동을 불러 일으킨다.

한국현대시인협회 부이사장을 비롯, 국제펜클럽한국본부 이사, 한국문인협회 이사, 계간 종합문학지 『문학사계』 발행인 등, 한국 문단의 견인차 역할을 하고 있다.

더구나 동아일보사가 운영하는 동아문화센터 강사로서 16년째 강의를 하고 있다. 그의 시창작법과 수필창작법 강의는 지금도 계속하고 있다.

그의 저서만도 무려 예순 여섯 권이나 된다. 시선집 『바위 속에 피는 꽃』을 비롯하여 대학교재나 논저로, 『현대시창작법』, 『소설창작법』, 『수필창적법』, 『문장강화』, 『신석정시의 색채 이미지 연구』 등.

이렇게 시인, 소설가, 대학교수로서의 역동적인 활동은 감히 그 누구에게도 추종을 불허한다. 많은 상도 받았다. 제 3회 홍익문학상, 제18회 한국현대시인상 등 다섯 개 부문의 문학상도 받았다.

황 박사는 쉽게 사귈 수 있는 사람은 아니다. 그의 첫 인상은 속리산 법주사의 주지 스님을 연상시키기도 하고, 수박의 겉과 투박한 뚝배기의 무미 건조한 질그릇 그 자체의 맛이기도 하다.

그러나 그 수박 속의 빨간 속살은, 무더운 여름, 땀을 뻘뻘 흘리며 수박 속에 얼굴을 파묻은 채 그 속살의 시원한 단맛에 빠지게 된다. 역시 뚝배기 속의 장도 마찬가지다. 지글지글 끓는 뚝배기의 장맛은 입안이 데어서 벗겨지는 것도 잊게 한다. 그를 알려면 많은 시간이 지나 봐야 한다.

황박사는 인기에는 별로 관심이 없는 사람이다. 그는 선문대학교 개교와 함께 참여하여 교수로서 인문대학 학장까지 역임했지만, 그의 걸어온 길은 그리 순탄한 것만은 아니었다. 뱁새가 봉황을 알아 볼 수 있겠는가? 그래서 시기와 질투만이 있을 뿐이다.

그러나 그는 그러한 것에는 아랑곳하지 않고 황무지에서 오늘의 선문대학교의 국어국문학과를 한국의 대학 속에 우뚝 솟게 그 초석을 닦아 놓았다.

민족 시인 文德守(문예진흥원장 역임)씨는, 黃 詩佰에게는 큰 스승과 같은 분이신데, 黃박사를 아껴주신다. 黃박사가 누구인가를 그의 詩集『만남을 위한 알레그로』중에「황송문 시인」이라는 시를 썼다. 黃 詩佰은 "바위를 몰래 키우며 그 속에 꽃을 가꾼다"고 노래하고 있다. 黃 박사에 대한 표현을 그 이상 더 잘 할 수는 없을 것 같다. 그의 시 전문을 소개한다.

그는 마음 속에 몰래 바위를 키우고 있나 보다.
그 바위 속에
꽃씨나 잠들었는지
정치나 문단을 열심히 이야기할 때
어쩌다 그 바위의 한 모서리가 비늘처럼
슬쩍 비치곤 한다.

(물론 그를 사랑하는 사람에게만 보인다.)

이 가뭄 속에
꽃을 보고 며칠만 더 일찍 피라고 한들
좀더 오므리거나 닫아 그대로 있으라고 한들
산을 보고 방향을 동쪽으로 조금 틀고
한쪽 산줄기를 남쪽으로 더 열어
맑은 계곡의 근원을 흘려 보내라고 한들
소용 없는 일이지.
남들은 고집이나 편견이라고 하지만
나는 그렇게만 보지 않는다.
그는 몰래 바위 하나 무양무양 가꾸나 보다.

- 문덕수 시전집「黃松文 詩人」-

그렇다.

黃松文은 바위를 키우는 사람이다. 그것도 남이 알까봐 조용히 숨어서. 그리고 그 속에 예쁜 꽃을 가꾸고 있는 사람이다. 그렇게 올곧고 속마음 깊은 사람을 감히 누가 쉽게 알아 볼 수 있으랴!

그의 예쁜 마음이 조금이라도 비쳐지게 되면 곧 그에게 난 스펀지가 되어 버린다. 그의 옹달샘 같은 마음에서 졸졸졸 흐르는 그 맑고 깨끗한 영혼의 소리(詩)를 듣게 되면 그가 내가 되고 내가 그 속에 묻히게 된다.

그의 작품 속에는 절망이란 찾아볼 수 없다. 언제나 생명이 약동한다. 창조, 구원, 부활, 새시대가 열린다. 그리고 동녘 하늘에 둥근 햇님을 모셔다가 온 누리를 밝게 한다.

黃松文은 그런 詩人이요, 소설가요, 수필가이다. 그의 詩「까치밥」은 작가의 이러한 사상이 흠뻑 배어 있는 대표적인 작품이다. 黃 詩伯은 중생들에게 이렇게 호소한다.

우리 죽어 살아요
떨어지진 말고 죽은 듯이 살아요

꽃샘 바람에도 떨어지지 않는 꽃잎처럼
어지러운 세상에서 떨어지지 말아요
(중절 생략)

그리고 그는 마지막 절에서 이렇게 고난을 이기고 겸손하게 살면 人生의 단맛을 익히고 구원을 받아 아름다운 세계를 향하게 된다고 설파한다.

우리 죽은 듯이 죽어 살아요
메주가 썩어서 장맛이 들고
떫은감도 서리맞은 뒤에 맛들 듯이
우리 고난 받은 뒤에 단맛을 익혀요
정겹고 꽃답게 인생을 익혀요

黃 詩佰은 신심이 깊은 사람이다. 그래서 그의 작품세계의 내면은 뭇 중생들을 오직 구원의 한길로 인도하여 태평양 시대의 세계로 안내하는 전도사의 그 숭고한 역할을 위해 신명을 바치고 있다고 믿어진다.

黃 詩佰의 고향은 전북 임실 오수.

그의 古宅을 에워싼 산자락의 빼어난 경관은 극치를 이룬다. 전라도의 山勢는 전반적으로 그리 높지도 낮지도 않은 잔잔한 물결을 이루고 있다. 그렇게 빼어난 경관을 갖춘 고을이기에 고창에서 서정주, 부안의 신석정, 오수에서 黃松文 詩佰 같은 큰 민족 시인들이 탄생하게 된 것을 알았다.

특히 오수의 산자락은 온통 소나무 숲으로 장관을 이루고 있다. 그 소나무 사이로는 은모래빛 신작로가 지리산 줄기를 타고 장수로 남원으로 뻗어 나간다. 이제는 그 신작로가 까만 아스팔트로 포장에 덮혀 그 은모래빛 아름답던 모습은 아련한 옛 추억 속으로 묻혀 버렸다.

오수의 그 신작로는 나의 첫사랑의 테이프를 끊어준 축복의 길이다. 참으로 나에게 인연 깊은 길이다.

벌써 43년의 세월이 흘렀다. 나는 결혼 초에 한동안 아내와 헤어져 있어야만 했다. 아내는 그때 교편을 잡고 있었는데 그 학교가 장수군 지사면에 있었다. 오수에서 이 지사까지는 십여리 길.

서울역에서 전라선 완행 열차에 몸을 싣고 지사로 내려갔다. 오수역에 도착하니 어둠이 짙어지기 시작했다. 하늘에는 별들이 총총이 반짝이고, 보름달이 유난히도 휘엉청하게 밝았다.

지금도 오수의 그 아름다운 산과 들, 은모래빛 신작로에 비치던 그 달밤을 잊을 수가 없다.

그때 나의 가슴은 가을 마당에 펼쳐놓은 콩단을 도리깨질할 때 콩튀는 소리, 볏단을 타작하는 소리, 벼 훑는 기계소리로 가득 메우고 있었으니 오수의 산천과 신작로가 황홀했는지도 모른다. 아무튼 오수의 신작로는 나의 행복의 첫 발을 떼어준 길이다.

그로부터 5년후 60년대 말이었다.

낙원빌딩 13층에 있는 국제승공연합 사무실에 들렀다. 입구에 들어서자 바로 왼쪽 책상에서 黃 詩佰이 『국제승공보』 편집을 하고 있었다. 그때 첫 상면이 이루어졌다.

그의 처녀시집 『조선소』도 그 후 얼마 있다가 받아 보았고, 그는 시인으로 출발하였다.

나는 그의 시가 언제나 파릇파릇한 풀내음이 짙게 나고 신선해서 좋아하게 되었다. 그가 문득 문득 생각날 때면 예고도 없이 찾아갔다. 그의 깨끗하고 예쁜 마음은 금세 나의 귀를 막고 눈을 멀게 하였다.

黃 詩佰!

이 가을이 다 가기 전에 내가 전라선 기차를 타고 오수에 내려가리다. 오수 장날 잘 숙성된 누룩 한장 사고, 시원한 샘에서 정한수 한통 떠가지고 내 시골집으로 가겠습니다. 가마솥의 장작불 지피고 꼬들밥 잘 쪄서 술을 빚어 항아리에 이불로 꼭꼭 싸서 덮어두고 오겠습니다.

우리 첫 눈내리는 날 밤, 시골에 내려가 호롱불 켜놓고 밥알 동동 뜬 가양주 한 종발씩 들며 당신의 시, 「그리움」이라도 낭송하며 고향의 깊어 가는 밤 속에 푹 취해봅시다.

오늘 미리 한번 읊으면서 모두 접겠습니다.

고향이 그리운 날 밤엔
호롱에 불이라도 켜 보자

말 못하는 호롱인들
그리움에 속으로 얼마나 울까

빈 가슴에 석유를 가득 채우고
성냥불을 붙여 주자

사무치게 피어 오르는 향수의 불꽃
입에 물고
안으로 괸 울음 밖으로 울리니

창호지에 새어드는 문풍지 바람
밤새우는 물레소리 그리워 그리워

졸아드는 기름 소리에
달빛도 찾아와 쉬어 가리니……

- 황송문의 시 「그리움 2」

국보, 黃松文 교수의 停年은 눈부시게 아름다워라!

미를 창조한 시인 이야기

이 영 숙
수필가

고대인들은 미가 대상의 '객관적 속성'이라고 생각했다. 말하자면 모양이나 무게처럼 대상이 미(美)라는 속성을 갖고 있다는 것이다. 그리스 사람들은 황금분할이라는 이 비례야말로 가장 아름답다고 생각하여 인체와 신전 건축에도 널리 사용했다고 한다.

놀랍게도 이 비례 관계는 소라 고동이나 꽃잎 등 여러 자연물에서 널리 발견된다고 한다. 그러니까 원래 이 비례는 자연물 속에 있다가 인간의 머리 속에 들어온 것이라는 이야기가 된다. 그러므로 미란 사물의 객관적 속성이라는 이야기가 성립된다. 사물의 무게를 달고 길이를 잴 수 있듯이, 미도 수학적으로 측량할 수 있다는 이야기다.

만약 이처럼 아름다움이 수학적으로 측량할 수 있는 객관적 속성이라면, 아름다움을 알아보는 데 별도의 감각이 필요하지는 않을 것 같다. 그저 수학 문제를 풀 수 있을 정도의 머리만 있으면 어떤 것이 아름다운 것인지 알 수 있지 않은가.

실제로 르네상스시대까지 많은 사람들은 미에 대해 그렇게 생각했고, 근대 이후에도 고전주의자들은 여전히 이 믿음을 고수했다고 한다. 수학적 비례만으로 미를 창조할 수 있다는 믿음은 하나의 역사적 사실이었으며 이론이었는지도 모른다.

그러나 과연 수학적 비례만으로 미를 창조할 수 있다고 모두 믿었을까. 그리스 건축가들은 의도적으로 엄격한 수학적 비례에서 벗어나 일탈을 즐겼다고 한다. 가령 기둥이 탄력있게 보이게 하기 위해, 그들은 곧게 뻗은 도리스식 기둥의 3분의 2쯤 되는 곳에 일부러 도들림을 주었다고 한다. 만약 기둥을 기하학적으로 정확하게 만들었다면 기둥은 얼마나 차갑고 밋밋해 보였을까.

어떤 대상이 아름다우려면 수학적으로 정확한 비례에 플러스 알파가 더 필요한 것은 아닐까. 물론 이 플러스 알파는 말로 설명할 수 없는 그러한 것일 수도 있다. 그래서 사람들은 이 플러스 알파를 천부적인 재능이나 취미로 설명하고 있는지도 모른다.

사랑은 미화(美化)하려는 속성을 가지는 것 같다. 옛날 속담에 "네가 잘나서 일색(一色)인가, 내 눈이 어두워 일색이지"라는 말이 있다. 눈이 어둡다는 것은 사랑한다는 일종의 감정의 표현이 아닐까.

이런 상황에서는 미란 지극히 주관적인 가치 판단이 되는 아이러니가 발생한다. 이 주관적인 가치판단을 좌우하는 것이 감정이 되는데 이러한 감정의 근원에서 사랑이 작용되면 모든 것이 아름답게 보여진다.

바로크와 로코코를 거치면서 미는 서서히 주관화하기 시작했다고 한다. 어쩌면 이때부터 미란 '감각을 매개로 하여 주관에 쾌감을 주는 사물의 속성'이라는 식이 되지 않았을까. 미의 존재 근거는 대상에, 판단근거는 주관에 있다니 참으로 어려운 논리이다.

16세 되던 해에 아버지를 잃고 중학생의 몸으로 아버지 대신 가정을 책임져야 했던 소년이 있었다. 그는 고학을 하며 새벽부터 일어나 신문 배달과 나무 장사를 해야만 했다고 고백한다. 산판에서 실어온 원목의 껍질을 벗겨 파는 일에 매달렸던 가난한 시골 소년은 생존의 틈바구니에서 지쳐버렸거나 지독히도 생존력이 강한 현실주의자가 되었을 것 같다.

"참된 사랑은 삶 그 자체"라는 톨스토이의 말처럼 열심히 사는 삶을 선택한 소년은 아름드리 원목을 펴내기 위해서 군용 트럭 위에 올라가는 피곤한 일을 한다. 그리고 몸을 잠시 쉬는 동안에 가까운 숲 속에서 들려오는 새 소리를 듣게 되었다고 한다. 깊은 밤, 숲 속에서 들려오는 그 새소리는 소년에게 진한 울림이 되었고 그 울림은 소년에게 뭔가 은밀한 이야기를 들려주는 것 같다고 에세이에서 서술하고 있다. "새들도 밤잠을 자지 않고 아름다운 소리로 노래하는데, 나는 도대체 뭔가" 그 때 소년은 실존에 관한 고민을 했던 것 같다.

생존의 현실을 극복해야 하는 객관적 상황 인식과 산판의 원목 위에서 새소리를 들을 수 있는 정서의 풍요로움은 이 어린 소년의 타고난 성품이자 플러스 알파의 능력인 것 같다. 역시 미란 주관적인 가치 판단과 사물에 대한 객관적인 상황인식이 적절하게 결합되어야 미적 완성도가 높아지는 것 같다.

시인이 되기 위해서 시를 쓴 일은 없다. 무언가 얘기하지 않고는 견딜 수 없는 그 무엇, 그 어떤 무엇이 나로 하여금 글을 쓰게 하였다. 나는 내 마음 속에서 나로 하여금 노래하게 하는 그 무엇이 있다고 보는데 그 정체가 무엇인지 구체적으로 설명할 수는 없다. 그러나 그것은 깊은 밤 숲 속에서 새들로 하여금 지저귀게 하던 그 어떤 존재임에 틀림없다고 생각한다.

황송문 시인은 그의 에세이집 『그리움의 술, 기다림의 잔』에서 위와 같은 고백을 한다. 가난한 소년은 고단한 일상의 삶 속에서도 늘 고난이라는 세탁비누로 자신을 치대면서 깨끗이 빨래되고 아름다워져 가는 자신을 다소곳하게 바라본다. 어쩌면 깨끗해지는 빨래는 시인이 만들어 내는 작품들이었는지도 모른다는 생각을 해본다. "참된 사랑은 삶 그 자체이다. 사랑하는 자만이 살아있는 것이다." 레오 톨스토이는 이렇게 읊조린다. 살아있다는 것을 자연스럽게 문학에 접근시킨 시인의 놀라운 재능은 문학적인 감성을 가졌던 소년의 아름다운 마음에서 기인한 것이 아니었을까 생각해 본다.

자연이 빚어낸 아름다운 사물에 자신의 감정을 집어넣을 수 있었던 뛰어난 감성, 은퇴를 기념하는 고별식에서 노래로 화답할 수 있는 낭만을 시인은 몸으로 체득하고 있었다. 진정으로 시인이 이 시대에 아름다운 모습으로 존재하고 있음을 가슴과 눈으로 확인하는 계기가 되었다. 어지럽게 널려있었던 교수실의 책상 너머로 언뜻 언뜻 보이던 소년처럼 맑은 눈망울, 송곳같이 예리했던 시문학 수업은 가슴 안에 품어야 할 순수함, 정확한 어휘력 그리고 사랑이 무엇인지 곰곰이 생각하게 하는 여유를 갖게 해주었다. 문학을 사랑하는 예인의 예리하고 섬세한 눈길은 긴장을 하게도 하고 때로는 진정 기쁜 것이 무엇인지를 생각하게 만들었다.

밤하늘에 쏟아지는 별을 사랑할 수 있는 사람, 들풀 사이에 핀 한 송이 들꽃을 바라볼 수 있는 눈, 붉게 타오르는 저녁노을에 사로잡힐 수 있는 감성, 솔바람 부는 산마루에서 그 바람 냄새를 맡을 수 있는 감각, 그러한 감성과 어깨동무하고 있는 황송문 시인은 정말로 아름다운 예인이었다.

과거에 사람들은 '무엇이 아름다우냐'고 물었지만 현대의 사람들은 '언제 아름다우냐'고 묻는다. 하지만 이 물음에 대한 대답은 사람마다 다를 수밖에 없을 것이다. 가령 배를 타고 가다가 폭풍우를 만났다고 하면, 그 폭풍우 속에서 생사의 갈림길에 놓인 사람은 그 상황이 지옥이 될 것이다. 그러나 그 장면이 영화 속에 등장하거나 그림 속에 등장한다면 그 폭풍우가 몰아치는 장면은 무척 장엄하고 아름다울 것이다. 이처럼 세상 모든 것이 어떻게 보느냐에 따라 평범한 대상일 수도 있고 미적인 대상이 될 수도 있는 것 같다.

아름다운 시를 쓰며 검푸른 밤하늘에 보석처럼 아름다운 감정을 이입시킬 수 있는 황송문 시인은 미적인 대상이 될 수 있는 특별함이 있는 분이었다. 배를 타고 가다가 폭풍우 속에서 장엄한 광경을 연출할 수 있는 진정 아름다운 예인, 그분은 진정한 예인의 기질을 지니고 있다고 나는 생각한다. 고대인들이 미가 객관적인 속성을 가졌다고 생각했듯이 나 또한 객관적 속성은 무척 중요한 기준이 된다고 본다. 만고풍상을 겪으면서 떫은 과정을 지나 연륜의 햇살에 익어 가는 홍시처럼 그분의 객관적 속성은 환하게 빛을 발하고 있다.

오늘도 환하게 빛나는 동녘하늘을 보며 나는 은사님이 보여준 예인의 길을 따라가고자 결심한다. 풀벌레가 울어대는 여름 별밤, 모깃불 연기 피어오르는 시골마당, 노을 빛 등에서 미를 창조한 시인 이야기를 먼 훗날 후대에 오는 미의 창조자들에게 열심히 읊조리리라.

한 우물만을 꾸준히 판 탁담(濁潭)

이 준 영
자유문고 대표

도(道)는 인간이 두뇌로 생각하고 정해진 길을 따라 가는 것을 의미한다.

자전(字典)에 보면 도(道)는 길 도, 도 도, 순할 도, 말할 도, 다스릴 도, 말미암을 도, 인도할 도, 부터도, 구역이름도 등이 있다

곧 예악(禮樂) 형정(刑政) 학문(學問) 기예(技藝) 정치(政治) 따위의 행위에서 이것들을 준수해 도덕(道德)을 행해야 할 길이며, 따라가야 할 정도(正道)의 길이라는 뜻이다.

이 정도를 가는 것은 곧 세상을 바르게 사는 것이며, 바로 옳은 길로 가는 것이며, 좋은 길을 걸어서 바르게 살아가는 것이다.

이 옳은 길을 따라 가는 사람은 극히 드물며, 또 옳은 길인 줄을 알고 한 우물만을 파는 사람이 이 세상에는 그리 흔치가 않다.

부박(浮薄)한 세상에 나의 한 친구인 탁담(濁潭)은 처음부터 삶이 가는 그 옳은 길을 찾았고, 그 옳은 길을 찾은 다음에는 오로지 한 평생 문학만을 위한 한 우물만을 파며 살아 왔다.

사람이 한 우물을 파며 살고 한 우물만을 파서 양질(良質)의 우물물을 얻기란 그리 쉬운 일이 아니다. 이때 양질의 우물물을 얻은 것을 복(福)이라 하고 얻지 못하면 불행이라고들 한다.

그런데 탁담은 한 우물만을 파, 솟아 오른 물도 아주 질 좋은 물을 얻었고, 얻은 그 우물물을 마시며 한평생을 살고 한평생을 즐기며, 대학의 교수도 되었다.

이제 그는 이순(耳順)을 넘기고, 이제는 교학상장(教學相長)의 길을 떠나 궤장(지팡이)을 부여 받는 영광을 누리며 퇴임하고 퇴임한 후에도 그가 판 샘물을 마시며 그 어디를 가도 질 좋은 샘물

의 혜택을 누리게 되었다.

이러한 것을 한 세상 사람들은 성공했다고 말하기도 하고, 또는 복 받은 인생이라고도 하며, 일가(一家)를 이루었다고도 하는데, 이 탁담은 그 모두를 겸비했다. 그는 재외(在外)에서 나서 오수(獒樹)의 터로 들어와 전주대 국문과를 마치고 일찍이 소인(騷人;시인)이 되어 사회에 소요(逍遙)했다.

필자와는 1970년대 초에 상면(相面)하고 의기투합해서 4명이 모여 사회에 봉사한답시고 부조회(扶助會)를 만들어 운영도 하였으나 그 중의 두 친구는 벌써 유명(幽明)을 달리했다.

그 뒤로 탁담과 나는 종이와 친근한 직분에 종사하게 되었고, 실과 바늘의 관계처럼 우정이 이어져서 그 우정이 불혹(不惑)의 연한이 넘도록 줄곧 소원(疏遠)함이 없이 관계를 이어오며, 그가 쓰면 나는 그의 글을 교정하고 책으로 엮는 작업을 계속해 오면서 오늘날에 이르고 있다.

이 작업은 탁담이 정년을 맞았어도 생을 마감하는 날까지 계속될 것이며 우리의 우정도 계속될 것이다.

필자가 인형(仁兄)을 탁담(濁潭)이라고 호(號)를 붙인 것은 심성이 너무 깨끗하고 청렴하며 완고하고 변통(變通)이 부족해서 세상의 조류(潮流)와 함께하라는 의미에서였다.

탁담, 그는 항상 남에게 베푸는 것만 알고, 받는 것을 생각하지 않으며 봉사하는 것을 즐겁게 하고 보답을 바라지 않으며, 열심히 노력하고 게으르지 않으며, 너무 청렴하고 완고하여 어지러운 사회에 혼합되지 않는 고집스런 학자이다.

이는 공자(孔子)가 말한 곤이지지(困而知之)하여 성취한 학자이며 면강이행지(勉强而行之)하여 대성한 학자이다.

지한(止漢)은, 탁담의 앞날에 노익장(老益壯)하여 더 많이 쓰고 더 많이 쌓아서 정년 이후에도 쉬지 말고 건강한 몸으로 불후(不朽)의 대작을 더 많이 완성하기를 바랄 뿐이다.

단 한 가지 바람이 있다면 옛 고시(古詩)에 이르기를

사는 해는 백년도 안되건만 (生年不滿百)

항상 천년의 시름을 품고 있네 (常懷千歲憂)
낮은 짧고 길고 긴 밤 괴로우니 (晝短苦夜長)
어찌 촛불 잡고 놀지 않겠는가 (何不秉燭遊)
놀이란 제때에 즐겨야 하는 것이어늘 (爲樂當及時)
어찌 내년을 기다린단 말인가 (何能待來茲)
오랜 세상을 산 신선 왕자교(王子喬)와 (仙人王子喬)
같이 장수를 누리기란 기약하기 어렵다네 (難可以等期)

라고 한 구절처럼 잠깐은 휴식도 취하면서 탁담이 가는 길에 항상 행운이 있기를 빌 뿐이다.

까치밥 인생

하 채 수
총장 비서팀장 · 행정학박사

제가 교수님을 뵈온 것도 어언 16년이 되는 것 같습니다. 제가 1991년도에 선문대에 왔으니까요. 저는 교수님을 뵈올 때마다 다른 어느 교수님보다 마음이 편하고 정감이 가는 아버지 같고 형님 같은 교수님이라는 생각을 가졌습니다.

사실 많은 교수님 중에서 저희 집을 방문하시어 축복해 주신 분이 교수님이었습니다. 교수님은 저의 내자를 학문적으로 많이 성장시켜주신 은인이기도 합니다. 부족한 저의 내자 우미노 와카미에게 당신께서 심혈을 기울여 집필하신 시집 『사랑나무 아래서』를 일본어로 번역하여 한국어 · 일본어판 성약시집을 완성하셨습니다. 교수님의 일본 식구님들에 대한 사랑과 통일시의 보편화를 위해 노력하신 교수님의 일면을 확인할 수 있었습니다. 저희 가족과 같이 갈비를 드시면서 자라나는 아이들에게 따뜻한 격려의 말씀을 해주신 교수님은 저희 가족의 참스승이기도 하였습니다. 참으로 교수님은 정이 많고 매사에 섬세한 배려를 할 줄 아는 분이셨습니다.

저는 교수님을 좋아하는 또 다른 이유가 있습니다. 그것은 저의 내자가 교수님의 사모님을 조금 닮았다는 것입니다. 그래서 동병상련이랄까요 정이 더 가는 것도 사실인 것 같습니다.

한평생을 시와 수필, 소설을 위하여 살아오신 교수님께서도 세월의 문턱 앞에서는 어쩔 수 없는 모양입니다. 아쉬움도 크지만 그래도 교수님께서 재직기간에 남기신 수많은 제자들과 문단에 데뷔시키신 제자들을 보며 위로 삼으시며 이제야말로 부담 없이 원하시는 바의 시를 완성하시길 기원합니다.

교수님께서도 한 때는 들에 핀 들꽃같이 외로운 시인이셨다죠.

세계평화통일가정연합의 문화과장 등을 역임하시면서, 『목회』지를 발간하시면서 남들이 알아주지 않는 가운데 문학을 공부하는 문학도의 길을 걸으셨다죠. 국제승공연합에 계시면서도 문화분야를 맡으신 것을 보면 교수님은 어쩔 수 없는 문인으로서 길이 예정되어 있었나 봅니다. 그러시던 교수님께서 일본 유학을 통하여 학문적으로 성숙하시면서 당당한 통일가의 시인으로 데뷔하신 것은 우연이 아니었다고 봅니다.

교수님은 고생도 많이 하셨습니다. 가정연합 초창기 때 전북 임실 청웅교회를 개척하시어 어렵게 생활하시면서도 그 뜻은 민족을 위하고 세계를 위함에 두시면서 의롭게 사셨습니다. 저도 한 때 학사장을 했던 공직자 출신이기에 그래서 저는 황교수님을 선배님이라 부릅니다.

과거 어려울 때를 비교하면 지금의 교수님은 이미 대중적인 시인이 되셨습니다. 국제펜클럽 한국본부 이사・감사를 역임하셨고, 한국현대시인협회 부이사장을 세 번이나 하셨고, 동아문화센터에서 16년째 문학강의를 해오시면서 『문학사계』를 발행하시고, 많은 문인들을 문단에 등단시키신 분이기 때문에 그렇습니다.

교수님은 중국 조선족의 시문학에도 학문과 예술의 관심영역을 확대하시면서 중국조선족 시문학의 자료들을 수집하셔서 『중국조선족 시문학의 변화양상 연구』를 저술하시어 당신의 문학세계의 지평을 확장시키시기도 하셨습니다. 조국을 잃고 유리 방황하던 시절, 조국의 독립을 위하여 외쳤던 민족시인들이 만주에, 하얼빈에 얼마나 많이 계셨습니까? 그분들의 애환을 그냥 지나칠 수 없었던 교수님이었기에 당연한 일이라 생각되었습니다.

교수님은 한민족의 민속을 잘 이해하시는 분으로서 전통에 대하여도 관심이 많으신 전통시인이자, 민족시인이셨습니다. 당신의 대표시집인 『까치밥』에서 교수님의 섬세한 관찰력과 한국전통에 대한 이해의 깊이를 확인할 수 있었습니다. 그리고 '까치밥 인생'은 자기 이기주의에 사로잡혀 있는 현대인에게 훈훈한 교훈을 안겨주고 있는 시임에 틀림없습니다. '까치밥'이란 마음의 여유를 가지고 나의 마음속에서 나의 생활 속에서 상대방이 들어올 수 있도록 배려하는 여유로 이해할 수 있다고 생각합니다.

나의 생활공간 속에 상대방이 들어와서 호흡할 수 있는 따뜻한 마음을 갖자는 것 얼마나 중요합니까? 겨울이 되어 까치가 먹을 밥이 없다면 까치는 어떻게 됩니까? 하는 물음을 하면서 저는 교수님을 자연시인이라고 생각하고 싶습니다. 장자르크 루소가 말한 것과 같이 "자연으로 돌아가라"는 자연사상과 교수님의 까치밥 사상은 일맥상통한 면이 있다고 봅니다.

황송문 교수님은 하늘 아버님께서 "너는 어떤 문인이냐?" 하고 물으셨을 때 "저는 아버님께서 인정해 주시는 식구 문인입니다" 라고 말한 데 대해 자부심을 갖는다고 하셨습니다. 사실 교수님은 식구를 위한, 대중을 위한 시를 쓰는 분입니다. 결국 교수님은 "황송문! 너는 시를 쓰되, 문인들만 좋아하는 시를 쓰지 말고, 대중도 좋아하는 시를 길게 써라!"고 하신 참부모님의 말씀을 이루셨습니다.

저의 선배님이신 황송문 교수님은 민족을 위해, 통일을 위해, 하나님과 참 부모님을 위해 한 평생 살아오신 위대한 시성이셨습니다.

교수님의 정년기념문집에 저와 같은 미천한 사람의 글을 올리게 됨을 죄송스럽게 생각하면서, 교수님을 존경하는 한 후배의 고백이라 여기시고 이해하여 주시면 감사하겠습니다. 부디, 교수님과 교수님의 가정에 하나님과 참부모님의 축복이 함께 하시기를 기원합니다.

이제는 평화와 영계를 노래하는 천일국의 시인이 되시길 기원하면서 이만 줄입니다.

- 2006년 7월 20일

친구 황교수의 정년을 축하하며

홍 덕 기
덕산합동관세사무소 대표관세사

그게 언제 적 일이던가? 그게 1977년으로 기억되니까 어느덧 30년 전의 추억담이 되고 말았다. 그 때는 내가 부산 세관에 있을 때였다. 세관 여구과(지금 휴대품과)에서 일본 시모노세끼에서 부관페리호를 타고 입국한 여행자의 짐을 검사하는데, 가방을 펴놓은 사람이 황송문이었다. 그는 일본에서 유학을 하고 귀국하는 길이라고 했다.

지금은 여행자휴대품 검사를 간편하게 하거나 생략하지만 당시에는 문세광 사건이후 안보감시가 강화되어 여행자 짐을 일일이 검사하던 시절이었다.

황송문과 나, 우리는 오수초등학교 35회 동창이다. 우리들의 집도 가까운 인접 마을에 있었다. 나의 집은 계산리에 있었는데, 황송문은 개가 주인을 살렸다는 전설로 유서 깊은 오수리(獒樹里)에서 살았었다. 그래서 나는 그를 한 눈에 알아볼 수 있었다. 그 황송문을 만날 수 있을 줄이야. 세상은 넓고도 좁다는 생각이 들었다. 모처럼 생각지도 못하게 만났는데 다정한 이야기도 못하고 소주 한 잔 할 수도 없이 헤어졌다.

지난 3월 18일에는 서울에서 초등학교 동창회가 있다고 해서 참석을 하였다. 직장관계로 부산에서 생활을 하다보니 동창회에 참석하기가 쉽지 않았는데 모처럼 서울 갈 기회가 있어 소식을 듣고 참석을 하였다.

모두가 중후하고 많이 변해 있었지만 이야기꽃을 피우다보면 초등학교 다닐 때 천진난만하였던 모습이 주름 속에서 불거져 나온다. 꿈 많던 시절에 헤어져서 인생의 황금기를 보내고 노년에 만났으니 많이들 변할 수밖에…

거의가 직장에서 하던 일에서 정년을 하였고 다시 새 일을 찾아서 하는 친구도 많았다. 황교수는 그동안 대학에서 후학들을 가르치다가 이제 정년을 한단다. 공부 많이 하고 글 많이 쓴 송문이도 먹어 가는 나이에는 어쩔 수가 없는 모양이다. 이런 것들이 우리들의 모습인 것을……

어쩌면 지금부터가 우리의 황금 같은 시간들인지도 모른다. 명예로운 정년을 축하하며 정년을 하더라도 더욱 건강하고 좋은 글 우리에게 많이 보여주기 바란다.

- 2006년 4월에 부산에서 -

불꽃을 봉송하며

홍 주 연

소설가

내가 교수님을 처음 본 것은 대학교 강단에서였다. 긴장도 되고 설레기도 하는 마음으로 앉아있던 학생들 앞에 선 교수님의 모습은 무섭기도 하고 엄하게도 보였다. 그런 교수님이 우리에게 가장 처음 말씀하신 것이 사과였다. 당신은 사과 같아서 겉은 단단하고 딱딱해 보여도 속은 부드럽고 여리다는 것, 그러니 무서워 말고 당신이 가지고 있는 것을 모두 가져가라는 말씀이었다. 학생들은 무섭게 생긴 교수님의 의외의 농담에 웃었지만 나는 큰 감동을 받았다. 그렇게 교수님은 그동안 자신이 알고, 배우고, 느끼고, 깨달은 것을 학생들에게 전해 주기 위해 그곳에 서 계신 것이었다.

그러한 교수님을 그대로 보여주는 것이 바로 교수님의 수필 「연탄사상」이었다. 나는 그 수필을 읽으며 딱 교수님을 닮았다는 생각을 했다. 한 평생 활활 타오르다 그 불씨를 다른 연탄에게 전해주고 아름답고 숭고하게 타버린 연탄은 교수님의 불꽃같은 마음을 그대로 보여 주었다. 그래서 강단에 서시는 교수님의 모습은 늘 불꽃같았다. 자신이 타는 줄도 모르고 정열을 쏟았다. 교수님이 학생들에게 전해주고 싶은 것은 너무나 많았으나 늘 학생들이 그것을 다 받지 못해 안타까워 하셨다. 그런 교수님을 보며 나는 처음으로 글을 써보고 싶다고 생각했고, 교수님께 내 글을 보여 드려 칭찬받고 싶다고 생각했다.

그러면서 하루 종일 어떤 글을 써볼까 생각하기 시작했다. 이런 말은 교수님이 말씀하신 대로 이치에 맞는 이야기일까, 이러한 내용은 어떨까. 그러던 것이 하루 이틀이 되며 나에게 즐거운 일상으로 자리 잡게 되었다.

이상하게도 소재는 교수님 앞에 자리하고 있을 때 떠올랐고, 글은 그 앞에서 더 술술 써지는 것 같았다. 그것은 학창 시절에 합창연습을 하며 음악선생님의 지휘아래서 노래가 더 아름답게 나오는 것과 같았다. 그렇게 글을 쓰는 것이 얼마나 즐겁고 재미있는 일인지 알게 된 나는 몇 번이고 교수님의 수업을 들었다. 그래야 글을 쓰는 보람이 있고 재미가 있겠기 때문이었다. 그렇게 지금, 교수님 앞에서 잘 써지는 나의 버릇은 아직도 그대로이지만 나는 벌써 4학년이 되어서 졸업할 때가 되었고 교수님은 벌써 퇴직을 앞두셨다니, 정말 암담하고도 섭섭하기 그지없다.

아직까지 교수님이 주시던 그 모든 열정을 다 받지도 못했는데 시간은 이렇게 흘러 버렸다. 사람은 늘 한발 늦어서 그것을 깨닫고 버스가 떠난 후에 그 버스를 아쉬워하는 것이 문제이다. 진작부터 그 불씨를 받기 위해 조금 더 노력하고 서둘렀다면 좋았을 텐데 말이다.

교수님이 잘 하시는 말씀 중에는 이러한 말씀도 있다. 버스는 금방 떠나버린다고. 떠난 뒤 손을 흔들어봐야 소용없다고. 늘 흘려듣던 그러한 잔소리가 귀중하게 들리는 것은 벌써 버스가 떠나려고 하는 때이기 때문일 것이다. 그래서 나는 지금이라도 달려가 그 버스를 잡아보려 한다. 아직 배울 것도 많고 배워야 하는 것도 많지만, 그동안의 교수님의 말씀을 떠올리며 요즘은 그 가르침을 하나씩 해보고 있다.

교수님의 불씨를 잘 이어 받아야 나중에 교수님의 잿빛이 더 숭고하고 아름다울 것이 아니겠는가. 그것이 나에게 글과 인생을 가르쳐 주신 교수님에 대한 예의이자 보답이라 생각하고 공부도 더 열심히 하고 아름다운 글도 많이 남겨 더 빛나는 교수님의 영원한 제자로 남고 싶은 것이 나의 마지막 바람이다.

앞으로의 노력을 스승님께 약속드리며 섭섭하지만 그 강단에서의 정열적인 불꽃을 받들어 후회 없는 삶을 통해서 보답해 드리고자 한다.

차가운 세상에 훈김을 불어넣는 힘

황 복 수
동국대 대학원생

스승님의 연구실은 아늑하고 따뜻하다. 색이 누렇게 바랜 시집들과 작고 오래되었지만 제 자리를 지키고 있는 소파, 이름을 알 수 없는 조각상, 호롱이 놓인 등잔, 작은 다기, 보따리들이 한눈에 들어온다. 학생과 사회인의 경계에서 방황하던 학부 때, 나는 종종 스승님의 연구실 소파에서 한 숨 자다가 나오고 싶다는 생각을 한 적이 있다. 마치 어렸을 적 고향집의 아랫목과 같은 따스한 느낌이었다. 지금 생각해 보면 나를 편안하게 했던 그 따스함은, 스승님의 연구실 풍경이 아니라 스승님의 내면의 풍경에서 나온 것이라고 생각된다.

스승님의 연구실을 찾아가는 날이면 스승님께서는 그냥 맨손으로 돌려보내시는 일이 없으셨다. 스승님의 저서, 문학잡지, 따끈한 차 한 잔이라도 부어주시고서야 되돌려 보내시곤 하셨다. 때문에 나의 책장에는 스승님께서 집필하신 책 중 공으로 얻은 책이 훨씬 많다. 참으로 감사하고 죄송한 일이다. 스승님께서는 정년퇴임식 고별강연회 때, 지금껏 소장하시던 책 9000여 권을 학교 도서관에 기증하셨다면서 이러한 말씀을 남기셨다.

"저는 이제 남은 시간을 비우면서 살아가도록 노력하겠습니다."

"이제 남은 시간을 비우면서 살아가시겠다."는 스승님의 말씀에 마음은 큰 종이 타종을 하듯 '쩡' 하고 울리는 듯 했다. 스승님께서는 정이 넘치셔서 항상 남에게 무언가를 나누어 주시기를 좋아하시고 아까워하지 않으셨다. 이제는 조금 모으셔도 좋으시련만 남은 시간 동안 더 비워내시겠다고 하시는 스승님의 마음은 얼마나 부자인지 새삼 머리가 숙여진다. 스승님의 비움의 시학은 시 곳곳에서도 나타난다.

"제발, 제발/ 축(逐)으로 몰리기 전에/ 소용없는 욕심을 버리세요./ 욕심을 버리지 않은 채/ 인생의 바둑을 두면 둘수록/ 추격을 당하게 됩니다.(중략)/ 젊을 때는 과욕을 버리고/ 나이 들면/ 반 집이라도 집을 내세요./ 반 집이건 온 집이건/ 허튼 수작을 쓰지 말고/ 집내기를 하세요."

「訓手」라는 제목의 스승님의 시 훈수는 때로 수긍이 가면서도 선불리 실천에 옮기기 어려운 가르침이다. 정년퇴임식이 끝나고 스승님께서는 감사패를 비롯하여 많은 꽃다발을 받으셨다. 사람들은 스승님 혼자서는 역부족인 꽃다발을 연구실로 옮겨드렸다. 그러나 꽃다발이 연구실에서 제자리를 찾을 틈도 없이 스승님께서는 받으신 꽃다발을 다시 지인들에게 나누어 주셨다. 물론 꽃다발을 준비해간 이들의 기분이 좋지 않을 수 있겠지만, 평소 스승님의 성품을 아는 분이라면 마음만 받아 가신 스승님의 뜻을 백번 이해할 줄로 안다.

스승님께서는 만약 시인이 아니 되셨다면 논밭을 일구는 농부가 되셨을 것 같다. 새벽같이 텃밭으로 나가 어둠이 깔리고서야 타박타박 집으로 돌아오는 농부처럼 학문에 대한 열정이 그 어느 농부 못지 않다. 내 기억에 스승님 강의를 들으면서 휴강이라는 말을 들어본 적이 없다. 하나의 곡식을 수확하기 위해서는 수 백 번의 농부의 손길이 필요하다. 스승님께서는 부지런한 농부처럼, 휴강은 안 될 일이고 심지어 학생들의 습작품 하나하나에 밑줄을 그어 가시며 교정을 봐 주셨다. 시심(詩心)과 농심(農心)이 다르지 않음을 몸소 실천하시는 분이다. 강의를 비롯하여 어떤 일이든지 한번 맡으시면 천재지변이 일어나지 않는 한 거르시는 법이 없다. 내가 알기로는 '시낭송회'를 비롯하여, '동아문화센터 시 창작 강의' 등 10년이 넘는 세월동안 열과 성을 다하신 것으로 안다. 스승님 사전에서 '게으름', '나태'와 같은 단어는 찾아볼 수 없다. 스승님께서는 이렇듯 문학을 향한 일관된 애정과 농심(農心)으로 그간 66권이 넘는 저서를 남기셨다. 앞으로 농부와 같은 스승님의 손에 의해 얼마나 더 많은 열매가 맺힐지는 아무도 모르는 일이다.

시를 느끼러 가야 하는 '시낭송회' 자리에 시낭송보다는 스승님의 얼굴을 뵈러 간적이 몇 번 있다. 물론 나의 게으름 때문에 꾸준히 나가지 못했을 뿐더러, 등단하지 못한 제자의 죄송함 때문에 현재는 전혀 참석하지 못하고 있다. 도심 속 대학로의 한 소극장에서 열리는 시 낭송은 그야말로 한 주의 묵은 감정을 정화시키기에 충분하다. 감정이 충만한 시인들의 격정적인, 때로는 부드러운 목소리와 가끔 연주되는 플룻소리는 이런저런 시름들을 잠시 잊게 해준다. 시낭송회가 끝이 나면 곧바로 근처 음식점에서 맛있는 점심 식사와 함께 못 다한 이야기를 풀어놓는다.

한번은 시인 중 한 분이 시인들 사이에서 머쓱해하는 나를 스승님 옆에 앉게 배려해 주셨다. 그 때의 메뉴가 간단한 한식이었던 것으로 기억한다. 여러 반찬과 된장찌개가 나왔는데, 반찬 중에는 조기도 있었다. 안면이 없는 분들과의 식사는 어려웠고 더불어 나의 젓가락질도 몇몇 집기 쉬운 반찬에만 한정되어 있었다. 그 때 나의 하얀 쌀밥 위에 잘 다듬어진 조기가 올라왔다. 스승님께서 손수 조기를 발라주신 것이다. 나는 순간 내가 태어나기 전에 돌아가신 얼굴도 모르는 친할아버지를 잠깐 생각하였다. 스승님께서는 친할아버지처럼 항상 정겹게 대하여 주신다.

물론 나뿐만이 아니라 그 어떤 학생이 자리했더라도 똑같이 대하여 주셨을 것이다. 스승님께 4년간 배운 것은 시, 소설, 수필에 대한 이론 및 창작이 전부가 아니다. 스승님께서는 상대를 배려하고 따뜻하게 맞이할 줄 아는 인성을 가르쳐 주셨다. 정확히 이야기하면 인성에 대한 것은 교재가 없으니 행동으로 보여주셨다는 말이 맞을 것이다. "올바른 인격이 형성되지 못한 사람이 지식을 획득하는 것은 무의미하다"라고 누누이 말씀하신 스승님의 가르침을 곱씹어 보게 된다.

이처럼 훌륭한 인성을 갖기도 어렵거니와 작가와 작품이 같은 빛을 내기는 또 얼마나 어려운 일인가. 수필을 가리켜 '심적나상(心的裸像)'의 문학이라고 한다. '심적나상'은 마음의 옷을 벗는다는 뜻으로 글 속에 작가의 자아가 적나라하게 드러난다는 말이다. 때문에 작가는 평소 자신의 인품이 품위를 잃지 않도록 노력을 해야 훌륭한 작품이 나올 수 있다. 스승님의 작품은 각각의 장르를 떠나 스승님과 같은 빛깔을 낸다. 평론가들은 스승님의 시를 '토속의 시'라고도 부르고, '발효의 시학'이라고도 한다. 시낭송회에서 스승님께서 직접 낭송하신 「시론(詩論)」이라는 시에는 이 모든 스승님의 향기가 깊게 배어있기에, 그 향기를 느끼고 싶은 분들을 위해 시의 전문을 올려본다.

마음 편한 식물성 바가지 같은 시
단기(檀紀)를 쓰던 달밤 교교한 음력(陰曆)의 시
사랑방 천장에선 메주가 뜨던
그 퀘퀘한 토속(土俗)의 시를 쓰고 싶다.

인정이 많은 이웃들의 모닥불 같은 시
해질 녘 초가지붕의 박꽃 같은 시
마당의 멍석 가에 모깃불 피던
그 포르스름한 실연기 같은 시를 쓰고 싶다.

겨울엔 춥고 여름엔 머리 벗겨지는
빨강 페인트의 슬레이트 지붕은 말고,
나일론 끈에 목을 맨 플라스틱 바가지는 말고,
뚝배기의 숭늉 내음 안개로 피는
정겨운 시, 푸짐한 시, 편안한 시,
더운 김이 모락모락 피어오르는
고구마 한 소쿠리씩의 시를 쓰고 싶다.

고추잠자리 노을 속으로 빨려드는 시,
저녁 연기 얕게 깔리는 꿈속의 시,
어스름 토담 고샅길 돌아갈 때의
멸치 넣고 끓임직한 은근한 시,
그 시래기국 냄새나는 시를 쓰고 싶다.

정겨운 시, 푸짐한 시, 편안한 시는 스승님의 시이기 이전에 스승님의 철학이자 본모습이다. 된장도 인스턴트라는 이름으로 사먹는 시대에 스승님께서는 구수한 토속의 시를 쓰시며, 각박한 세상에 더운 김을 모락모락 피우신다. 빨리 뜨거워지고 빨리 식는 냄비 같은 시대에 천천히 달구어지고 오래도록 온기를 보존하는 뚝배기 같은 시를 쓰시는 스승님. 뚝배기의 따뜻한 기운처럼 스승님의 훈김은 항상 뜨시기만 하다. 시인의 본래 사명은 혼탁한 세상을 맑게 정화시키는 일이라고 했던가. 이러한 시인의 사명처럼 스승님께서는 차가운 세상에 따스한 훈김을 불어넣으시면서 세상을 훈훈하게 만드신다.

나는 '황송문' 교수님을 선생님이 아니라 스승님이라고 부를 수 있어 매우 황송하다. 그러나 작품을 쓰지 않으면 예뻐하지 않으신다는 스승님의 말씀처럼 부지런히 습작을 하여 스승님이 아닌 선배님이라 부르고 싶다. 교수님, 스승님을 떠나서 작품이 있어야 이야기 거리가 생기고 스승님 볼 면목이 생길 것이 아닌가. 스승님의 뒤를 따라 치열하게 고민하고 정진해야겠다. 그리하여 고구마 한 소쿠리는 아니더라도 쌀쌀맞은 세상에 작은 훈김이라도 불어넣을 수 있는 그런 존재이고 싶다. 시인이고 싶다.

문학발전과 사도 실천한 참 스승

황 종 택
세계일보 논설위원

누구나 태어나면서부터 알게 모르게 다른 사람과 '인연'이란 끈을 연결하며 살아간다. 나이가 들면 들수록 그 끈은 점차 늘어간다. 때론 본의 아니게 그 끈을 놓치기도 하고 남이 놓아버리기도 한다. 한데 필자에게 있어, 세월이 흐를수록 인연의 끈이 더욱 도탑게 이어져오는 분이 계시니 바로 황송문 교수님이시다. 물론 인생의 선배인 황 교수님께서 높은 경륜으로 지도해 주시고 덕으로 감싸주신 은혜를 베풀어주시기 때문이다.

황 교수님과의 인연은 사실 30여 년 전으로 거슬러 올라간다. 그 때 황 교수님께서는 중견 시인으로서 문인활동에 폭넓게 교유하시던 때라서 당시 대학생으로서 ROTC 장교 후보생이던 한 젊은이를 기억하실지 모르겠다. 그 동안 교수님과 다른 이야기를 나눈 적은 있어도 이 말은 드린 적이 없기에 꺼내는 것이다. 그러니까 1976년 여름, 판문점에서 북한군이 미군 장교 두 명을 도끼로 살해한 사건으로 인해 곧 전쟁이 날 것만 같은 경직된 사회 분위기가 조성되고 있던 시절이다. 필자는 전북 전주 35사단에서 1개월 정도 하계 학생 군사교육을 받았던 터라 얼굴은 새까맣게 탄 데다, 장발 시대인 데도 여느 대학생과 달리 두발은 스포츠형으로 짧아 촌놈 티가 났을 것이다.

그런 모습으로, 여름방학 끝 부분 고향인 임실에 갔다가, 전주로 진학하기 전 다녔던 읍내 교회에 들렀다. 그 곳에서 목사님께서 "황송문 선생님이시다"며 소개를 하셨다. 오수가 고향이신데 방문하셨단다. 그 날 교수님께선 단상에 오르시어 50, 60년대 농촌마을 계몽운동을 펼치는 고생 속에서도 보람을 가졌던 경험담을 말씀하셨다. 아, 그 때 느꼈던 황 교수님의 청순함이란 지금도 잊지 못할 생생함으로 다가온다. 한 마디 한 마디가 어찌 그토록 진솔하고 자연의 향기를 품은 듯 부드럽고 아름다운지!

그런 연후, 세월이 흘러 신문사 문화부장으로 두 번째 일하던 2003년 초여름 어느 날이다. 황 교수님으로부터 연락이 왔다. 원고 게재 소제목들이 있는데 한 번 검토해 보라는 말씀이다. 보는 순간 '이거다'라는 흥분과 기쁨이 들었다. '황송문의 여름 에세이' 제하 아래「장독대 풍경」,「맷방석 밤하늘」,「연변 백양나무」,「목욕하는 여인들」,「모기장과 밤하늘과 반딧불」등 세계일보에 매주 연재된 글들은 풋풋한 흙내음 나는 듯한 청초한 글들로서 시골 풍경을 사진으로 보여주듯 진솔하게 그려준 시어(詩語), 그 자체였다.

글에서는 인정과 잔잔한 사랑이 배어나왔다. 더구나 요즘 보기 드문 원고지(원고지를 쌓아놓고 쓰신 듯 그것도 색 바랜 누런 종이였다)의 글들은 릴케의 가을날로 시작된 '황송문의 가을 에세이' 또한「달밤과 기찻길」,「가을 연주」,「송편과 망향가」,「강강술래」등으로 이어지면서 읽는 이로 하여금 어린 시절의 추억을 생동케 했다. 추억 속의 얼굴들을 되살아나게 했다.

자연 원고가 실릴 때마다 독자들의 반응은 뜨거웠다. "신문마다 사건사고로 점철된 부정적 뉴스를 내보내는데 모처럼 훈훈한 인간미 넘치는 글을 읽었다!"는 호평이다. 그렇다. 황 교수님의 글에는 인간애에 바탕한 혼과 자연 사랑으로 가득하다. 21세기 목가 시인의 대표라고 하겠다. 소재를 거의 자연과 농촌에서 구했고, 목가적 · 전원적 · 명상적인 시세계를 개척한 것이다.

"목이 시리도록 훨씬 높아진 하늘을 올려보면 마음은 까닭 없이 나그네처럼 외로워지고, 시골의 신작로 가에 애련히 피어 손을 흔들어주는 그 청초한 코스모스를 바라보노라면 꿈꾸는 듯한 어린 날의 추억이 하나하나 되살아나게 된다."(황송문의 가을에세이 '가을연주' 중)는 글을 보라. 맑고 아름다운 조가비와 조약돌을 줍듯이 작가의 지나온 시절에 대한 아름다움이 흠뻑 묻어 있음을 우리는 함께 감정이입으로 알 수 있지 않은가.

황 교수님께서 정년을 맞으신다니 극구광음(隙駒光陰), 달리는 말을 문틈으로 보는 것처럼 세월의 빠름을 말했던 옛 사람들의 비유가 어쩜 그렇게 적절한지를 깨닫게 한다. 한데 그 옛날 뵈었던 젊음과 홍안은 여전하시다. 120수는 너끈하실 것 같다. 이 시간 만남의 인연이란 무엇인가를 되새겨 본다. 황 교수님과 한 세대 전 함께 했던 그 시간이 인연의 씨알이 돼, 글을 통해 독자의 눈으로 당신의 마음을 읽게 한 것은 만남의 소중함을 재인식하게 하기 때문이다.

황 교수님께서 발행인 겸 편집인으로 노고를 아끼지 않는 계간 문예지 『문학사계』의 제호처럼 교수님의 앞길은 사철 변화 속에서도 창조와 결실이 있듯 문학발전과 올곧은 사도(師道)를 실천하신 참 스승의 실과는 크고 탐스러울 것이다.

도회의 사람들이 잊혀진 추억의 오솔길을 찾을 수 있도록 황송문 교수님의 더욱 원숙하고 맑으며 향기어린 글을 기대해 본다. 아울러 기회가 돼 겨울밤의 포근함과 낭만을 실은 '황송문의 겨울 에세이'와 새 생명의 약동, 그리고 청춘을 노래하는 '황송문의 봄 에세이'를 접할 수 있기를 기다린다.

<정년퇴임 고별강연문>

부모의 마음으로 종의 몸으로

황 송 문

- 이 글은 2006년 12월 6일 선문대 인문관에서 행한 고별강연의 요지다.

1. 감사

먼저 하나님께 감사를 올립니다. 그리고 우리 선문대학교를 창설하신 문선명 선생님께 감사를 드립니다. 감사하지 않을 수 없는 것은, 저에게 건강한 생명을 주시고, 사람으로서 마땅히 가야할 길을 가르쳐 주신 그 은혜를 입었기 때문입니다.

하나님의 창조목적이라는 뜻길에 동참했고, 대학설립 이후에는 정년을 마칠 때까지 보살펴주신 가호에 감사하지 않을 수 없습니다. 문선명 선생님께서는 저로 하여금 학문과 예술의 길을 걷는 데에 용기와 지혜를 주셨습니다. 그래서 저는 참으로 축복 받은 사람이라는 긍지와 자부심을 가지고 살았습니다.

정년을 마치면서 고별사를 해야 한다는 말을 들었을 때, 처음에는 주저하였습니다. 이런 자리에서는 해야 할 말을 다 할 수 없기 때문입니다. 말이란 불완전 풍사입니다. 옳은 말이라고 자꾸 하게 되면 시끄러워지고 불편해집니다. 그래서 이것 저것 가리다 보면 할 말이 없어지게 됩니다. 그래서 사양했는데, 전통적으로 내려온 행사를 하지 않을 수 없다고 막무가내여서 하기는 하는데, 뼈 있는 말은 살 있는 말로 바꿔서 하겠습니다.

2. 고난

저의 아버지는 제 나이 16세 때 교통사고로 돌아가셨습니다. 그리고 그 이듬해엔 누이동생이 폐렴으로 죽었습니다. 연거푸 두 죽음을 보게된 저는 허탈에 빠질 겨를도 없이 중학생의 몸으로 아버지 대신 가정을 책임져야 했습니다. 다 늙으신 할머니와 그저 순하기만 하신 어머니, 그리고 철모르는 어린 동생들을 불시에 책임지지 않을 수 없는 몸이 되고 말았습니다.

그때부터 저는 돈을 벌어가면서 고학을 해야 했습니다. 어두컴컴한 첫새벽에 일어나 신문배달을 했고, 학교에 다녀온 후에는 나무장사를 했습니다. 6·25 후 산을 벗겨먹던 그 당시의 나무장사란 산에서 실어온 원목의 껍질을 벗겨서 땔감으로 파는 일이었습니다.

그 당시 저의 고민은 그런 일들이 어린 몸에 몹시 힘들어서라기보다는, 실존적인 고민이었습니다. 나는 앞으로 어떻게 살아야 할 것인가. 꿈속에 뵙게 되는 저의 아버지는 저승에 계시는 것인가. 아니면 혼비백산하고 만 것인가. 저는 아무리 생각해도 소나무 껍질이나 벗겨서 생계를 유지하려고 이 세상에 태어났다고 여겨지지 않았습니다.

언젠가는 한밤중에 원목을 퍼 내리기 위해서 군용 트럭 위에 오른 일이 있었습니다. 저는 그 트럭에 가득 실린 원목더미 위에서 잠도 깰겸 피곤한 몸을 쉬는 동안에 가까운 숲속에서 들려오는 새소리를 듣게 되었습니다. 새들도 노래하는데, 나는 도대체 뭔가 하는 생각이 들었습니다. 그것은 소위 만물의 영장인 인간이 새만도 못하다고 해서야 되겠느냐는 생각이었습니다.

지금 생각해 보면 하나님께서는 그때 저의 손을 잡아주신 것 같습니다. 가장 절망적일 때 하나님이 저를 불쌍히 여기시고 구해주셨습니다. 제가 백마를 타고 푸른 하늘을 날아가는 꿈을 꾼 후로는 축복의 은사가 내렸습니다. 중단했던 학업을 계속했고, 문단에 데뷔한 이래 많은 저술을 하게 되었습니다. 저는 고난을 통하여 인생을 빨래하여 왔습니다. 고난이라는 비누로 제 자신을 치대면 치댈수록 결국 제 인생은 빨래되고 깨끗해져 간다는 이치를 터득하게 되었습니다.

3. 기회

저는 우리 선문대학교가 첫걸음을 내어 디딘 1986년 3월부터 현재까지 20년 동안 교직에 종사해왔습니다. 20년 전, 처음에는 '대학국어'와 '대학작문'을 담당하다가 10년 전 국어국문학과를 신설하면서 전공과목을 강의하기 시작했습니다. 좀 시적이랄까 인생파적으로 말하자면, 낯익은 지붕 밑을 떠돌다가 자기가 살 방을 만들어 살게된 셈입니다.

저의 삶이란 기적의 연속이었습니다. 저는 대학교수가 되고 시인과 소설가가 되고, 70여권의 책을 저술한다는 것은 상상할 수도 없었습니다. 그만큼 저는 어려운 환경에 처해 있었습니다. 아무것도 아닌 게 진주조개를 만나 진주가 되듯이, 보잘 것 없는 저를 하나님께서 긍휼히 여기시고 이끌어주셔서 쓸모 있는 사람으로 다듬어주셨습니다.

저는 대장장이처럼, 스스로를 단련시켰습니다. 풀무질을 하여 벌겋게 단 쇠를 망치로 내려칠 때마다 녹이 떨어져 나가듯이, 고난을 통해서 보검 명검으로 다듬어진다고 생각했습니다. 우리는 그 아름다운 정신, 아름다운 영혼으로 살다가 영계로 가게 되어 있습니다. 우리는 힘든 생활 속에서 빨래된 마음을 곱게 다리미질하며 펴나가야 한다고 생각합니다. 저는 인생의 겨울에 이르렀습니다. 황혼의 애상에 젖을 나이가 되었습니다. 학생 여러분은 인생의 오전에 있습니다. 아침에 떠오르는 해와도 같습니다. 여러분은 젊기 때문에 가능성이 높습니다. 세상을 살아보지도 않고 미리부터 포기하는 경우를 더러 보는데 하늘은 스스로 돕는 자를 돕습니다. 정말 자기부터 사랑하시기 바랍니다.

저는 중학교 때 미국의 강철왕 카네기가 쓴 『인생독본』이라는 자전적인 책을 읽었습니다. 그 책에는 성공의 비결에 대해 써있었는데, 성공은 찬스에 있다고 했습니다. 일생 동안에 큰 찬스는 서너 번, 혹은 너댓 번 오거니와 작은 기회는 수시로 온다고 했습니다. 기회란 시간성을 띄고 있기 때문에 우물쭈물하면 지나간다고 했습니다. 이것이 기회다, 하고 느껴지는 순간, 재빨리 붙들어야 한다고 했습니다. 저는 평생 동안 이 비결을 처세의 지침으로 삼아왔습니다. 요즈음 순간포착이라는 말이 유행되는 것 같은데, 순간순간 시간을 적절히 선택하면서 민들레 씨알처럼 가능성의 씨알을 도처에 날리시기 바랍니다.

4. 신앙

소년시절에는 교회의 반사 선생님의 말씀에 감명을 받은 일이 있습니다. 젊은 선교사가 외국으로 선교를 떠났는데, 그 배에 구멍이 나서 물이 새기 시작합니다. 모두들 저 살겠다고 갑판 위로 도망치는데, 그 젊은 선교사는 배의 밑바닥에서 물이 새어드는 구멍을 막고 있었습니다. 배가 무사히 항구에 도착하여 승객들이 모두 내렸는데, 그 젊은 선교사만이 물이 차오르는 배의 밑바닥에서 숨져있었습니다. 어린 마음에도 그 젊은 선교사와 같은 사람이 되겠다고 결심을 했습니다.

중학시절에는 박계주의 소설 『殉愛譜』를 감명 깊게 읽었습니다. 어릴 때 소꿉동무였던 최문선과 윤명희가 주인공인데, 최문선이 익사 직전의 인순이를 건져준 관계로 초대받아 가는데, 괴한이 문선의 눈을 멀게 하고, 인순이를 죽여 문선에게 치정살인의 누명을 씌우게 됩니다. 사형을 당하게 될 문선 앞에 범인이 나타나 자백을 합니다. 잠시 병실을 나간 경찰이 와서 사내가 누구냐고 묻습니다. 그가 범인이라고 말하면 자기는 치정살인의 누명을 벗고 풀려날텐데, 자기는 이미 눈이 멀었고, 또 괴한이 죽게되면 그 가족이 다 죽게되므로 친구라고 말합니다. 그 범인이 괴로워서 자수를 하게 됩니다.

이 소설 『殉愛譜』는 선문대학교의 설립자 되시는 문선명 선생님의 말씀, "부모의 심정으로 살되, 종의 몸으로 살아라"는 말씀과도 상통합니다. 저는 그 분의 가르침대로 학생들을 대할 때 아버지가 자식 사랑하듯 하려고 했습니다. 예수가 제자의 발을 씻겨주듯, 그런 심정으로 대하고자 했습니다. 학생 여러분도 앞으로 어디서 무슨 일을 하든지 부모의 심정으로 살되 종이 상전 받들 듯이 모든 사람에게 겸손하게 대하면 존경받고 사랑 받게 될 것입니다.

5. 선비

저와 여러분, 우리는 선비입니다. 선비는 공명정대해야 합니다. 동양적 인간형은 浩然之氣, 大丈夫입니다. 호연지기란 하늘과 땅 사이에 가득 찬 넓고 큰 정기라든지, 공명정대하여 조금도 부끄러울 바 없이 자유로운 도덕적 용기를 말합니다. 이런 사람을 가리켜 대장부라 하고, 그 반대의 경우를 졸장부라 합니다.

『孟子』에 나오는 말인데, "천하에 가장 넓은 집(仁)에서 살고, 천하에 가장 바른 자리(禮)에 앉으며, 천하에서 가장 큰 길(仁義의 道)을 걷는다."고 했습니다. "부귀도 그 뜻을 어지럽히지 못하고, 빈천도 그 뜻을 움직이지 못하며, 威武도 그의 뜻을 굴복시키지 못한다."고 했습니다.

학생들은 자기를 여기에 비추어 보기 바랍니다. 쩨쩨한 마음인가, 너그러운 마음인가, 어질고 예의 바르고 의로운 마음을 가꾸고 있는가, 그러지 못한가 하고 본심의 거울에 비추어 보시기 바랍니다.

여기에는 1학년 학생들도 많이 보이는데, 군에 입대하게 되면 내가 지금 당부하는 '忍辱'이라는 낱말을 새겨두시기 바랍니다. 참을 忍자, 욕될 辱자 忍辱입니다. 아무리 욕된 일도 참을 줄 알아야 합니다. 이순신 장군은 욕된 일을 잘 참은 분입니다. 큰 나무일수록 바람을 많이 받듯이, 큰 사람일수록 많은 시련과 고통을 겪게 되는데 이를 이겨내야 합니다.

우리 대학 학생들이 대체로 착한 것은 좋은데, 진취성이 부족합니다. 적극적인 자세로 학업 성취도를 높여야 합니다. 독서량도 부족합니다. 대학생은 책에 목말라야 합니다. 책 속에는 무궁무진한 지식과 지혜가 금광석처럼 박혀있습니다.

"인류의 부모 되신 예수님이 한국으로 재림하시는 것이 사실이라면, 그 분은 틀림없이 한국말을 쓰실 것이므로, 한국어는 바로 조국어가 될 것이다. 따라서 모든 민족은 이 조국어를 사용하지 않을 수 없게 될 것이다."

우리 대학을 설립하신 문선명 선생님의 말씀(『원리강론』결말부분)입니다. 저는 이 마당에서 인문정신을 강조하고 싶습니다. 인문정신의 쇠퇴는 대학다운 대학을 이루는 데에 저해요인이 됩니다.

깜깜한 지하 감옥에서 빠삐욘이 자기의 환상을 봅니다. 그는 황야를 걸어가면서 "시간을 낭비한 죄가 무섭다"는 스스로의 소리를 듣습니다. 지금 학생들은 어디에 관심이 있습니까? 학문입니까? 예술입니까? 사랑입니까? 돈입니까? 취업입니까? 아니면 모양을 내는 것입니까? 군에 입대하는 것입니까?

6. 단기

학생 여러분, 올해가 단기 몇 년인지 아십니까? 올해가 단군기원으로 4339년입니다. 우리나라는 3·1운동의 이념과 대한민국 임시정부의 법통을 계승해 건립되었다고 헌법 전문에 명시되어 있습니다. 바로 그 3·1운동의 독립선언서에는 "조선 건국 4252년"이라고 명기되어 있습니다. 그리고 이 3·1운동으로 탄생된 임시정부의 모든 공식기록에도 '단기' 연호를 쓰고 있습니다. 그 법통을 이어받아 광복 후 건립된 대한민국에서도 분명히 '단기'를 썼습니다.

그런데 40여년 전 군사정부에 의해서 단기가 서기로 바뀌고 말았습니다. 그 후 단기 복원을 주창하는 이들이 있었으나 막강한 기독교 세력에 의해서 단기 사용의 꿈이 좌절되었습니다. 기독교계는 서울시가 주관하는 단군성전 확장계획에 극력 반대했고, 단군을 우상이라고 공공장소에 건립된 단군상을 파괴하기까지 했습니다. 이러고도 대한민국 정체성 운운할 수 있겠습니까?

자주적 평화통일이라는 구심력과 한·미군사동맹이나 세계화라는 원심력이 균형 있게 조화되어야 합니다. 나의 것과 남의 것을 소중하게 여김으로써 우리의 것으로 용해되어야 합니다. 제 나라의 생일조차 찾아먹지 못한 주제에 무슨 자주니 평화니 통일이니 세계화니 하고 운운할 수 있겠습니까?

7. 문학

저는 1971년, 그러니까 35년 전 「피뢰침」이라는 시로 문단에 데뷔한 이래 14권의 시집과 5권의 소설책과 4권의 수필집, 그리고 평론집과 논저, 대학교재 등 66권의 책을 펴내었습니다. 그리고 요즈음은 '정년기념문집'과 '황송문시전집'을 만들고 있습니다. 조금 더 시간이 흐르면 시와 소설, 수필, 평론을 망라해서 '황송문문학전집'을 펴내게 될 것입니다. 이것이 저의 결실입니다. 그리고 나면 하나님께서 저를 꺼내어 가실 것입니다. 다 타고난 연탄재를 꺼내듯 그렇게 저를 꺼내어 가실 것입니다.

제가 강의를 하는 시간, 글을 쓰는 시간, 기도를 하는 시간, 이 모든 시간들은 저의 위에 있는 연탄에게 불을 붙여 주는 시간입니다. 저의 위에 있는 연탄 같은 여러분들이 여러분의 위에 있는 연탄에게 불을 잘 붙여 줄 때 쯤 저는 다 탄 재가 되어 하나님께서 꺼내어 가시는 대로 돌아가게 됩니다. 제가 다 탄 연탄재처럼 이 세상을 떠난다 해도 저는 저서를 통해서 이 세상에 살아있을 것입니다.

제가 앞으로 얼마를 더 살지 모르지만, 70권에서 100여권의 책을 이 세상에 남기고 떠날 것입니다. 그 가운데 운이 좋아서 한 권의 책만 살아남아도 저는 행복합니다. 저의 정신은 저를 읽어주는 사람들에 의해서 영원히 살아있을 수 있기 때문입니다. 저는 치열하게 살았습니다. 일평생 밤 1시에서 2시 사이에 잤고, 새벽 5시에서 6시 사이에 깨어났습니다. 잠이 부족하면 휴게소에서 10여분간의 자투리 잠으로 해결했습니다. 그런 면에서는 후회가 없습니다.

저는 그동안 9000권의 책을 학교 도서관에 기증했습니다. 그리고 1000권은 고향의 중학교에 보내기로 하였습니다. 1998년에 3000권을 기증했고, 금년에 7000권을 기증해서 모두 1만권을 기증할 생각이었는데, 그게 여의치 않아서 금년에는 6000권만 기증하게 되었습니다. 가을이 가고 겨울이 오면 나무들도 낙엽을 떨구고 앙상한 줄기와 가지만 남듯이 이제는 신의 섭리대로 가볍게 떠날 준비를 하는 때라고 생각합니다. 그래서 저는 요즘 철저하게 버리면서 떠나는 연습을 하고 있습니다.

문학평론가들은 저의 시를 가리켜 '발효의 시학'이라고 합니다. 저의 시에는 '김치'니 '간장'이니, '청국장'이니 하는 발효음식이 심심찮게 나옵니다. 김치는 잘 삭아야 되고, 간장은 메주가 잘 썩어야 되듯이 인생도 잘 썩어야 한다는 게 저의 지론입니다. 간장이 되려면 잘 썩은 메주와 부패를 막는 소금이 함께 어울려서 세월을 보내고 펄펄 끓어 거듭나게 될 때 비로소 맛을 내듯이 학문도 예술도 인생도 그런 이치와 통한다고 보는 게 저의 시론이고 인생관입니다.

8. 대학

여기에는 대학원생들도 와있는데, 이 기회에 한 가지 당부의 말씀을 드리고 싶습니다. 교육에 있어서 세 가지 면을 三育이라고 합니다. 육신의 건강을 도모하는 體育과 정신면의 발달을 목적으로 하는 德育과 知育을 말합니다. 이를 이행하려면 師道가 서야 합니다. 師道에는 우선 실력이 있어야 하고, 성의가 있어야 하며, 애정이 있어야 합니다. 그리고 인격자라야 합니다. 인격형성에 있어서는 해박한 지식도 필요하지만 德性이 선행되어야 합니다.

동양에서는 예부터 학식과 덕행을 겸비한 사람을 君子라 일컬어 왔습니다. 스승이 되려면 먼저 군자가 되어야 합니다. 군자는 인격자이기 때문입니다. 인격의 뒷받침이 없는 지식은 매우 위험합니다. 비인격자는 지식이 많으면 많을수록 그 위험율이 더욱 커지기 때문입니다.

교육의 목적이 사람다운 사람을 만들어내는 데에 있다면, 인간형성에 있어서 가장 기본적인 요소는 사랑과 진실입니다. 이 사랑과 진실 가운데 사랑은 인간을 바로잡는 묘약이라 할 수 있습니다. 진실 앞에서는 모든 궤변이나 허위도 공존할 수 없습니다. 진실은 창의를 발휘할 수 있는 원동력이 됩니다.

師道, 즉 스승의 길을 말하기 위해서는 학문이 무엇이며 교육이 무엇인가를 알아야 합니다. 스승이 스승답고 제자가 제자다우려면 인문정신이 살아나야 하는데, 고도의 산업사회는 규격화된 대학이 상품인간을 양산하는 공장 같은 학원으로 변모해 가고 있습니다. 기계문명의 비인간화에 편승하여 자격취득에 의한 높은 수입과 속된 본능충족의 부유한 생활에 목적을 두는 속물들을 양성해 내는 곳이 대학이라고 지칭되어감에 따라 대학의 존엄성이 땅에 떨어진

게 오늘날의 세계적 추세입니다.

9. 희망

그러나 저는 절망하지 않습니다. 희망을 갖습니다. 저는 절망적일 때마다 흥기를 꾀합니다. 새벽은 깊은 밤중에 찾아온다는 진리를 믿습니다. 저 자신부터가 좌절할 때마다 흥기해 왔으니까요. 0.25% 밖에 안 되는 염분이 바다를 건강하게 하듯이, 우리 학생들 중에도 비록 수는 많지 않겠지만 열심히 공부하고 연구하며 탐구하는 학생들이 있기 때문에 저는 꿈을 잃지 않습니다. 졸업생을 내보낼 때마다 마치 라면 하나 제대로 끓여먹지 못하는 딸을 시집보내는 것 같아서 조마조마하지만, 지나고 보면 지나친 노파심이라는 것도 깨닫게 됩니다.

『漢書』에 白首如新 傾蓋如故라는 말이 있습니다. 머리가 희어질 때까지 사귀어도 언제나 처음 보는 것과 같고, 우산을 잠깐 함께 쓰고 갔는 데도 아주 옛날부터 아는 사람처럼 친하다는 말입니다.

20년 동안 많은 학생들이 저를 거쳐갔습니다. 그 가운데 傾蓋如故 쪽의 학생이 얼마나 될까요. 선생은 있어도 스승은 없고, 학생은 있어도 제자가 없다는 오늘의 재미없는 세태에도 우리 대학 구성원만은 스승도 있고, 제자도 있는 그런 살맛 나는 대학이 되기를 충심으로 기원합니다.

저는 하나님께 감사할 일이 많습니다. 그 중에서도 몇 가지 간과해서는 안될 게 있습니다. 그 중 한 가지는 시대적 혜택입니다. 저는 세계대전, 그러니까 일제가 한창 기승을 부리던 1941년에 태어났습니다. 8·15해방 후의 혼란기의 피폐한 농촌에서 가내수공업에 머물던 농경문화를 체험하면서 자랄 수 있었습니다. 할머니와 어머니와 누이들과 함께 목화를 재배했고, 무명실을 만들어 베를 짜 옷을 해 입는 과정을 경험했습니다. 이러한 경험들이 저로 하여금 시인이 되게 하였습니다.

그 후 4·19와 5·16을 거쳐 첨단과학시대에서 컴퓨터 워드프로세서로 글을 쓰기에 이르렀습니다. 초등학교 때는 연필로 글을 쓰다가 중학시절에는 펜으로 잉크를 찍어가며 글을 썼습니다. 그 후 만년필로 글을 썼는데, 그 다음 볼펜으로 쓰다가 지금은 컴퓨터 워드프로세서로 쓰고 있습니다. 우리 조상들은 붓으로 글을 썼는데, 저는 연필에서 펜으로, 만년필에서 컴퓨터로 글을 써서 우체국에 갈 필요 없이 순식간에 세계 어느 나라든지 보내고 받는 시대에 살고 있습니다. 제가 한 세기 동안의 빠른 변화를 겪음으로써 춘하추동으로 『문학사계』라는 종합문예지를 펴낼 수 있게 되었습니다. 우리 학생들이 이 문학지로 문단에 데뷔하여 표현의 자유를 누릴 뿐 아니라 사회적으로도 보무 당당히 정진하는 모습을 보게될 때 감개가 무량합니다.

회고하자면, 천안캠퍼스를 세우던 1980년대 후반, 학생들과 함께 전국 각지를 순례하던 시절이 있었습니다. 지리산 천황봉에 올라서 기도하시던 김관해 교수님과 학생들의 모습도 떠오르고, 학생들과 함께 청평 천성산을 오르던 김옥희 수녀님도, 길병문 교수님의 모습도 떠오릅니다. 모범학생들과 일본을 다녀오는 길에 동경대학에서 발표를 하던 학생들의 모습도 주마등처럼 펼쳐집니다. 2001년에는 안식연구년에 중국 연변대학에 객원교수로 가있었는데, 그때 만났던 김학철 선생도, 정판룡 교수도, 이상각 시인도, 김관웅 김호웅 형제 교수도 잊을 수 없습니다.

경험의 보석이라는 말이 있습니다. 많은 경험을 통해서 체험으로 승화시킬 때 좋은 문학작품이 생산되고 삶의 질도 높아지게 됩니다. 저는 창조목적이라는 뜻을 안 덕택에 7일 금식을 다섯 번이나 했습니다. 그래서 먹는 데에 초월했습니다. 저는 하루에 240리를 걷기도 했습니다. 전주에서 군산까지 새벽 4시에서 밤까지 신작로를 왕복으로 다녀왔기 때문에 여비가 떨어져도 걱정이 없습니다. 저는 영하 25도나 되는 최전방에서 견디기도 했기 때문에 추위나 더위에도 걱정이 없습니다.

제가 학생 여러분에게 교훈으로 남겨줄 게 있다면 최고의 기준을 세우라는 것입니다. 그리고 무슨 일을 하든지 부모의 심정으로 살되 종이 상전을 받들듯이, 여러분과 인연되어 있는 모든 사람들을 받들어 모시라는 것입니다. 그렇게 온유하고 겸손하게 사노라면 여러분의 가슴에 하나님의 빛이 깃들기 시작할 것입니다. 하나님을 모시고 함께 살수만 있다면, 그 사람은 하나님의 후원을 받는 인물이니 이 세상에서 그 누구보다도 넉넉한 사람이 될 것입니다.

그리하여 최선을 다하시되 그 뜻이 이뤄지고 안 이뤄지고는 하나님께 맡기시기 바랍니다. 그러면 마음이 편안하게 됩니다. 최선을 다했으므로 여한이 있을 수 없고, 그 결과는 하나님이 알아서 하시도록 했으니 아무리 어려운 일이 앞에 있어도 마음 편안하게 安心立命의 경지를 누릴 수 있게 됩니다.

저는 그렇게 살아왔습니다. 최선을 다하되 그 결과는 하나님께서 알아서 하시도록 맡겼습니다. 그렇게 살다 보니 시인도 되고, 소설가도 되고, 대학교수도 되고, 인문대학 학장도 지내게 되었으며, 70 여권의 저서를 남긴 채 무사히 정년을 마치게 되었습니다.

저는 고난을 통해서 自手成家한 사람입니다. 아버지를 일찍 잃었고, 일가 친척도 없으니 바라볼 곳은 천상 하나님밖에 없었습니다. 하나님을 통해서 마음을 키운 것입니다. 제가 정년을 마치는 차제에 『정년기념문집』을 만들고 있습니다. 아마 1월이나 2월에는 책이 나올 것입니다. 제가 책에 넣을 사진을 고르면서 보니까 단체사진은 대개 뒤에 있어요. 앞줄에 나서는 경우가 별로 없습니다. 제가 만일 사진을 찍을 때마다 앞에 나서기를 좋아했다면 오늘 같이 이런 영광스런 자리는 갖지 못할 지도 모를 일입니다.

옛글에 桐千年老恒藏曲하니 梅一生寒不賣香이라 했습니다. 오동나무는 천년을 늙어도 그 소리는 변함이 없고, 매화는 일생 추워도 그 향기를 팔지 않는다고 했습니다. 아무리 세상이 하수상해도 우리는 공명정대해야 합니다. 눈치를 볼 필요도 없고 유행을 좇을 필요도 없습니다. 우리의 고유전통을 계승 발전시키면서 세계화 추세에 발맞추어 가야 합니다. 구심력과 원심력, 전통성과 세계화를 균형 있게 조화시키면서 진취성 있게 정진해야 합니다.

論語 泰伯에는 曾子言曰 鳥之將死에 其鳴也 哀하고 人之將死에 其言也善이니라고 했습니다. 증자가 말하기를 “새가 장차 죽으려 함에 그 울음이 슬프고, 사람이 장차 죽으려 함에 그 말이 선하다.”고 했습니다. 선한 말 한마디만 더 하고 제 말씀을 마치겠습니다.

우리 선문대학교라는 거대한 배가 항해를 합니다. 巨船이 항해를 하자면 풍랑도 만날 것이고, 때로는 해적을 만나기도 할 것이며, 암초에 부딪히기도 할 것입니다. 배의 바닥에서 물이 샐 때 여러분은 어떻게 하겠습니까. 텅 빈 강의실에 불이 켜있는 경우에는 바로 끌 수 있지만, 저 혼자의 힘으로 해결할 수 없는 일은 함께 해야 합니다. 잘못된 게 확실하다면 그것을 바로잡는 게 당연한 일인 데에도 그냥 모른 체 지나치는 경우를 봅니다.

교육에 있어서 칭찬이 가장 바람직하거니와 질책도 필요하지만, 무관심의 늪에 빠져서는 안됩니다. 무관심은 악덕입니다. 책임진 사람들도 문제를 해결하려 하지 않고 피해서 가려는 것을 보기도 합니다. 배가 구멍이 나서 물이 새는 데에도 누구 하나 막으려 하지 않는다면 그 결과가 어떻게 되겠습니까?

저는 절망하다가도 희망을 갖습니다. 비록 소수지만 열심히 공부하는 학생이 있고, 열심히 연구하는 교수가 있는 한 우리 대학은 발전할 것입니다. 열심히 탐구하는 교수와 공부하는 학생들에 의해서 마치 약탕관처럼 펄펄 끓어야 합니다. 上意下達과 下情上達로 줄기차게 펄펄 끓어야 합니다. 학교의 구성원 모두가 펄펄 끓어서 하나되게 될 때 우리 대학은 더욱 발전하게 될 것입니다.

공사 다망하신 가운데에서도 자리를 빛내주신 김봉태 총장님을 비롯하여 김관해 전 학장님, 길병문 교수님, 그리고 여러 교수님들 감사합니다. 관심을 갖고 경청해준 학생들도 고맙고, 원로에 찾아준 문단의 후배, 제자들에게도 마음 깊이 사의를 표합니다. 특히 영상미학으로 이 행사를 효과적으로 빛내어준 지창영 옥효정 두 제자에게도 마음 깊이 감사를 표합니다. 그동안 신세를 진 빚은 살아가면서 갚아 나가고자 합니다. 제 말씀은 여기서 마치겠습니다. 끝까지 경청해 주셔서 감사합니다.

단기 4339년(서기 2006년) 12월 6일(수요일) 1시 30분
선문대 인문관에서

濁潭·寒松 黃松文 博士 年譜

1. **출생** : 단기 4274년(서기 1941년) 10월 19일 전라북도 임실군 오수면 오수리 372번지에서 창원황씨 黃性天과 전주최씨 崔玉順 사이에서 장남으로 태어났다. 16세 때 부친을 여의고 17세 때 누이동생을 잃은 후 소년가장이 되어 가족을 부양하면서 고학을 시작함.

2. **가족** : 경주김씨 김길순과의 사이에 1남(황인창) 2녀(황순영 신영재, 황혜정 신승훈)를 두었다. 세 자녀는 모두 출가하여 가정을 이루고 있음.

3. **학력** : 오수초등학교와 오수중, 태인고를 거쳐 전주대학교 국문학과를 졸업하였고, 일본 남산대학에 유학(1975-1977)을 다녀온 후에는 홍익대학교 교육대학원을 졸업(석사), 전주대학교 대학원 국문학과를 수료, 문학박사 학위를 받음.

4. **경력** : 1962-1965 육군 제대.

1967-2007 문예가족 동인.
1971- 『문학』지에 시 「피뢰침」이 당선되어 문단에 데뷔.
1972- 처녀시집 『造船所』 발행.
1991-2007 동아일보문화센터 강사.
1970-1975 국제승공연합 신문과장을 거쳐 홍보부장, 국제승공보 편집국장 역임. 서울특별시경찰국 강사.
1978-1981 통일신학교 강사.
1981-1984 『시와 시론』지 상임편집위원 겸 신인작품 심사위원.
1982- 제1회 신문예문학상 수상.
1983-1984 KBS라디오(972HZ)에서 1년간 소설작법 강좌.
1983-1984 북한연구소(월간 『북한』)에서 전후문제작 해설.

1984-1985 전주대학교 인문대학 및 사범대학 강사.
1985- 제5차 한·중작가회의 한국대표(타이페이) 참가.
1986-2007 선문대학교 인문대학 국어국문학과 교수, 국문학과 학과장, 인문학부장, 인문대학 학장 역임.
1992- 제3회 홍익문학상 수상.
1994-1995 선문대신문사 주간.
1995- 제18회 한국현대시인상(본상) 수상.
1995-2000 국제펜클럽 한국본부 감사, 이사.
1996-2007 한국현대시인협회 전통문화연구위원회 위원장, 심의위원회 의장을 거쳐, 세 차례의 부이사장.
1997-2007 월간 『詩文學』지 편집위원.
1997-2007 한국문인산악회 회장, 명예회장, 고문.
1999-2000 세계일보사 문화사업단 강사
1999. 11. 5 탐미문학상 수상
2001. 12. 계간문예지 『문학사계』(창간호) 편집주간.
2002-2007 계간문예지 『문학사계』 발행인 겸 편집인.
2002- 제1회 전주문학상 수상.
2004-2006 한국문인협회 제23대 이사
2004년- 세계초종교평화스포츠페스티발 문화국장
2002-2007 보리수 시낭송 모임 상임위원
2006- 숙명여자대학교 인문대학 강사
2006-2007 까치밥 시낭송 모임

5. 작품

「까치밥」「돌」「꽃잎」「禪風」「망향가」「稜線」「그리움」「수채도랑집 바우」「청보리」「간장」「선달」「호남평야」「메시아의 손」「시론 3」「자운영」

6. 저서

1)시집

제1시집 『造船所』(성화사, 1972)

제2시집 『木花의 季節』(성화사, 1975)
제3시집 『내 가슴속에는』(교육평론사, 1978)
제4시집 『메시아의 손』(교음사, 1979)
제5시집 『그리움이 살아서』(자유문고, 1984)
제6시집 『노을같이 바람같이』(홍익출판사, 1987)
제7시집 『꽃잎』(한그루사, 1988)
제8시집 『달무리 해무리』(성화사, 1990)
시선집 『까치밥』(보성출판사, 1990)
제9시집 『稜線』(미래문화사, 1995)
제10시집 『사랑나무 아래서』(국학자료원, 1997)
제11시집 『씨나락 까먹는 소리』(국학자료원, 1997)
제12시집 『연변 백양나무』(시문학사, 2002)
시선집 『바위 속에 피는 꽃』(새미, 2002)
시선집 『중국동포시인대표작품선집』(국학자료원, 1997)

2)소설
실록소설 『조국행진곡』(성화사, 1979)
장편소설 『어느 무정부주의자의 사랑』(자유문고, 1983)
장편소설 『사랑은 먼 내일』(지성문화사, 1986)
장편소설 『달빛은 파도를 타고』(국학자료원, 1999)
소설집 『가시나무꽃』(글벗사, 1990)
창작집 『달맞이꽃』(국학자료원, 1998)

3)수필
수필집 『사랑의 이름으로 바람의 이름으로』(지성문화사, 1987)
수필집 『사랑의 쉼표와 마침표』(풀잎사, 1991)
수필집 『그리움의 술 기다림의 잔』(지성문화사, 1995)

4)논저 및 대학교재
『신석정 시의 색채 이미지 연구』(국학자료원, 2003)
『중국조선족 시문학의 변화양상 연구』(국학자료원, 2003)

평론집 『분단문학과 통일문학』(성문각, 1989)
대학교재 『문장론』(자유문고, 1981)
대학교재 『한국현대문학의 탐구』(지성문화사, 1988)
대학교재 『대학국어』(자유문고, 1991)
대학교재 『문장강화』(도서출판 세훈, 1996)
대학교재 『文藝思潮史』(국학자료원, 1997)
대학교재 『현대시작법』(국학자료원, 1999)
대학교재 『수필창작법』(국학자료원, 1999)
대학교재 『현대시창작법』(국학자료원, 2001)
대학교재 『소설창작법』(국학자료원, 2003)

5)해설
해설집 『한국동시감상』(글벗사, 1978)
설교집 『영원히 목마르지 않으리』(성화사, 1990)
해설집 『영원한 사랑의 기도』(국학자료원, 1996)

6)편저
편저 『사랑을 알게 된다는 것은』(글벗사, 1989)
편저 『모래 위에 쓴 사랑의 편지』(글벗사, 1989)
편저 『아직도 못다한 한마디 말은』(글벗사, 1989)
편저 『이 영혼의 샘이 솟아나는 것은』(글벗사, 1989)
편저 『당신이 나를 영원케 하셨으니』(글벗사, 1989)
편저 『한국의 영원한 명작』(글벗사, 1990)
편저 『세계의 영원한 명작』(글벗사, 1990)
편저 『孝經』(자유문고, 1993)
편저 『詩經』(자유문고, 1994)
편저 『문학 깊이갈이』(자유문고, 1994)
편저 『예술 깊이갈이』(자유문고, 1995)
편저 『내 나라 내 강산』(일념, 1986)
편저 『조국산천을 찾아서』(일념, 1987)
편저 『조국이여 빛나라』(일념, 1989)

편저 『史報(1990)』(1986-1990. 12. 31)

편저 『나비의 꿈꾸는 바다』(한국현대시인상 수상작품집, 자유문고, 1999)

편저 『석탄과 사랑법』(시문학상 수상작품집, 자유문고, 1999)

편저 『문예와 비평』통권 7호. (글벗사, 1999)

편저 『산문학』창간호, 한국문인산악회(자유문고, 1999)

편저 『산문학』제 2호, 한국문인산악회(현대시단사, 2004)

7)번역서 및 공저

역서 『참회록(어거스틴)』(글벗사, 1989)

역서 『참회록(사람이 산다는 것은)』(글벗사, 1990)

역서 『한국어 · 일본어판 성약시집』(국학자료원, 1998)

공저 『한국현대시인론』(보고사, 1996)

8)기타

녹음띠(카세트 테이프) 『시와 음악의 하모니』(길림민족녹음출판사, 2001)

음반(CD) 『황송문 시낭송집 1』

음반(CD) 『사랑과 생명의 까치밥 노래 1』(문학사계사, 2005)

음반(CD) 『사랑과 생명의 까치밥 노래 2』(문학사계사, 2006)

7. 작품 발표

1968년 4월 「畵家像」「근로자급식소」(『文藝家族』제2집)

1968년 10월 「노을」「숲」(『文藝家族』제3집)

1969년 4월 「畵家像」(『월간사월』제3권 제4호, 사월공론사)

1970년 3월 「저당」「봄밤」(『文藝家族』제4집)

1970년 10월 「海松」「카인의 哭」(『文藝家族』제5집)

1971년 10월 「避雷針」(新人作品)(『100인문학』제1집(1971. 10월 가을호), 100인문학회(후에 제호가 『文學』지로 바뀜)

1972년 11월 「싸리비」(『풀과 별』5호, 풀과별사)

1972년 12월 「풍경의 잠」(『100인문학』제7집(1972. 12월 겨울호), 100인

문학회
1973년 10월 「樂長의 손」장시, (『문학』10집)
1973년 5월 「동치미」(『풀과 별』11호, 풀과별사)
1973년 7월 「수돗물 받던 날 밤」「꽃나무들」「虹彩毛樣體炎」「조용하게 살으리」「風景」(『100인문학』 제9집(1973. 7월 여름호), 100인문학회
1973년 10월 장시 「樂長의 손」(『100인문학』 제10집(1973. 10월 가을호), 100인문학회
1973년 12월 「殉愛로 피어나는 샐비어꽃」(金明伊의 詩世界)(『청파』제17집)
1974년 2월 「가을 연주」(『시문학』31호)
1974년 4월 「강변로부근」(『월간문학』62호)
1974년 7월 장시 「回文山」(『100인문학』 제11집(1974. 7월 여름호), 100인문학회
1975년 3월 「立春」(『시문학』44호)
1976년 3월 「禪風」(『월간문학』85호)
1977년 5월 「小原村에서」(『시문학』70호)
1977년 8월 「태양을 겨누는 눈초리」-장영창시집 〈호남평야〉에 대하여(『전북문학』36집, 한국문인협회 전북지부)
1977년 10월 「보리를 밟으면서」(『現代文學』274호, 현대문학사)
1977년 10월 「보리를 밟으면서」「禪風」「望鄕歌」(『청파』제1집, 통일문학회)
1977년 10월 詩와 詩人 評釋 「불꽃의 빛과 그림자」(유광렬시집, 『生火』와 『離夜路』를 중심으로),(『청파』 1집, 통일문학회)
1978년 1월 「문화창조의 旗手」(『大脈文學』창간호, 통일신학교 대맥문학회)
1978년 봄, 「바른 말 고운 말」(『목회』 15호, 세계기독교통일신령협회)
1978년 가을, 장시 「메시아의 손」(『목회』17호, 세계기독교통일신령협회)
1978년 12월 「강석호의 인간과 작품세계」(『한국수필』제11호)
1978년 12월 「藥湯論」(『청파』제2집, 통일문학회)
1979년 1월 수필 「현미경적 승공론」(『北韓』85호, 북한문제연구소)

1979년 1월 사상의 광장① 「애국가 판타지」(『자유』79집, 자유사)
1979년 2월 「망향가」(『한국현대시선』, 한국현대시인협회편, 한겨레출판사
1979년 겨울 「언어의 내용과 형식」(『목회』, 세계기독교통일신령협회)
1979년 3월 사상의 광장② 「애국가 판타지」(『자유』80집, 자유사)
1979년 5월 「이장(移葬)」(『현대문학』293호)
1979년 5월 「보내면서」(『월간문학』123호)
1979년 5월 사상의 광장②-1「애국가 판타지」(『자유』82집, 자유사)
1979년 6월 「緊急動議」「Maya」「하루살이」(『시와 의식』12호, 시와 의식사)
1979년 1월 수필「현미경적 승공론」(『北韓』85호, 북한문제연구소)
1979년 10월 「철학하는 닭」(『大脈文學』제2호, 통일신학교 대맥문학회)
1979년 11월 수필「산노을」(『北韓』95호, 북한문제연구소)
1979년 12월 「次元 높은 詩를 찾아서」(『시와의식』제5권3호)
1980년 3월 「사당동 귀뚜라미」(『월간문학』133호)
1980년 3월 「고양이 발톱」단편소설, (『시문학』, 104호)
1980년 3월 수필 「수필적 인간」(『한국수필』제21호)
1980년 3월 「移葬」(『한국현대시선』, 한국현대시인협회편, 한겨레출판사
1979년 5월 「望鄕歌 2」(『전북문학』50호, 한국문인협회 전북지부)
1979년 11월 수필 「산고기집」(『北韓』99호, 북한문제연구소)
1980년 3월 시 「舍堂洞 귀뚜라미」(『월간문학』133호, 월간문학사)
1980년 4월 「詩의 自主的 體質改善」(『시와의식』제6권1호)
1980년 8월 「모시는 말씀」「崔奉春」「환상곡」「파초 잎을 두드리는」「긴급동의」(『청파』제3집, 통일문학회)
1980년 8월 수필 「물레소리」(『北韓』104호, 북한문제연구소)
1980년 9월 「그림자 밟기」단편소설, (『북한』 105호).
1980년 9월 「건널목에서」「서울의 시」「Cine Peme」「殘骸」(『시와 시론』28호, 시와시론사
1980년 9월 「부러진 해바라기의 환각」 張泳暢論(『시와 시론』28호, 시와시론사
1980년 9월 소설 「그림자 밟기」(『北韓』105호, 북한문제연구소)
1980년 12월 「張泳暢論」(『청파』제4집, 통일문학회)
1980년 12월 「건널목에서」(『청파』제4집, 통일문학회)

1980년 12월 「종달새」(기독교동화집④ 『꿈을 먹는 집』한국크리스천문학가협회 편, 보이스사)
1981년 1월 수필 「시래기국」(『월간문학』143호, 월간문학사)
1981년 3월 「자운영(紫雲英)」外(『시문학』116호)
1981년 4월 「시의 죽음」「이발소에서」「봄의 메시지」(『표현』제4집)
1981년 5월 「草家와 情緒價値」(『月刊朝鮮』, 조선일보사)
1981년 5월 수필 「牛上의 詩와 車中의 詩」(『한국수필』제24호)
1981년 5월 테마에세이 「다시 태어난다면」(『여성불교』제25호, 여성불교회)
1981년 6월 수필 「별이 빛나는 밤에」(『北韓』114호, 북한문제연구소)
1981년 8월 「철도중단점」「포효」「고향예배」(『한국전쟁시선』, 한국참전시인협회편)
1981년 9월 시「내 가슴속에는」(『월간문학』151호, 월간문학사)
1981년 9월 「항아리」「장기를 두면서」「도리깨질」(『청파』제5집, 통일문학회)
1981년 9월 문인들의 사랑 白書 「詩를 잉태해준 여인들」(『사랑은 생명의 꽃이라기에』, 청조사)
1981년 10월 「시풍(詩風)」外 (『시문학』123호)
1981년 10월 「몽당비」(한국수필 제26호, 1981)
1981년 6월 수필 「칼로 물베기」(『北韓』130호, 북한문제연구소)
1981년 6월 수필「이 문명의 밤에」(『총력안보』104호, 대한민국재향군인회)
1981년 12월 「기원(棋院)에서」「동전 두 닢의 슬픔」(『시와시론』31호)
1981년 12월 수필 「舍堂洞 귀뚜라미」(한국수필, 제27호)
1981년 12월 「그리움」「달」「Maya」(영혼에 머무는 여운, 신문예시리즈 2, 천광출판사)
1981년 12월 「기원에서」「동전 두 닢의 슬픔」(『시와 시론』제31호), 시와시론사
1981년 12월 소설 「落照說」(『北韓』120호, 북한문제연구소)
1982년 2월 소설 「어느 무정부주의자」(『北韓』122호, 북한문제연구소)
1982년 3월 소설 「어느 무정부주의자」(『北韓』123호, 북한문제연구소)
1982년 3월 「묵념」 (『시문학』128호)

1982년 4월 「禪風 2」「禪風 3」(『시와 시론』제32호), 시와시론사 / 「한국적 프로빈시얼리즘」(黃松文論) 張泳暢
1982년 4월 소설 「어느 무정부주의자」(『北韓』124호, 북한문제연구소)
1982년 5월 소설 「어느 무정부주의자」(『北韓』125호, 북한문제연구소)
1982년 5월 「화장터에서」(『현대시200인집』, 한국현대시인협회편, 민족문화사
1982년 6월 「뚝배기」「군불을 때면서」「狀況」(『표현』5호)
1982년 6월 소설 「어느 무정부주의자」(『北韓』126호, 북한문제연구소)
1982년 7월 소설 「어느 무정부주의자」(『北韓』127호, 북한문제연구소)
1982년 8월 「가수(歌手) 밀바」(『월간문학』162호)
1982년 8월 「비비새」「안부」(『시와 시론』제33호), 시와시론사 / 「건강한 흙의 미학」(이기반론) 황송문
1982년 10월 「李基班詩人論-건강한 흙의 美學」(李基班 詩集 『흙의 미학』대방출판사)
1982년 10왈 「슬픈 유산」「골짜기 1」「골짜기 2」「골짜기 3」한국전쟁시선, 한국참전시인협회편, 영림서관
1982년 10월 「朴鍾九」「固有飮食宣揚會」(『청파』제6집, 통일문학회)
1982년 10월 「印象」(『한국수필』제30호)
1982년 12월 「짜장면 환타지」(『안전보장』제144호, 시사)
1983년 1월 수필 「촌놈」(『여성불교』45호, 여성불교회)
1983년 1월 수필 「여호와의 신과 돈의 신」(『총력안보』133호, 대한민국재향군인회)
1983년 2월 수필 「팔싸리」(『한국문학』112호, 한국문학사)
1983년 4월 「시인(詩人)」(『한국문학』114호, 한국문학사)
1983년 4월 「묵념」(『현대시185인의 축제』, 한국현대시인협회편, 민족문화사
1983년 5월 「가랑잎소리」「가을 등산」(『시와 시론』제34호), 시와시론사 / 「절대조국과 지향주의」(柳光烈論) 황송문
1983년 7월 「고백(告白)」(『월간문학』173호)
1983년 7월 서평 「金鍾太 隨筆集-뜸부기 소리」(『한국문학』117호, 한국문학사)

1983년 7월 수필 「서산너머 햇님이」(한국수필 제33권)
1983년 7월 소설 「이범선 작 오발탄」(『北韓』139호, 북한문제연구소)
1983년 8월 소설 「김동리 작 밀다원시대」(『北韓』140호, 북한문제연구소)
1983년 8월 「착각(錯覺)」(『현대문학』343호, 현대문학사)
1983년 8월 「수채도랑집 바우」 「流出」 「頌歌」(『표현』제6권, 표현문학동인회)
1983년 9월 「선달」 「보리누름 2」 「詩論」 「畵論」 「十戒」(『청파』제7집)
1983년 9월 소설 「오영수 작 박학도」(『北韓』141호, 북한문제연구소)
1983년 9월 「선달」 「詩論」 「畵論」 「十戒」평론(柳光烈論)(『청파』제7집, 통일문학회)
1983년 9월 「絶對祖國과 志向主義」평론(柳光烈論)(『청파』제7집, 통일문학회)
1983년 9월 수필 「장기한담(將棋閑談)」(『한국수필』제34호)
1983년 10월 「목화밭에서」 「골짜기」(『한국전쟁시선』, 한국참전시인협회편)
1983년 10월 「박영준 작 빨치산」(『北韓』142호, 북한연구소)
1983년 11월 「유주현 작 임진강」(『北韓』143호, 북한연구소)
1983년 12월 소설 「그림자 밟기」(소설80년대 『악마의 덫』,한그루)
1983년 12월 「황순원 작 너와 나만의 시간」(『北韓』144호, 북한연구소)
1984년 1월 이 한편의 시 「辛夕汀의 山中問答」(『한국문학』117호, 한국문학사)
1984년 1월 「선우휘 작 불꽃」(『北韓』145호, 북한연구소)
1984년 1월 「조화의 절대성과 상대성」(초교파 초교파기독교협회)
1984년 1월 「시래기국」(『전북문화』제1집, 전북문화연구소)
1984년 2월 「송병수 작 쑈리킴」(『北韓』146호, 북한연구소)
1984년 3월 「길을 가다가」(『표현』제7권, 표현문학동인회)
1984년 3월 「하근찬 작 수난2대」(『北韓』147호, 북한연구소)
1984년 4월 「존 허시 작 히로시마의 비극」(『北韓』148호, 북한연구소)
1984년 5월 「이호철 작 파열구」(『北韓』149호, 북한연구소)
1984년 5월 「神筆」 「그리움」 「바다」(『시와 시론』제35호), 시와시론사
1984년 6월 해설 「김소월의 인간과 시세계」(『김소월시집』, 범우사)

1984년 6월 「부활 1」 「부활 2」(『한국전쟁시선』, 한국참전시인협회편)
1984년 6월 「강용준 작 철조망」(『北韓』150호, 북한연구소)
1984년 7월 「장용학 작 요한시집」(『北韓』151, 북한연구소)
1984년 7월 수필 「등뼈가 아파 올 때」(『한국수필』제37호)
1984년 8월 「단풍(丹楓)」 「돌1」 「화가상2」 「기상도」 「明暗」 「눈썹」 「종지부」 (『현대시학』185호)
1984년 8월 「그리움 4」(『월간문학』186호)
1984년 8월 「강신재 작 임진강의 민들레」(『北韓』152호, 북한연구소)
1984년 9월 「김은국 작 순교자」(『北韓』153호, 북한연구소)
1984년 9월 「팔싸리」 「청보리」 「수강표」 (『표현』8호, 표현문학동인회)
1984년 10월 「윤흥길 작 장마」(『北韓』154호, 북한연구소)
1984년 10월 수필 「한약을 달이면서」(『안전보장』제166호, 시사)
1984년 11월 「서기원 작 암사지도」(『北韓』155호, 북한연구소)
1984년 12월 「안수길 작 제3인간형」(『北韓』156호, 북한연구소)
1985년 1월 1일-7월 2일까지 6개월간 『전우신문』에 장편소설 「사랑의 起源」연재
1985년 1월 에세이풍토 「팔싸리」 「고추잠자리의 향수」 「장작난로」 「연탄사상」 「용돈」 「인상」 (『사랑의 새옷으로 변신하라』, 행림출판사)
1985년 2월 「커피」(『현대문학』362호, 현대문학사)
1985년 3월 「실향작가론」(『北韓』159호, 북한연구소)
1985년 4월 「팔싸리」(『현대시 205인의 축제』, 한국현대시인협회편, 문학비평사
1985년 9월 「실향시인론」(『北韓』165호, 북한연구소)
1985년 9월 「적재적소」(『초교파』 초교파기독교협회)
1985년 10월 「세탁옷」(『월간문학』200호)
1985년 12월 「실향문필가문학론」(『北韓』168호, 북한연구소)
1986년 1월 「진주(眞珠)의 잠」 「戀歌」 「野外修業」 「꽃과 함께」 「人生演習」 「波濤」 (『시문학』174호)
1986년 3월 「춰차」(『월간문학』205호)
1986년 3월 「아름다운 것 2」(『예술계』10호)
1986년 5월 「老木」 「노을 2」(『弘益文學』창간호, 홍익문학회)

1986년 5월 「진주의 잠」(『현대시 222인의 축제』, 한국현대시인협회편, 시문학사
1986년 5월 「통일호 유감」(초교파 초교파기독교협회)
1986년 7월 수필 「무지문」(『한국문학』153호, 한국문학사)
1986년 8월 수필 「최루탄과 장다리꽃」(『한국수필』제43호)
1986년 8월 「분단극복의지와 통일문학」(『北韓』176호, 북한연구소)
1986년 9월 「그대 속에 살으리」(수필집, 『태양의 계절 속에서』)
1986년 12월 수필 「전화」(『한국수필』제44호)
1987년 1월 「시어의 죽음」(『동서문학』150호)
1987년 3월 「대학교수 통일원리수련회 참가기-원리의 위대함을 재확인」(『통일세계』196호)
1987년 축시 「수(繡)틀 속의 꽃밭을 보듯」-선화예술고등학교 개교10주년을 축하하여-『仙和』제12호
1987년 4월 「열꽃」(『돌개바람과 풍향계』, 한국현대시인협회편, 시문학사)
1987년 4월 전규태의 시세계 「純粹志向의 무구(無垢)한 시적 호흡」(전규태 시선집 『네가 낳은 하늘』, 신아출판사)
1987년 6월 「열락의 해」 「낙서」 「어느 날 밤에」(『시와 시론』제37호), 시와시론사
1987년 6월 「팔싸리」(『현대불교를 위한 문학』제2호, 한국불교문화협회)
1987년 7월 「섣달」(『한국현대명시선집』, 시문학사)
1987년 8월 「가시나무새」 「쉼표와 마침표」 (『심상』167호)
1987년 8월 「약손」(『초교파』 초교파기독교협회)
1987년 10월 「남성의 칠거지악」(『한국수필』제46호)
1987년 10월 「偶感」(『월간에세이』, 원장문화사)
1987년 11월 「神樂 1」 「神樂2」(『월간문학』225, 월간문학사)
1987년 11월 「김치에게」 「청보리頌」(『청파』제11집, 청파문학회)
1987년 11월 「씨나락 까먹는 소리」(『弘益文學』제2호, 홍익문학회)
1987년 12월 「神樂 2」(『월간문학』226, 월간문학사)
1987년 12월 「詩의 날 밤에」(『월간에세이』, 원장문화사)
1988년 1월 「한국인의 표정-탈춤의 해학」(『北韓』193호, 북한연구소)
1988년 1월 「망향의 노래」(『보건세계』, 대한결핵협회)

1988년 1월 황송문 시집 『노을같이 바람같이』(李秀和, 시문학 198호)
1988년 2월 「망각의 술 기다림의 잔」(『보건세계』, 대한결핵협회)
1988년 3월 「바둑을 두면서」(『보건세계』, 대한결핵협회)
1988년 4월 「노스탤지어의 손수건」(『보건세계』, 대한결핵협회)
1988년 4월 「간장 2」(『현대문학』400호)
1988년 4월 「알래스카 1」「알래스카 2」「和音」「나이아가라」「불꽃」「록키산맥」「로스엔젤레스 해장국1」「그랜드캐년」「마이애미소라」(『시문학』201호)
1988년 5월 「스파링 파트너」(『보건세계』, 대한결핵협회)
1988년 5월 「꽃잎」(『한국문학』175호)
1988년 6월 「동전 두 닢의 슬픔」(『보건세계』, 대한결핵협회)
1988년 6월 「수필문학의 자주독립-그 주제와 제재를 중심으로-」(『문학과 의식』, 문학과의식사)
1988년 7월 「목욕하는 여인들」(『보건세계』, 대한결핵협회)
1988년 7월 「도시」(『월간문학』233호, 월간문학사)
1988년 7월 내가 바라는 문화정책 「구속문인을 조속히 석방하라」(『동양문학』창간호, 동양문학사)
1988년 7월 「사랑은」「꽃이 질 때는」(『시와 시론』제37호), 시와시론사
1988년 8월 「女子七去之惡」(『한국수필』제48호)
1988년 8월 「우리 곱게 썩어요」(『보건세계』, 대한결핵협회)
1988년 9월 「낙엽 삼생」(『보건세계』, 대한결핵협회)
1988년 9월 「바다 1」「바다 2」(『심상』180호)
1988년 9월 「진주의 잠」「길을 가다가」「열꽃」「칡차」「청보리」(『시와 의식』) 시와 의식사
1988년 9월 「새치」(『청파』제12집, 청파문학회)
1988년 10월 「立秋」(『문학정신』25호)
1988년 10월 「박송죽의 시세계-생사의 문지방을 넘나드는 나비」(박송죽 시집 『열쇠를 찾습니다』, 영언문화사)
1988년 10월 「인생의 빨래」(『보건세계』, 대한결핵협회)
1988년 11월 「탈이념 믿어도 좋은가」(『北韓』203호, 북한연구소)
1988년 11월 「시래기국」(『보건세계』, 대한결핵협회)

1989년 1월 「詩語의 죽음」(『한국100인시집』, 동원출판사
1988년 12월 「등잔불 환타지아」(『보건세계』, 대한결핵협회)
1989년 1월 「팔싸리」(『보건세계』, 대한결핵협회)
1989년 2월 「보리밭 밟기」(『보건세계』, 대한결핵협회)
1989년 3월 「꽃알레르기」(『수필공원』 제25권, 한국수필문학진흥회,
1989년 3월 「자운영 환상」(『보건세계』, 대한결핵협회)
1989년 4월 「꽃잎」(『훗날 어느 날에』, 한국현대시인협회, 뿌리)
1989년 4월 「추억의 오솔길」(『보건세계』, 대한결핵협회)
1989년 6월 「聖어거스틴의 기도」(『초교파』, 초교파기독교협회)
1989년 7월 세계시인문화대회 참가(대만 타이페이, 문덕수 김경린 시인과 함께)
「보리를 밟으면서」『現代文學』(274호)
「이장(移葬」『現代文學』(293)
「착각(錯覺」『現代文學』(343)
「커피」『現代文學』(362)
1989년 7월 「바다 메타포」(『보건세계』, 대한결핵협회)
1989년 7·8월 「다글라스 맥아더의 기도」(『초교파』, 초교파기독교협회)
1989년 8월 수필 「視野錯覺道路」(『廣場』192호, 세계평화교수협의회)
1989년 7월 「바다 메타포」(『보건세계』, 대한결핵협회)
1989년 8월 「꽃잎 2」 「낙엽 위에」(『弘益文學』제3호, 홍익문학회)
1989년 8월 「은밀한 방」(『보건세계』, 대한결핵협회)
1989년 9월 「헤르만 헤세의 기도」(『초교파』, 초교파기독교협회)
1989년 9월 「고추잠자리의 향수」(『보건세계』, 대한결핵협회)
1989년 10월 「토란잎 물방울」(『한국수필』제52호)
1989년 11월 「다윗의 기도」(『초교파』, 초교파기독교협회)
1989년 11월 「立秋」 「돌 2」 「백록담」(『청파』제13집, 청파문학회)
1989년 12월 연재소설(12)「내 속에 네가 있다」(『새마을금고』135, 새마을금고연합회)
1990년 2월 「솔제니친의 기도」(『초교파』, 초교파기독교협회)
1990년 3월 연재소설(15)「내 속에 네가 있다」(『새마을금고』138, 새마을

금고연합회)
1990년 4월 연재소설(16)「내 속에 네가 있다」(『새마을금고』139, 새마을금고연합회)
1990년 5월 연재소설(17)「내 속에 네가 있다」(『새마을금고』140, 새마을금고연합회)
1990년 6월 연재소설(18)「내 속에 네가 있다」(『새마을금고』141, 새마을금고연합회)
1990년 7월 연재소설(19)「내 속에 네가 있다」(『새마을금고』142, 새마을금고연합회)
1990년 8월 연재소설(20)「내 속에 네가 있다」(『새마을금고』143, 새마을금고연합회)
1990년 9월 연재소설(21)「내 속에 네가 있다」(『새마을금고』144, 새마을금고연합회)
1990년 10월 연재소설(22)「내 속에 네가 있다」(『새마을금고』145, 새마을금고연합회)
1990년 11월 연재소설(23)「내 속에 네가 있다」(『새마을금고』146, 새마을금고연합회)
1990년 12월 연재소설(24)「내 속에 네가 있다」(『새마을금고』147, 새마을금고연합회)
1990년 12월 「까치밥」「눈그림자」(『弘益文學』제4호, 홍익문학회)
1990년 12월 「雁行」(『弘益文學』제4호, 홍익문학회)
1990년 12월「까치밥」「그 해 여름은」「눈그림자」(『청파』제14집)
1991년 1월『보건세계』, 대한결핵협회
1991년 1월 연재소설(25)「내 속에 네가 있다」(『새마을금고』148, 새마을금고연합회)
1991년 2월 연재소설(끝)「내 속에 네가 있다」(『새마을금고』149, 새마을금고연합회)
1991년 2월「장작난로」(『보건세계』, 대한결핵협회)
1991년 3월「구름을 보면서」(『보건세계』, 대한결핵협회)
1991년 3월「김소월의 인간과 시세계」(『愛鄕』창간호, 향토학교본부)
1991년 4월「까치밥」(『솟고 가라앉은 언어들의 상징』, 한국현대시인협

회편, 뿌리)
1991년 4월 「高山族 女子」(91한국문학작품선, 한국문화예술진흥원)
1991년 5월 수필 「가야산 詩吟」(『시문학』제238호)
1991년 5월 「무서운 아이들」(『보건세계』, 대한결핵협회)
1991년 6월 「화음(和音)」(『보건세계』, 대한결핵협회)
1991년 7월 「달맞이꽃」(『보건세계』, 대한결핵협회)
1991년 7월 「한용운의 인간과 시세계」(『愛鄕』제2호, 향토학교본부)
1991년 8월 「측백나무」(『보건세계』, 대한결핵협회)
1991년 9월 「천렵놀이」(『보건세계』, 대한결핵협회)
1991년 9월 삶의 길목에서(인생의 산술법)월간에세이, 원장문화사
1991년 9월 「토란잎 물방울」(『새어민』, 수산업협동조합중앙회)
1991년 10월 삶의 길목에서(「낙서를 지우듯이」)월간에세이,원장문화사
1991년 10월 「몽당 싸리비」(『보건세계』, 대한결핵협회)
1991년 11월 「초가와 정서가치」(『보건세계』, 대한결핵협회)
1991년 11월 삶의 길목에서(까치밥처럼)월간에세이, 원장문화사
1991년 11월 「시를 잉태해준 여인들」(『사랑』, 보성출판사)
1991년 12월 「최루탄과 장다리꽃」(『보건세계』, 대한결핵협회)
1991년 12월 「전재승의 시세계-학춤의 美學」(전재승 시집 『가을詩 겨울 사랑』, 시문학사)
1991년 12월 삶의 길목에서(「흙의 침묵」)월간에세이, 원장문화사
1991년 12월 「하늘나라 별처럼」 「통일동산 까치방」(『청파』제15집, 청파문학회)
1992년 1월 삶의 길목에서(「모래알과 우주」)월간에세이, 원장문화사
1992년 2월 삶의 길목에서(「따따부따」)월간에세이, 원장문화사
1992년 2월 「장작난로」(『보건세계』, 대한결핵협회)
1992년 3월 삶의 길목에서(「간장이 제 맛을 내듯」)월간에세이, 원장문화사
1992년 4월 삶의 길목에서(「토란잎 물발울」)월간에세이, 원장문화사
1992년 4월 수필 「산에서 부는 바람같이」(『문학예술』, 문학예술사)
1992년 5월 콩트 「하품(下品)」(『弘益文學』제5호)
1992년 5월 「立秋」(『톱니바퀴와 바람의 메타』, 한국현대시인협회편, 인

문당
1992년 5월 삶의 길목에서(「청보리 정신」)월간에세이, 원장문화사
1992년 6월 삶의 길목에서(「구름을 보면서」)월간에세이, 원장문화사
1992년 6월 삶의 길목에서(「씨나락 까먹는 소리」)월간에세이, 원장문화사
1992년 7월 삶의 길목에서(「생머리와 생울타리」)월간에세이, 원장문화사
1992년 7월 「어느 안내양」(『보건세계』, 대한결핵협회)
1992년 8월 삶의 길목에서(「돌이 천년을 구르듯」)월간에세이, 원장문화사
1992년 8월 「닭의 자서전」(『보건세계』, 대한결핵협회)
1992년 9월 「明暗」(『월간문학』283, 월간문학사)
1992년 9월 기행에세이 「尹東柱 詩人의 무덤을 찾아서」(『詩文學』254호, 시문학사)
1992년 9월 「白衣의 天使」(『한국수필』제63호)
1992년 9월 삶의 길목에서(「바둑을 두면서」)월간에세이, 원장문화사
1992년 9월 「진리의 밤」(『보건세계』, 대한결핵협회)
1992년 11월 「황송문의 시세계-절대사랑과 부활의 윤회」(『문예사조』통권29호, 具明淑)
1992년 11월 「목이 시린 계절」(『보건세계』, 대한결핵협회)
1992년 12월 문학평론 「황송문의 시세계-절대사랑과 부활의 윤회/구명숙」(『문예사조』29호, 문예사조사)
1992년 12월 「동굴의 잠」 「보리밭」(『한국자유시선』, 13집, 한국자유시인협회, 문예사조사)
1992년 12월 「송죽분재(松竹盆栽)」 「사랑의 궁전」 「발레 환타지아」 「素心」(『청파』제16집, 청파문학회)
1993년 2월 「환상적 신비어의 집짓기」(하유상 지음, 『그대 그리는 마음에 저려오는 아픔이여』, 제1회 불교문학대상 수상기념 신작장편서사시, 도농문학사)
1993년 2월 황송문문장강화 「기행문」(『국방』, 국방부)
1993년 3월 「풀잎의 노래」(『한국수필』제65호)

1993년 3월 황송문문장강화 「서간문」(『국방』, 국방부)
1993년 4월 황송문문장강화 「일기문」(『국방』, 국방부)
1993년 5월 「퐁네프의 연인들」 「大地는」(『월간문학』291, 월간문학사)
1993년 5월 황송문문장강화 「웅변과 연설문」(『국방』, 국방부)
1993년 5월 기도의 세계 「윌리엄 브라이언트의 기도」(『통일세계』268호, 세계기독교통일신령협회)
1993년 6월 서평 「그대 그리는 마음에 저려오는 아픔이여」(하유상 장편서사시집 『거사와 아씨』
1993년 7월 황송문문장강화 「논술문」(『국방』, 국방부)
1993년 8월 황송문문장강화 「의식문」(『국방』, 국방부)
1993년 8월 기도의 세계 「웨슬리 형제의 기도」(『통일세계』271호, 세계기독교통일신령협회)
1993년 9월 황송문문장강화 「기도문」(『국방』, 국방부)
1993년 9월 월평 「생각하는 시와 노래하는 시」(『문예사조』38호, 문예사조사)
1993년 9월 기도의 세계 「에드워드 버브리에 퓨지의 기도」(『통일세계』272호, 세계기독교통일신령협회)
1993년 10월 서평 「평면적 언어와 입체적 언어」(『문예사조』39호, 문예사조사)
1993년 10월 황송문문장강화 「시나리오」(『국방』, 국방부)
1993년 10월 기도의 세계 「존 밀턴의 기도」(『통일세계』273호, 세계기독교통일신령협회)
1993년 11월 황송문문장강화 「드라마」(『국방』, 국방부)
1993년 11월 단편소설 「칠현금에 실려온 사랑」(앵앵전)을 도서출판 '향실'에 발표.
1993년 11월 월평 「익은 시와 싱싱한 시」(『문예사조』통권40호, 문예사조사)
1993년 12월 「중국동포시의 민족의식」(『성화논총』 제2호, 성화대학교 출판부)
1993년 12월 월평 「사물을 정관하는 인식의 눈」(『문예사조』통권41호, 문예사조사)

1993년 12월 황송문문장강화「기사문」(『국방』, 국방부)
1993년 12월「김명이님의 시세계 -殉愛로 피어나는 샐비어꽃-」(『청파』제17집, 청파문학회)
1993년 12월「和音」「창을 열면」「할렐루야」(『청파』제17집, 청파문학회)
1994년 1월 황송문문장강화「문장의 내용과 형식」(『국방』, 국방부)
1994년 1월 기도의 세계「문선명 선생의 기도」(『통일세계』276호, 세계기독교통일신령협회)
1994년 1월 월평「신선한 충격을 주는 시」(『문예사조』42호, 문예사조사)
1994년 2월「中國同胞詩의 民族意識」(『홍익어문』제18집, 홍익대학교 사범대학 홍익어문연구회
1994년 2월 월평「言外意와 景中情」(『문예사조』43호, 문예사조사)
1994년 2월 기도의 세계「토마스 그레이스의 기도」(『통일세계』277호, 세계기독교통일신령협회)
1994년 3월 기도의 세계「제레미 테일러의 기도」(『통일세계』278호, 세계기독교통일신령협회)
1994년 3월 수필「호박꽃」(『한국수필』봄호, 제69호)
1994년 3월 월평「2백볼트의 잔소리와 2만볼트의 詩語」(『문예사조』44호, 문예사조사)
1994년 4월「자연사박물관에서」(『문학공간』, 문학공간사)
1994년 4월 황송문문장강화「문장의 내용과 형식」(『국방』, 국방부)
1994년 5월 황송문문장강화「문체와 문법」(『국방』, 국방부)
1994년 5월 「박영만의 시세계-식물성정신의 향토서정」(박영만 시집, 『소나무로 서있음은』, 문예사조사)
1994년 6월「神樂 1」「물레」(『弘益文學』제6호, 홍익문인회)
1994년 6월 황송문문장강화「문체와 문법」(『국방』, 국방부)
1994년 7월 황송문문장강화「문체와 문법」(『국방』, 국방부)
1994년 8월 황송문문장강화「구성과 묘사 및 시점」(『국방』, 국방부)
1994년 9월 황송문문장강화「구성과 묘사 및 시점」(『국방』, 국방부)
1994년 9월 기도의 세계「파스테르나크의 기도」(『통일세계』284호, 세계기독교통일신령협회)

1994년 10월 황송문문장강화 「구성과 묘사 및 시점」(『국방』, 국방부)
1994년 11월 황송문문장강화 「서두와 결말」(『국방』, 국방부)
1994년 12월 「보리를 밟으면서」 「시래기국」(『한국자유시선』, 한국자유시인협회, 문예사조사)
1994년 12월 「소금論」 「어머님 말씀은」 「징검다리」 「연어처럼」(『청파』 제18집, 청파문학회)
1995년 1월 황송문문장강화 「문장 표현의 기술」(『국방』, 국방부)
1995년 1월 기도의 세계 「토마스 아퀴나스의 기도」(『통일세계』287호, 세계기독교통일신령협회)
1995년 1월 조국순례(1) 「石壁에 걸린 달」(『문예사조』54호, 문예사조사)
1995년 2월 황송문문장강화 「문장 표현의 기술」(『국방』, 국방부)
1995년 2월 조국순례(2) 「바위에 누워서」(『문예사조』55호, 문예사조사)
1995년 3월 황송문문장강화 「문장 표현의 기술」(『국방』, 국방부)
1995년 4월 황송문문장강화 「문장 표현의 기술」(『국방』, 국방부)
1995년 4월 조국순례(3) 「설악산에서 토함산까지」(『문예사조』57호, 문예사조사)
1995년 5월 미국문학기행① 「원시의 섬 알래스카 코디악」(『문예사조』58호, 문예사조사)
1995년 5월 황송문문장강화 「각종 문예의 문장」(『국방』, 국방부)
1995년 5월 「종교이념과 문학의 예술성 연구서설」(『성화논총』 제4호, 선문대학교)
1995년 6월 황송문문장강화 「각종 문예의 문장」(『국방』, 국방부)
1995년 7월 황송문문장강화 「각종 문예의 창작요령」(『국방』, 국방부)
1995년 7월 미국문학기행(3) 「女神이여 나이아가라 폭포여」(『문예사조』60호, 문예사조사)
1995년 8월 「女人」 「山行」 「稜線 2」 「갈대밭에서」 「南行」 「厠上의 詩」
1995년 8월 황송문문장강화 「각종 문예의 창작요령」(『국방』, 국방부)
1995년 8월 미국문학기행(4) 「로키산맥의 북소리」(『문예사조』61호, 문예사조사)
1995년 8월 문학산책① 「새로운 시의 출범」(『통일세계』 제294호)
1995년 9월 미국문학기행(5) 「로스앤젤레스 해장국」(『문예사조』62호,

문예사조사)
1995년 9월 통일세계 제295호, 문학산책② 자유시의 출항
1995년 9월 황송문문장강화「각종 문예의 창작요령」(『국방』, 국방부)
1995월 10월 통일세계 제296호, 문학산책③ 근대시의 형성
1995월 11월 통일세계 제297호, 문학산책④ 병든 허무주의와 감상적 낭만주의
1995년 11월「부러진 해바라기의 환각」(『예술깊이갈이』, 자유문고)
1995년 12월「까치밥」「꽃잎」(『한국자유시인선』, 1989 제10집, 한국자유시인협회)
1995년 12월「방극인 시인의 시세계-향토정서와 황혼의 애상」(방극인 시집『빗방울은 고향찾아 강물되어 흐르고』, 미래문화사)
1995년 12월 통일세계 제298호, 문학산책⑤ 한용운의 구도적 자세
1995년 12월「사랑의 봄동산」「천년 꿈」「善惡果」(『청파』제19집, 청파문학회)
1996년 1월 「제18회 한국현대시인상 수상」(수상소감『시문학』제284호)
1996년 1월 통일세계 제299호, 문학산책⑥ 김소월의 민요적 율조와 정한
1996년 2월 통일세계 제300호, 문학산책⑦ 백조동인의 낭만정신
1996년 3월 「꽃시절」「禪風」「月下」(『순수문학』, 순수문학사)
1996년 3월 「병영문화 창달과 군인정신」(『국방저널』제267호, 국방부)
1996년 3월 통일세계 제301호, 문학산책⑧ 감각적 이미지와 참된 민족주의
1996년 4월 통일세계 제302호, 문학산책⑨ 시문학파의 순수시운동
1996년 4월「종교이념과 문학의 예술성」(『성화논총』 제5호, 선문대학교)
1996년 5월 통일세계 제303호, 문학산책⑩ 모더니즘 시운동
1996년 6월 통일세계 제304호, 문학산책⑪ 초현실주의와 이상문학
1996년 7월 통일세계 제305호, 문학산책⑫ 일본 유학생들의 문예운동
1996년 7월 통일세계 제305호, 조사 이병완 장로님 영전에
1996년 8월 통일세계 제306호, 문학산책⑬ 현대시조문학의 두 주봉
1996년 9월 통일세계 제307호, 문학산책⑭ 한국 문단의 여류시인들
1996년 5월 통일세계 제303호, 문학산책⑩ 모더니즘 시운동

1996년 11월 장시 「씨나락 까먹는 소리」(『문예사조』76호, 문예사조사)
1996년 11월 수필 「눈꽃 속에 잠들으리」 (『국방저널』제275호, 국방부)
1996년 12월 「통일북 타령」 「기도」(『청파』제20집, 청파문학회)
1996년 12월 「바람論」(『불교문예』76호, 현대불교문학회)
1997년 3월 통일세계 제313호, 특집 한일지도자부부 청평40일수련체험기-봇물 터지듯 쏟아진 100편의 시
1997년 3월 「까치밥」 「꽃잎」 「망향가 2」 「돌 1」(아, 전라도! 그 황토빛 이야기, 서정주 외 30인, 세훈)
1997년 6월 「최단천 시인의 시세계-인간적인 산중갈필(山中葛筆)」(최단천 테마시선 『山詩』, 글나무)
1997년 7월 1일부터 12월 31일까지 6개월간 장편소설 「달빛은 파도를 타고」를 국방일보에 연재.
1997년 7월 「山行3」 「山行4」 「厠上의 詩2」 「厠上의 詩3」 「厠上의 詩4」
1997년 10월 수필 「二人三脚」(『국방저널』제286호, 국방부)
1997년 11월 수필 「감잎이 지는 소리」(『한국수필』제89호)
1997년 12월 작가론・작품론 「韓黑鷗의 수필세계」(『수필공원』제60호, 수필공원사)
1997년 12월 「참말」 「新三國志」 「遺書」 「눈물」(『청파』제21집, 청파문학회)
1998년 1월 수필「나의 아버지와 나라님」(『국방저널』제289호, 국방부)
1998년 3월 「大佛的 沈默」 「山中問答」 「연필을 깎으면서」 「꽃상여」「圓形回轉運動」(『文藝家族』제6집)
1998년 5월 「빌딩에 오르면」 「아름다운 여인을 보면」시, (『믿음의 문학』)
1998년 9월 「禪雲寺 단풍」 「반딧불을 잡아오다가」 「노을」(『탐미문학』,1998 추계
1998년 10월 서평 「모래폭풍의 시적 변용」(권천학 시집 『시문학』제327호)
1998년 9월 「李宗承의 人間과 隨筆世界-君子의 風流的 鄕土情緖」(李宗承 隨筆集 『새벽이 열리는 집』, 신아출판사)
1998년 10월 「모래폭풍의 시적 변용」(『시문학』, 권천학 시집, '청동 거울 속의 하늘)
1999년 1월 「해무리 달무리」(『청파』제22집, 청파문학회)

1999년 3월 「崔銀河 詩集 그리운 중심-미리내의 存在樣相」(『시문학』, 시문학사)

1999년 4월 「발문(跋文)」, 정재섭 시선집, 문민사)

1999년 5월 「불의 말」「봄이 오는 소리」「事緣」「누에가 뽕잎을 갉아 먹듯이」「막달라마리아」「잔밥 먹이는 소리」「고향에서」(『文藝家族』 제7집)

1999년 7월 연작장시 「호남평야」①(『시문학』제336호)

1999년 8월 연작장시 「호남평야」②(『시문학』제337호)

1999년 9월 연작장시 「호남평야」③(『시문학』제338호)

1999년 9월 「사랑」「인생」「연필을 깎으면서」「수학교수의 표정」「지당한 욕설」「성령잉태」(『청파』제23집)

1999년 10월 연작장시 「호남평야」④(『시문학』제339호)

1999년 11월 연작장시 「호남평야」⑤(『시문학』제340호)

1999년 12월 연작장시 「호남평야」⑥(『시문학』제341호)

1999년 1월 연작장시 「호남평야」⑦(『시문학』제342호)

1999년 2월 연작장시 「호남평야」⑧(『시문학』제343호)

1999년 3월 연작장시 「호남평야」⑨(『시문학』제344호)

1999년 4월 연작장시 「호남평야」⑩(『시문학』제345호)

1999년 4월 「목도리」「山中問答 2」(『동방문학』제8호)

1999년 5월 연작장시 「호남평야」⑪(『시문학』제346호)

1999년 6월 연작장시 「호남평야」⑫(『시문학』제347호)

1999년 9월 「참나무」「눈물」(『청파』제24집, 청파문학회)

1999년 12월 「無慾의 오막살이와 자유산행」(김두자 시집 『그리운 것들은 모두 창밖에 있다』, 시문학사)

2000년 2월 「참나무」「눈물」(『청파』제24집, 청파문학회)

2000년 3월 「가야금산조 1」(『펜과문학』제54호, 국제펜클럽 한국본부)

2000년 4월 「동해풍경 2」「산중문답」(『탐미문학』, 제4회 탐미문학상 수상작품)

2000년 6월 연작시 12 「호남평야-흙의 침묵, 강과 장작난로」(『시문학』 제347집, 시문학사)

2000년 8월 오늘의 중요시인론 「황송문론-호남평야에서 절여진 한의

미학/장백일」(『시문학』349호, 시문학사)

2000년 10월「빨래」「연날리기」「동해 풍경 1」「동해 풍경 2」「山」「門의 開閉」「새」「시능」「群雉圖」「煙竹」(『문예가족』제8집, 고 이정환 회원 추모특집)

2000년 10월「李貞桓의 文學과 人生」(『문예가족』제8집, 고 이정환 회원 추모특집)

2000년 11월 수필「밥」((『지구문학』제124호)

2001년 2월 오늘의 문학론「황송문론 -발효의 시학/한수영」(『시문학』제355호, 시문학사)

2001년 2월 수필「다듬이질소리」(『문예사조』제127호)

2001년 3월 콩트「두 남편」(『지구문학』제13호)

2001년 3월 수필「물레소리」(『문예사조』제128호)

2001년 4월 시「風岳松 외다리로 서다」(『장백산』, 7・8월호)

2000년 4월「5월 서정」「샘물」(『弘益文學』제8호, 홍익문인회)

2001년 5월 수필「능선」(『장백산』, 9・10월호)

2001년 8월 수필「와리바시와 짜장면과 막사발」(『연변문학』제485호)

2001년 11월 작품해설「실뜨기의 꿈꾸기와 피돌기」(위상진 시집『햇살로 실뜨기』, 시문학사)

2001년 12월「연변 백양나무」「문덕수 문학관에서」「조선족 산행」「호박꽃」「호박벌」「초승달」「바둑 훈수」(『문예가족』제9집)

2001년 12월「손을 흔들면서」「신부에게」「신랑에게」「니체씨에게」「손」「서울 2001년 국회의원」(『믿음의 문학』, 겨울호 믿음의 문학사)

2001년 12월「첫눈이 내릴 때」(『지구문학』제16호)

2001년 12월 이채원의 수필세계「투명한 溫和優美의 향토정서」(이채원 수필집『파란 도시락 가방을 든 사람』, 새미)

2002년 4월 작품해설「本然回歸의 上昇意志」(임미옥 시집『사과깎기』, 시문학사)

2002년 6월 「까치밥」(『수필공원』 제78권, 한국수필문학진흥회)

2002년 11월「까치밥」「돌」「禪風」「稜線」「보리를 밟으면서」「望鄕歌」「설달」(전주문학상 수상작, 『전주문학』제13집, 사단법인 한국미래문학연구원)

2002년 12월「반딧불 냇물이 흐르네」(노랫말)(『문예가족』제10호)
2003년 2월「통일원리로 본 종교와 문학」(『통일사상연구』제4집, 통일사상학회)
2003년 2월「仙鶴頌」「통일문화의 꽃이 지다니」(『청파』제25집, 청파문학회)
2003년 4월「식물성 정신의 순수서정」(정유준 시집『풀꽃도 그냥 피지 않는다』, 시문학사)
2003년 4월「다비식」(『꽃의 눈빛과 합창』, 한국현대시인협회)
2003년 6월「입지전적인 작가 박경수 선생의 가난論」(『월간문학』412호, 한국문인협회)
2003년 9월 제15회 한국소설신인상 심사위원(심사평-「하동댁」(김명재)
2003년 9월 Journal of Unification Thought---Young Chang Jang's World of Poetry From The Perspective of Unification Thought,
2003년 10월「김치」「토종송아지」(『월간문학』415호, 한국문인협회)
2003년 10월「썰소리」「巨文島」「달맞이꽃」「사금파리」「고구마 神話」(『전주문학』제14집, 사단법인 한국미래문학연구원)
2003년 10월「징검다리」「연어처럼」(『탐미문학』)
2003년 12월「밥 익는 소리」「폐차장에서」「아들아이에게」「새쫓기」「그물에 걸리지 않는 바람」「조선의 새」(『문예가족』제11집)
2003년 12월「잠을 자는데」「은장도(銀粧刀)」(『임실문학』제20호, 임실문인협회)
2004년 2월「산에서는」「시론 5」(『산문학』제2호, 현대시단사)
2004년 2월 Journal of Unification Thought---Character Language and Form Language on the basis Unification Thought,
2004년 4월 수필「태백산 천제단과 석탄박물관」(『시문학』제204호)
2004년 5월 시「수채도랑집 바우」(『연변문학』총518호)
2004년 12월「사금파리」「달맞이꽃」「프림 커피」「고스톱」「소리없는 아우성에 대하여」「초승달」「바둑 훈수」(『문예가족』제9집)
2005년 5월「戀歌」「앙금」(『탐미문학』복간10주년 기념호)
2005년 5월 작품해설 김연하 시집「詩와 寫眞의 순수 서정적 하모니」(고담시집『깨어나는 산』현대시단)

2005년 7월 김두자 시인의 시세계 「연소(燃燒)를 위한 편력(遍歷)」(김두자 시집 『자유라는 이름의 옷』, 새천년문학사)

2005년 10월 『유혹』(리상각 시조집, 문학사계사, 「類推의 達人 여울물 소리」(이상각 시인의 시조세계),

2005년 11월 조영자 시인의 시세계 「유유자적한 시와 그림의 하모니」(조영자 시집, 『시화에서 꿈꾸기』, 가람출판사)

2005년 「야스쿠니 신사」(광복60주년 테마시, 한국현대시인협회 사화집)

2005년 「부활절에」(『휘파람 소리로 날다』, 한국현대시인협회 사화집)

2005년 가을 「부활절에」(『한국시학』, 한국문인협회 시분과)

2006년 9월 「가야금산조(伽倻琴散調 5」(『고령문학』제10집, 한국문인협회 고령지부)

2006년 9월 「술」「詩論4」「연길 이발사」(『한맥문학』192호)

2006년 11월 작품해설 「윤회사상의 입체적이며 극적인 승화」(하유상 제3장편서사시집 『핏빛 하늘에 까마귀 떼』, 미리내)

2006년 11월 「워커힐 쇼」「시론 5」(『서울사랑2006앤솔러지』, 한국현대시인협회 제33사화집)

2006년 12월 시 「신간선택」「일기예보」「눈물의 씨앗」「돼지의 미소」「저승꽃」(『문예가족』) / 시작노트 「버리는 연습 떠나는 연습」(정년퇴임기념특집호)

2006년 12월 「능라도에서 죄와 벌까지」(『문학미디어』, 특집 '나를 작가로 이끌어준 문학작품')